よって件のごとし

宮部みゆき

三島屋変調百物語八之続

YOTTE KUDAN NO GOTOSHI

MIYABE MIYUKI

角川書店

よって件のごとし

装画・本文挿絵　三好愛
ブックデザイン　アルビレオ

目次

序

江戸は神田《かんだ》三島町《みしまちょう》にある袋物屋の三島屋《みしまや》は、黒白《こくびゃく》の間という客間に人を招き、いっぷう変わった百物語をしている。

語り手が一人に、聞き手も一人。語られる話は一つだけ。いちいち蠟燭《ろうそく》を灯《とも》すことも消すこともない。

「語って語り捨て、聞いて聞き捨て」

その場の話はその場限りで、語り手は語って重荷を下ろす。聞き手は、受け取ったその重荷を黒白の間の限りで忘れ去る。

主人・伊兵衛《いへえ》が酔狂で始めたこの変わり百物語は、最初の聞き手を務めた姪《めい》のおちかが嫁いだあと、次男坊の富次郎《とみじろう》が引き継ぐことになった。絵心のある富次郎は、語り手の話を聴き終えると、それをもとに墨絵を描き、〈あやかし草紙〉と名付けた桐の箱に封じ込めるという独特の工夫をして、時には聞き捨てるべき話の重みに負けそうになるところを、どうにかこうにか踏ん張っている。

おちかは暗い影を引きずる孤独な娘だった。ほんの少し浮ついた娘心が災いして許婚者《いいなずけ》を失い、身近な男を人殺しに堕《おと》してしまったと、我が身を責めていた。しかし変わり百物語の聞き手を務め、この世の数奇で不思議な出来事を耳に入れてゆくうちに、傷ついた心を縫い合わせ、その痕《あと》を抱えながらも立ち上がる強さを持っていた。

さて、富次郎はどうだろう。まだ慌てて将来《さき》のことを決めなくてもよい気楽な立場。本人はそれなりに、他店《よそ》の釜《かま》の飯ならさんざん食ってきた、てんで世間を知らぬわけじゃありませんよと己を恃《たの》んでいるけれど、その心におちかほどの強い芯《しん》はあるのか。

優しく、気さくで頼りない。そんな富次郎の背中を支えるのは二人の女中、怪談語りが呼び込む怪異から三島屋を守る禍祓《まがばら》いのお勝《かつ》と、三島屋のこれまでを全て知っている古参のおしまだ。

人は語りたがる、光も闇も。三島屋の変わり百物語に、今日も新たな語り手が訪れる。

第一話

賽子と虻

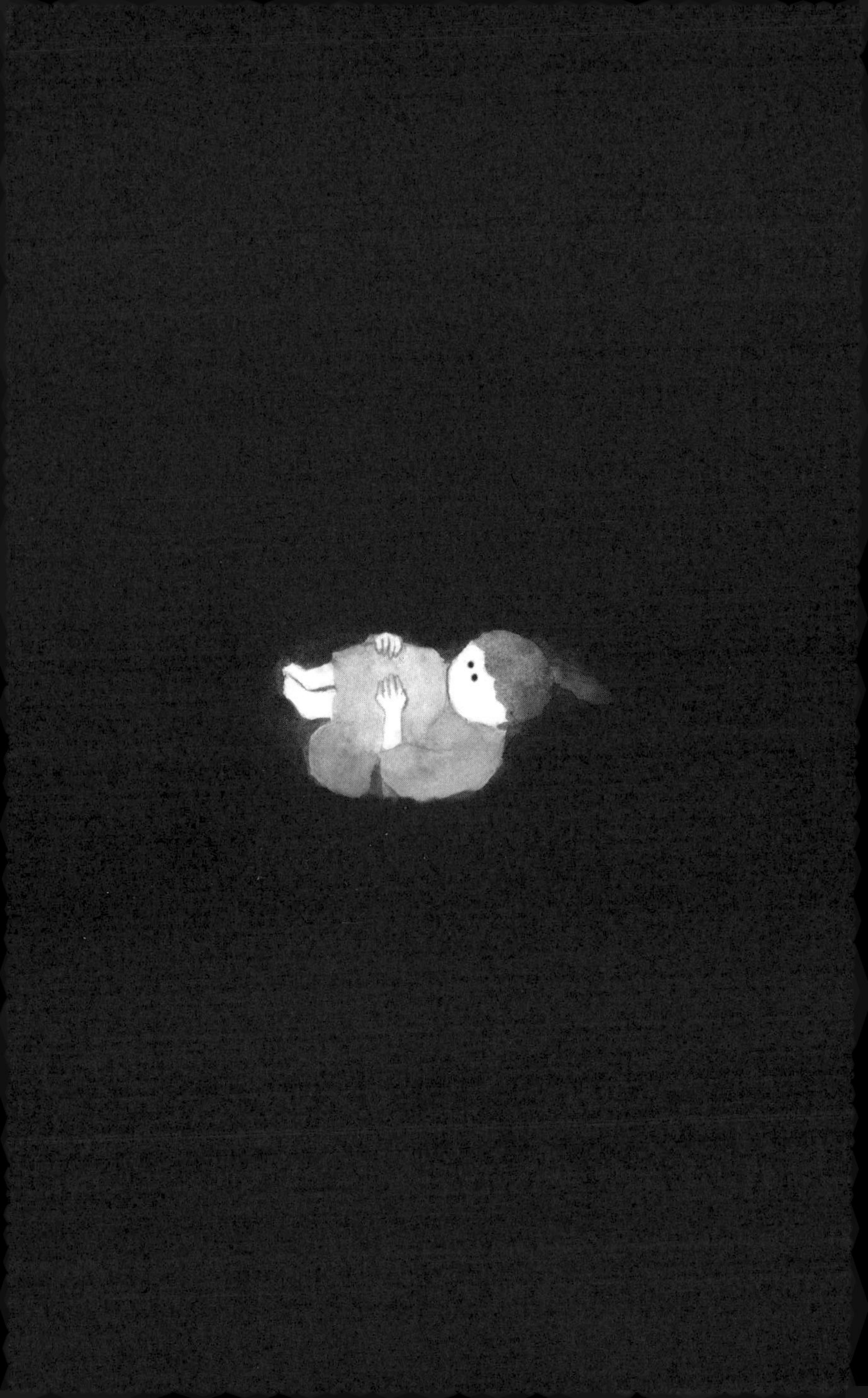

しのびやかな小雨が、江戸の町を覆う。

道行く人の額や頬に、小さな雨粒がひやりと触れる。この雨は淀《よど》んだ残暑を溶かし、乾ききった蟬《せみ》の屍《しかばね》を流し、土埃《つちぼこり》を沈めて松虫や鈴虫の音を呼び込む。

秋が来た。

黒白の間の縁側に敷いた薄縁《うすべり》が、しっとりと湿っている。軒先に溜《た》まった水滴は、居眠りを誘うようにのんびりと間をあけて落ちてくる。

暦の上の秋分を過ぎ、変わり百物語が迎えた語り手は小柄な男で、やや足が弱いようだった。一人で歩めぬほどではないが、一歩ごとの足取りがふらついている。上座に腰を落ち着けるところまで、案内《あない》役のおしまが心配そうに傍らに付き添っていた。

顔つきや肌の艶《つや》、頬の肉の緩んでいないところから推して、歳は三十から三十五までのあいだ。ただ髪はそうとうに抜けており、薄くなっている。

女なら、髷《まげ》を結わずにざっくり結んでごまかすこともできる薄毛だが、男の場合はそうはいかない。語り手はどうにかこうにか貧相な銀杏《いちょう》を結っており、額の生え際やもみあげのあたりなどは地肌がすけて見えているのが、無粋というよりも痛ましい。

色あせた微塵縞《みじんじま》の小袖《こそで》を尻《しり》っ端折《ぱしょ》りして、紺染めの股引《ももひき》をはいている。白足袋《しろたび》だけがやや新しめのものだ。表情はくすぶっており、目元口元が不機嫌そうに歪《ゆが》んでいる。

そう、それが訝《いぶか》しかった。わざわざ時を割き、足を運んでここに来たんだろうに、何でまたそんなにぶすっとしているんだろう。

変わり百物語の語り手は、初めのころからずっと、口入屋《くちいれや》の灯庵《とうあん》老人に周旋を頼んでいる。評判が上がるにつれて人気が出て、今ではもう、ここで語りたいというお方に順番を待ってもらっているくらいだ。

このお人だって、やっと順番が回ってきたんじゃないのか。進んで語りたがっているんじゃないのか。違うのか。嫌々なのか。それだから、わざわざ職人の仕事着の股引をはいたまんまやって来たのか。

——灯庵さんの嫌がらせかな。

蝦蟇《がま》のように顔も腹もでっぷりとふくれた口入屋の主人《あるじ》は、なぜかしらこの変わり百物語の聞き手に辛《つら》く当たる人で、おちかもさんざん嫌味を言われたし、富次郎も会っていきなり「米食い虫」と罵《ののし》られたものである。

あの蝦蟇仙人なら、富次郎への意地悪に、およそ変わり百物語には無縁な人を無理に説き伏せて、あるいは金を払って雇って、語り手に仕立て上げて送り込んでくることぐらい、やりかねない。

——だったらこっちは、どうしたもんか。

富次郎の内心の、ふつふつとする怒りと戸惑いを感じとったのか、語り手は思いっきり不機嫌そうな顔のまま、思いっきり畳に額をぶっつける勢いで頭を下げた。

「すまんこってす。あっしはこういうけすかない野郎でござんすが、けっして三島屋さんに含むところがあるわけじゃねえ。ここで語れるのも有り難いと思ってるんですが」

わわわっとぶちまけて、顔を上げた。額どころか、頬骨のところにまで畳の跡がついている。

「十一のときに、笑い方を忘れました。それっきりいっぺんも笑ったことがねえ。他人《ひと》様に愛想を言うこともできやしません。だからこんな顔をしておりますが、勘弁してやっておくんなさい」

声を聞いたら、三十路《みそじ》に届いていないと感じた。もっとずっと若い。もしかしたら富次郎と同じくらい、二十二、三ではないか。

「お気づきかもしれませんが、あっしは足がよろけます。力仕事はできません。今の奉公先じゃ、曲尺《かねじゃく》みたいに腰の曲がった爺《じい》さんと一緒に働いて、あっしの方が助《す》けてもらっているような有様で」

しゃべっているうちに、語り手のくすんだ顔にじっとりと汗が浮かんできた。

「そんな働きぶりですから、毎日食わせてもらえるだけで有り難《がて》え。給金なんか一文もいただけません。なんで年がら年中着た切り雀、ここへお邪魔するのにも、替えの着物がねえ。お見苦しくって、このとおりお詫《わ》びします」

またぞろ、額を畳にぶっつける。

「そこまで！」

思わず、富次郎は声を張り上げた。

「そこまででよござんす。お手をお上げください。口入屋からお聞き及びではありませんか。この黒白の間は無礼講、お武家様でも洟《はな》垂れ小僧でも、語り手として上座に座ったらみんな等しくお客様でございます」

語り手はそろりそろりと起き直った。汗がいっそうひどくなっている。居ながらにして雨に打たれているかのようだ。

「どうぞお使いください」

富次郎が差し出した手ぬぐいを握りしめ、語り手は下を向いた。ややあって、握りしめた拳《こぶし》ごと手ぬぐいを顔に押し当てて、ぐっ、ぐっと短く呻《うめ》くように泣いた。

ああ、この人から語りを引き出すのか。そう思うだけで胸がつぶれそうになるから、富次郎はわざと別のことを考えた。

おしまが供していった本日の茶菓は、香り高いほうじ茶と紅葉の形の羊羹《ようかん》である。少し固めの水羊羹で、栗の甘露煮がまるごと一粒入っている。秋の初めの今だけの菓子だ。今日みたいな淡い秋雨の日に、熱いお茶と一緒に味わうのがいちばんなんだよね。

「重ね、重ね、みっともねえ」

手ぬぐいを顔に押し当てたまま、語り手が声を振り絞る。

富次郎はその目の前に、ほうじ茶の湯飲みをそっと差し出した。

「どうにも語ることがむつかしければ、わたしといっとき茶飲み話だけしていただいて、お帰りになってくださってかまいません。この変わり百物語は三島屋の酔狂でございます。ただの酔狂でお客様を苦しめることがあっては、商人《あきんど》の地獄に落とされてしまいます」

思いつきの台詞《せりふ》だったが、語り手の耳にはよく響いたらしい。

「——あきんどのじごく」

子供が諳《そら》んじるように言って、語り手は口元を歪め、くちびるをへろへろ震わせる。

「そんなら、侍にはさむらいの、職人にはしょくにんの地獄がありますかねえ」

何なら百姓の地獄、芸人の地獄に岡場所の地獄、旅籠《はたご》や木賃宿の地獄もあるのか。男の地獄、女の地獄、赤ん坊ばっかりの地獄に、爺さん婆《ばあ》さんだらけの地獄。くちびるをへろへろさせながらそう言い募り、語り手はまた手ぬぐいで顔を押さえた。

富次郎は覚《さと》った。この人は本当に笑えないのだ。笑おうとすると、こんなふうに口元が変に歪んで、くちびるが震えてしまうのだ。

「あっしも、いつかはどっかの地獄に行くんでしょう。行ってみるまでは、どんなところかわからねえ。けどね、三島屋さん。あっしがよく知ってるところが一つあるんだ」

そこは地獄ではないけれど、地獄にいちばん近い場所だった。

「その話をしたいんですよ。あっしの名前は餅太郎《もちたろう》と申します。ふざけた名前だが、これでも親がつけてくれた意味があるんだよ」

毎年、こういうひそやかな秋雨が降ると。

その雨粒を頬に受けると。

軒を打つ雨音に目が覚めると。

この餅太郎さんは泣きたくなる。大きな声で叫び出したくなる。よろける足で地団駄踏んで、暴れ出したくなる。

その理由《わけ》を、今まで誰にも話せなかった。信じてもらえっこないからだ。

「わたしは信じますよ」

富次郎は胸をぱんと叩《たた》き、餅太郎の語りは始まった。

*

餅太郎の故郷《ふるさと》、上州《じょうしゅう》宇月《うづき》藩の畑間《はたま》村というところは、山ひとつ越えた向こうにある大畑《おおはた》村の六つある分村のうちの一つであった。

互いの裾《すそ》を踏み合うように連なる山々の狭間《はざま》に、耕せる土地は少ない。幸い水は豊かな土地柄だったから、初めは麻、やがて綿花畑を作るようになって、麻と木綿の糸を紡いで布地を織る、それがこのあたりの人びとの生業《なりわい》となり、この土地の歴史となった。大畑村の鎮守様の縁起書を見る限り、江戸開幕以前から、ここらの山には人が住みつき、いくつかの集落を作り、互いに助け合って暮らしていたことは確かなのだった。

大畑村は山越えの街道の旅籠町でもある。まずこの村で養える口の数が増え、増えた人手で道の整備と耕作が進むと、ほどよい距離のところに一つ分村を作り、さらに養える口と畑を増やしてゆく――という繰り返しで、一ツ木村、二ツ沢村、三本木村、四辻村、五ノ橋《ごのはし》村、そして六番目にできたのが畑間村だった。この村の名前だけ数がついていないのは、最後に大畑村と一ツ木村のあいだにできた分村だからである。

賑《にぎ》わう旅籠町で商家も多く、名主や地主の屋敷も並ぶ大畑村と、畑ばっかりの畑間村のあいだは、山道ではあるけれど、子供の足でも四半刻《しはんとき》（約三十分）で歩ける。だから畑間村の子供らは、しばしば大畑村に日銭稼ぎに出かけた。大人たちと一緒に畑で働ける身体《からだ》になるまでは、お屋敷の子守や使いっ走り、水汲《みずく》みに掃除や洗い物などの駄賃仕事、薪《まき》や炭の担ぎ売りに励むのだ。

餅太郎の生家は父ちゃんと兄ちゃん、姉ちゃんと餅太郎の四人暮らしだった。父ちゃんの松一《まついち》は小柄だが、畑間村の誰もが認める働き者だ。兄ちゃんの松太郎《まつたろう》は誰に似たのか大男、骨惜しみしないところは父ちゃん譲りで、力仕事も根仕事《こんしごと》も厭《いと》わない。

母ちゃんは餅太郎を産んで、そのお産が重くて死んでしまった。だから餅太郎は母ちゃんの顔を知らないのだが、知っている人はみんな、姉ちゃんは母ちゃんにそっくりだと言う。名前も、母ちゃんは「りく」で、姉ちゃんは「りん」だ。

とりわけ器量よしではないけれど、色が白くて頬が赤い。気性は明るく優しく、手先が器用で糸繰りも草木染めも上手な姉ちゃんは、餅太郎の自慢だった。

小作人小屋に住まい、持ち物といったら鋤《すき》と鍬《くわ》、糸繰りの道具と土鍋《どなべ》と盥《たらい》と担ぎ売りの背負子《しょいこ》。あとはそれぞれの身体しか持ち合わせていない、貧しい一家四人だった。それでも仲良く暮らしているところへ、思いがけぬ幸《さち》が転がってきたのは、兄ちゃんが十八、おりんが十六、餅太郎が十一歳の年の、夏の初めのことだった。

「おりんちゃん、大畑村の〈猪鼻屋《いのはな》〉の倅《せがれ》さんが、あんたを嫁にほしいんだって」

猪鼻屋とは、麻と木綿の糸を扱う仲買問屋である。本店《ほんてん》は城下町にある〈猪頭屋《いのかしら》〉で、宇月藩のなかでも古株の商家だ。大畑村の分店の方は、出来てから二十年ばかり経つだろうか。大畑村と六つの分村から上がってくる糸をみんな集めて商っているのだから、たいそうな繁盛ぶりである。

そんなお店の一人息子の嫁に、畑間村の百姓の娘を？

普通ならとんだ人違いか、真っ昼間から夢を見てるんじゃねえよとどやしつけられるようなお話だ。なのに夢ではなかったのは、これが当の一人息子、名は玄一郎《げんいちろう》で歳は十九の若者の願いだったからである。

玄一郎はおりんに恋をしていた。いったい、どこでどうして見初めたのか。その謎を解いてびっくり、餅太郎の担ぎ売りが結びの神だったのだ。

炭や薪は商売敵が多いので、餅太郎はもっぱら草鞋《わらじ》を売った。これは一家が夜なべでこしらえるもので、藁《わら》と一緒に、草木染めでうぐいす色や朱色や藍《あい》色に染めた麻糸や木綿糸を編み込んである。もちろん、売り物にならない端っこや切れっ端の糸を使うのだが、こうして作った草鞋は見た日がきれいな上に、足当たりが柔らかく、藁のちくちくする感じがいくらか和らげられるのだった。

旅籠町の大畑村で、歩き疲れ草鞋にも疲れている旅人に、この編み込み草鞋は喜ばれた。餅太郎が売り歩きながら、

「このきれいな草鞋を思いついたのは、うちの姉ちゃんやさ」

「姉ちゃん、糸繰り歌をうたわせたら、畑間村どころか六つの分村でいちばんだ」

悪気なく素直に言いふらすもんだから、さらに評判になった。

そしてあるとき、その評判が、猪鼻屋の玄一郎の耳に入ったのだ。どんな娘なのか見てみたい。強く気を惹《ひ》かれるままに、ありもしない用事をでっちあげて、彼はわざわざ畑間村へと足を運んだ。

玄一郎が訪ねたとき、おりんは村の糸繰家《いとくりが》にいて麻糸を紡いでいたという。糸繰家は糸繰りをする女たちの作業場である。

種々の糸を繰り手をうごかしながら、女たちは独特の節回しで歌をうたう。それが糸繰り歌だ。餅太郎の自慢は嘘ではなく、おりんはこれが本当に巧《うま》かった。かすかに哀調をおびる美しくのびやかな声がよかった。

たちまち、玄一郎は魅せられた。おりんの歌声としなやかな手つきと、丸い額に浮かぶ爽《さわ》やかな夏の汗と、うたい続けるほどに紅をはいたようになる白い頰に。

嫁にもらうならこの娘だ。働き者だしけっこうじゃないか。しかし、二人の身分と立場の違いは歴然としている。猪鼻屋の父母も、やすやすと許してはくれまい。

思い悩む日々に、玄一郎はみるみる青白く窶《やつ》れてしまった。暑気あたりにしては時季が早すぎるし、ひどすぎる。案じた母親に、いったいどうしたんだと泣いて問われて、玄一郎は恋の苦しみを打ち明けた。驚いた猪鼻屋ではおりんの素性や評判を調べたが、畑間村の貧しい小作人の娘であるということ以外には、難癖のつけようがなかった。

これはもう仕方がない。恋煩《わずら》いの治療法は、恋を成就させてやることだけである。

思えば、玄一郎が糸繰りに巻き取られる糸のようにつるつると畑間村へ向かってしまったときから、こうなる運命《さだめ》と決まっていたのだ。四の五の言わずにおりんを猪鼻屋の嫁に迎えてやろう――と、先様の意向がまとまったところで、おりん本人のところに話がきたというわけだった。

とんでもなさすぎる良縁に、最初のうちは怯《おび》えていたおりんも、じゅんじゅんと経緯《ゆくたて》を聞いてゆくうちに納得がいったのだろう。はにかんで頰を染めるその顔は、餅太郎が見惚《みと》れるほどに美しかった。

但《ただ》し、この縁談には条件がついていた。おりんは生家を離れ、いったん大畑村の大村長《おおむらおさ》夫婦の養女となって、そこから猪鼻屋に嫁ぐこと。畑間村の生家から嫁ぐのでは、やっぱり釣り合いがなさすぎるからである。

大村長は、大畑村と六つの分村を全て束ねる長だ。地主や山持ちよりも偉い。その養女であるならば、猪鼻屋の嫁としてもけっして恥ずかしくなかろう。

この条件を、おりん本人よりも先に、父ちゃんと兄ちゃんが受け入れた。頭《こうべ》を垂れて、よろしゅうお願いしますと頼み

込んだ。

それから数日のうちに、おりんは身の回りのものをまとめて、大畑村の大村長の屋敷に移っていった。付け焼き刃でもやらないよりはましだから、祝言まではひたすら行儀見習いだ。大村長のおかみさんは、お花と踊りを仕込むと張り切っていた。

肝心の祝言は、神無月（十月）の九日と決まった。本店の猪頭屋の隠居が卜占《うらない》に凝っており、手ずから亀の甲羅を炭火で焼いたり、水盤に紙縒《こより》を浮かべて拝んだりした結果、その日がいちばん縁起がいいとわかったのだそうだ。

姉ちゃんの玉の輿《こし》を喜びながらも、餅太郎は今一つ、事の大きさを解していなかった。だから浮かれるばっかりで、兄ちゃんにとんちんかんなことを訊《き》いた。

「祝言はどこでやるん？」

「大畑村の猪鼻屋さんだな」

「おいらたちも、姉ちゃんの花嫁姿を見られるさ？　おいら、おぎょうぎよくしとる」

「いや、おめえもおらも、父ちゃんも祝言には呼ばれん」

「なんで？　なんで呼ばれんのさ」

「おめえ、わかっとらんの。おりんは、うちの娘じゃのうなった。大村長とおかみさんがおりんの仮親《かりおや》になってくれんで。おらたちは、もうおりんの身内じゃないんさけ」

もともと口数の少ない父ちゃんは、おりんを養女にやってさらに寡黙になり、そのむっつりとした顔からは、娘のこの降ってわいたような幸せを、本当に喜んでいるのかどうか読み取れない。

ただ、朝夕に思いついたように村はずれの墓地へ足を運んでは、母ちゃんの墓の前でうずくまってじっとしている。

「母ちゃんと二人で喜んでるんさ。邪魔しちゃいかんで」

寂しいさ。けど堪《こら》えるよ。おらたちがどんなに気張っても、おりんにこの縁談みたいな幸せを取ってきてやることはできんもの。これでいいんさ。堪えるよ。

「いいか、もち」

父ちゃんも兄ちゃんも、餅太郎をこう呼んでいた。もち、こっちゃ来い。もち、よぉく聞け。

「担ぎ売りに行っても、おりんを訪ねちゃならんぞ。たまたま見かけたって、なれなれしく近寄ったらいけん」

――もう身内じゃないんさけ。

幼い餅太郎の心にも、二人の言い聞かせはじわじわとしみ込んで、

――もう会えねえ。姉ちゃんはもう、おいらの姉ちゃんじゃねえ。

やっとこさ呑《の》み込めた。夏が終わって秋が来て、野分の風が山の向こうを吹き抜けて、餅太郎は少し大人になった。

それなのに。

祝言まで、あと半月足らずというときになって、いきなりおりんが返されてきた。

よく晴れた菊日和の朝で、父ちゃんと兄ちゃんは畑に出ていた。餅太郎は担ぎ売りに出かけようと、背負子に売り物を積んでいた。編み込み草鞋と干し柿と、村のあちこちに咲いている白と

黄色の野菊の花束。花は小さいが香りがいいので、大畑村の旅籠ではよく売れる。

支度をしていると、遠くから何やら鉦《かね》を鳴らす音が聞こえてきた。ち〜ん、ちんちん。ち〜ん、ちんちん。

だんだん近づいてくる。やがてその音に、男たちが張り上げる声もまじってきた。

「はたまぁ、むらの、まついち〜、まつたろう〜」

呼んでいる。あれ？　うちの父ちゃんと兄ちゃんの名前じゃねえか。

「おりんが〜、もどったぁでぇ〜」

「おりんに〜、あぶがぁ、ついたぁ」

そこまで聞き取って、餅太郎はぽかんと口を開いた。何だって？　何が起きたさ。

姉ちゃんに虻《あぶ》が憑《つ》いた？

語り手の座の餅太郎は、さっきの短い嗚咽《おえつ》の名残で、鼻の頭がうっすら赤い。だが語っているうちにずいぶんと落ち着いて、口元の歪みは消えた。

富次郎の側にも、ちょっとだけ戸惑いの名残がある。語りに耳を傾けていたら、餅太郎の歳が、やっぱりわからなくなってきたのだ。

人の年齢は声にも出るが、むしろしゃべるときの調子や言葉の選び方によく表れる。これは一言二言ではなく、しゃべり続けているとよくわかる。餅太郎のそれは、富次郎と同じ歳ではなく、三十路前後でもなく、もっと年長で老成していた。

「あぶが、ついた」

念を押すために、富次郎はゆっくりと問い返した。

「今、そうおっしゃいましたよね。わたしの聞き違いじゃございませんよね」

「へえ。あぶは、ぶんぶん飛ぶあの虫でさ。真っ黒けの人を刺す虻ですよ」

「そんなものが人に憑くってのは」

気色悪いし胸が悪い。富次郎はつい、げぇっと声を出してしまった。

「いったい、どういう意味なんですか」

あいすみませんと、餅太郎は首を縮める。「あっしの故郷《くに》では、誰かに恨まれて呪いをかけられることを、そう言いますんで」

これにはちゃんと由来がある。「昔むかし、その昔」と前置きするのがふさわしい、お伽話《とぎ》みたいな言い伝えだ、という。

「長くなりますけども、しばらく辛抱して聞いてやっておくんなさい」

大畑村があるあたり一帯、連なる山々と深い森と幾筋もの川を守護し治める産土神《うぶすながみ》様は、たいへん賭《か》け事がお好きな神様だった。国じゅうの神々を誘っては、毎日のように丁半博打《ばくち》や賭け双六《すごろく》をなさっていた。

熱心に賭けて遊べば遊ぶほどに、産土神様は強くなった。いつしか、八百万《やおよろず》の神々のなかでも指折りの博打打ちとなり、その名も〈ろくめん様〉と呼ばれるようになった。ろくめん、すなわち六面。六つの面に一から六までの数が記されている賽子《さいころ》のことである。

ろくめん様は大きな勝負に挑んでは勝ち、挑んでは勝ち続けた。手持ちの山を賭けて勝ち、一夏この地に降る雨を賭けて勝ち、春の山で産声をあげる全ての獣の仔《こ》を賭けて勝つ。

勝負の相手の神々も、自分の持ち物である大事な自然や生きものや産物を賭けてくる。ろくめん様はそれらを勝ち取り、ご自分の土地のものとした。

大畑村の鎮守の社《やしろ》には、ろくめん様が博打で勝ち取ったものを記した一巻《ひとまき》の文書が残されていた。お伽話みたいな言い伝えが、にわかに真実《ほんとう》らしくなるのは、そこに書かれている事柄が、大畑村一帯の風物や産物に、ぴたりと重なるからである。

近隣のどこにもないのに、ここらの野にだけに咲く花々。優れた生薬の素《もと》になる草木。ここらの川だけを遡《さかのぼ》ってくる魚。ここらの山だけにある小さな銀山と銅山。春先に必ず渡り来る紅色の翼の鳥。その群れが落としてゆく大量の羽根は、城下町で高く売れる。

博打に強いろくめん様のおかげで、大畑村の一帯は豊かになった。旨《うま》いもの、人びとの暮らしに役立つもの、美しいものが集まった。土地の人びとはろくめん様を尊《たっと》んで、色も大きさもとりどりの賽子を作っては、鎮守の社に奉納した。

だけど、どんなに強い博打打ちでも、いつかは負けるときがくる。ろくめん様もあるとき、賭け双六の勝負でこっぴどく負けた。ろくめん様が道半ばも行かないうちに、相手はさっさと上がってしまった。

「その相手が、虻の神様だったんでさ」

虻の神。そんなものがいるというのが、まず富次郎には驚きだ。

「え。虫の神様じゃないんですか。虻だけの神様なんて……」

餅太郎は、富次郎の驚きに鼻白む。

「善い虫も悪い虫もいるんだから、神様だってそれぞれいるに決まってらあね」

なるほど。すみませんでした。

「ろくめん様はその勝負に、自分の治める土地の畑で一年のうちにとれる作物全部を賭けちまってたんです」

ろくめん様を手厚く敬い、慕ってやまぬ氏子たちが汗水たらして耕した畑の作物を、まるごと賭けてしまっていた。

これは参った。負けた以上は賭けたものを奪われる。氏子たちが飢《かつ》え死にしてしまう。

ろくめん様は大慌てで虻の神に謝り、我が氏子たちのために、どうか勘弁してもらえぬかと頼み込んだ。

——そのかわり、今後我の治める土地では、二度とあなたを殺さぬ。氏子たちにはあなたを叩き潰《つぶ》すことも、煙で燻《いぶ》すことも固く戒め、あなたを畏《おそ》れ憚《はばか》るよう言い聞かせよう。

勝負を見守っていた八百万の神々は、これまでさんざんろくめん様に負かされていたから、そんな手前勝手な申し出が通るものかとお怒りになった。

しかし、虻の神は承知した。

「虻の神様はまるっきりのバカだから、ものの損得がわからねえんだ」

そもそも虻の神が勝負に勝てたのも、おつむりの方はさっぱりで何も考えていないため、無欲だったからなのである。賭け事にはしばしばそういうはずみがあり、だから怖いし面白いのだ。

虻の神は承知して、しかも大いに喜んだ。

——これまで、どこのどんな神が治める土地でも、我と我が眷属《けんぞく》は人にも獣にも忌《い》まれ嫌われ、追い立てられるばかりだった。これから先はろくめん様の土地に安住し、ろくめん様の氏子どもに畏れ敬われるのならば、これ以上の喜びはない。

さらにろくめん様は、怒りが収まらぬ他の神々に、今日を限りに二度と丁半博打も賭け双六もしないと誓った。だが、皆様は今後も賭け事を楽しめるよう、賽子を差し上げよう。我が氏子どもが我に捧《ささ》げる賽子を、皆様に進呈しよう。

これでようやく八百万の神々の怒りが解け、ろくめん様は許されて、虻の神を伴ってご自分の治める土地へ帰ってきた——

「と、こういうお伽話なんですけども」

餅太郎はふうと息をつき、指で鼻筋をほりほりと掻《か》いた。爪が汚れている。

「大畑村と六つの分村では、本当に虻を殺さねえんです」

父ちゃんが子供のころからそうだった。父ちゃんの父ちゃんのころもそうだった。うんと昔からの習いなのだ。

「ろくめん様が、鎮守様の禰宜《ねぎ》さんの夢枕に立って、そう言いつけなすったとか」

それもまたお伽話ふうである。

「刺されると血を吸われて、痒《かゆ》いし腫《は》れるし、牛や馬は病をうつされることもあるからね。村の衆だって、虻を見たら追っ払いますよ。けど殺さねえ。虫除《むしよ》けも焚《た》かねえ」

念の入ったことに、毎年夏の虫送りの焚き火の際には、数日前から人びとが畑や道ばたで、「虻様はよけていなされ〜、虻様はよけていなされ〜」と呼ばわるのだそうだ。虫送りの行事をしているあいだ、虻はどこかに逃げて隠れておれ、と。

「だから、うちの方じゃ虻がみんなでっかく太りかえって、他所《よそ》から来た人が蟬と見間違えるくらいだったんだよ」

その様を思い浮かべると、富次郎はまた「げぇ」という気分になった。

「そうすると――餅太郎さんの故郷では、虻は産土神のろくめん様が自ら招かれた賓客の神なんですね」

「ひんきゃく?」

「あ、大事なお客様ということです」

そうそうと、餅太郎はうなずく。

「けど、ちゃんとしたお社や祠《ほこら》なんかはねえんですよ。ただの居候だからさ」

居候でも神は神だ。ろくめん様の氏子はみんな、虻の神様の氏子にもなる。氏子は神様を拝み、守護やご利益を願う。神様は氏子の願いを受け止める。

そこが厄介なのだった。

「そもそも、人や獣の血を吸う害虫の神様ですよ。善いことを願ったってかなえられやしねえ。

バカだから、やっちゃいけねえことがわからねえ。だもんで――」

ろくめん様の氏子たちは、ろくめん様にはお聞かせできない後ろ暗いこと、邪《よこしま》なことを、虻の神様にお願いするようになった。

妬《ねた》み嫉《そね》み、恨み憎しみ。誰かを苦しめてやりたい、誰かに死んでほしい、誰かから何かを奪いたい、誰かを不幸の底に突き落としてやりたい。

そう、他人を呪う悪しき願いだ。

蟬みたいに太りかえった虻どもは、みんな虻の神の眷属だ。ろくめん様の土地を、好きなように飛び交っている。

呪いを胸に秘める者は、山道でも畑でも、沢でも森のなかでもいい、行き合った虻に己の血を吸わせて名を名乗り、こう呼びかければいい。

――虻の神様にお取り次ぎくだせえ、お願いがござんす、お取り次ぎくだせえ。

呼びかけ続け、血を吸わせた虻の数が九十九匹目に達したとき、邪な願いは聞き届けられ、呪いは成就する。

虻の神様はバカだから、やっちゃいけないことがわからない。聞き届けちゃいけないことでも聞き届けてしまう。

ちょっと声を落として、餅太郎は続ける。「虻の神様の呪いは、呪った者じゃなくて、呪われた相手の方に〈しるし〉が示されるんですけども」

その〈しるし〉を知れば、本人だけでなく、まわりの誰にでも虻の神の呪いだとわかる。不快

で残酷なその〈しるし〉とは、

「呪われた者が何か食おうとしたり、飲もうとしたりするとね」

その食べ物や飲み物のなかに、虻が出てくるのだ。

よそったばかりの飯茶碗《めしぢゃわん》のなかに虻。汁椀《しるわん》のなかに虻。水瓶《みずがめ》から柄杓《ひしゃく》ですくった水に虻。がぶりと一口嚙《か》んだ握り飯のなかに虻。蒸《ふ》かしたての芋を割ったら虻。

蝉と見間違うほどに太りかえり、黒々とした翅《はね》を光らせた大きな虻。

「し、し、し」

悪寒を堪えて、富次郎は問う。

「し、死骸《しがい》なんですよね。死んでいるんですよね、その虻は」

語り手の座の餅太郎は正座して、膝《ひざ》の上で両手をこねくりまわしている。

ああ、言いにくい。申し訳ない。けど言わねえわけにはいかねえから、

「死にかけなんです。じじっ、じじって音を出して、脚を動かしてて」

「うわぁ」

思わず富次郎は身をよじり、四つん這《ば》いになって聞き手の座から逃げてしまった。餅太郎は真っ青になり、すんませんすんませんと繰り返す。

「三島屋さん、あっしはここで帰ります。やっぱりこんな話――」

「ううう」

雪見障子を開け放って縁側まで出て、縁先から小雨の滴る庭へ頭を突き出して、富次郎はえず

いた。気が済むまでげえげえやって胸が空っぽになったら、座り直して大きく息を吸う。

——しっかりしろ。こんなんじゃ、おちかに合わせる顔がない。

「こちらこそ失礼しました」

もとのように障子を閉め、羽織の前を揃えて整えて、ちゃんと立って歩いて着物の裾を払って、聞き手の座に戻る。

「それから餅太郎さん、わたしのことは〈三島屋さん〉ではなく、富次郎でけっこうですよ。何なら臆病者《おくびょうもの》、役立たず、いくじなしでもよござんす」

むきになって言う声が、まだちょっぴり震えてしまう。

「ああ、へえ……そんな、ねえ」

餅太郎はぺしゃんこに萎《しお》れている。申し訳ないことをしてしまった。これで語り手を帰してしまったら、聞き手の名折れだ。

「あいすみません。どうぞお話を続けてください。みっともないところをお見せしましたが、これも、虻の神様の呪いの怖さがよくよく身にしみたからでございます」

そんな〈しるし〉をつけられた日には、呪われた者は、一切飲み食いできなくなってしまうじゃないか。

「誰かほかの人に食べさせてもらったり、飲ませてもらった場合でも、その、虻は出てくるんでしょうか」

おそるおそる富次郎の顔色をうかがい、目を覗《のぞ》き込んで、そこに気丈な色を——気丈であろうと努める男気を見つけてくれたのだろう。餅太郎はうなずいた。

「そうなんです。たとえば、そばにいる者に食わせてもらおうと、飯や汁をあ〜んってやっても」

「その匙《さじ》のなかに虻がいる、と」

「そう、本人には見えちまう。この〈しるし〉の虻は、呪われた当人にだけ見えるんさ」

この虻は憑きものなのだ。だから〈虻が憑いた〉と言うのである。避《よ》けることも、取って捨てることもできない。

富次郎は言った。「こんな呪いをかけられたら、わたしは三日と正気でいられる自信がありません」

三日というのは、ちょっと強がった。本音を言えば、一日だって保《も》たないと思う。

「姉ちゃんも、大村長の家で、飲まず食わずで五日も辛抱したんだけども」

その五日間、大村長は走り回って手を尽くしてくれた。何とか呪いを解く術《すべ》はないかと。

だが、どうにもならなかった。虻の神の呪いは、ろくめん様にも解けない。ろくめん様には虻の神に譲ってもらった恩があり、ろくめん様が虻の神をこの地に招いたのだから。

愚かな虻の神は、呪いの意味さえわかっているかどうか怪しいのに。

おりんは覚悟を決め、玄一郎との破談を願った。そしてうちに帰りたいと。

——どうせ死ぬなら、うちで死にたい。

「もう自分では歩けなかったから、大畑村の男衆に送ってもらって」

せめてもの守りにと、魔除けの鉦を鳴らしてもらいながら、畑間村に戻ってきたのだ。

「男衆の負う背負子に座って、転げ落ちねえように、しごきでぐるぐるに縛られて」

血の気を失い、背負子の枠につかまる力もなく、それでもおりんは、かけつけた父ちゃん兄ちゃん餅太郎に向かって微笑んだ。

——ごめんね。

その顔の前を、黒光りする虻が一匹、ぶうんと羽音をたてて横切っていった。

家に帰っても、おりんは寝たきりだった。飲まず食わず続きで弱り切っているから、一人では厠《かわや》にも立てない。

「男手じゃ世話するのは無理さ。あたしらに任せな」

そう言って、隣のおばさんと、糸繰家でいちばんの古株のおつね婆さんが家に来てくれる。最初は、着替えの浴衣《ゆかた》と手ぬぐいを持って来たおばさんが、おりんの様子を見ると、すぐに襁褓《おしめ》の支度に取りかかったことが、餅太郎にはいちばん辛かった。

「虻の神さんはおつむりがよくねえで、こっちが出し抜ければいいんやさねえ」

おつね婆さんはまず、冷ました重湯を竹筒に容《い》れて、つまり中身が見えないようにして、おりんに与えようとした。これは上手くいきそうに思えたのだが、竹筒を口元に近づけると、おりんは泣きそうになって嫌がり、弱った腕を持ち上げて、それを遠ざけようとする。「竹筒の……穴のなかから、虻が……あたしの顔を見てる……」

ぎょっとしたおつね婆さんは、すぐさま竹筒を鉈《なた》で真っ二つに割ってみたのだが、中身の重湯が飛び散っただけだった。

隣のおばさんは、おりんが眠っているあいだに、竹筒をくわえさせて水を流し込んだらどうかと考えついたが、これも空しかった。まわりの者たちが、何か飲み食いさせようという意図を持って近づくと、おりんはたちまち目を覚ましてしまうのだ。聞けば、頭のまわりで虻の羽音がわんわんする上に、そいつらがみんなしておりんの顔にたかってくる夢を見るので、寝ていられないのだという。

どうにかして、水だけでも飲ませたい。工夫しては失敗し、やっとこさ、綿を丸めて玉にして水を含ませ、それでおりんの口元を軽く叩くようにして湿《しめ》してやる――というやり方で、水気を与えられるようになった。

「これじゃ、死に水だあ。死に水をとるやり方とそっくりさ」

父ちゃんはそう言ったけれど、餅太郎は気にしなかった。おばさんたちと交代で、日に何度もこうやっておりんに水気を与えた。

「おらはもうこの歳さね、明日死んでもええ。虻の神様に見間違いをさせて、おりんちゃんの代わりになれんもんかねえ」

と言って、おつね婆さんはおりんの着物を着て、白髪頭を結っておりんの櫛《くし》をさし、糸繰家でおりんが使っていた襷《たすき》をかけて、おりんの身の回りの世話をした。たまには、おりんが得意だった糸繰り歌もうたう。

「おつねさん、気持ちはわかるさ、いくら虻の神様でもそれじゃ騙《だま》されねえわ」

おばさんは苦笑したけれど、餅太郎と兄ちゃんは、おつね婆さんの背中に手を合わせた。

親身になってくれるおばさんや婆さんたちとは逆に、おりんとその家族を遠巻きにする村人たちも少なくなかった。

「なんで呪われてンのかわからんさ、うっかり近づいたら巻き添えをくうかもしれん」

「おりんさ、誰かに呪われるくらい恨まれるようなことをやったんだ？　だったらしょうがねえやさ」

隣のおばさんとおつね婆さんは、こういう連中は「虻の神様よりバカだ」と怒った。

「おりんちゃんがこんな目に遭っとるのは、玉の輿を妬まれたからに決まってるさ。ほかに何があるもんかえ」

父ちゃんも兄ちゃんも、餅太郎もそう思う。妬んで、呪っているのがどこのどいつなのかわからないのが歯がゆくってたまらない。

畑間村の村長も、この「誰か」をひどく気に病んだ。おりんを妬んだ呪い主が、同じ村の者だったらとんでもないからだ。事実、こうなってからこっち、村長のところへ、糸繰家仲間のお菊《きく》が呪ったんだとか、嫁《い》かず後家のおしずが、そういえばこのごろ頻々《ひんぴん》と虻に刺されていたとか、益体《やくたい》もない告げ口をしてくる者があとを絶たない。こういうのはちゃんと始末しておかないと、村ぜんたいの規律と統率にひびが入ってしまう。

村長は段取りを整え、畑間村の村民を一人残らず、厳重に調べ上げた。もしも村長が怪しいと感じるようなふるまいがあったら、そいつが誰であれ、言い訳なんぞ聞かずにすぐ追放してやる！　という勢いだった。

こうして、みんなをぎゅうぎゅうに締め上げた結果、村長は父ちゃんに言った。

「おりんを呪ったのは、この村の者じゃねえ。あの良縁を羨《うらや》んだり妬んだりすることはあっても、だからって、こんな恐ろしいことをやってのけるほど腹が悪い者は、この村にはいねえよ。だから、この先おりんが……死んだあとも、遺恨を抱いちゃならねえぞ」

――もう、姉ちゃんは死ぬことに決まってるって言い方だ。

こっそり盗み聞きしていた餅太郎は、そっちの方が胸に刺さった。

おりんを返して寄越《よこ》したっきり、大畑村の人びとはどうしているのか。祝言を目前にしていた玄一郎は、思いがけない不幸に打ちのめされ、家にこもったきりだという。

猪鼻屋からは、誰かがおりんの見舞いに来るわけでもなく、人を寄越してくれることもない。玄一郎の母親であるおかみにいたっては、

「やっぱり、野良育ちの娘を嫁にもらおうとしたのが間違いだったんですよ。これでやり直しになったんだから、玄一郎にはかえってよかった」

なんて、酷《ひど》いことを吹いている有様だ。

呪いを解く手立てを探し回ってくれた大村長も、打つ手がないと知れてからは、がっくり気落ちしたっきりである。大村長のおかみさんは、やっぱり女の気持ちというものがよくわかっているから、お嬢様から台所女中まで、大畑村のあらゆる女たちの耳に入るよう熱心に説いて回った。

「誰がおりんを呪ったのであれ、叱ったり咎《とが》めたり、罰を与えたりはしないから、どうか名乗り出ておくれ。人は虻の神様と同じくらい愚かだけれど、虻の神様と違うのは、悪いことをしたと

気づいたら改められるところじゃないかえ」

　悲しいかな、この呼びかけに応じる声はあがらなかった。

「虻の神様は、呪いをかけてくれって頼む者の命はとらねえのかな」

「先に九十九匹の虻に血を吸わせてるさ、そんでいいんじゃねえか」

「呪われる方は、一日刻みに刻まれるように苦しんで死んでいくんさ。そんなんじゃ足りやしねえで」

　台所で朝飯を食いながら、父ちゃんと兄ちゃんがぼそぼそやりとりしている。兄ちゃんの声には怒気がこもっている。父ちゃんの声は疲れ切っている。

　おりんが戻って九日目の朝だった。餅太郎が目を覚まし、明かり取りの押し開け窓をカタンと開けてみたら、空は雲に蓋《ふた》をされ、冷ややかな秋雨が降っていた。

　夜中でも、おりんの様子がちょっとでも変わったらすぐわかるように、あまり間をあけずに水気を取らせてやれるように、餅太郎は寝床のそばについている。昼間はどうしてもおつね婆さんと隣のおばさんに頼り切りで、

　――餅《もつ》ちゃんは、お姉ちゃん想いのいい子だよ。けど、こういうことはさ、おりんちゃんも恥ずかしいだろうから、おばさんとおつねさんに任せてよ。

　と説かれたりして、おりんの襁褓を取り替えたり、身体を拭《ふ》いて着替えさせたりすることからも遠ざけられているから、せめて夜、離れずにそばについているくらいはしてやりたいのだ。

　そうやって付き添っていて、ふと思いついたことがあった。もしかしたら、この手を使えば姉

ちゃんを呪いから助け出すことができるんじゃないか、と。

でも、なかなか踏み出せない。怖いからではない。思いつきでしかなく、あやふやだからである。迷っているうちに日が経って、姉ちゃんはどんどん弱っていく。三途《さんず》の川まであと一歩。いや、半歩しか残されていないか。今日がぎりぎりだ。明日になったら、もう目覚めないかもしれない。

――姉ちゃんの目が開いてるうちに。はっきり、呪いの虻を見られるうちに。

そうでないと、この手は意味がなくなってしまう。でも、ホントにこんなことで大丈夫だろうか。姉ちゃんに代わって、餅太郎が虻の神様の呪いを引き受けられるのか。

もう迷っているひまはない。一か八かだ。とにかくやってみるんだ。

餅太郎は台所へ行き、土間に下りて、水瓶からおりんの飯茶碗に水を汲んだ。これはもう、朝も昼も夕も、一日のうちに何度もやる習慣になってしまった。

「昨夜《ゆうべ》はおりん、どんなだったさ」

朝飯を終えた父ちゃんが問うてくる。陰気な雲のせいで、台所は薄暗い。

「べつに、変わらんかったよ」

「おまえはちっとは眠れたんか。すまんな」

兄ちゃんは黙りこくっている。兄弟のあいだでは、おりんのために交わす言葉は尽きてしまった。

水を満たした飯茶碗を小さな盆に載せ、餅太郎はおりんの寝ている奥の板の間へと引き返してゆく。いつもならば、この盆の上には新しい綿の玉も載せるのだけど、今朝は飯茶碗だけだ。

餅太郎はそうっとおりんの枕元にしゃがみ込み、「姉ちゃん、おはよう」と声をかけた。

おりんの瞼《まぶた》がふるふると震える。頬がへっこみ顎《あご》がこけて、元気だったころよりも一回り小さくなってしまった顔。その眉間《みけん》に、元気だったころにはけっして見せたことがない、苦渋を表す皺《しわ》が浮いている。

飯茶碗の水をこぼさぬよう、盆をいったん床に置いて、餅太郎はうんと自分に気合いを入れた。やるんだ。これで姉ちゃんを助けられるかもしれねえ。やってみるんだ。

「もちだよ。姉ちゃん、今朝はちょっと起きてみようか」

寝床に張りついたみたいに薄っぺらになってしまった、おりんの身体。抱き起こそうと両腕を回すと、痩《や》せて骨張っていて、襁褓が臭う。餅太郎は泣きたくなるのを懸命に堪えた。

小雨模様でも、明かり取りの小窓からは朝の光がさしこんでくる。姉ちゃん、ちっとでも明るい方を向いてくれ。

「雨が降ってる。こういうのを時雨《しぐれ》っていうのかい。姉ちゃんは、そういう言葉をよく知ってるよな」

餅太郎もまだ十一の子供だ。これから試みようと思っている事がおっかなくて、声が震えてうわずってしまう。

それを聞き取ったのか、おりんがうっすらと目を開けた。命が尽きかけて白くなっている肌と、光を失いかけて濁り始めている瞳《ひとみ》。

「……餅ちゃん」

おりんは、餅太郎が担ぎ売りに出かけるようになると、ちゃんづけで呼ばなくなった。一人前の男になり、一人で商いをして稼いでくるんだ。もう子供じゃない。必ず「餅太郎」、どうかすると「餅太郎さん」と呼んでくれることさえあった。

なのに今は、思い出したように、

「餅ちゃん……どうしたの……」

堪えきれなくて、餅太郎の目には涙が浮かんでいた。おりんはちゃんとそれを見てとり、おぼつかなげに瞬きさえした。

「泣いてる……の」

餅太郎は左肩と左腕でおりんを支えたまま、右手で飯茶碗を持ち上げた。

「姉ちゃん、これ見ておくれ」

おりんの顔の前に、水を満たした飯茶碗を持っていく。飯茶碗は使い込んで縁が欠けてしまっているけれど、買ったばかりのときには釉薬《ゆうやく》がぴかぴかできれいだった。兄ちゃんが大畑村に担ぎ売りに行っていたころ、今日は儲《もう》けが多かったからと、古道具屋で見つけてきたのだ。

「この茶碗で水を飲もうよ。姉ちゃん」

おりんはまた弱々しくまばたきした。瞳が泳いで、飯茶碗の方を見る。

とたんに、痩せ衰えたその身体のなかに、恐怖と嫌悪の波が走り抜けるのを、餅太郎は感じた。近づけた頬から頬へと伝わってきた。

「やっぱり、嫌らしい虻がいるかい？」

確かめねばならない。ごめん、姉ちゃん。答えておくれ。

「この茶碗の水のなかで、でっかい虻が脚を動かして、目玉をぎろぎろさせてさ、じじ、じじって鳴いてるかい？」

おりんは必死に顔を背けようとする。

いるんだ、いるんだ、呪いの虻が。

よし、それでいい。

「じゃあ、姉ちゃん。この虻はおいらがもらうよ！」

言うなり、餅太郎はおりんの飯茶碗を持ち上げて口につけ、一滴残らずぐびぐびと飲んでしまった。

ただの水だ。変な味はしない。大きな虻を呑み込んでしまう感じもしない。冷たい水が喉《のど》を通ってゆくだけだ。

これじゃあ駄目なのか。

「ちょっと餅っちゃん！」

大声を張り上げ、仕切り戸を蹴《け》っ飛ばさんばかりの勢いで飛んできたのは、隣のおばさんだ。

今朝も早いなあ。すんません、お世話になって。

「あんた何やってんさ！」

餅太郎はまだおりんを抱きかかえて座り込んでいたから逃げようがなく、いきなりおばさんに横っ面を引っぱたかれてしまった。

凄《すご》いびんただった。餅太郎の手からおりんの飯茶碗が転げ落ちた。

「これでおりんちゃんに水を飲ませたの？　なんてバカな」

おばさんがもう一発餅太郎の頬を張ろうと手をかざすと、おりんも手を動かした。おばさんを止めようと、遮ろうとした。

「も、餅ちゃん、のろ、いを」

呑み込んじゃったの、あたしの代わりに。おりんは必死になって、おばさんに告げようとしている。餅太郎の身を案じてすがりついてくる。餅太郎も姉ちゃんを抱きしめ返す。

そのとき――

餅太郎の頭のなか、耳の奥に、いきなり虻の羽音が溢《あふ》れた。

一匹や二匹じゃねえ。大群だ。黒光りする目玉、大粒の豆のようにぶっとくて硬い身体、びんびんと空《くう》を震わせる翅、忙《せわ》しなくすり合わされる手脚。

虻の大群が、餅太郎の頭のなかから飛び出してくる。目から、耳から、鼻の穴から、言葉にならない言葉で叫ぼうと、大きく開けた口のなかから。

「うぐぁぁああ！」

餅太郎はおりんの身体を布団の上に放り出した。跳ねるように立ち上がると、両手で耳を塞《ふさ》ぎ、歯を食いしばってくちびるを閉じ、倒れ伏したおりんの身体をまたぎ、びっくりして腰を抜かしているおばさんの脇をかすめて、大股《おおまた》で走った。

ここにいちゃいけない、離れるんだ離れるんだ、おいらは虻まみれだ。

裸足で土間に飛び降り、戸口の板戸にぶつかってよろけながら、裏庭に飛び出した。小作人小屋の並ぶこのあたりは村のなかでも低い場所なので、ちょっとした雨でもすぐ水溜まりができて土がどろんどろんにぬかるんでしまう。

餅太郎は水溜まりに足を突っ込み、盛大に泥水を跳ね上げた。きつく閉じたくちびるの隙間から、唸《うな》るような声を発し続けている。驚いて飛び出してきた近所の人びとや、餅太郎の父ちゃん、兄ちゃんの前で、

「あぶ、あ〜、ぶぅ！」

それだけ叫んだら、声と同時にげぶりと吐いてしまった。だから両手で口を押さえ、頭を下げて前かがみになって、暴れ牛のように、怒った猪のように、ただまっしぐらに走って、山に登る沢に入る崖《がけ》から飛び降りる、この身を捨てて、虻の呪いも一緒に滅ぼしてやる！

走る、走る、餅太郎は走る。村の真ん中を横切る道を走り抜け、荷車置き場を通り抜け、井戸端を通り過ぎるときには誰かに水をかけられて、

「餅太郎、しっかりせいや、どうしたんさ、頭を冷やせ！」

聞き覚えのある声で怒鳴られた。ごめんよ、けどおいらの頭は冷えてるよ。ただ虻の群れでいっぱいになってるだけさ。

走って走って、つんのめって地べたに手をついて、え？　手をついたつもりなのに、なぜか指が空《くう》を掻いた。

両脚も地面から浮いている。

ぶうん、ぶんぶん。大きな羽音がする。今度は頭のなかからじゃなくって――

頭の真上からだ！

「――とんびに掠《さら》われる蛙みたいに」

餅太郎は言って、そのくちびるが久しぶりにへろへろと震えた。

「でっかい虻に掠われて、あっしは飛んでいたんでさ」

米俵ほどの大きさの虻だった。化け物だ。そのぎざぎざのある脚で小袖の襟首をつかまれ、身体は宙ぶらりんになっていた。

「そういうことになってるんだって気がついたとき、ちょうど、村の出入り口のところにある番小屋を飛び越したんです。そしたら、ぶらんぶらんしているあっしの右足の爪先《つまさき》が、板葺《いたぶ》き屋根の押さえに載っけてある丸石を蹴っ飛ばしちまって」

痛《いて》ぇ！　と餅太郎は叫んだ。丸石は板葺き屋根を転がって庇《ひさし》から飛び出し、何事かと飛び出してきた月番のおじさんの肩を危うくかすめて、地面に落ちた。泥水がぱしゃっと跳ねた。

「それで、あっしは夢を見てるんじゃねえ、これはホントに起こってることなんだって」

聞き手の座で、富次郎は目を瞠《みは》ったまんま、ゆっくりとうなずいた。本音を言えば口をあんぐり開けたいところなのだが、そんな剝《む》き出しの無礼をしたら、聞き手としてだらしなさ過ぎる。

――確かに、このお話じゃあ。

餅太郎が最初に、「誰にも信じてもらえっこない」と言っていたのも納得である。貸本屋で人気の『お化け草紙』に、虻の神様の挿絵つきで綴《つづ》られていてもおかしくないような筋書きだ。

――おちかはこういうの、聞いたことがあったかなあ。

富次郎が初めてだとしたら、ちょっと嬉《うれ》しい。いいや、大いに自慢だ。小鼻がふくらんじゃうよ。男として、従兄《いとこ》としては、「そこで喜ぶなんざ器が小さい」と、自分でもちゃんと承知してますけどね、はいはい。

「あっしは寝起きの恰好《かっこう》だったし、虻はけっこう速く飛んでるもんで、小雨が正面から顔にも身体にも降りかかってくる。冷たくって寒くって、だんだん涙も出てきてね」

虻はどっちに向かっているのか。ぶらんぶらんするばっかりの餅太郎には見当がつかないのだが、さっきちらりと右端をよぎっていったのは、大畑村の火の見櫓《やぐら》ではなかったか。

「おい、この大虻のバカ野郎、おいらをどこへ連れていくんだって、訊いてみたんですけども」

虻はぶんぶん唸るだけだった。飛び続けるうちに雲のなかに入り、まわりが霧のようなものに覆われて、どっちを向いても景色が見えなくなってきた。

「冷えて寒いし、小袖の襟をぎゅっとつかまれてるんできゅうくつだし、行き先はどこでもいいから早くおろしてくれよって、あっしはもう捨て鉢な気分でした」

逃げようとは思わなかったのか。思わなかったんだろうなあ。富次郎は感じ入った。餅太郎は当時たったの十一歳。よくそこまで腹をくくれたものだ。

「そのうち、くたびれてうとうとしちまったみたいで――」

虻にぶうんと大きく揺さぶられ、落っことされるのではないかとぎょっとして目が覚めた。

「そしたら、すっかり夜になってたんです」

まわりに立ちこめていた霧のようなものは次第に薄れていく。雲から抜け出したのだ。足元が広く開けて、景色がよく見えた。

真っ暗な山の森のなかに、ぴかぴかの金柑《きんかん》をばらまいたかのように、黄色と茜《あかね》色の光が灯《とも》っている。虻がだんだん降りてゆくにつれて、それは無数の窓明かりなのだとわかってきた。

町だ。山道に沿って町がある。庇の上に看板を掲げ、箱行灯《あんどん》を出しているのは商家――いや、旅籠だ！　あれは旅籠町だよ。

「子供のあっしが知っている旅籠町といったら、大畑村だけですから」

虻に掠われて秋雨と雲と霧のなかを飛び回り、結局は大畑村に帰ってきたのか。なぁんだ――と思っているうちに虻はさらに地面に近いところまで降りてきて、餅太郎を地べたへ放り出した。勢いがついていたので、餅太郎はぐるん、ぐるんとでんぐり返った。その勢いのまんましたたかに何かにぶつかったと思ったら、ばちゃんと水がはねかかってきた。

――何なんだよ、いったい。

手をついて起き上がる。おでこを打ったせいで、目がぐるぐる回る。

餅太郎がぶつかったのは、天水桶《てんすいおけ》だった。横っ腹に〈用水〉と記した桶を三つ重ねて、その上に埃よけの屋根をかけてある。

畑間村には、こんな洒落《しゃれ》たものはない。大畑村は、城下町の真似をしていつの間にか置くようになった。山火事が出たらこんな桶の水では何の役にも立たない。せいぜい、焚き火を消すのに重宝するくらいだろう。

痛ぇ。おでこをさすりながら、餅太郎はぐるりを見回した。虻は飛んでいってしまって影も形もない。

今、餅太郎が座り込んでいるのは、上から見おろした旅籠町の外れ、町を貫く道の端っこだ。振り返れば真っ黒な森が、夜空の半分の高さまで立ち塞がっている。

夜空にはなぜか月も星もないけれど、餅太郎がまわりの様子を見てとれるのは、道の左右にずうっと配されている石灯籠《どうろう》のおかげだ。一つ一つは餅太郎の膝までの高さしかないが、なかにはずんぐりと太い蠟燭《ろうそく》が置かれていて、明るい炎をゆらめかせている。

こんなの、大畑村にもない。

前方に目をやれば、金柑ではなく蜜柑《みかん》の大きさになった無数の窓明かり。そのなかでちらちらと動き回る人影と――

とんちんしゃん、てんてろてん、ぺんぺんのでんでんの、とんちんしゃん。

三味線と鼓《つづみ》の音。いい調子で唄う声と、陽気な歓声。

宴《うたげ》だ。それもたいそうな盛り上がりで、大騒ぎしている。

「どおっと、止まれ止まれ、三の目！」

「そうは問屋がおろすかい」

「おっと、次の勝負はいただきだよ」

──博打やってる。

すっごいだみ声と、野太い声と、きんきん甲高い声。入り交じってどやどやと。

──熱くなってら。

笑ったり囃《はや》したり、手を打ったり足踏みしたり、何とにぎやかなことだ。

ここは、やっぱり大畑村じゃないな。大畑村の旅籠では、こんなにおおっぴらに博打をやったりしない。お咎めをくらってしまう。

それにしてもヘンだよ。さっきから何か臭くねえか？　くんくん。これ、臭ってるのっておいらの身体か？

おまけに、肌に触るとべたついている。さっき天水桶にぶつかったとき、水がはねかかってきた。そのせいかな。

気持ち悪くなってきて、道ばたの石灯籠の一つに近寄り、小袖の濡《ぬ》れたところを引っ張って、明かりにかざしてみた。

そして、自分の手にべったりと血がついていることに気がついた。

「うわぁ！」

何だ何だ何だこれ、おいらの血か？　おいら怪我してる？　あのでっかい虻に刺されてた？

血ぃ吸われてたのか？　身体のどっかに穴あいてねえ？　どこ？　どこに？

狼狽《うろた》えてじたばたしているうちに、またさっきの天水桶にぶつかってしまった。ばしゃん！　と桶のなかの水がはね、今度は餅太郎の顔に飛沫《しぶき》がかかった。

それでわかった。これ水じゃねえ。

「血だ！」

血だ血だ血、天水桶のなかに血が溜まってる！　何だコレどうなってるんだ誰がこんなことしやがったんだよ！

「うわぁぁぁあ！」

餅太郎の悲鳴をかき消すように、窓明かりに満ちた旅籠のあちこちで大きな声があがる。歓声、怒声、喜んだり悔しがったり。

「おうさ、この勝負はもらったぞ！」

「ぐぬぬ、また山をとられたぞい」

とんちんしゃん、とんちんしゃん。鼓の音が高くはね上がる。

逃げなきゃ、ここから逃げなきゃ。餅太郎は地べたを引っ掻いて立ち上がる。足がもつれてすぐ倒れる。しっかりしろ、立って走るんだ、逃げるんだよ！

ぴゅううう、どん！

旅籠町の方から礫《つぶて》のようなものが空を切って飛んできて、餅太郎の背中に命中した。

飛んできたものの勢いに背中を押され、餅太郎はびゅんと前に跳んで地べたに突っ伏した。石灯籠のなかのろうそくの炎が、またたきするみたいに揺らめいた。

「どこへ行きなしゃる！」

突っ伏している背中の上で、小鳥の囀《さえず》りみたいな声が叫ぶ。怒ってる？

「せっかくここへ来なしゃったに、何もせんで逃げなしゃるとは愚かなり！」

またぞろ地べたにおでこをぶつけ、鼻の頭と顎の先をすりむいてしまった餅太郎。

「だいたい、どこへ逃げなしゃる？　あの暗い森は闇の常世《とこよ》じゃ！」

小鳥みたいな声の主が、自分の背中の上でぴょんぴょんと飛び跳ねているのを感じ取るまで、なかなか手間がかかった。

「……背中、痛いんだけど」

そうなのだ。ぴょんぴょんしているものは感触が硬い。動かれると、いちいち背中がちくちくするのだ。

「これはしたり！」

ひときわ高い声でさえずって、背中の上のものはぴゅうっと飛び上がり、餅太郎の目の前に落ちてきた。

「餅太郎しゃん、起きなしゃれ」

餅太郎は目を凝らした。よくよく凝らして、それからいっぺん瞼を閉じた。おいら、夢を見てる。夢だとわかんねえ夢を見てる。そうに決まってる。でなかったら、こんなもんが勝手に動き回ったり、おいらにしゃべりかけてきたりするもんか。

「餅太郎しゃん、あんたしゃんは夢を見とるんではないしゃ」

餅太郎は瞼を開いた。小鳥みたいにさえずっているものは、餅太郎の顔の目と鼻の先に転がっていた。

そう、転がっている。本来転がして使うものだから。

賽子だ。今はこっちに三の面が向いている。

黒い粒のようなしるしが三つ並んでいる。

一つの面が、大人の親指の爪ほどの大きさだ。木を削ってこしらえた素朴な風合いのままの小さな賽子だが、数字を示すしるしはくっきりと濃く描かれている。

「さいころ」と、餅太郎は言った。「おまえ、賽子だよな」

目の前の賽子はころりと転がり、四の面を出した。「ただの賽子じゃありましぇん」

「しゃべれる賽子だろ」

「餅太郎しゃんの賽子でしゅ。お見忘れか」

へ？　おいらの賽子？

「おいらは博打なんかしねえ」

すると、しゃべれる賽子は、蛇に締め上げられている小鳥みたいなきぃきぃ声を出しながら、地団駄ふんでころころ転がった。

「わしゃ、博打の賽子じゃない！　ろくめん様のお供物なんしゃ！」

ろくめん様のお供物。そこまで言われて、やっとわかった。

「おまえ……正月に、おいらが鎮守様に納めた賽子なのかい？」

ろくめん様を祀《まつ》る神社は、大畑村にあるのが本社《ほんやしろ》で、その後分村ができるたびに分社され、各村でもそれぞれに鎮守様として仰がれている。もとは一柱の神様だとはいえ、長く祀られるうちに分村ごとの習いなどもできているが、正月詣《もう》でのときだけは、どのお社でも必ず賽子をお供えする決まりがあり、氏子たちはこぞって手作りして持参する。

この正月、餅太郎の家では、兄ちゃんと餅太郎がみんなの分をこしらえた。そういえば、おつね婆さんの分も頼まれたっけ。

材料は手頃な薪でいいが、なるたけ柾目《まさめ》のきれいに揃っているところを使う。大きさや、色をつけるかつけないか、しるしをつけて数を表すか、「壱」「弐」「参」と漢字で記すかは、村ごとに違いがあるが、畑間村では木目のままで、数を表す丸いしるしを描き込むには、草木染めの染料を濃く煮詰めて使う。

兄ちゃんと餅太郎のこしらえた賽子は、大きさも揃っていて上等だった。ただ、一個だけ、木の硬い節のところがちょうど角になってしまい、形のひずんだものがあった。

餅太郎は、それを選んで自分の分の賽子にした。兄ちゃんが笑いながら、

――正月には、なにしろ山のような賽子が供えられるから、ろくめん様でもどれが氏子の誰の賽子か見分けがつかねえ。ちっとぐらい形が変な方が目立っていいぞ。

そう言ったのを真に受けたのだ。

今、餅太郎の目の前で転がったり飛び上がったりしている賽子は、ちょっぴりひずんでいる。

うん、おいらの賽子だ。

「だけど、賽子がしゃべるなんて、どうなってんだよ」

そもそも、ここは何処《どこ》なんだ？　氏子がろくめん様にお供えした賽子がいるってことは、ろくめん様のお住まいなのか。こんな旅籠町みたいなところが？

こうしている今も、どよどよわあわあと騒がしい。明かりのついている窓という窓から、宴と博打に盛り上がる声が溢れ出てくる。

「餅太郎しゃん、ともかく起きなしゃれ」

ひずんだ賽子に促され、餅太郎は地べたから身を起こした。まだ腰が抜けているみたいで、うまく立ち上がれない。よろよろして、手をついてお詫びしているみたいな恰好に正座してしまった。

「えらい、えらい」

賽子は褒めてくれた。

「ここは、ろくめん様が八百万の神々をお招きするためにこしらえた里でごじゃります。人は殊勝にしているがよろし」

ネズミの鳴き声みたいな声で言いながら、餅太郎の膝の上に飛び乗ってきて、

「おや？　臭《くそ》うごじゃる」

「さっき、あっちにある天水桶にぶつかって、ひっくり返しそうになっちまってさ」

餅太郎は背後の暗闇を振り返り、天水桶の方を指さした。

「中身を浴びたんでしゅか」

「うん。あれって――」

餅太郎の鼻はもうバカになってしまっていて感じないが、濡れたところは肌にくっついてべたべたしていて気持ちが悪い。

「ち、だよな。生き血」

口に出して言うと吐き気がこみ上げてきて、胸が悪くてたまらない。

「ここは、神様が人をとって食うところなのかい？　おいらも食われちまうのかな。その前に生き血を抜かれるのかな。天水桶いっぱいの血を抜かれたら、どれっくらい痛いのかな。おいら怖いよ」

どっと冷や汗が浮いてきて、餅太郎の顎の先からしたたり落ちる。膝の上の賽子は、「やや！」と叫んで左右に転がり、落ちてくる汗の粒を避《よ》けると、

「ははあ！　それで逃げ出そうとしとったんでしゅな」

それは情けない――と嘆き、「二」のしるしを上にして止まった。

「ここにある天水桶の中身は、人の生き血ではごじゃらん」

「血じゃねえの？」

「血だけではない、と言いましょうか……まあ、もっと汚いものも混じっており……」

げ！　余計に嫌だよ、げろげろだよ。

「あれは人の世の穢《けが》れでごじゃる」

けがれ。人が生きる世の中で生み出され、溜まり、淀んでいく汚いもの、汚らわしいもの、見

苦しいもの。

「もういっぺん申しましゅが、ここは、ろくめん様が造られた八百万の神々のための遊び場でごじゃります」

多くの神々が集まる神域だ。限りなく清らかで浄《きよ》い場所なのだ。

「しかし、あまりに清らかなばっかりじゃと、人の世とかけ離れすぎて目立ってしまう。神々の集うところが衆生《しゆじよう》の目によく見えては、不用心でごじゃろう？」

神々から何かを盗もうとか、神々を傷つけようとか、罰当たりで邪《よこしま》な思いを抱く者どもが寄りついてしまう。

「そこでろくめん様は、人の世の穢れを集め、ちょうど打ち水をするように境目のところにまいて、この場所の清らかさを隠すようになさっているのでごじゃる」

嘘みたいな話だ。餅太郎は洟をすすった。ついでにくしゃみが出た。

こんな当たり前のことを、こんなヘンテコな場所でやっている。笑えるか？　ちょっと笑ってみろよ、おいら。

無理だ。でも少しだけ落ち着いた。相手が賽子だとはいえ、一人ぼっちじゃなくなったからだろう。

「おいら、でっかい虻に掠われて、ここに来たんだよ」

餅太郎はひずんだ賽子に、これまでの経緯《ゆくたて》をすっかりしゃべって聞かせた。賽子は、話が呪いのしるしである虻を思い切って呑み込んだところにさしかかると、ひずんでない方の角で立ち上がって、きりきり回った。

「何とまあ、何とまあ。餅太郎しゃんは思い切ったことをしなすった！」

手放しで感心してくれる。ひずんでいるからうまく転がらないこの賽子、角で立って回るのは上手だ。

「おまえ、名前は何ていうの？」

「わしゃ、餅太郎しゃんの賽子じゃ。それだけで充分じゃ、名前などごじゃらん」

「そんなら、おいらが名前を付けるよ。キリ次郎でどうだ？」

「キリ次郎？　はは、ありがたや、良い名前でごじゃる！」

右回り、左回り、回りまくるキリ次郎。餅太郎はもういっぺん笑ってみようとした。だって、笑っちゃうような眺めだろ？　キリ次郎はいい奴みたいだし。

でも、駄目だった。口の端を上に曲げても、ただ曲げただけ。両のほっぺたを持ち上げても、ただ持ち上げただけ。

笑顔ってどんな顔だっけ。

そわりと、身体が冷たくなった。

「餅太郎しゃん……」

地べたでころんと転がって「五」を見せると、キリ次郎は優しく言った。

「身体を拭いて、今夜は休みなしゃれ。わしについておいでなしゃい」

こっち、こっち。キリ次郎に導かれるまま、石灯籠の並んだ道から脇にそれて、雑木林のなか

をうねうねと延びる小道へと入り込んでゆく。

　真っ暗だけれど、先に立つキリ次郎の小さな四角い身体が星のように光り、餅太郎の足元を照らしてくれる。裸足の足の裏に触れるのは土や砂利ではなく、柔らかな下草や湿った苔《こけ》のようだ。

「もう少し先まで歩きましゅるぞ」

　キリ次郎の言葉に、まわりを見回してみる。石灯籠の道を挟んで建ち並ぶ旅籠のような大きな建物の列は、雑木林の向こう側に隠されてしまった。あれがこの場所の中心部だとするならば、今いるところは、そこからぐるりと回り込んだ裏側だ。

「わしら、ろくめん様への捧げ物で、この里で下僕として仕えておるものどもは、そも人ではごじゃらぬ。という以前に、生きものでごじゃらぬ」

だが、餅太郎は違う。少なくとも今はまだ「生きもの」の内にいる。これからこの里で暮らしてゆくには、住処《すみか》が必要だ。

「このあたりがよろしいかと思いましゅるのじゃ。畑間村と似ておりましょう」

足元からの光は頼りない。それでも、小道の先にまず板葺き屋根の小屋が見えてきた。一軒ではなく、ばらばらと何軒か並んでいる。

足の裏の柔らかな感触が変わった。砂か、灰かな？　ちょっとじゃりじゃりする。一歩一歩、用心深く足を踏み出し、首を伸ばしてぐるりの様子を確かめながら歩いてゆく。

何軒かの小屋を通り過ぎると、瓦《かわら》屋根のお屋敷が現れた。そのまわりには土塀が巡らされているが、あっちこっちで崩れたり、穴が空いたりしている。

小道を挟んで向かい側には、大小の小屋や二階家が、雑木林の隙間に建ち並んでいる。表戸が腰高障子になっている家は、店だ。炭売り、油売り、鋳掛屋に道具屋。白い障子に商う物事を字で書いて示してある。明かりはないのに、くっきり読み取れるのが不思議だ。

ちょっと開けたところには水場があり、物干し場があり、馬や牛をつないでおく柵《さく》に、いくつかの荷車と手押し車もある。山型に積み上げてあるのは、森から伐《き》り出したばかりの丸太だろう。

――ホントにうちの近所の景色みたいだ。

村の広場に、村長や禰宜さんのお屋敷。深い井戸のそばで女たちが洗いものをして、男たちが汗を流し、牛馬に水をやる。

餅太郎の胸が躍った。

「キリ次郎、ここにはおいらの他にも人がいるんだな？　おいらみたいに掠われてきて、ここに住み着いてる人がいるんだよな？」

つい、声が大きくなった。

キリ次郎はてちんと跳ねると、餅太郎の肩の上に飛び乗ってきた。

「確かに、人がおりましゅる。皆、このあたりにおりましゅる。じゃから餅太郎しゃんもここへお連れして――」

「ああ、よかった！」

「喜んじゃいけましぇん。それはぬか喜びでごじゃります」

何でだよ？　と問い返そうとして、餅太郎はぐっと言葉を呑み込んだ。

見えたのだ。白っぽい人のような影が。

向こう側の小屋と小屋のあいだから、すうっと滑り出てきた。

お、お、お化けだ。

足がなかった。頭と肩は人の形だけど、ぜんたいにはでっかい人魂《ひとだま》みたいいって、人魂がどんな形をしてるのか

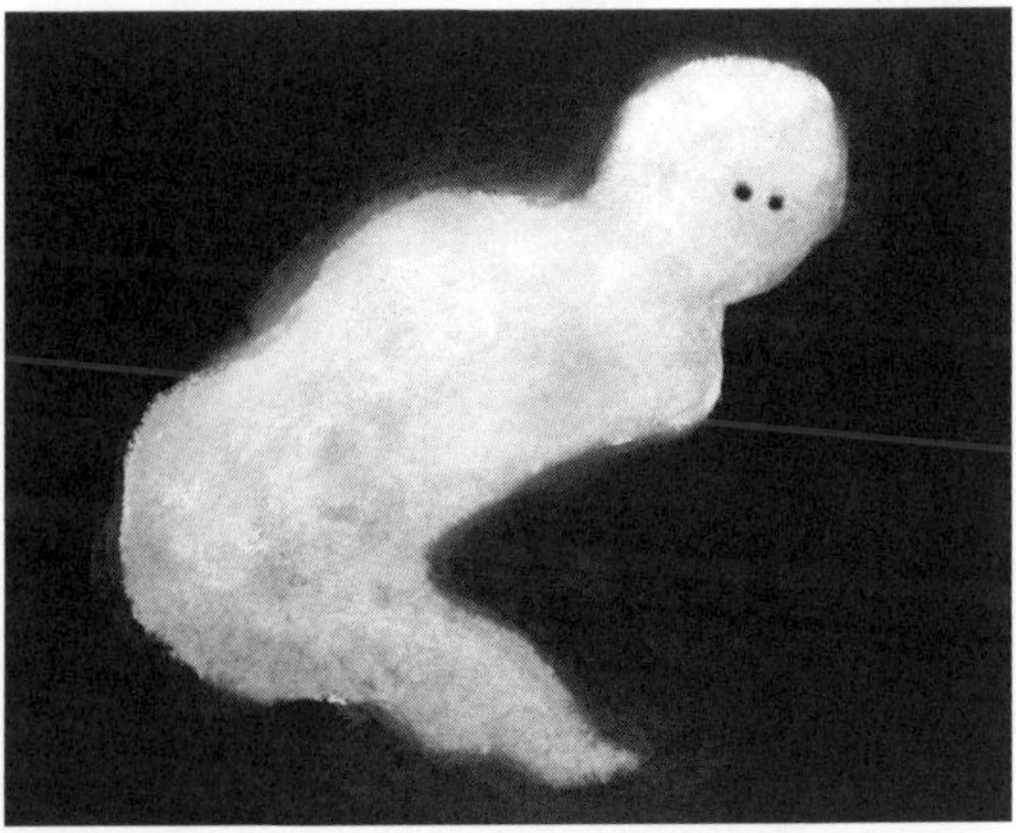

よく知らないや。知っているものに喩《たと》えるなら、白い反物《たんもの》に頭がついてるみたい。それがいちばん近いかな。

夜の闇のなかを流れるように飛んで、今、小道の奥へと姿を消した。

「あれ、あれ、今の」

歯の根が合わない。お化けの消えていった方を示そうと、伸ばした指は上下に震える。

「へえ、ちょうど今、おりましたな」

「キリ次郎、あれは人じゃねえよ！　ああいうのはお化けっていうんだよ！」

腰が引けて、餅太郎はまたへたり込んでしまいそうになった。しっかりしろ、おいら。足を動かして逃げるんだ！

「ちょ、ちょ、餅太郎さん、どこへ行きなしゃるおつもりじゃ」

「お化けのいるとこになんかいられるか」

「あれはお化けじゃありましぇん！」

キリ次郎はきぃきぃ叫んだ。

「この里では、あれが人なんでごじゃります。ここに入ると、人はみんなあの姿になってしまう。餅太郎さんとて、さっきの人から見たら、あのようなお姿に見えるんでごじゃります！」

何だよ。何なんだよ。そんなの、おいらは、まっぴら御免だ。

「ここにいる人びとは、みな餅太郎しゃんと同じように、呪いを受けたり、大それた間違いを犯したりした者ばかりなのでごじゃりまする」

神々から見れば、穢れているのだ。

「穢れにまみれたその姿のまま、神域であるこの里に居着くことは許されましぇん」

身に帯びた穢れと共に、人間らしい外見、人の息、人気《じんき》の一切を失くした姿にならなければ、何人《なんぴと》もこの里で暮らすことはできぬ。

「おいらも……あんなお化けになってる?」

自分の両手を、身体を見回してみる。頰を叩いてみる。足踏みしてみる。

ちゃんと自分だ。身体がある。皮膚がある骨がある。

「おいらはおいらだよ!」

「今はまだ」と、キリ次郎は言った。「これから先は、わかりましぇん」

餅太郎が絶望し、捨て鉢になり、ただ流れる時に身を委《ゆだ》ねて呆然《ぼうぜん》と過ごしてしまったなら、

「餅太郎しゃんご自身にも、ご自分がお化けになってしまったことが目に見える。わかるようになる」

それでも、わかるだけましだ。

「もっと時が進めば、お化けになってしまった自分をも失ってしまいましゅる」

自分を失う?

「死ぬってことか?」

そんなら別にいい。覚悟していた。

「寂しいけど、しょうがねえ」

するとキリ次郎がなぜか声を小さくして言った。「もう一度、足踏みしてごらんなしゃい」

言われるままに、思いっきり力を込めて、どんどんと足で地面を踏んでみた。

この感触。砂じゃないな、もっとガサガサしてるものと、つぶつぶしてるものの足触りだ。

「それが、この里で自分を失った人びとのなれの果てでごじゃりまする」

「え？」

餅太郎は足の裏を持ち上げて見た。何かくっついてる。これが何？　何だって？

「白いつぶつぶは、人の骨が粉々に砕けたものでごじゃります。黒いガサガサは、人の血肉が腐って芥《あくた》になったものでごじゃります」

そんな、そんなそんな。

「ぎゃあああ！」

叫んで、餅太郎はぴょんぴょん跳んだ。キリ次郎はその肩の上から振り落とされて、ちょっと離れたところに落っこちた。

「いやだ、イヤだ嫌だ、やだ～！」

地べたに足をつけていたくない。嬉しいどころか恐ろしくてたまらないのに、やっていることは小躍りだ。

「どんなに嫌がっても、怖がっても、わしの言うことをよく聞いて、しっかりと気を強く持っておらねば、餅太郎しゃんもいずれはそんなつぶつぶとガサガサになってしまうのでごじゃりまする」

「嫌だよぉ！」

耳を塞いで逃げ出そうとしたそのとき、間の悪いことに、あのお屋敷の土塀の崩れたところから、別のお化けがするりと出てきた。

さっきのお化けよりも大きい。さっきのが子供なら、今度のは大人だ。

餅太郎は「ひっ」と声を呑んで固まった。

大人お化けも、土塀の前に浮かんだまま、頭をもたげてぴたりと止まった。

そのままにらみ合う。餅太郎は動けない。大人お化けは動かない――

と思ったら、すうっと上に伸び上がった。生身の人の動作に喩えるなら、背中を伸ばしてちゃんと立ったという感じ。

――何するんだよ。

固まったままの餅太郎と、淡く光りながらその足元に寄り添っているキリ次郎の前で、大人お化けは手を合わせ、こちらに向かって頭を垂れた。

大人お化けも、最初に見たお化けとそっくりの形《なり》で、幅のある反物に頭をつけたような形《かたち》だ。

だからその動作は、あくまで「そのように見えた」というだけだ。

でも、あれは合掌だ。

餅太郎は身体から力が抜けて、その場にへたへたとくずおれてしまった。

涙がこみあげてくる。口がへの字になる。

大人お化けは姿勢を戻し、ふわりと横に流れて、暗がりのなかに消えた。

キリ次郎が小さくまたたいて、言った。

「お仲間から、よき挨拶《あいさつ》をいただいたものでごじゃります」

あれはお化けだけど、お化けのような姿にしか見えないけれど、人だ。餅太郎と同じような身の上の人なのだ。人らしいふるまいをしていったのだ。

おいらは、あんなふうになれるだろうか。

「餅太郎しゃんは男でごじゃろう。姉しゃまを救うために、代わりに呪いを受けたのじゃろう。そのときの勇気を思い出しなしゃれ」

勇気。虻をひと呑みにして。

淡く光りながら、キリ次郎が目の前に転がってきた。ひずんでいるから、右に揺れたり左に揺れたりする。出来の悪い賽子。だけど、兄ちゃんとこいつを作ったときは楽しかった。

とうとう、餅太郎の目から涙が溢れた。

「泣いてもよい。泣きながらでもよろしいから、勇気を出しなしゃれ」

驚いたことに、キリ次郎の声も泣いていた。

「わしは、餅太郎しゃんがこしらえてくだすったから、ここにおる」

キリ次郎の光が、涙に濡れた餅太郎の頰に映る。

「わしは、餅太郎しゃんがろくめん様にかけた願いそのものじゃ」

――おいらの願い。

姉ちゃんの命が助かりますように。姉ちゃんが虻の神の呪いから解き

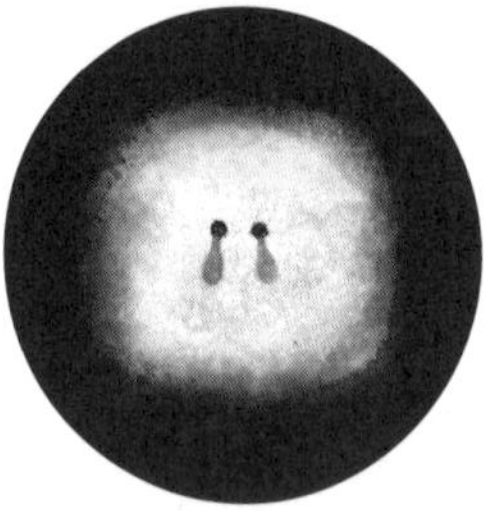

放たれますように。

　また、みんなで幸せに暮らせますように。

「そのわしがお導きしますするから、餅太郎しゃんは、畑間村に帰れるその日まで、この里で奉公するのでごじゃる」

　いつか帰れる。きっとその日が来ると信じて。

「下僕のわしらの務めは、この里を美しく保ち、訪れる神々の所望されるよろずのものを調達し、終わらぬ宴と博打遊びに邪魔が入らぬようにすること」

　餅太郎も一緒にその務めを果たそう。

「何もせず絶望にうずくまっておっては、それだけ早くお化けになってしまいましゅる」

　そしてガサガサやつぶつぶと化してしまう。

「下僕として働きつつ、餅太郎しゃんは、畑間村の暮らしを心に思い続けるのでしゅ」

　朝起きて夜寝るまで、働き、飲み食いし、笑ったり怒ったり、汗をかいたり寒さに震えたり、人らしい全ての細々《こまごま》としたことを胸の底から掘り返し、ずっとずっと絶え間なく思い続けろ。

　そして、帰りたいと願い続けろ。父ちゃん兄ちゃん、姉ちゃんに会いたいと、幸せそうな笑顔をもう一度この目で見たいと。

　帰りたい。いつか帰りたい。いいや、違う。もっと強く、もっとしっかりと自分の胸に言い聞かせるのだ。

　必ず帰る。おいらは生きて畑間村に帰る。

どうぞ、お聞き届けくだせえ、ろくめん様。

「餅太郎しゃんの思いがろくめん様に届けば、ご赦免《しやめん》を得ることができましゅる」

ろくめん様のお許しがあれば、居候の虻の神の呪いなど消えてしまう。そもそも愚かな虻の神は、自分がかなえた悪い願いを、いちいち覚えていやしない。

「餅太郎しゃんは、お名前もよい。ろくめん様の好物じゃ」

そう、ろくめん様は餅がお好きだという言い伝えがあるのだ。博打に夢中になっていた時代には、焼き餅をつかんで、一口食っては「丁！」と賭け、二口食っては「半！」と叫んでおられたとか。

虻の神に負けて面目を失い、すっぱり博打をやめた後も、餅好きは変わらなかった。だから氏子たちがろくめん様に捧げる神饌《しんせん》は、必ず餅か、餅菓子だ。正月の供物の賽子だって、餅でこしらえる凝り性の氏子もいる。

餅太郎が生まれたばかりで、まだ名無しの赤子だったとき、

——こいつには、ろくめん様の大好物の餅を名前につけてやろうさ。ろくめん様に好かれて、いいことがたくさんあるようにさ。

そんなふうに言い出したのは、兄ちゃんの松太郎だった。

母ちゃんのおりくは、このときにはもうあの世にいってしまっていた。松太郎は八つで、自分も母親を亡くしたばかりなのに、「母ちゃんが死んじゃった」ということがまだよく理解できない六つの妹を連れ、村中を回って赤子のためにもらい乳をした。そして、母ちゃんの顔を知らぬ

まま育っていく不憫《ふびん》な弟にうんといい名前をつけてやりたいと、一生懸命頭をひねったのだ。

父ちゃんの松一は、お産の前に母ちゃんと相談して、赤子が男の子だったら「松次郎」にすると決めていたから、松太郎の案にいい顔をしなかった。だけど、父ちゃんと兄ちゃんで言い合いをしているうちに、おりんが「もちたろう」の方を覚えてしまい、赤子の弟をあやしながら、「もち、もち」と呼びかけるようになってしまったので、しょうがねえなあと諦《あきら》めた。

物心ついてからこっち、その経緯《いきさつ》を、何べん聞かされてきたことだろう。もう耳にたこができそうだよと、餅太郎はよく文句を言った。すると兄ちゃんと姉ちゃんは笑って、

——ほら、おもちがふくれてる。

おりんは餅太郎のほっぺたをつっついた。松太郎は餅太郎の頭をぐりぐり撫《な》でた。

父ちゃんは、そんな子供らを黙って眺めていた。少し寂しげに見えたのは、母ちゃんのことを思い出していたからだろう。

おいらの父ちゃん、兄ちゃん、姉ちゃんと、みんなで大事にしてきた母ちゃんの思い出。

おいらをつなぎ止め、呼び返してくれる。

餅太郎は地べたの上で座り直し、正座した。拳骨《げんこつ》でぐいぐい顔を拭《ぬぐ》って、キリ次郎を見た。夜の闇の底で、その光の何と温かく、頼もしかったことだろう。

「うん、おいらは餅だ。粘り強いさ！」

子供ながらに腹を決め、己を鼓舞して顔を上げたそのときの胸の内を語る、黒白の間の餅太郎。

富次郎にはまだ彼の歳の見当がつかない。うつむき加減でぼそぼそ語っているときは老けて見えるし、たった今はまさに十一の男の子のような瞳の輝きだ。わからなすぎて、不気味なものも感じてしまう。

「結局、あっしはその一角にある小屋をねぐらにすることになりました」

近くには古井戸もあり、汲み上げてみると、驚くほど冷たく清らかな水だった。

「水を見た途端に、ものすごく喉が渇いてきましてね。釣瓶《つるべ》を使うのがもどかしくって、井戸のなかに飛び込んでがぶがぶやりたいぐらいでしたよ」

喉の渇きを覚え、水がうまいと感じる。生きているしるしだ。それなら、

「朝、起き抜けに虻に掠われて、それっきりだったわけでしょう。腹は減っていませんでしたか」

富次郎の問いかけに、餅太郎は大きくうなずいた。

「ええ、腹が減って減りすぎて、ふらふらするほどだったんですがね。それも、井戸水を見るまでは忘れっちまってた」

口の端が引き攣《つ》って、目の縁がぴくぴくする。普通なら笑うところなのに、確かにこの人は笑えないのだ。

――十一のときに、笑い方を忘れました。

「水はある。じゃあ食いものはどうなんだと思うでしょう？」

山ほどあったのだ、と言う。

「あっしが連れて行かれたあの里……もう、はっきり申しますけれども、ろくめん様が造った賭《と》場《ば》の里ですよ」

八百万の神々が、博打に興じる場所である。「胴元も客もみんな神様なんだ。だからまず、胴元のろくめん様に捧げられる食いものがある。キリ次郎が何て言ってたっけな」

「神饌ですかね。神様が召し上がるお食事」

「ああ、しんせんね」

ろくめん様には、好物の餅と餅菓子。

「それと、博打をしに集まってくる神様方も、それぞれのお手元に捧げられた神饌と、あとお供物をね、持ってくるんです。弁当じゃなくて、何て言えばいいんですかねぇ」

「手土産でしょうか」

餅太郎は目をまん丸にした。「それ、そうです、そうです。三島屋さんは、さすがこんな繁華なところでお店を張ってるだけのことはある。言葉を知ってるよね」

手土産ですよ手土産。まん丸な目のまんま、餅太郎は両手をぱあっと広げた。

「この国におわします八百万の神様が、てんでに手土産をぶらさげて、ろくめん様の賭場の里へおいでなさる。そりゃ大変なことですよ」

旨いもの好きで、諸国の名産物や美味評判記などもたくさん読んでいる富次郎には、それがどれほど「大変な」ことなのか、やすやすと想像することができた。

「国じゅうの旨いものと旨い酒が集まってくるということですね!」

勢い込んで応じたものだから、餅太郎がちょっとたじろいだ。

「あいすみません。わたしは食い意地が張ってまして、旨いものには目がないんです」

富次郎が慌てて謝ると、餅太郎の口元が歪んで、目がいっそう細くなった。笑い方を忘れた人の、精一杯の笑いもどきだ。

「三島屋さんはいい人だね」

温かみのある声音でそう言った。

「おっしゃるとおり、神様方が持ってくる手土産は、畑間村と大畑村しか知らなかったあのころのあっしなんぞには、この世のものとは思われないくらい贅沢《ぜいたく》でしたよ。もちろん、まず神様方にお出しした残り、お下がりをいただくわけですが」

そのほとんどは、旨かったそうである。普通に食べてご馳走《ちそう》だった。

「人の食いものと同《おんな》じものだったらね」

人びとが神様に供するお食事として、神饌にはある程度の決まりがある。砂糖や砂糖菓子、白い餅や白飯、里芋、鯛の尾頭付きなどは、国じゅうどこでも神饌となる食べ物だ。

「そういうものはいいんだ——ってか、いいどころか、あっしはもう竜宮城へ行ったような心地でしたよ。村の暮らしじゃ白い飯《まんま》なんかお目にかかったこともなかったし、とんだ名前負けで、白い餅にありつけるのは元日だけだったんだから」

もう嬉しくて嬉しくて、飯を食っているときだけは、辛くも寂しくも悲しくもなかったそうである。

「だけど、まずあのころのあっしは十一歳の小僧、酒には用がありませんでしたからね」

塗りの角樽《つのだる》、白木の角樽、しめ縄をつけた一斗樽。ずらずらっと並んでいるのを感心して眺めるだけで、一滴も飲まなかった。

「今となっては罰が当たりそうな話ですよ」

「まったくですねえ」

餅太郎の分まで、富次郎は愉快に笑った。

「それと、諸国の名産品を神饌に仕立てたもののなかには、ちょっと面食らうようなものもあった。あくまでも神様の食べ物であって、人がお下がりを頂戴《ちょうだい》できるようにはなってねえもの」

「たとえば、どんなものでしょう」

餅太郎は目を細めると、

「何だかわかんない木の根っこ。白っぽいのと黒っぽいのとがあってね」

「生薬の素かもしれませんね」

「だったのかねえ。鼻をくっつけて嗅《か》いでみたら、薬臭くってね。子供のあっしには、毒のように思えておっかなかったよ」

手のひらほどの大きさで、かちんかちんに乾いている丸いもの。土かと思ったら、ほのかに味《み》噌《そ》の香りがする。大喜びで、叩いて割って白い飯にかけたら、

「苦くって、えぐくって、一口も呑み込めなかったんだ」

「同じ味噌でも、わたしらが食べる味噌とは醸《かも》し方が違うのかもしれませんね」

意外な困りものは生魚で、

「毎日入ってくるから、食べきれないうちに傷んじまう。だから干物はありがたかったなあ。大きな烏賊《いか》の干したのなんかね。ホントに酒と肴《さかな》が揃ってたなあ」

「それだけお膳立《ぜんだ》てされていたなら、呑んでいた人もいたんじゃないですかね」

餅太郎が見かけた他の「お化け」たち。互いには白い反物みたいに見えていても、正体はちゃんと人なのだ。少なくとも、本人が人であろうと頑張っているうちは。

「酒好きの男だったならば、毎日白い飯をかっくらってた餅太郎さんと同じように、毎日銘酒をかっくらってたって不思議じゃないですよ」

「ああ、そうだねえ。自分には用がねえもののことだから、気がつかなかっただけかもしれねえ」

餅太郎は懐手をすると、うんうんとうなずいた。

「思い出しましたよ。あっしは丸餅が好きなんだけど、時々きれいに失くなってて、伸《の》し餅しか残ってなくってね、がっかりすることがあったんだよね。あれ、丸餅好きの誰かに、先に持ってかれてたんだろうなあ」

こうして話に聞くだけならば、微笑ましい。「そういう取り合いが起こるということは、神饌は、どこか決まった場所に集められていたんでしょうか」

思い出にひたっていたらしい餅太郎が、はっとなって富次郎を見た。

「そうだよね、あっしは話が下手くそだ。それを言ってなかった」

お社があったのだそうである。

「八百万の神々が遊ぶ賭場の里に、神社があったわけですね」

「ぶっとい古木でできた鳥居も立っててね。立派だけど、おっそろしく変わってた」

まず、どっちからどう見ても常に社殿の正面しか見えなかった、という。

「は？」富次郎には意味がわからない。「そんな建物はあり得ないでしょう」

「あの里ではあり得たんですよ。あっしは毎日通ったからね。社殿のなかに、神饌が集められている大広間があったからさ」

鳥居も、どっからどう見ても社殿の正面に立っている。横から見える場所がない。

「で、くぐってから振り返ると、すごく遠くにあるんですよ」
二、三歩歩いてその下をくぐったばかりなのに、振り返ったら鳥居は半丁（一丁は約一〇九メートル）も遠ざかっている。ぐわん、と目眩《めまい》がするようだった。
「お社も似たような感じがあって、玉砂利を踏んで歩いていっても、なかなか近づかねえんだよね。で、ふっと息を吐いたりまばたきしたりすると、いきなり目の前に迫ってる」

社殿の正面にはしめ縄が渡されていたが、餅太郎が村の鎮守、ろくめん様のお社で見てきたような渡し方ではなかった。

「裏返しなんですよ。そうとしか言いようがないんだけど、向きが反対なんだよね」

さらに、しめ縄のあいだに挟み込まれている紙垂《しで》は、墨で染めたように真っ黒だった。

「まっとうな、真《まこと》のお社ではない、というしるしでしょうか」

神々が羽目を外して遊ぶ賭場の里にあるお社が、他の神聖なお社とそっくりそのまま同じ造りになっていては、何だか許されないような気もする。

「そうだねえ。実際、なかに入ると、神社じゃなくて問屋場《といやば》みたいだったもの」

お社のなかには広間がいくつもあって、部屋ごとに様々な供物が積み上げられていたのだという。いちばん広いのは神饌の間、その次に広い衣類の間、ごちゃごちゃしている道具類の間、生け贄《にえ》の間、絵馬の間に人形の間。

「い、生け贄というのは?」

「しめたばっかりの鶏や、大きな鯉《こい》や鯰《なまず》、ねずみやうさぎもいましたねえ」

ああ、よかった。人ではないのだ。

「三島屋さん、今ほっとなさったでしょ」

「はい。肝っ玉が小さくてお恥ずかしい」

「いや、いや。あっしもあの里で、初めて生け贄の間に踏み込んだとき、同じようにほっとしたんですよ。人がしめられて、ぶら下げられてなくってよかったって」

バカだよね——と、口元を歪める。

「とっくのとうに、自分が生け贄になってるのにさ」

生け贄の間には、いつも獣の血の臭いが漂っていた。大型の魚は稀《まれ》に生きている場合もあり、何日か世話をしたことがあるという。

「盥《たらい》をめっけて、井戸水を張って持ってってさ。あっしも酔狂というか、ガキだったたから、今より輪をかけてバカだったんだな」

いや、ただ心細く、寂しかったのだろう。どれほど親しく寄り添ってくれても、キリ次郎は生きものではない。十一歳の餅太郎は、生きものが恋しかったのだろう。

「お社のなかでは、他の人に出会うことはなかったわけですね」

今ごろになって、丸餅を取りあっていたことに思い至るくらいだ。誰にも会えなかったのだろう。

「うん。それはやっぱり……たまたま出くわしたり、見かけちゃったりすることは勘弁してもらえても、人と人とが寄り添うのは、あそこでは御法度《ごはつと》だったんだよね」

だって、みんな咎人《とがにん》だからさ。

「仲良くなって励まし合って、男と女だったら恋仲になっちゃったりしたら、罰にならねえでしょ」

「互いに、お化けのような姿に見えても、仲良くなったり恋をしたりできますかね？」

問いかけた富次郎を、餅太郎はじっと見つめ返してきた。怖いような凝視に、富次郎は座り直した。

「すみません、何か気に障ることを申し上げてしまいましたか」

餅太郎は黙って首を左右に振った。二度、三度と念入りに。

「こっちこそ、あいすみません。あっしがちゃんと笑えるなら、笑いながら言い返せばいいだけのことなんだけど」

笑みという表情を一つ失っただけで、人はこんなに不便になるのだ。

「そんなことをおっしゃる三島屋さんは、まだホントにほんとの独りぼっちになったことがおありじゃないんだねって思ったんだ」

胸をとんと打たれたように、富次郎は感じ入った。

「ああ、おっしゃるとおりです。わかったようなことを口にして、ごめんなさい」

富次郎は頭を下げた。餅太郎はうつむいて鼻をこすり、えへへ、と声を出した。

「今ので、笑ったことにしてやっておくんなさい」

「心得ました。ついでに、新しい茶と羊羹で一息入れましょう」

餅太郎も茶菓に手を伸ばしてくれた。ひとときの飲み食いしながらのやりとりで、

「国じゅうの神饌が集まってたはずのあの里でも、羊羹にお目にかかったことはなかったなあ」

「菓子類は、どんなものがありましたか」

「落雁《らくがん》が多かったですよ。最中《もなか》もあったな。たいてい梅とか桃の花の形をしてる。珍しいのだと、臼《うす》の形ね」

「その土地へ行けば、その形にする意味がわかるんでしょうね」

「そうそう。あとはね、赤飯ですよ。赤まんま。三島屋さんじゃ、餅米に小豆を混ぜて炊いて、ごま塩をかけて食べるでしょ」

「ええ。ほかの赤飯があるんでしょうか」

「あるんですよ。甘いんだ。小豆を甘く煮てから炊くんだよね。あれ、どこのお国のお供物だったのかなあ」

神饌は捧げ物だから、たいていは三方に載せられている。三方の上には半紙や笹の葉などの葉っぱが敷いてあることが多いのだが、

「昆布が敷いてあるのを見つけたときには、びっくりしましたよ」

三方ではなく、絵付きの大皿や素焼きの鉢、笊《ざる》や籠《かご》に盛られていることもあり、

「何よりも珍しかったのは筏《いかだ》だなあ」

「筏？　丸太を組んだ、あの筏ですか」

「さすがに、そこまででっかくはありませんよ。半畳ぐらいの大きさかな」

その上に生米と小豆、大きな伸し餅に、干した果物と砂糖菓子、酒と味噌の瓶、大小の生魚が一匹ずつと、絹糸の束と木綿の反物が並べられていたのだそうだ。

「きっと、豊かな土地の捧げ物だったんでしょうね」

「そうだよねえ。大畑村の鎮守のお社にだって、あんな山のようなお供物があったためしはなかったから、ガキなりに、うちのろくめん様は慎《つつ》ましいなって思っちゃって」

旨いもの好きとしては、食べ物の話はずうっと聞いていても飽きないが、他の広間にあった供物のことも気になってしょうがない。

「衣類の間には、神様に捧げられたお着物が集められていたわけですよね」

がぶりとほうじ茶を飲み干して、餅太郎はうなずいた。

「小袖、羽織、帯、足袋、浴衣もあれば、脚絆《きやはん》まで揃ってましたねえ。あと、下帯ね」

神様の、おふんどし。

「腰巻きもありましたよ」

「ってことは、女の神様が博打をしに来ていたと？」

「息抜きにね」

下帯や腰巻きとなると、神々の手土産というよりは、長逗留《ながとうりゅう》の着替えを持参してきたという感じである。

「道具類にはどんなものがありました？」

「およそ人の世にあるものは、ほとんどみんなありましたよ」

人は、人の世にあるものほとんど全てを神々に捧げて、平穏な暮らしを祈るのだ。

「あれは髪結いの神様のだったのかなあ。かもじがわんさと積んであって、パッと見には気持ちが悪かった」

髪結いさんを守護する髪結いの神様に、富次郎は何の文句をつけるつもりもないけれど、

「かもじは、手土産になってるかどうか怪しいですねえ」

山間《やまあい》の村育ちの餅太郎には、使い方がわからないものもあったという。

「広げると、広間いっぱいになりそうな、でっかい網。縁に重しがついてて」

「あ、それはたぶん地引き網漁の網ですね」

「あのころのあっしの背丈ぐらいありそうな、でっかい木べら」

「大きな釜《かま》や瓶の中身を……いや、温泉地で熱い源泉をかき回したり、湯ノ花を取ったりする道具かなあ」

「三島屋さん、やっぱり物知りだねえ！」

絵馬の間には、当然のことながら絵馬ばっかり。まっさらの何も記してない絵馬だから、いつ

も木の香がしたそうである。

「ろくめん様の絵馬は、本社のでも分社のでもみんな同じで、六角形なんですよ」

筋が通っている。

「六角形なんてさ、ろくめん様のだけだろうと思ってたんだけど、この国は広いから、あるところにはあるんだよね。六角も五角も、三角のもあった」

賭場の里に遊びにくる神々にとっては、自分の社の絵馬は、一種の通行手形だったのではあるまいか。我はこうして衆生に拝まれている神であるぞという証《あかし》。

思いつきだが、富次郎がそう言ってみると、餅太郎はまたぞろ目をまん丸にした。

「三島屋さん、すごいねえ」

そうだよそうだよ、そうですよ！　手をぱんぱん打って、ぶんぶんうなずく。

「あのころ、あっしはそんなことまで頭のまわるガキじゃなかったからね。でも、キリ次郎に訊いてみたことがあったんだ」

——なあ、この里には、悪い神様が寄りつくことはねえの？

「悪い神様が、博打したさに入り込んできたらおっかないと思ったからね」

すると、キリ次郎はこう答えた。

——神様に、善い悪いはごじゃらん。

人に有り難がられているから善い神で、怖れられているから悪い神ではない。神々に、人の物差しで測る善悪はあてはまらない。

「ただ、現世《うつしよ》で誰にも拝まれることのない神様は、ここには入れないから安心しろって」

「……なるほど」

居候の虻の神も、餅太郎の故郷では拝まれていた。愚かだから、人の悪しき願いをかなえてしまうけれど、じゃあ悪神なのか？　人の側がそんな線引きをしていいのか。

富次郎はゆっくりとうなずいた。

「一種の通行手形だったのは、絵馬に限らないんですね。神々の手土産は全て、誰かに拝まれていることの証だ。そういう意味があるから、賭場の里を訪れる神々はかもじでも下帯でも持参されるし、ろくめん様もお受け取りになり、広間に納めておかれたんでしょう」

それらの品を見渡しては目を白黒させている十一歳の餅太郎の姿を思い浮かべると、富次郎は自然と微笑んでしまう。

「そっかぁ、う〜ん」

餅太郎は腕組みをすると、遠いところを見やるような眼差《まなざ》しになった。

「あの里にいたころは、そんなふうに思いもしなかったなあ」

けっこう忙しかったし。

「広間にある食いもののおかげで飢えることはなかったけど、毎日掃除が大変でね。傷んだものは捨てなきゃならないし」

「そういうお務めを、下僕である賽子の皆さんと一緒にやっていたんですね」

賽子の皆さんという言い方でよろしいか。

「ろくめん様の下僕は賽子だけですからね。ただ、さっき言ったでしょ、人形の間って」

その人形とは「ひとがた」、紙を折ったり切ったりして作られた紙人形だった。

「あれだけは、ずうっと同じ形のやつしか見当たらなかった。丈が二寸ぐらいだったかねえ。目鼻もついてなくて、真っ白な折り紙のお人形でしたけど」

それらが、下僕である賽子たちの手下になって、よく働いたのだという。

──にんぎょうども～、起きよ～。

「毎朝、キリ次郎が大声で呼ばわると、人形がひらひらって起き上がってくるんですよ。で、あとをくっついてくる」

そうして仕事に励み、一日のお務めが終わるころには、人形どもは汚れて破れてよれよれになって、

「日が暮れると塵《ちり》みたいに消えちまう。けど、明くる日の朝にお社の広間に行くと、新しい人形がいっぱいあるんだよね。なにしろ不思議なものでしたよ」

その正体は何なのだ。人の形をしていることを踏まえると、富次郎は、つい怖い方へ想像してしまう。

「正体は……ねえ」餅太郎はつと目を細めた。

「先に言っちまうと面白くないから、おいおい語りましょう。確かにヘンテコで、あっしもすぐには馴染《なじ》めなかったですよ」

「こいつらさぁ、働き者なのはよくわかってんだけど」

道の両脇にずらりと並んでいる石灯籠を、紙人形たちが浄めている。一晩じゅう油を灯していてこびりついた煤《すす》を拭うのだ。

「おいら、ちょっと気味が悪《わり》ぃさ」

「そんなら、突っ立って見ておらず、穢れ水を打ってきておくんなしゃい」

「そっちはもっと嫌だ」

「働かぬ餅太郎しゃんには、今朝、広間から持ってきた丸餅をあげましぇん」

お天道様の姿はいつもおぼろにかすんでいるものの、賭場の里にも朝昼晩はある。今はちょうどお午《ひる》ごろだ。神々の博打遊びは夕暮れに始まり、夜っぴて盛り上がって、朝が来るとおつもりになる。皆様、明るいうちは寝てござるのだ。

餅太郎がこの里に連れて来られて、今日で五日目。

――まだまだ、里の真ん中には近づいちゃいけましぇん。

餅太郎のやれることといったら道の掃除とごみ拾い、賽子と人形たちが拭き掃除をするための水汲み（これがもう果てしなく何回も汲んでは運び汲んでは運ぶ）、それが済んだら雑巾《ぞうきん》を洗って干して、いちばん嫌な仕事が穢れ水まきだ。

天水桶の穢れ水は、いっぺん空にしても、翌日には縁まで一杯に満ちている。キリ次郎の口真似をするならば、人の穢れの尽きることはごじゃりません。

「じゃあ、水を汲み替えてくるさ」

よっこらしょと手桶を左右に提げて、水場へと引き返す。

餅太郎の住処のそばにある井戸とは違い、牛馬をつなぐ柵の隣にある水場は、広さが畳一枚ぐらい、深さは餅太郎の膝丈ぐらいで、まわりは石で固められているところに、きれいな水が溜まっている。水を引き込んでいる樋《とい》は見当たらないのに、どこかから水が来ている。三日目までは、水の源を突きとめようとまわりを探り回った餅太郎だが、今はもう諦めた。いいんだよ、便利なんだから。

ざぶん！　空っぽの手桶を水場に入れて、水を汲む。あたりは静かで、鳥の声も虫の声もしない。この里では風も吹かないから、森の木立が鳴ることもない。

ざぶん！　水飛沫がきらきら光る。まるっきり当たり前のようにきれいだ。

水場の縁の石の上に手をかけて、餅太郎はしゃがみ込んだ。四角い水面《みなも》がゆうらゆうらと揺れて、そこに映る餅太郎の顔もゆうらゆうらと歪む。

——今朝は団子にありつけた。

神饌の間にきび団子があったのだ。いったい、何串食べただろう。きびのいい香りがして、甘くって旨かった。

笑ってみよう。嬉しかったんだ。笑えねえはずがない。

四角い水面の揺れが止まった。しかし、そこに映る餅太郎の顔は歪んだまんまだ。

笑おうとしているのに、目元が上下するだけ。小鼻が開いたり閉じたりするだけ。口元がへの字になったり戻ったり、ほっぺたが引き攣ったりするばっかり。こんな歪んだ表情になってしまう。

駄目だ。今は無理なんだ。もうちっとこの里に慣れたなら、大きな虻に捕まる夢を見なくなったなら、キリ次郎がいなくても、一人でいてもびくびくしなくなったなら、また笑い方を思い出せる。きっときっと。

目を閉じて、自分に言い聞かせる。頑張れ、餅太郎。なのに閉じた瞼の隙間に涙が溜まってきてしまう。泣くのはこんなに造作ない。

——父ちゃん、兄ちゃん、姉ちゃん。

おりんは虻の呪いから逃れられただろうか。自分のやったことは無駄じゃなかったか。

おいら、帰るからな。きっと帰るから、みんな元気でいておくれよ。

瞼を開く。水面の自分の顔を確かめる。泣きっ面じゃ駄目だ、きりっとしねえと。

餅太郎の顔の隣に、別人の顔があった。

女だ。お団子にした髪。下ぶくれで、くちびるが厚い。右のほっぺたに大きな黒子《ほくろ》。

知らない顔だ。どこの誰だ。

「おい、あんた！」

大声で呼びかけた瞬間、水に映る女は汚いものを見たかのように顔を歪めて、消えた。

え？　え？　え？　今の誰だ？

餅太郎は固まってしまって動けない。

ぶう〜ん。

後ろの方で、重たく、大きな羽音がたった。虻の羽音だ。はっと呪縛《じゆばく》が解けたようになり、餅

太郎は飛び上がるような勢いで後ろを振り返った。

見当たらない。人の姿も、飛び回る虻も。

狐につままれたような心地というのは、まさにこういうときのための言葉だろう。しかし、この里に狐はいない。神々と下僕と、お化けにならないように必死に働く哀れな人びとしかいない。

今の女も、人である以上は、ここに閉じ込められている仲間であるはずだ。どうしてお化けに見えなかったんだろう。水に映すと、本来の人の姿で見えるのかな。

手桶を提げてキリ次郎のところに戻ると、きれいな水を求めて人形たちがわらわらと寄ってきた。こいつら、水に濡れても平気なんだ。汚れたら洗い、汚れたら洗って、掃除を続ける。人形たちの水浴びを眺めながら、

「キリ次郎、おいらたち人も、水に映すとお化けじゃなくなるのか」

「何を寝ぼけたことを言いなしゃる？」

だってさ——と、さっきの出来事を話して聞かせると、キリ次郎はくいっと角《かど》っこで立った。そのままじっとしている。

「どした？　びっくりしたのかい」

なにしろ賽子なので、そこそこ気心が知れてきても、感情がわかりにくい。

「……けしからんしゅうねんぶかい」

キリ次郎は早口で小さく呟《つぶや》く。

「しょうわるなりにはじるところがあるのならなしゃけをかけてやらぬでもないがなにしろごうがふかいしまつがわるい」

「ん？　何言ってンの？」

唐突にきりきりっと回って、キリ次郎は大声を張り上げた。

「さあ人形ども、次の仕事じゃ。こっちにおじゃれ！」


ねぐらにしている小屋の板壁に印をつけて、餅太郎は日数を数えていた。その印がちょうど六十個になった日の朝、迎えに来たキリ次郎が、あらたまった口調でこう言った。

「餅太郎しゃんは、ここの仕事をよく身につけなしゃった。今日からは、神々の旅籠の方にも参りましゅるぞ」

確かに餅太郎は、この里の掃除や片付け、細かな雑用のやり方をすっかり呑み込んだ。キリ次郎が常にそばにいて教えてくれたおかげではあるが、もともと怠け者ではない。起きているあいだは働きづめの暮らしは、畑間村の家にいたときと一緒だ。ちっとも苦ではなかった。むしろ、珍しいご馳走や白飯や餅を食える分、ここの方が恵まれている。

――食いものや水に虻がまぎれこんでることもねえしな。

姉ちゃんの虻を呑み込んだときには、もっとうんと、想像することもできないほど酷い目に遭わされることを覚悟していたんだ。

「わかった。おいら、しっかり働くよ」

ろくめん様のご赦免をいただけるよう、一生懸命務めよう。いつも心に思う畑間村に、家族のもとに帰るために。

「ここからの奉公は、うんと難しゅうなりましゅるぞ」

角っこで立って、キリ次郎はきりりと言う。

「昼間のあいだは、神々は旅籠の奥でお寝《やす》みになっておられましゅから」

掃除や洗い物は、できるだけ静かにやらなければいけない。

「日暮れると神々は起き出してお湯につかり、宴席に入って酒肴《しゅこう》を囲み、博打遊びを始められましゅる。朝まで飲み食いしながら遊び、夜明けには宴席から引き揚げてお寝みになる」

うわぁ、いい暮らし。

「餅太郎しゃんは、けっして神々の姿を拝んではいけましぇん。また、神々のお目に触れてもなりましぇん」

「どうして？」

「下僕が賓客《ひんきゃく》のお顔を見る。賓客に下僕の見苦しい姿を見せつける。どちらも、許されぬ非礼でごじゃります」

毎日仕事を済ませたら、餅太郎は速やかに旅籠から引き揚げねばならない。神々によっては、ついさっきまでそこにいた人の気配でさえも厭われることがある。

「何かおっかねえんだね」

神様ってそんなに厳しいのか。

「おいら、ここはそんなに辛い場所じゃねえよなあって思い始めてたとこなんだ」

ぽろりと、餅太郎の口から思いがこぼれた。

「もっと辛くねえと、姉ちゃんの呪いを引き受けたことにならねえんじゃないのかなって、ちょっと心配になったりして」

キリ次郎はくるんと回った。

「それは余計な心配というものでごじゃりまする」

これからが本当の奉公なのだから。

「へまをしたら、どうなるの？」

「へまをしたお人を見たことがないので、わかりかねましゅる」

「何かこう、もっとおいらを勇気づけるようなこと言っておくれよ」

粗末な小屋のなかで、餅太郎は拾ってきた板きれを積み重ね、その上に筵《むしろ》を敷いて寝床にしている。キリ次郎は、てちんとその上に飛び上がった。

「――これは何でごじゃるかな」

餅太郎が壁に刻んでいる印だ。

「日にちを数えてるんだよ。今日でちょうど六十日目だ」

すると、キリ次郎は左右にころころ転がった。これは人が「違う」と首を横に振るのと同じ意味がある。

「え、おいら数え間違えてる？」

「いいえ、この里の時の流れは、畑間村の時の流れと違うのでごじゃる」

神々がおわすところでは、本来、時は流れない。神は永遠《とこしえ》のものだからだ。

「それでも時の失《な》いところでは、楽しみも生まれましぇん。〈興じる〉は、時を費やして初めてなせること。とりわけ、勝負事ならばなおさらでごじゃる」

だからこの里には、かりそめの時が流れている。畑間村のある現世《うつしよ》の時とは違うのだ。

「餅太郎しゃんが、日々のけじめにこの印を刻むのはけっこうでごじゃるが」

この印が示す日数に、期待を込めるのはやめておいた方がいい。

「五百日になったゆえ、お許しが得られるとは限らぬ。千日を数えたゆえ、ろくめん様が健気《けなげ》な氏子だと認めてくださるという保証はごじゃらぬ」

わかったよ……。そんなに嚙《か》み砕いて言ってくれなくたって、もういいよ。

「ただし」

キリ次郎は餅太郎の目の前まで転がってきた。

「心配なしゃらずとも、餅太郎しゃんは立派に姉しゃまを救いました。姉しゃまにかかっていた呪いは消え失せ、姉しゃまは現世で達者にしておられるはずでごじゃる」

　餅太郎はぽかんとした。あんまり驚くと、目も口も開いてしまう。自分で気づかないだけで、たぶん耳の穴もおっぴろがってるんじゃなかろうか。

「い、い、今なんて言った？」

「餅太郎しゃんの姉しゃまはお達者じゃ」

「ど、ど、どどどどど」

「どうしてわかるのかとのお尋ねかな？」

　餅太郎はキリ次郎をひっつかんだ。間近に見ると、ひずんでいるところに汚れが溜まっている。こいつも働き者の下僕なのだ。

「あのときは、まだ早すぎるかと案じられ、申し上げなんだのでごじゃるが」

「あのときって？」

「この里へ来て五日目に、水面に映る女の顔を見たことがごじゃりましょう」

　水場で、確かにそんなことがあった。自分の顔の隣に女の顔が並んで映ったのだ。

「ヤリ次郎、何かごにょごにょ言っておいらのことごまかしたよな」

「あれでごまかされる餅太郎しゃんは、ほんに素直でよいお子じゃ」

　またごまかそうとしてねえか？

「あれこそが、餅太郎しゃんの姉しゃまに、虻をつけて寄越した女でごじゃります」

　おりんを呪った女だというのだ。

　餅太郎は思い出す。水場の水に映った女のお団子にした髪、厚いくちびる。出来の悪いお多福の面みたいに、左右の頬がふくらんでいた。で、右のほっぺたに、目立つ黒子があったっけ。

この里で、自分以外の人の顔を目にしたのは、あのときだけだった。わけがわからないなりにも忘れられない。

そう、あのときその女が、汚らしいものでも見るかのように顔を歪めていたことも。

「それは、悔しがっておったのでごじゃるよ」と、キリ次郎は言った。「餅太郎しゃんが虻の神の呪いを引き受けたので、姉しゃまは救われた。だから呪いの主の女は歯ぎしりして悔しがり、餅太郎しゃんを睨《にら》みつけておったのでごじゃる」

キリ次郎を手に乗せたまま、餅太郎は筵の上に腰掛けた。ちょっと足が震えていたのだ。

「姉ちゃん、助かったんだ」

「はい。しかし、あのとき餅太郎しゃんにそう教えてしまうと、たちまち帰心矢の如《ごと》し、呪いを解かれた姉しゃまに会いとうてたまらなくなり、かえって辛い心地になるのではなかろうかと」

キリ次郎はごまかしてくれたのだった。

「……ありがとう。うん、きっとそうだったよ」

今はもっと落ち着いている。半分は諦めかな。半分は腹をくくってる。

「よかった。おいらのやったこと、無駄じゃなかったんだ。思いつきだったけど、あたっててよかった」

それにしても、あの女はどこのどいつだ。「おいらには、ぜんぜん見覚えのねえ顔だった。姉ちゃんの知り合いだったのかな」

おりんは玉の輿に乗るので、大村長の養女になり、行儀見習いをしたり習い事をしたり、人付き合いが多くなっていた。猪鼻屋さんに嫁ぐことになって、初めて会った人も多かったことだろう。若く気立てがよく、良縁に恵まれたおりんを妬んで、虻をつけてやろうと企《たくら》んだ女が、そういう人たちのなかにいたのか。

「姉ちゃんに比べたら、うんと不器量な女だったよ。嫌な顔つきをしてたから、なおさら醜女《しこめ》に見えただけかもしれないけどさ」

餅太郎の心に、おりんの笑顔が浮かぶ。おりんの糸繰り歌が蘇《よみがえ》る。働き者で気立てがよくて、優しくて明るくて、非の打ち所のない姉ちゃんだった。

それに比べたら、あんな醜女。姉ちゃんを妬むってことからして筋違いだ。最初《はな》っから勝負にならねえってのに。

「まっとうには太刀打ちできぬからこそ、人は妬むのでごじゃりますよ」

キリ次郎が言った。餅太郎ははっとして、手のひらの上の賽子を見つめた。

「あの女、今どうなってんだ？　やっぱりこの里にいるんだよな？」

「はい。この里に囚《とら》われておるのでごじゃるが、女がどんな姿になっているのか、餅太郎しゃんには見当がつきましぇんかな」

へ？　だって、水に映っていたのは人の顔だ。お化けでさえなかった。

「女を見たとき、音が聞こえたはずでごじゃるが」

あっと思った。そういえば、聞こえた。

「虻の羽音がしたよ。音の感じだけで、かなりでっかそうで」

ああ、そういうことなのか。腑《ふ》に落ちて、しかし餅太郎はぎょっとした。腕に鳥肌が浮いてくる。

「……もしかして」

「その、もしかでごじゃります」

「虻になっちまってるのかよ！」

虻の神の呪いは、呪われた者にはすぐに恐ろしいしるしが現れる。しかし、呪った者がどうなるのか、そちらの方はわかっていない。呪った者の末路を確かめた例がないのだ。

「呪いをかけるとき、九十九匹の虻に血を吸わせて〈呪い賃〉にするって言い伝えは聞いたことがあるけど」

キリ次郎は、餅太郎の手のひらの上でてちんと転がった。

「〈呪い賃〉ではなく、〈呪いの対価〉と申されよ」

「た、対価ね、はいはい」

「それに、その言い伝えは間違っておりましゅる」

九十九匹の虻に血を吸わせるのは、虻の神への対価でも供物でもない。それ自体が呪いの儀式なのだ。

「虻の神がおわす土地で、九十九匹の虻に血を吸わせた者は、百匹目の虻に姿を変えるのでごじゃりまする」

自ら虻となって、呪う相手のところに姿を現す。水や食べ物に混じって相手を苦しめ、飢えと渇きで死に追いやるのだ。

おりんの目の前で、飯茶碗の水と一緒に太りかえった虻を呑み込んでみせたときと同じように、餅太郎は胸が悪くなってきた。吐き気がこみあげてくる。

それでも、キリ次郎の言っていることはよくわかった。筋が通っている。これまで、呪った者の末路がよくわからないままうやむやになってきたのも、当の本人が虻になってしまっていたからなのだ。

「そ、そしたらさ、キリ次郎」

げえげえしそうになるのを堪えて、餅太郎は息を整える。

「おいらをここに連れてきた、あのでっかい虻が」

「左様、あれが餅太郎しゃんの姉しゃまを呪った女の今の姿でごじゃります」

米俵ほどの大きさがあった。虻の化け物だ。やすやすと餅太郎をつかまえて、小雨のなかをぶんぶん飛んだ。

「餅太郎しゃんを掠ってこの里へ入ってしまった以上、あの大虻も、もう勝手には現世に帰れましぇぬ」

いつかろくめん様のお許しを得られるか。いや、居候の神に邪な願い事をした氏子を、ろくめん様はけっして哀れまれぬだろう。

虻の身なれば、飛び回るばかり。

「生きものの血に飢《かつ》え、塵になるまで飛び回るのでごじゃる」

それなのに、まだ餅太郎に恨み顔を見せるほどの悪気《わるぎ》を保っている。それが憎らしいと、キリ次郎は久しぶりに尖《とが》った声を出した。

「あのとき、わしはこう申しましたのじゃ」

——性悪なりに、恥じるところがあるのなら、情けをかけてやらぬでもない。が、なにしろ業が深い。始末が悪い。

「餅太郎しゃんは、もうかまわんでよろし。どこかで大虻の羽音を聞いたり、また水面に女の顔が映ったりしても、気になさらずにおきなしゃれ。関われば、餅太郎しゃんのお務めの妨げになりましゅる」

大事な忠告なのに、餅太郎は別のことを考えていた。

「キリ次郎は、その女の名前を知ってる？」

どこの誰なのか、おいらも知りたい。

「そいつが姉ちゃんを呪ったんだってことを、大畑村や畑間村で、みんなに報《しら》せてやりたいんだよ！」

キリ次郎はしいんと黙っている。餅太郎はちょっと慌てた。

「もちろん、おいらが無事にここから村へ帰ってからの話だけどさ」

「まず無事に帰ることの方に専念なしゃれ」

雑念は穢れに通じる。ここで穢れを帯びるということは、人の姿に留《とど》まれず、お化けへと変わってゆく第一歩だ。

「大蛇を蔑《さげす》むあまりに、己がお化けになり、つぶつぶとガサガサの塵になってしまっては、笑い話にもなりましぇぬ」

「もう、すぐそうやって脅すんだな。おいら嫌いだよ、キリ次郎」

「嫌いでようごじゃる。きりきり働け」

こんな話をしてしまった後だからと、その朝は冷たい井戸水で水浴びをさせられた。いつものようにお社に向かって広間に入ったが、先に立つキリ次郎は、これまで通ったことのない廊下を転がって進んでゆく。

「この先に、ろくめん様の本殿がごじゃる」

その廊下の突き当たりには広い板の間があって、前方の観音開きの扉が開け放たれていた。その先は四角い中庭で、白い玉砂利が敷き詰めてある。ただ、ちょうど真ん中のところだけ、一尺四方に四角く、掃き清められたように玉砂利がどけられて、土が見えていた。しっとりとして肥《ひ》沃《よく》そうな土だ。

「ここがろくめん様の御座《みざ》でごじゃる」

板の間の縁で、四角い土の部分に向かって、キリ次郎が前回りにくるりと転がった。これはキリ次郎のお辞儀である。

餅太郎も板の間に座ってしっかり平伏した。さっきの水浴びで身体が冷えて、鼻がむずむずしてくしゃみが飛び出しそうなのを懸命に堪える。あたりは静まりかえっており、お香のいい匂いが漂っている。

「ろくめん様はわしら下僕の前にはお姿をお見せになりましぇんが、わしらはこの四角い土のところをろくめん様だと思って拝んでごじゃる」

「じゃ、おいらもそうする」

顔の前で手を合わせ、餅太郎は目を閉じて願った。うちの者がみんな、畑間村の人たちもみんな、無事に暮らせますように。

そのとき。

なぜか、いきなり背筋に悪寒が走った。尻から首筋へと駆けのぼってくる寒気は、身体の内側をざりざりと擦《こす》りあげる音がしそうなほどの強さで、餅太郎は手を合わせたまんまの恰好で固まってしまった。

「き、キリ次郎」

これはいったいどうしたんだ。横目でキリ次郎を覗《うかが》うと、ひずんだ賽子はひずんでいない方の角を下にして立ち、ぴりぴりと震えている。

「キリ次郎、どうしたんだよ、大丈夫かい」

餅太郎の悪寒はうなじのところから抜けきって、すると身体のこわばりが解けた。温かい血が巡ってくるのが感じられる。

てちん。キリ次郎が「六」の目を上にして板の間の上に倒れた。

「ふふ、ふううう」

震えるような声を出し、餅太郎の前に転がってきて、また角で立った。

「今のはな、餅太郎しゃん」

この世でいちばん恐ろしい疫神《えきじん》が近づいてきた気配だ、という。

「あの神様は博打をなしゃらんので、いつもこの里のそばを通りかかるだけなのでごじゃるが」

疫神がただ通りかかるだけでも、里にはこのような影響が現れる。

「わしら下僕のみならず、小さき神々も、あのお方の気配には戦《おのの》かれるようでごじゃる」

「そんなにおっかないえきじんって、どんな神様なんだ？」

「疫とは病の意、疫神は病の神」

そして、そのなかでも最強最凶なのが、

「疱瘡神《ほうそうしん》でごじゃる」

疱瘡は、ひとたび跳梁跋扈《ちょうりょうばっこ》すれば人の力で押しとどめることができない、恐ろしい疫病だ。かかった者はばたばたと死ぬ。かろうじて生き延びても、ある者は顔や身体に残された醜《みにく》い痘痕《あばた》に苦しみ、ある者は目の光を失う。

餅太郎が知っている限りでは、大畑村と六分村が疱瘡の大きな流行《はやり》に巻き込まれたのは、一度きりだ。四年前の夏の盛りで、火元は城下町だった。まず、いちばん城下との往来が多い大畑村に飛び移り、そこから分村へと散っていって、結局あのときは三十人ぐらいがかかってしまい、その半分以上が死んだ。とりわけ一ツ木村で死人が多く、疱瘡で死んだ者は埋めずに焼かなければならないというので、父ちゃんが二日ほど手伝いに出かけていって、げっそり窶《やつ》れて帰ってきたっけ。

——ああ、そういえば。

あのころ、一ツ木村でいちばんの器量よしだった娘が疱瘡にかかり、死なずに済んだが痘痕がひどく、それを苦にするあまりに川に入って死んだという話を聞いて、おりんが怖がって泣くものだから、もらい泣きしてしまった覚えがある。

ろくめん様を拝んでいれば大丈夫だと、父ちゃんは言ったけど、一ツ木村のその娘だってろくめん様の氏子なんだから、そんなんじゃちっとも安心できやしねえ。ろくめん様は、疱瘡の神様より弱いんやさ。

そう、あのときも、頑是無《がんぜな》いなりに思ったんだった。ろくめん様は、他の神様方をもてなしてるみたいに、疱瘡の神様のご機嫌をとれねえもんなのかな？　って。

「疱瘡の神様は博打をなさらんのじゃ、しょうがなかったんだなあ」

すっきりと腑に落ちて、キリ次郎のあとにくっついて、神々の旅籠へと向かった。

旅籠での奉公は、「うんと難しくなる」とキリ次郎に脅かされていたほどには、餅太郎にとって苦労の多いものではなかった。

神々にお食事、神饌と御神酒をお出しするのは賽子たちの役目だ。何かしら良くない理由があってこの里に連れて来られてしまった餅太郎のような氏子たちには務まらない。となると、やるべき仕事は後片付けと掃除とごみ捨てで、その要領ならもう呑み込んでいる。掃除なんか、建物の外でやるよりも楽なくらいだった。昼間のうち、神々はみんな寝ていなさるので、博打や宴会に使われる大広間には誰もいない。

もっとも、廊下や階段にいると、それぞれの寝所で眠っている神々の鼾《いびき》や寝言が耳に入ってくることはあった。鼾は大小さまざまだけど、いちばん大きいのになると、ほとんど雷と一緒だ。

寝言は、何を言っておられるのか聞き取れるときもあれば、わけがわからないときもある。博打で負けがこんでいると、神様でもやっぱり悔しくて魘《うな》されるのだろう。大声で双六の目の数字を叫んだり、「丁じゃ！」「今度は半じゃ、このいんちき者めが！」とか怒鳴っている神様もいらっしゃる。

神饌と御神酒は、ろくめん様がご自分の社に奉じられたものと、神々が手土産に持っていらしてお社に置いていくものを、賽子たち下僕が日々案配して供している（餅太郎たちが食べているのはそのお下がりだ）。だから、召し上がり物も飲み物も、粗末なものだったためしはない。まだ酒の旨さを知らない餅太郎でさえ、御神酒の瓶の口から漏れ匂う甘い香りにうっとりしたことがある。

それなのに、神様方って意外とだらしなく食べ残すのだ。酒もこぼす。博打をしながら何か食ってる——じゃなくて召し上がっているとき、カッとして喧嘩《けんか》になって、小皿や杯、銚子を投げたりすることもある。

「行儀、悪すぎやさ」

「ここには息抜きに来ておいでじゃから」

「それにしたって神様らしくねえ！」

「まあ、言うておじゃれ。今のうちじゃ。遠からず、その生意気な口はすぼんでしまいますじゃ、ふふん」

そのときはかちんときた餅太郎。しかし、キリ次郎の言うことは本当だった。

旅籠の奉公に通うようになった八日目の朝のことだ。作業はいつも、石灯籠の道の左側の旅籠に三つある大広間の片付けと掃除から始まる。餅太郎は首に手ぬぐいを二本巻き付け、丸めた筵《むしろ》袋《ふくろ》を小脇に抱え、柄の長い箒《ほうき》とちりとりを持って、勝手口に向かった。キリ次郎たち賽子は正面玄関の掃除から取りかかっているので、彼らがてちんてちんと立ち働く音がかすかに聞こえてくる。

勝手口を入れば大きな台所で、広い土間に竈《かまど》がいくつも据えてある。餅太郎は敷居の手前で「おはようございます」と挨拶してから、土間に踏み込んだ。

この里の旅籠は、外側から見ると、石灯籠の道を挟んで左右にたくさんの建物が並んでいるように見える。だが、実は左右に分かれているだけで、どちらもひと続きの建物だ。最初にあった右側に一軒、左側に一軒の旅籠から、それぞれ建て増し建て増しを重ねていって、今の規模になってしまったというふうで、中に入ると迷路のようである。

餅太郎はまだ、左右どちらの旅籠も、大広間とそこに通じる廊下しか知らない。キリ次郎には、それで充分だと言われている。

箒とちりとりを壁に立てかけ、ごみ入れの筵袋をいったん下ろして、上がり框《がまち》に尻を乗せ、手ぬぐいで足をきれいに拭う。ここに入ったら、自分の身の回りは自分の手ぬぐいで拭って浄めるのがきまりだ。一本では心許《こころもと》ないので、二本首に巻いてきたというわけ。

おや、足の爪が伸びている。ここに来る前は、いつ爪を切ったのが最後だったか。

――おいら、死んでねえんだな。

爪が伸びてるってことは、生きてるってことだ。何となく半分は死んでるような感じで過ごしてきたから、嬉しいような、あらためて不安になるような、微妙な心地である。

でちぃん。

台所の奥、二階へと続く階段の上の方で、聞き慣れない音がした。

上がり框に腰掛けたまま、餅太郎は耳をそばだてた。そろりそろりと足をおろし、手ぬぐいを首にかける。

でちぃん、でちぃん。奇妙な音は近づいて来る。階上《うえ》から階段を降りてくるのだ。

まずい！　餅太郎は上がり框からすべり降り、土間に伏せて身を隠した。でちぃん、でちぃんという、（何かが弾んでる？）ような物音はどんどん大きくなってきて、その合間合間に、階段の踏み板が軋《きし》む音が入る。

土間に顔がくっつきそうになるほどぴったりと伏せているのに、

でちぃん！

大きなものが弾むような音がいちだんと高く響き、その瞬間、餅太郎のうなじの毛がちりちりと逆立った。両腕に鳥肌が浮く。

このまま伏せていなければいけない。動くな。じっとしていろ。心はそう叫んでいる。なのに餅太郎は我慢ができない。じっとしていられない。

愚かなこと極まりなしに、好奇心に急《せ》かれている。あんな音をたてて階段を降りてきたものを、この目で見たい。

餅太郎は頭を持ち上げた。上がり框の縁から、目だけ出して覗けばいい。両手は土間についたまま、首だけ伸ばせ。

台所の先の階段が見えた。蹴込みの部分の板がなく、段々のあいだが抜けている階段だ。だから見えた。

薪小屋ほどの大きさのある巨《おお》きな目玉が、でちぃん、でちぃんと軽く飛び跳ねながら、階段の先の廊下を進んでゆく。

目玉は一つなのに、瞳はいっぱいある。蒸かしたての団子にごまを振りかけたみたいに、でっかい目玉は瞳まみれだ。

それらの瞳がちゅばちゅばと瞬きする。あっちを向いたりこっちを見たりする。そして、ひっきりなしに何かしゃべっているようだ。小鳥の囀りみたいに。

どの瞳とも、餅太郎は目が合わなかった。

「いったいどうなしゃったかと思えば」

しばらくして、様子を見に来たキリ次郎に見つけてもらったとき、餅太郎はまだ土間につくばって、冷や汗にまみれていた。ちょっぴり漏らしてしまってもいた。

「神々のお姿を見たんでごじゃろう」

口もきけずに、餅太郎はがっくんがっくんとうなずいた。

「今朝は、目の神がとりわけ長湯をしてごじゃらった。あの神様はなにしろ万事にのんびり者でごじゃられるので、わしらもときどき慌てることがあるのじゃが……。餅太郎しゃんも出くわしてしまったでごじゃるか」

目の神だって？

「で、で、でっかい、目ン玉だった」

餅太郎が胴震いすると、キリ次郎はきりきり回って声を尖らせた。

「何と無礼な言いようじゃ。慈悲深くお優しい神でごじゃられるぞ」

「だって、あの姿、き、き、気味が悪い」

「目の神じゃから、いくつもの目を身に帯びておいでなのじゃ。目には様々な意味がごじゃるゆえ」

生きものの身体の目、「いい目を見ない」などの「運命《さだめ》」「ツキ」を表す目、笊の目、針の目（運針）、物事の段取り「目処《めど》」の目。

「現世にとっては、必ず十本の指の内に数え上げられる大事な神様じゃ。漏らすほど怯えるなど失礼千万でごじゃる」

叱りながらも、いったん住処に帰って身を浄め、着替える餅太郎についてきてくれた。

旅籠に掃除に入ってから住処に引き返す羽目になったのは初めてだ。いつもと違うことをしているからだろう、石灯籠の道で一人、住処に戻る雑木林のなかで一人、お化けを見かけてしまった。石灯籠の道にいたお化けは、こっちに気がついたようだったから、餅太郎は頭を下げて挨拶をした。向こうは逃げるように行ってしまった。お化けの足元に、餅太郎の拳ほどの大きさの賽子がついていた。

「挨拶するのは感心でごじゃる」

褒めてくれたキリ次郎も、水垢離《みずごり》のときは手加減なしだった。

いっぺんで懲りたから、それ以来、餅太郎は慎重の上にも慎重を期して、神々のお姿を見ないように心がけた。見ないし、見せない。何よりも大切な決まりだ。

とはいえ、こっちがどれほど真剣に思い決めても、息抜きの遊興に来ている神々は気まぐれである。餅太郎が掃除に入るぎりぎりまで博打に熱くなっていたり、酔っ払って大広間で寝ていたりしなさる。その後も何度か不用意に遭遇してしまうことがあって、そのたびにキリ次郎とやりとりをした。

「此度《こたび》はどんなお姿の神を見られた?」

「真っ黒な大百足《おおむかで》だった……」

「そんな顔をなしゃるものではない。大百足のお姿をしておるのは商人の守り神じゃ。売り掛けの取り立てに取りっぱぐれがないよう、守ってくだしゃる」

また別のときには、

「年寄りのお坊さんの姿で、頭だけぐるっと後ろを向いてたんだよ！」

「後難除けの神じゃ。後ろから降りかかる全ての災難を除けてくだしゃる」

ろくめん様の下僕の賽子たちは、平気で神々のなかに交じることができるんだから、旅籠奉公はあいつらに全部やってもらえばいいじゃねえか。おいら、もう無理！　と思っていたら、無理じゃないものを見た。

「可愛らしい声で、〈きんしぎんしすずなりぎょくかのたからばこ〉って囀る小鳥の神様は、何の神様だい？」

「翼は何色でごじゃらった？」

「目映《まばゆ》いような金色！　大広間の欄間《らんま》の向こう側に、つがいで止まってたんだ。おいらの気を感じたら、飛んでいっちゃったけど」

「それは富くじの神でごじゃる」

「へえ〜！　富くじの神様のお姿を拝んで、鳴き声も聞かせてもらったおいらは、富くじに当たりやすくなってるかな？」

「それとこれとは話が別じゃ」

ある日の夕暮れ前、そろそろ神々が起き出してくるので、餅太郎が慌てて引き揚げようとしていると、旅籠の廊下の奥の方から埃臭い風がぶお〜と吹きつけてきた。

不意打ちでその風を吸い込み、餅太郎はつい「はっくしょん！」とやらかした。すると、埃臭い風はぴたりと止まって、

「じんきがしよる、じんきがしよるぞ」

「はきだせ、はきだせ、ふこころえものをはきだせ」

大勢でがやがや囃し立てるような声があがったので、餅太郎は裸足で外へ逃げ出した。

「掃き出せっていうんだから――」

「箒の神じゃ。気難しゅうてきれい好きの神じゃから、餅太郎しゃんのくしゃみが不躾《ぶしつけ》に聞こえてお気に障ったのでごじゃろう」

「何であんなに大勢の声だったのかな」

「餅太郎しゃん、この世にいったいどれだけの数の箒があると心得る？」

「あ、そっか」

驚くことは毎回で、おっかないことの方が多いけれど、たまには嬉しく楽しい気持ちになることもある。姿形が恐ろしい神様でも、実は有り難い守り神や福の神であることも多い。人が見てくれだけではわからぬように、神様もまた見てくれだけではわからぬ。

なにしろ八百万の神々なのだ。ろくめん様と居候の虻の神と、あとは暦に描かれている七福神しか知らなかった餅太郎が、いちいち魂《たまげ》消るのも無理はないことだった。

驚く、怯える、悲しむ、喜ぶ、得意がる、落胆する、わくわくする、しょんぼりする、のんびりする、いらいらする。

日々様々な思いを抱き、それを表情と仕草に表す。畑間村にいたときにできたことは、ほとんど、この賭場の里でもできるようになった。全てではなく、ほとんどだ。

ただ一つ、笑うことだけはできないままだったから。

「これがおいらの受けてる罰なのかな」

キリ次郎に問うてみたら、ひずんだ賽子はひどく悲しそうな声音になった。

「餅太郎しゃんは、ここでしっかり奉公していなしゃる。その上に、加えてどんな罰を当てられましょうか」

「じゃあ、あの女の恨みのせいかな」

おりんを呪い、大蛇になったあの女。

「やめなしゃれ」

キリ次郎はきりきり腹を立てている。

「ありもしないことでも、餅太郎しゃんがそのように思いわずらうだけで、心を損ねてしまう。ますます笑い方を思い出せなくなりましゅるぞ！」

叱られて、餅太郎も反省した。あれ以来、あの女の顔は見ていない。大蛇が近くを飛んでいる気配を感じたこともない。余計なことを考えるのはよそう。

この里での明け暮れに慣れてきて、毎日が奉公で忙しく、食いものには恵まれており、落ち着いて眠れる住処もある。相棒のキリ次郎はいい奴だ。そうしようと思うならここの暮らしのなかに心を埋《うず》めてしまい、畑間村のことも家族のことも忘れてしまえそうだ。いっそ、その方が楽になる。

そう思って、小屋の壁に印を刻むのをやめた日もあった。明くる日に思い直して印をつけた。

いっそ、この印を刻んだ壁をぶっこわして焚き火でもするか、と思ったこともある。すぐに考え直した。

ある朝、寝床から抜け出して小屋の地面に立つと、足の裏ぜんたいで、霜《しも》が降りているのを感じた。

——季節が移ったんだ。

餅太郎は足踏みをして、霜を味わった。

畑間村を飛び出したのは、冷たい秋雨の降る朝だった。今、やっとこの里に冬が来た。壁の印を振り仰ぐと、とうに三百を超えている。当たり前の人里では、冬になるまでそんなにかかるはずがない。

それでもいいや。もう気にしない。この里にはこの里の時が流れているというだけで、充分だった。

昨日まではそれほど寒いと感じなかったのに、霜を見たら身体がその気になってしまったのか、身支度するあいだは歯がちがち鳴った。キリ次郎と落ち合って、お社へ向かう途中では、道ばたに霜柱が立っているのを見つけた。

「こう底冷えすると、あったかい着物がほしいなあ」

「衣類の間に寄っていきなしゃれ」

どこから見ても正面というお社の面妖《めんよう》な眺めにも、すっかり慣れっこになった餅太郎、懐手をして首を縮め、参道の冷たい地面を跳ねるように歩いていって、

「うへ！」

びっくりした拍子に足元が滑って、面白いくらいまともに顔からすっ転んだ。滑ったところは、霜が溶け始めてできたぬかるみだ。頭から泥水にまみれてしまった。

そんなこと、まるっきり気にならなかった。

参道の先、お社へ上がる幅の広い石段が、ひい、ふう、みい。三段ある。

その三段目に、人が立っていた。

女の子だ。すらりとして、餅太郎よりも背が高い。髪はお団子にしており、臙脂《えんじ》色と山吹《やまぶき》色の市松模様の着物に、錦糸の入ったきれいな帯を締めている。そして何よりも、

——編み込み草鞋だ！

着物の色目に合う色糸の入った、編み込み草鞋を履いていた。

女の子はこっちを見ていた。餅太郎を見ていた。目と目が合っている。夢じゃない、幻じゃない。

泥水のはねかかった顔を拭いもせず、蜘蛛《くも》の糸に引かれるみたいに一途《いちず》に、餅太郎は女の子に近寄っていった。

女の子の白い顔は、半べそをかいていた。ぐいぐい近づく餅太郎から後ずさり、自分の足元に目を落とした。そこには柿ぐらいの大きさの真っ黒な賽子がいて、女の子をかばうように、ごっつんごっつんと石段を転がってこっちに寄ってきた。

「おおい、おまえ名前は何という」

真っ黒な賽子には、白い顔料で、「壱」「弐」と数が記してある。声はよく通る男の声で、重み

があった。

そいつに向かって全速力で転がり、餅太郎を追い越して前に出ると、キリ次郎が言い返した。

「そっちが先に名乗りなしゃれ」

ひずんでいるから、速く転がると、左右に跳ねてしまったり、まっすぐ進めなかったりするキリ次郎。

餅太郎は一瞬だけ――真実本当にその一瞬だけ、（滑稽《こっけい》だな）と思ってしまった。そう思わせてしまうほど、黒い賽子は押し出しがよかったのだ。

「ここなおなごの名は弥生《やよい》様とおっしゃる」

朗々と声を響かせて、黒い賽子は言う。

「大畑村の、ろくめん様の本社をあずかる禰宜の一族の娘御じゃ」

当代の禰宜さんから見ると、弥生は姪《めい》の子供にあたるという。大畑村にある禰宜さんのお屋敷は大村長の屋敷より大きいくらいだし、格式高い藩の旧家とも繫《つな》がりがあって、とにかく偉い。つまりこの女の子は、まっとうに暮らしていたら、餅太郎なんかとは一生まともに顔を合わせることがない。

「そのような娘御が、どうしてこの里におじゃる？」

キリ次郎もあからさまに不審がっている。それを感じ取ったのか、弥生はさらに後ずさりした。

うつむいて、身を縮め、両手をきつく握り合わせている。

「先にはっきり言うておくが、この弥生様は愚かな虻の神の呪いに遭《お》うたのではない。ろくめん様のご加護により、この里に匿《かくま》われることとなったお身の上なのだ。それというのも――」

黒い賽子がとうとうと続きを述べようとするのを、餅太郎は遮った。

「ここに突っ立ったまんまじゃ、弥生様も寒くってつらいでしょう。お社には着物がたんとあるし、足袋もある。話はあとでちゃんと聞かせてもらうから、中に入ろうよ」

すると、キリ次郎もてちんと飛び上がった。

「餅太郎しゃんの言うとおりじゃ。わしが案内《あない》いたしましょう」

先に立って中に入ると、神饌の間から、ほのかに好《い》い匂いが漂ってくる。餅太郎は笑顔を満開にして、鼻をくんくんさせながら弥生を振り返った。

「今朝はいいものがあらぁ！　ほら、この匂い。わからんさ？」

黒い賽子が、ごつん！　と大きな音をたてた。気安く話しかけるな、無礼者め。

「あ、ご無礼しました、すんません。けどこの匂い」

「あ、甘酒みたい」

囁《ささや》くような小声で、弥生が言った。

「今日は小寒だから、大伯父《おおおじ》様が温かい甘酒をろくめん様にお供えしたんだと思うわ」

餅太郎はぽかんと口を開いた。キリ次郎はひずんでいない方の角で立って、たぶん、同じように固まっているのだろう。

黒い賽子が、ごつんごつんと弥生の足元まで転がっていって、言った。

「弥生様の一日も早い本復を願ってお供えされたものでござろう」

「それなら、ろくめん様のお下がりとして、わたしたちがいただいてもよろしいのでしょうね」

わたしたち。最初から餅太郎も勘定に入れてくれている。

口を開けばなおさらに、弥生は餅太郎とは身分が違うとわかる。でも、優しい。

「あなた、名前は何というの？」

顔を見て問いかけられ、どぎまぎのあまり、餅太郎は舌まで固まってしまった。

「名は餅太郎、畑間村の出で、歳は十一。わしはキリ次郎と申しましゅる」

キリ次郎が代わりに応《こた》えると、弥生は口元を緩めた。

「おまえにも名前があるのね」

「はい。わしは餅太郎しゃんがろくめん様にお供えした賽子でごじゃる。名前も、餅太郎しゃんがつけてごじゃらった」

「わたしのこの賽子は」

言って、弥生はしゃがみこむと、黒い賽子を手に取った。両の手のひらで包み込む。

「大伯父様が職人に作らせてくだすったの。だから、本当の意味でわたしの賽子ではないのかもしれないけれど……」

「何をおっしゃる、みどもは弥生様の賽子じゃ！」

黒い賽子が大声をあげる。すると、弥生はにっこりと笑った。

笑った。この女の子は笑うことができる。なんて綺麗《きれい》な笑顔だろう。

「それじゃあ、わたしが名前をつけてもいいわね。さて、どうしようかしら。ええと……ええと……」

真顔に戻ってちょっと考え、すぐにまた大輪の笑顔を咲かせた。

「かんべえ。官兵衛《かんべえ》がいいわ！」

「よきお名にごじゃる」

「甘酒が冷めないうちに飲みに行こうよ、弥生様、官兵衛さん」

「おまえたちまで気安く呼ぶな」

賽子に表情があるわけはない。だけれど、これまでキリ次郎と暮らしてきて、餅太郎は確かに、何度となく彼の喜怒哀楽を感じ取ってきた。今の官兵衛の顔色《がんしょく》もわかる。むっとしていて、ちょっと恥じ入っていて、恰好つけようとしている。

みんなで神饌の間に入り、白磁の銚子に入った甘酒を見つけた。二本あった。まだしっかりと温かい。

「一本はろくめん様に。一本はわたしのためのお供えだから、わたしがいただいて、餅太郎にも分けてあげる」

「あ、ありがとうございます」

涎《よだれ》が出そうだった。甘酒は、これまでも、残り香だけなら何度か感じたことがある。お下がりになるほどの量がなかったのか、匂いの名残だけで、餅太郎の口には入らなかった。今日のこの甘酒は、官兵衛が言うとおり、弥生のための供物だから、そっくりここに残されているのだろう。

甘酒で温まりながら、この社のなかがどのようになっているか、あらましを説明した。言葉の足りないところはキリ次郎が助けてくれた。弥生は熱心に聞いていて、

「じゃあ、次は着るものを調達しましょう。わたしにも餅太郎にも、もっと暖かい着物が要るわ」

里に霜が降りたことに呼応するように、衣類の間には冬物が溢れかえっていた。綿入れのちゃんちゃんこ、褞袍《どてら》にかいまき、首巻きや腹巻き。弥生は自分の身につけるものを選ぶだけでなく、餅太郎の分も見繕《みつくろ》ってくれた。

「そんな薄着で、今まで寒かったでしょう」

てきぱきと動きながら、ついでのように気軽な口調で、弥生は自分の事情を話し始めた。

「わたしの家は城下の呉服屋なの。お城の奥にも出入りを許されているくらい大きなお店なんだけど、まあ、それはわたしが威張ることじゃないわ」

奉公人の若い男をお供に、禰宜さんの姪である母親に連れられて、大畑村の実家を訪ねてきたのは、昨日の午過ぎのことだった。

「ひい祖母《ばあ》さまのお加減がよくないというので、おっかさまが会いたがったのよ。わたしはひい祖母さまのことはよく知らないのだけれど、おっかさまが、亡くなってしまう前にいっぺん会っておきなさいと言うから、ついてきたの」

弥生の母親にとっては実家への里帰りだ。城下町から大畑村まで、女子供の足では二日はかかる道程《みちのり》だが、しゃんと歩いてきた。

「わたしはこんな遠出をするのは初めてだし、すっかりくたびれちゃったんだけど」

禰宜さんの家だから、まずは何処よりも先にろくめん様の本社にお詣りしなければならない。母娘《おやこ》は道中の土埃を落とすと、すぐ神社へ向かうことにした。

お社があるのは村の東端の森のなかなので、ちょっと歩かねばならない。

「それでね、大伯父様が、新しい草鞋にはき替えていきなさいって、この草鞋をくださったの。きれいな糸が編み込んであるのね。村の名物なんですってね」

「そ、そ、そ」

アガってしまって、餅太郎はつっかえた。

「それ、最初に工夫したのは、おいらの姉ちゃんなんです」

言った途端に、着物や帯の山の向こう側で、また官兵衛がごつんと床を鳴らした。

「すみません、お話の腰を折っちまって」

「ううん、いいのよ。官兵衛、いちいち怒らないでちょうだい」

「お優しい弥生しゃま、ありがたきお心遣いにごじゃりまする」

畳紙《たとうがみ》がいっぱい積んであるあたりで、キリ次郎の感謝の声があがった。

「編み込み草鞋って呼んでるんですけど、うちでこしらえて、おいらが大畑村へ売りに行ってました」

姉のおりんの玉の輿も、それを妬まれて虻をつけられたのも、みんな編み込み草鞋が振り出しだったのだ。

久しぶりに実物を目にしたら、胸の底に溜まっていた思いが溢れ出してきた。喉が詰まり、目頭が熱くなる。餅太郎は拳で顔を押さえた。

弥生のやわらかな声が問いかける。

「餅太郎の家はどこなの」

「は、はたま、むら。大畑村の、近く」

「それでも、売り物を背負って山道を歩くのは大変だったでしょう。餅太郎は働き者なのね」

おっかさんが子供を褒めるような口調だ。餅太郎はさらに泣けてきて、堪えようとしてむせてしまった。

しばらくのあいだ、弥生は黙って寄り添っていてくれた。餅太郎の涙が収まり、呼吸がもとに戻ったところで、また口を開いた。

「昨日は、あまりお天気がよくなくってね。分厚い雲が出ていて、午過ぎでも薄暗くって、風も強くて」

だから母娘もお供の奉公人も、木立に隠れ、藪《やぶ》に身を潜めながら、後ろから迫ってくる怪しい気配に気づくことができなかった。

「わたしたち、追い剝《は》ぎに遭ってしまったの」

木立の向こうに、お社の屋根と鳥居が見えるくらいの場所だった。それでも、黒い覆面をした大男に刃物で脅かされたら、

「魂が縮んだみたいになって、助けを呼ぶ声が出てこなかったわ」

大畑村は旅籠町でもあるから、六つの分村よりもずっと賑やかだ。出入りする者のなかには、悪い奴もいる。城下から来た母娘は身なりも上等で、早々に目をつけられてしまったのだろう。

「弥生様、お、お怪我は」

問うてから、気がついた。うわ、恥ずかしい。おいらバカすぎる。

怪我をしたから――それで命が危うくなっているから、弥生は今ここにいるのだ。さっき官兵衛は「本復を願う」とか言ってたじゃないか。

「怖がらないでほしいんだけど」

思い詰めたような顔をして、弥生は言った。

「わたしってね」

「へ、へえ」

「こう見えて気が強いの」

くちびるをすぼめて笑う。

「追い剝ぎの大男が、財布や簪《かんざし》や帯留めを盗《と》るだけじゃ足りなくて、大伯父様からもらったばっかりの草鞋……編み込み草鞋と呼ぶのよね、きれいな草鞋も欲しがって」

――とっとと脱いでこっちへ寄越せ。

「おっかさまの足をつかもうとしたから、うちの奉公人がおっかさまをかばって、そしたらいきなり斬りつけられて」

血を流して倒れ込む奉公人を目のあたりにして、弥生は大声で叫んだ。この人でなし!

「叫びながら追い剝ぎに飛びかかったの。覆面を引っぺがしてやろうと思って」

気が強いどころじゃないやさ、このお嬢様。

「う、うまくいきましたかい？」

「ええ。あいつも、わたしみたいな女の子に抗《あらが》われるなんて思ってなかったんでしょう。びっくりして刃物を取り落としちゃった」

黒い覆面は、引っぱがしてみればよれよれの手ぬぐいだった。弥生は両手の指に渾身《こんしん》の力を込めたので、勢い余って追い剝ぎの顔を思いっきり引っ搔いていた。

「甘かったわ。もっと最初から狙いをつけて、目玉を潰してやればよかった」

「む、無茶をなすったんですね」

大真面目な顔で、弥生はうなずく。

「わたし、拳骨でしたたか殴られて、まわりが真っ暗になってしまって……」

次に気がついたときには、血の気を失って仰向《あおむ》けに横たわる自分の身体を見おろしていたのだ、という。

「あれは本社の奥の間だと思うわ。おっかさまがそばで泣いていて、奉公人もいて、大伯父様と村の人たちと、お医者様もいたわ」

傷ついた身体から、弥生の魂だけが抜け出していたのだ。

「わたしは一人で、天井にくっつきそうな感じで漂っていたの。呼んでも呼んでも、わたしの声は誰にも届かないようだった」

どうしよう。どうしたら下に降りられるだろうか。自分の身体に戻らないと、母親や大伯父たちと話ができない。大丈夫、わたしは生きていますと伝えたいのに。

「そのうちに、身体ごとさらに上の方へ吸い上げられるような感じがしてきて……」

天井を通り抜け、屋根裏を通り抜け、お社の瓦屋根をも抜けてしまって、どんどん上へ、空へと昇ってゆく。

「雲のなかに入っていって、まわりが白く霞《かす》んで流れてゆく。わたしはいったいどうなるんだろうと思っていたら」

遠くの雲の隙間に、ちらちらと灯が見えてきた。二列に並んでいる。

「この里の石灯籠の道を見たんですね」

弥生は、その灯を大畑村の中心部に並ぶ旅籠の窓明かりだと思ったから、

「身体のある場所に戻れたんだって、嬉しかったのだけれど」

降りてみたら、まったく違う場所だった。

「わたしはふんわりと風に乗って、石灯籠の道の端っこに降りたの。地面に立ったと思ったら、大きな声で名前を呼ばれて」

――弥生様、弥生様！

「ものすごい勢いで、官兵衛が足元へ転がってきたのよ」

城下に暮らす弥生も弥生の母親も、日ごろはろくめん様に詣でることはできない。二人の分は禰宜さんが代参し、正月の賽子も作って捧げてくれていた。だから弥生には官兵衛がいて、まっ

しぐらに駆けつけてきたのだ。

「実のところ、弥生様のお身体は今も死の縁にあり、眠り続けておられる」

衣類の山の陰からゆっくりと転がり出てきて、官兵衛が言った。

「ろくめん様は、力弱きおなごの身でありながら、臆することなく追い剝ぎに立ち向かった弥生様をいたくお気に召されてな」

――我が氏子の誉れじゃ。この強き魂が失われるのは惜しい。

「眠っている弥生様のお身体から魂だけを招き寄せて、この里に匿われたのだ」

身体が生き延びたあかつきには、魂を戻せばよい。残念ながら身体が死んでしまったときは、弥生の魂を容れる新たな器が見つかるまで、この里におればよい。

「ここで八百万の神々の気《き》を浴びるならば、弥生様の魂もいっそう浄められ、神々しいものとなろうぞ」

ははあ。餅太郎は半ばは感じ入り、半ばは呆《あき》れかえって、言葉が出てこない。魂を容れる新たな器って、そんなに簡単に見つかるのか？　まさか賽子じゃないんだろうし。

ろくめん様は、一か八かに賭けて、追い剝ぎの覆面を引っぺがそうとした弥生の度胸を愛《め》でておられるのだろう。それって、命がけの博打みたいなものだったのだから。

ともあれ、弥生様はそういう特別なお方だから、この里でも人の姿のままでいられるのだ。それはわかった。だけどさ。

「弥生様、今さらおかしなことを伺いますけども、おいら、ふざけているわけじゃねえから、お答えくださいますか」

「どんなこと？」

「おいらの姿、弥生様の目に見えているんですよね。お化けじゃなくて、ちゃんとした人の姿に見えているんですよね」

弥生は素直に面食らった顔をして、二つの賽子の方を見た。二つとも黙っている。

「ここでは、人はてんでにお化けに見えるのが決まりなんです。おいらも、弥生様の目にはお化けに見えるはずなんだけど」

餅太郎は説明した。弥生は一言も口を挟まずに聞いていて、説明の区切りがつくと、すうっと手を伸ばして餅太郎の頬に触れた。

「ふっくらしてる」

そう言って微笑む。

「毎日お供えものを食べているから、村にいるときよりも太ったのでしょうね」

おいらの顔、丸くなってるの？　餅太郎は戸惑ってへどもどした。

「さっきの甘酒も美味しかった。この里では、食事の心配はしなくていいのね」

弥生の笑みにつられて、餅太郎も口元が緩む——ような気がするけど、ホントかよ。口の端を持ち上げられるか？　心は楽しくて嬉しくて可笑《おか》しくて、おいら、笑いたいのさ。笑うって、こんな気持ちにふさわしいことだよな。

笑おう。力んで肩に力が入る。

「餅太郎しゃん」キリ次郎が震える声で言った。「その顔はおやめなしゃれ。弥生様を脅かしてごじゃる」

「え！　ご、ごめんなさい。おいら、笑い方を忘れちまってて」

餅太郎の変な力み顔よりも、その言葉の方が、よっぽど弥生を驚かせたらしい。

「どうして笑顔を忘れてしまったの？　餅太郎にはそれほど悲しいことがあったの？　そもそもあなたはなぜここにいるのかしら」

弥生の優しく強い瞳に照らされて、隠してどうなることでもなし、餅太郎はこれまでの自分の身の上をすっかり打ち明けた。

幸い、衣類の間には座るところがいくらでもあり、静かで暖かかった。

餅太郎がしゃべり終えると、真っ先に声をあげたのは、官兵衛だった。

「呪いのしるしの虻を呑み込むとは、大した胆力じゃ」

それを聞いた弥生も深くうなずく。見れば、その目に涙が溜まっていた。

「何て勇敢な子なんでしょう」

今度はほっぺたではなく、餅太郎の頭をぐりぐりと撫でてくれた。そして言った。

「ろくめん様は、わたしの魂がこの里で、孤独のあまりに活《い》き活きした人らしい感情を忘れてしまうことがないように、餅太郎を選んで引き合わせてくださったんだわ」

弥生のために選ばれて、餅太郎は本来の人の姿を取り戻した。弥生の目には、畑間村の洟垂れ小僧の姿が映る。餅太郎も、お化けではない弥生の姿を見ることができる。

「わたしの官兵衛も、餅太郎のキリ次郎も、忠実な賽子なのだと思うけれど」

人には、やはり人が必要なのだ。人の喜怒哀楽と遠く切り離されていては、命の温《ぬく》もりを失っていってしまう。

「だからね、こうしてわたしと出会ったことは、餅太郎にとっても益になるはずよ。わたしが笑うのを見ていたら、餅太郎もだんだんと自分の笑い方を思い出していくわ」

熱心に言う弥生の傍らで、大きな黒い賽子と、ひずんだ小さな賽子が、顔を見合わせるような動きをした。それから、うんうんとうなずきあった。

「ろくめん様は、きっと、餅太郎の勇気と姉さんを思う心をご存じなのよ。そうでなかったら、わたしの力添えになるべき相手に、子供を選ぶわけがないもの。ねえ、官兵衛もそう思わない？キリ次郎はどうかしら。わたしの身体がよくなる頃合いには、餅太郎もお許しを得られて、一緒に現世へ帰れるのじゃないかしら。いえ、じゃないかしらではなくて、必ずそうなるように努めましょう」

えっと、はい、そうだけど、弥生様もここで働くんですか？　弥生の熱弁に呑まれてしまって、餅太郎は口がきけない。

そんな餅太郎の顔を真っ直ぐに見つめ、弥生は歌うように明るく言った。

「わたし、十四歳なの。餅太郎の姉さん格にしてちょうだいね」

とんでもない、もったいない、いけません。

誰がそんなことを言えるだろうか。

*

「まあ、跳ねっ返りのお嬢様でしたよ」

黒白の間の上座で語る、今の餅太郎の目は乾いている。思い出に潤んではいない。ただ、弥生のことを語り出したときから、眼差しが変わった。

最初の挨拶のときには、怯えた犬のような目をしていた。語りが始まると、そこに強烈な怒りと悲しみが混じった。絶望が瞳を真っ暗に塞いだ。

今はそのどれもが消えて、餅太郎の目の奥は凪《な》いでいる。

「でも、おかげであっしは楽しかった」

凪いだ瞳でそう言った。

富次郎の胸にも、穏やかな凪《なぎ》が訪れる。忌まわしい呪いで始まったこのお話の、ここがいちばん明るいくだりになるのではなかろうかと、心のなかで考える。

語りに入る前のやりとりで、額に畳の跡をくっつけて、餅太郎は確かにこう言っていた。

――十一のときに、笑い方を忘れました。それっきりいっぺんも笑ったことがねえ。

つまり、弥生と出会うという幸いがあっても、結局、餅太郎は笑いを取り戻せなかったのだ。取り戻せないままになってしまった顚末《てんまつ》が、この先語られてゆくのである。

胸が重たくなってゆく。これではいかん。語り手より先に、聞き手がへこたれてしまってどうするのだ。

「弥生様は、おりんさんに似ているところがおありでしたか」

問いかけると、餅太郎は片方の口の端をぐいっと持ち上げた。照れ笑いしたいのか、それとも苦笑いだろうか。

「比べたら罰があたりますよ。姉も、大村長の養女になっていろいろ習い始めてからは、みるみるおしとやかになっていきましたけどね。弥生様とは、もともとの生まれ育ちが違い過ぎます」

「そうすると、弥生様は餅太郎さんのようには働けなかったんでしょうね。掃除や水汲みなんか、生まれてから一度もやったことがなかったんじゃないのかな」

「やったことがないからやってみたい、なんて言い出すお嬢様でしたけどね」

本当に跳ねっ返りである。

「こっちは、弥生様に女中の真似はさせられねえから、それぱっかりはどうかご勘弁くださいって頭を下げて、諦めてもらいました」

そのかわり、餅太郎は弥生に、あることを教えた。

「編み込み草鞋の作り方をね」

弥生は大喜びで熱心に習った。材料は里のなかで容易に調達できる。

衣類の間に積み上げられている捧げ物の着物や帯は、みんな品がいい。本当なら高値で売り買いされて然《しか》るべきものだ。

「それを惜しげもなくほどいたり裁《た》ったりして、気に入った色目の糸を調達するんだから、そこはやっぱりお嬢様でした」

編み込み草鞋をこしらえている弥生の姿を見ると、餅太郎は姉のおりんを思い出した。別れたときは十六だった。餅太郎がこの里に来てから流れた月日によっては、おりんと弥生が同い歳だっておかしくはなかった。

「どうしても二人の姿が重なって……」

目を細め、餅太郎は呟く。

「弥生様に、糸繰り歌もお教えしたいなって思ったんだけど、やめましたよ」

「どうしてですか」

「だって、糸繰り歌なんか聴かされたら、うちに帰りたくなっちまってどうしようもなかったからね」

弥生が現れたことで、餅太郎は人の温もりを得た。キリ次郎だけを相手にしていたときより、ずっと「人」らしい日々をおくれるようになった。

しかし皮肉なことに、そういう暮らしは、餅太郎が心のなかに封じ込め、強く押し殺してきた里心や人恋しさをかきたてるものでもあったのだ。それは危うい心模様で、ちっとも良いものではなかった。

「あっしがそんな思いを抱いてること、キリ次郎はお見通しでしたから」

——余計な思いわずらいをせぬよう、きりきり働いてごじゃれ！

「それまで以上にこき使ってくれました」

昼間のあいだ、餅太郎は旅籠へ働きに行き、弥生はお社の衣類の間で編み込み草鞋を作る。出来上がった草鞋はそのまま衣類の間に飾り、ろくめん様に手を合わせて拝む。

跳ねっ返りらしく、弥生は旅籠に集う神々のことや、博打の様子を知りたがった。

「官兵衛さんがきつく諌《いさ》めても、おいらと一緒に旅籠へ行きたがって」

「――わたしなら大丈夫よ。ろくめん様にこの里へお招きいただいた身の上だもの。神々の気を浴びるのは良いことだって、官兵衛も言ったじゃないの。

「確かにそう言ってたからね」

官兵衛さん、ぐうの音も出なくなり、ある朝しぶしぶ弥生を旅籠へ連れていった。弥生は、たくさんの客室から騒がしく聞こえてくる神々の大いびきや寝言や譫言《うわごと》に、驚くどころか大喜びした。

――寝言でもこんなに面白いんだもの、陽が暮れてから、神様方が遊びに興じられているときは、もっと面白いんでしょうねえ。

それは駄目だ絶対に駄目、日暮れてからは餅太郎だって旅籠には近寄らない。官兵衛にキリ次郎も助太刀して説いて聞かせ、しまいにはぺこぺこお願いしても、弥生は諦めない。

「旅籠のなかで博打や双六に興じている神々の様子が知りたい。やりとりを聞いてみたい。こっちの姿を見せなければ、非礼にはあたらないはずだと言い張りまして」

「わがままなお嬢様だ。餅太郎さんもお困りになったでしょうね」

「いや……そうでもなかったんですよ。もちろん、困ったふりはしましたけどね」

実のところ、餅太郎も同じような興味を持っていたからだ。神々は、博打や双六に興じながら、どんなやりとりをしているのか。「それまで、切れ切れにしか耳にしたことがありませんでしたからね」

本心は隠しつつ、官兵衛とキリ次郎が弥生のわがままに折れるように折れるようにと、餅太郎はおろおろしてみせた。弥生様がどうしてもとおっしゃるなら、おいらがお供してお守りしますと言ってみたり、弥生様の代わりにおいらが聞きに行ってみましょうかと言ってみたり。

「今思えば、あっしの本心なんかばればれだったかもしれませんが」

——仕方がごじゃらん。

先に折れたのはキリ次郎だった。

——わしが段取りを整えましゅる。それまでは、けっして勝手なことをなさってはなりましぇぬぞ。

「このとき、キリ次郎が妙に物わかりがよかったのには理由《わけ》があったんです。あとになってそれがわかって、ずいぶんと後悔したもんでした」

博打や双六遊びが行われる大広間は、左右の旅籠を合わせて七つあった。そのうちの一つで、いちばん手狭で勝手口から近いところへ、床下を這って近づく。もちろん、広間の真下までは行かれない。床下の柱を数えて五本目までがぎりぎり近づける限界だ。

「弥生様とあっしは水場で身を浄めてから、竈《かまど》の灰と鍋底の煤を混ぜて顔にも手足にも塗りたくりました。足は裸足で、着物にも灰と煤をなすりつけるんです」

いったん床下へ潜ったら、けっして口をきいてはいけない。息をひそめ、物音をたてず、キリ次郎が印をつけたところまで這っていったら、そのまま伏せてじっとしている。

「支度しているうちに、あっしはいささか怖《お》じ気づいて、泣きべそでした。でも、弥生様は気丈でね」

――泣くと、涙で煤と灰が流れてしまうわよ。しっかりなさい、餅太郎。

「床下には、賽子たちもついてきてくれました。官兵衛、弥生様、あっしとキリ次郎の順番で這っていって」

五本目の柱につけられた印が見える前、それよりもよっぽど手前で、

「あっしは心の臓が躍って、耳の奥ががんがんして、総身に鳥肌が立って小便もらしそうで、逃げ出したくってたまらなかった」

神々の気が伝わってくる。高いところから落ちてくる気。激流のように流れてくる気。大岩のように転がってくる気。床下の湿った地べたに伏せたまま押しつぶされそうになって、餅太郎は息が詰まり、目を開けていることさえ難しくなった。

神々のお声は、確かに聞き取ることができた。この広間では賭け双六をしているようだ。集う神々が賽子を投げてはどよめいている。手を打って喜び、床を叩いて嘆き、笑ったり怒ったり、囃《はや》したり冷やかしたり。

「あっしはほとんど気絶していて、一つ一つの声は聞き分けられなかった。そんなんだから、どれぐらいのあいだ、床下に這いつくばっていたのかもわからなくて」

キリ次郎に突《つっ》かれて、ようやく我に返った。

「床下から這い出してみたら、まだ夜中のうちでした。その夜は月が見えなくて、まだらな雲が空の高いところを流れてたっけ」

弥生を守るどころか、弥生に肩を貸してもらって、餅太郎は住まいに戻った。水場でもう一度身を浄め、着物を着替えた。

「汚れを落として、白いほっぺたのべっぴんさんに戻ると、弥生様は賽子たちに頭を下げて謝ったんです」

――とてもとても恐ろしかった。

「声が震えて、涙ぐんでた」

――あんな怖いやりとりを耳にしてしまって、この先もとのように暮らせるかしら。

「あっしは、さっきも言いましたが前後不覚だったわけで、何がそんなに怖かったんだと、弥生様にお尋ねするのもおっかない」

弥生は、餅太郎が神々の気に打ちのめされて、ほとんど何も聞き取っていなかったことを知ると、ほっと安堵《あんど》の顔をした。

――よかった。餅太郎は何も知らないままでいてちょうだい。

「そうはいきませんよ。それじゃ、あんまり情けなさ過ぎるってもんだから」

おいらにも教えてくださいよ。弥生様、神々のどんなやりとりを聞いたんですかい？

おっかないからこそ知らねばならぬ。しつこく食い下がって、弥生から聞き出せたのは――

「あの広間では、ありとあらゆる病の神様——大勢の疫神と、旱《ひでり》の神様が集まって道中双六をやっていたんだそうで」

道中双六。子供の遊びだが、凝ったものから安価なものまで多数の種類がある。富次郎のお気に入りは「東海道五十三次《とうかいどうごじゅうさんつぎ》」の道中双六で、一つの宿場ごとにそこの名物の絵が描かれているので、飾っておいても楽しいものだ。兄の伊一郎《いいちろう》は、なかなか上がれぬ難しい「伊賀越道中双六《いがごえどうちゅうすごろく》」が好きだった。

「この国の絵図の上に、たくさんの土地の名前がびっしり書き込んである。たぶん、そういう双六ですよね」

その上で、病の神と旱の神が賽子を振る。出た目の数だけ進んだり、休んだり、戻ったりする。

どこで止まるのか、どこへ行くのか、疫神は。どこへ行くのか、旱の神は。

富次郎にも、その恐ろしい意味がわかった。

「そうやって、次の行き先を決めていたということですね」

たとえば咳《せき》の神が止まったところでは、咳の病が流行《はや》る。瘧《おこり》の神が止まったところでは、瘧が流行る。旱の神は行ったり戻ったり、振り出しから上がりまでのあいだ

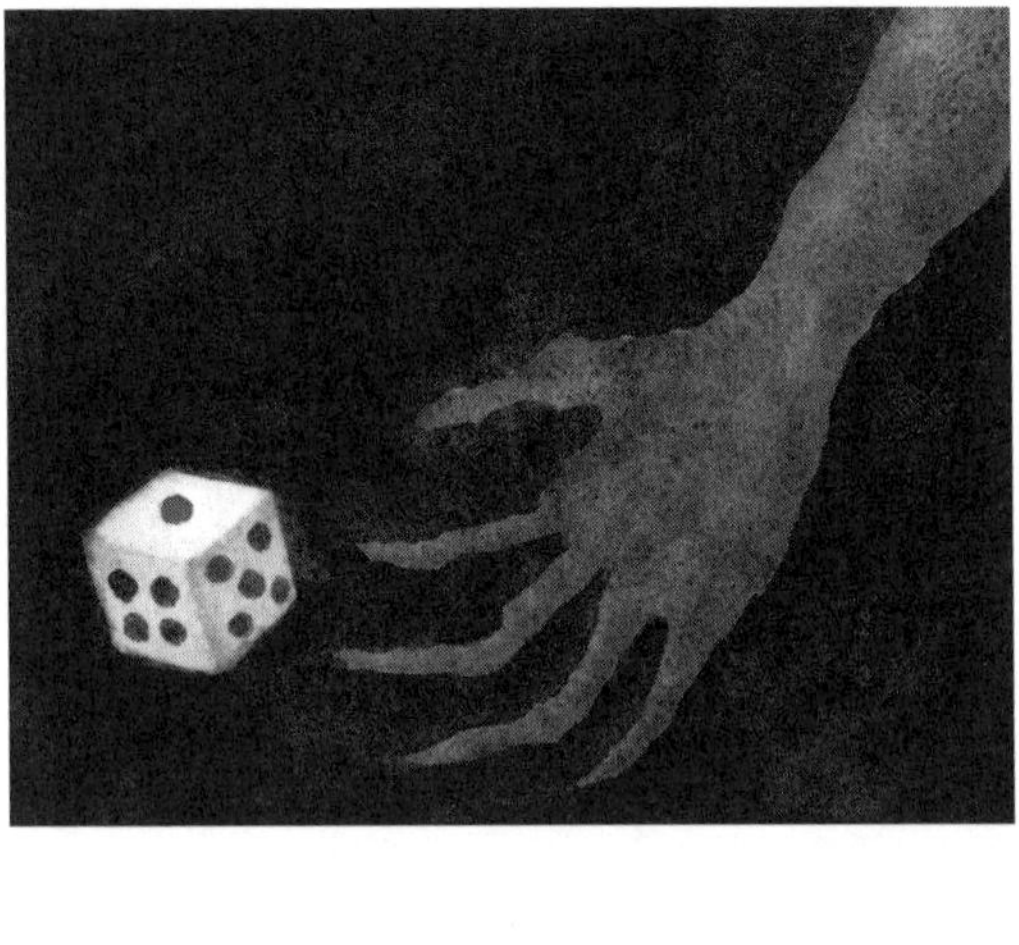

に、この国のあちらこちらに、どれほどの旱天《かんてん》と水不足をもたらすのか。

「それっきり、弥生様は二度とわがままを言わず、旅籠にも行きたがらなくなりました」

餅太郎も、粛々と奉公だけに没頭する日々に戻った。

「やはり、笑い方は思い出せないままだったんですか」

富次郎が問うと、餅太郎はふっと目を泳がせて、うなだれた。

「この調子なら思い出せるかな。あんまり気にせずにいた方が、ひょっこり笑えたりするかもなって……思ってたんですが」

弥生と二人で旅籠の床下を這ってから、数えて十二日後のことだ。夜明け前、餅太郎の傍らに来たキリ次郎が、こう言った。

――餅太郎しゃん、わしはお暇《いとま》するときが来たようでごじゃる。

「現世の畑間村に、正月が巡ってきたんですよ」

毎年正月になると、大畑村と六分村に暮らすろくめん様の氏子たちは、それぞれのお社へ詣で、願いを込めた賽子を捧げる。

「新しい賽子を納めるとき、前の年の賽子は、同じ境内で火にくべられちまうんです」

古いお札と同じように、前年の古くなった賽子はお焚き上げされるのだ。

「だからキリ次郎も消えちまうんだって、わかった瞬間がどんなにか」

つらかった。悲しかった。今、こうして語っていても目が赤くなり、口元が強《こわ》ばるほどに。胸が破れそうなほどに寂しかった。

「あっしの目の前で、キリ次郎の姿はどんどん薄くなっていって」

――わしの代わりに、どんな賽子が餅太郎しゃんのおそばに来るのじゃろう。どんな賽子が来ても、餅太郎は善い行いを続けてほしい。働き者であってほしい。ろくめん様への信心を保ってほしい。

――わがままは、もういけましぇんぞ。

「神々の声を聞きたいって、弥生様とおいらのわがままを、あのときキリ次郎がやけにすんなりかなえてくれたのは」

別れが迫っていたからなのだ。

「あっしはキリ次郎に飛びかかって、摑《つか》もうとしたんだけど」

手応えはなかった。

「手のひらを開いてみたら、灰を握ってた」

その灰も、みるみるうちに消えて失くなってしまった。

ひずんでいるから滑らかに転がれず、しゃべり方がおかしくて、角できりっと立つのは上手く、口うるさくて親切で、意地悪なこともするし怒りっぽくもあるし、そのくせ餅太郎が泣くと付き合って泣いてくれて、

「いい奴でした」

逝ってしまった。お別れだ。

餅太郎は手放しで泣いた。おいおい泣いていると、弥生が来てくれた。弥生も一人きりだった。

「官兵衛も消えちまってたからね」

餅太郎は、泣き泣き語った。最初にキリ次郎に会ったときのこと。変な奴だと思ったこと。一緒にいて楽しかったこと、面白かったこと。弥生に背中をさすってもらいながら、めそめそしているうちに陽が昇り、清らかな朝日がさしかけてきた。

弥生が「あら」と声をあげた。その華奢《きやしや》な肩の上に、官兵衛と同じくらいの大きさで、濃い朱色の賽子が乗っかっていた。

——弥生様、わらわが新しい弥生様の賽子にございます。

「弥生様のために、大伯父の禰宜さんが今年も賽子を供えてくれたんですよ。だから官兵衛の代わりが現れたんだ」

しかし、餅太郎はどうだろう。誰かが新しい賽子を供えてくれたろうか。

「そこな薄汚い男子《おのこ》、こちゃを見るでない」

朱色の賽子は、弥生の肩の上から声をかけてきた。大人の女の声音で、説教するみたいなきつい口調だ。

「何だよ、おまえが勝手においらの前に出てきたんだろ」

「まあ、がさつな男子ですわね、弥生様」

「あなたもいきなり切り口上に過ぎるのよ。そうだわ、名前は桐葉《きりは》にしましょう」

朱色のくせに桐葉だってさ、ふふん！　と鼻を鳴らしたそのとき、餅太郎の頭のてっぺんに何かがごっつんことぶつかり、肩の上で跳ねて、爪先へと転がり落ちた。

「きゃあ、痛い！」

木目のままの素朴な賽子だった。目は漢字ではなく、赤い顔料で小さな丸を描いてある。

「餅太郎、あたし、おりんの賽子よ」

女の子の声で、賽子はそう言った。

「あんたの姉さんが、あんたのために作って供えてくれた賽子なの。わかる？　話が通じてる？」

餅太郎の足元で、木目の賽子はてっちんてっちんと飛び跳ねる。

姉ちゃんが、おいらのために賽子をこしらえてくれたって。

「じゃあ、生きてるんだな？」

木日の賽子を拾い上げ、餅太郎は問うた。この賽子の木目は美しい縞模様を描いており、ひずんだところも詰まったところもない。

「生きてるに決まってるじゃない」

餅太郎の手のひらの上で、木目の賽子は小さな円を描いて転がった。

「あんたのお手柄よ。あんたが呪いの虵を呑んであげたから、おりんは元気を取り戻したの。おとっつぁんと兄さんと、あんたが帰ってくるのを待ってるわよ！」

餅太郎はまたおいおい泣いた。今度は手放しの嬉し泣きだから、弥生も気の済むまで泣かせてくれた。

木目の賽子には、「代参」に引っかけて、「おだい」という名前をつけた。おだいは陽気でおしゃべりで、キリ次郎よりも歳が若く、小娘のようだった。

「そうだ、おだいがおいらの姉ちゃんのことを知ってるのなら、桐葉は弥生様のお身体がよくなったかどうか知ってるんだろ?」

勢い込んで問いかけた餅太郎のおでこに、おだいはぱちんとぶつかってきた。

「それ、あんたが訊いていいことじゃない。わかる? わかってる?」

思わずという感じで、弥生がふき出した。いや、笑い事じゃないと思うんだけど。

「桐葉、わたしの身体はまだ治っていないのかしら」

「とてもお美しいお顔で眠っていらっしゃいますわ」

気をつかうふうもなく、桐葉はさらりと答えた。

「ただ、昨年の冬の初めに、お母様のご希望で、弥生様のお身体は城下のおうちにお帰りになりましたの。あちらの方が、腕のよいお医者様がいるし、お父様をはじめ、おうちの皆様も弥生様のお顔を見られるので」

「まあ、そうなの」

弥生の笑みに、心細さと寂しさが混じった。がさつな男子にもわかるのさ。

日々の奉公のなかに心を埋めて、忘れたようなふりをしていたこと——。餅太郎は、いつになったら畑間村に帰れるのか。弥生の身体はいつになったら目覚めるのか。

正月という区切りに、二人はそれぞれが背負っているものをあらためて噛みしめることになった。

新しい年は、この賭場の里にとっても節目であるらしかった。厳しく、残酷な節目だ。

その日、おだいを連れて働いていた餅太郎は、お化けが消えるところを二度も目にした。一度は石灯籠の道の端っこ、あの天水桶のそばで。二度目は奉公の帰りがけ、雑木林を抜けて古井戸に続く小道の半ばで。

天水桶のそばのお化けは、積み上げられている桶のうしろに隠れるように佇《たたず》んでいて、だんだんと小さくなっていった。最後には身の丈一寸ほどになってしまい、

——くしゅん。

くしゃみのような音を立てて消えた。

雑木林の小道にいたお化けは、ホントのところはどうかわからないが、餅太郎の目には、木に登ろうとしているように見えた。

とりわけ細長いお化けだった。まるっきり反物みたいで、かつて餅太郎に合掌してくれたお化けみたいな、「何となく人らしい」ところが感じられない。

反物のお化けには、力がなかった。木に登ろうと幹に巻き付き、枝に身をからませるのだけれど、すぐにほどけてだらりと垂れてしまう。餅太郎は、手を貸してやろうとそっちに近づきかけた。すると、おだいが鋭い声をあげた。

「やめとき！」

餅太郎がびっくりするほどの声だったのに、反物のお化けは気づかない。よれよれと枝にからもうとしている。

「あれは時を無駄に過ごして、この里から出て行かれないまま消えようとしてる人だよ。溺《おぼ》れかけているのと同じだから、うっかり近づくと引っ張られる」

それが本当に消えてしまうまで、餅太郎はその場を離れずに見守っていた。膝ががくがくしたけれど、最後まで見つめていた。

住処に帰ると、弥生もお社から戻っていた。飛びつくように餅太郎のそばに来て、

「お社のすぐ外で、三人もお化けが消えるのを見てしまったの」

さすがの弥生も青ざめており、桐葉が懸命に慰めている。わらわがおそばにいる以上、弥生様にはまだまだ時がございますわ。そんなお顔をなさいますな。

「わたしたち、必ず現世に帰りましょうね」

「うん。おいら諦めません」

姉ちゃんに会うんだ。また家族でにぎやかに暮らすんだ。

「畑間村に帰ったら、姉ちゃんが作った編み込み草鞋を、おいらが弥生様に届けにあがります

よ」

塞ぐまい、怯えるまい。強くなろう。励まし合う少女と少年の想いをよそに、元日の賭場の里は大いに賑わい、旅籠には神々の声が響き渡った。

賭場の里に、頻々と雪が降る。

現世の暦《こよみ》では、年明けは春だ。だから「春の雪」になるはずなのに、この里に降るのはゆるい牡《ぼ》丹《たん》雪ではなく、踏みしめるときしきしと足ごたえのある真冬の粉雪だった。一夜のうちに、天水桶が埋もれてしまうほど積もるので、餅太郎と賽子たちにとっては、雪かきが大事な仕事になった。

こうした力仕事では、あの紙人形たちも役に立つ。賽子たちの指図でわらわらひらひらと群れになって動く白い人形どもを、弥生は最初から可愛がった。

「よく働くし、小さいのに力持ちだわ。餅太郎、知ってる？　あの子たちに触ると、ほんのりあったかいのよ。ちゃんと人肌なの」

毎日、お社の衣類の間に通っている弥生は、まず早朝に人形の間から働きに出ていく紙人形たちを眺め、夕暮れ時には帰ってきたそれらが水場で水浴びする様を見物する。紙人形どもは賽子の命令を解して言われたとおりに従うが、餅太郎の言うことには一度も従ったためしがない。そもそも聞こえてないみたいに無視するだけだ。

「弥生様のおっしゃることなら聞くかもしれねえ。いっぺん、やってみてくれませんか」

弥生も面白がって、ある日の朝、仕事に出かけてゆく紙人形たちに呼びかけてみた。

「何人か残って、わたしが編み込み草鞋を運ぶのを手伝ってちょうだい」

紙人形たちは知らん顔だ。ところが、弥生のそばにいる桐葉が、

「人形ども、弥生様のお手伝いをなさい」

と声をあげると、たちまち向きを変えて弥生に寄っていった。その様は、まるで桜吹雪がぶわあっと舞うようだった。

「この子たちは、あくまでも、ろくめん様の下僕である賽子の下僕なのね」

ようやく納得したように呟く弥生の前では黙っていて、あとで餅太郎と二人になると、おだいは言った。

「あの紙人形たちは、里に滞在している神々の数に合わせて、増えたり減ったりするんですよ」

それなら、紙人形たちもまた神饌や御神酒と同様に、神々の手土産なのかもしれない。湯治宿へ行く金持ちが、自分の身の回りを世話するお供を連れていくみたいなもの。だからそのお供は、湯治宿の番頭である賽子たちの言いつけに従って働くわけだ。

一方、餅太郎や弥生みたいなろくめん様の氏子は、他の神々にとっては何ものでもない。湯治宿のたとえを続けるなら、たまたま同宿しているだけの知らない男女で、しかも明らかに神々より身分が低い。だから、お供である紙人形たちにも相手にされない、と。

白い息を吐きながら、力いっぱい雪かきをしていると、頭はヒマになるもんだから、いろいろ考える。旅籠の屋根や、高いところに積もった雪をおろすのは、畏れ多くもお寝み中の神々のお

身体の上よりも高く登ることになるので、賽子と紙人形たちの仕事だ。餅太郎はもっぱら地べたの雪をかいている。汗は顎の先に溜まり、一息入れて身体が冷えると、たちまちその汗がじゃりじゃりと凍る。これほどの寒さを、餅太郎は畑間村では知らなかった。

神々がそれぞれのお部屋に引っ込んで眠っている昼間のうちは、寒気だけでなく、静寂も骨身に染み入ってくる。賭場の里の雪景色は美しいが、その美には恐怖が混じっている。春に溢れる花々や夏に輝く新緑、秋の豪奢な紅葉の景色にはない、ただしんしんとした沈黙が恐ろしい。

それは餅太郎一人の勘違いではなく、数日のあいだに一体、また一体と、積もった雪の上に溶けるようにして消えてゆくお化けを目にした。

あれはどこの誰だったのだろう。餅太郎に合掌してくれた人ではないといいのだが。静けさに耐えきれず、進んで命を消して、ようやくここから解放されていった——

おいらも、いつか家に帰れるのか。

弥生様とは、いつまで一緒にいられるのか。

ろくめん様のお許しは、いついただけるのか。もしかしたら、ご赦免なんかないんじゃないのか。あれはキリ次郎の、餅太郎を励ますための作り話だったんじゃないのか。

白い雪は餅太郎の物思いを誘い、募る不安のせいで、夜、くたびれて砂袋のように重くなった身体を寝床に横たえても、よく眠れなくなってしまった。

そうして、餅太郎が壁に刻んでいる印では正月元日から四十五日目となる真夜中のことである。畑間村の家の夢を見て、餅太郎はわななきながら目を覚ました。

夜の底で、闇まで凍りついている。寒さで足の指がかじかみ、鼻の頭のしもやけが痒《かゆ》い。弥生の住処は、ここよりもっとお社に近いところにある小屋だ。桐葉とおだいは旅籠に務めに行っている。餅太郎は夜の寒気のなかで一人、身を縮めているしかない。

旅籠が並んでいる方角からは、いつもながらの賑やかな歓声や怒声やかけ声が、遠くかすかに聞こえてくる。今夜も神々は大いに盛り上がってお楽しみ中なのだ。

餅太郎は寝床の上に起きあがった。

こうしていたって凍えるだけだ。寒さで眠気もとんでしまった。旅籠の近くまで行って、おだいでなくても、桐葉でなくてもいい、働いている賽子を探し、何かしら手伝わせてもらおう。動いている方が身体が楽だ。

綿入れ半纏《ばんてん》を着込み、足袋の上から弥生が作ってくれた編み込み草鞋をはいて足ごしらえをし、手ぬぐいでほっかむりをして、餅太郎は住まいの外に出た。夜の雑木林を抜ける小道は、雪と霜で白々と浮き上がってよく見える。

両手を懐に引っ込めて、首を縮めて背中を丸め、できるだけ肌を外気にさらさぬよう、餅太郎は小さくなって歩いていた。深く呼吸すると喉の奥まで凍りそうなので、息も小さく浅くしていた。ほっかむりのせいで視界も狭くなっていた。重ねて、真夜中の里を覆う雪の清らかな寒気が、餅太郎の人気《じんき》を薄めてしまっていた。

理由はそれぐらいしか思いつかない。ともかく、それは起こってしまった。あり得ないことだけれど、起きてしまった。

雑木林の小道から石灯籠の道へと抜ける手前のところに、軒ほどの高さの雪の壁がある。

昼間、餅太郎が自分でこしらえた壁だ。石灯籠の道の雪かきをするうちに、うんと高く積んで固めて壁にしたら面白かろうと思いついたのだ。軒ほどに積み上げるころには腕と腰が疲れて、あまり面白くなくなっていた。

しかし見事な壁だ。幅も二間（約三・六四メートル）はある。おだいは褒めてくれたし、桐葉は呆れていた。

その壁の向こう側――石灯籠の並ぶ道ばたに、小さな影が佇んでいた。

気づいた瞬間、餅太郎の両腕に鳥肌が浮き、心の臓が口から飛び出しそうになった。目が回って立っていられない。

人じゃない、お化けでもない、賽子でも紙人形でもない。

神様だ。こんなに近くに。

神様がお一方《ひとかた》、餅太郎の積み上げた雪の壁の陰に立っている。

小柄だ。餅太郎の膝の高さに頭がある。そう、頭があって肩があるのはわかった。見えてしまった。腕や足はどうなっているのかわからない。袖と裾の長い着物を羽織っているようにも見えたのだが――

ああ、駄目だ、息が苦しい。後ずさりして、この場を離れなくては。だけど動けない。編み込み草鞋の底が、小道の雪に凍りついてしまったみたいだ。

餅太郎の身体じゅうの血が逆巻き、頭がかあっと熱くなる。

違う、これまでとは違う。自分は今、神々に近づいてしまっただけじゃない。近づいてしまったことを、先方にも気づかれている。

小柄な神様は、風変わりな髷を結っている。左右に広く鬢《びん》が張り出していて、耳の横に長い飾りを下げている。宝玉をつなげたものだろうか。ころころといい音がする。音がする……のは神様が……動いているから。

神様は、餅太郎の方を振り向こうとしている。

——死ぬ。

立ちすくみ、餅太郎は心の臓まで石と化した。本当に石になってしまえたらどんなに楽だろうと思いながら。

「そう怖がらずともよいのに」

耳に聞こえてきた。信じ難い。愛らしい女の子の声だ。

「そなたは賽子ではないのだね。紙人形でもない。人の身でありながらこの里に入れるとは、よほど徳が高いか、厳しい修行を積んだのだろうね」

それこそ徳も位も高いお方の話し方だ。いや、餅太郎は本物の高貴な方になんか会ったことがない。弥生様だって本物の高貴な方については知らないだろう。ましてや神様なんか——

顎をがくがくさせて、餅太郎は言った。

「お、おいらは咎人でございます。畏れ多いことで、本当に申し訳ありません。すぐに立ち去ります」

後ろへ下がろうとするのに、足は依然として動かない。張りついている。身体をねじっても、もがいても、足がついてこない。

おっと！　尻餅をついてしまった。まずいまずいまずいまずい。神様を、餅太郎の人気で汚《けが》してしまう。

「慌てずともよい。そなたは悪くない。こんなところにいるわたしがいけない」

愛らしい声が、震えを帯びている。神様も寒いんだろうか。

「大変なことになってしまって、どうしたらいいか途方にくれている。せめて清らかな雪に触れれば、この気の乱れを鎮《しず》めることができるのではないかと恃《たの》んで出てきてはみたけれど……」

震えているんじゃない。この神様、泣いている。非礼を承知でどんぴしゃりの言葉を使うなら、

――べそをかいてる。

ころころ、ころころり。髪飾りの音がする。壁の向こう側で、凍った地面にきれいな光がいくつも落ちてはぱっと弾《はじ》ける。

涙だ。この小さな愛らしい神様の涙。

神様なのに、叱られた子供のように泣いている。

「お、畏れ多いことでございますが、お伺い、いたします」

餅太郎は、思わず問いかけていた。

「何かお困りなんでしょうか。泣いておられますよね。ひどく悲しいことがおありなんですか」

いけずうずうしく、身のほどを弁《わきま》えないお尋ねである。どんなに小柄で愛らしい声をしていよ

うと、神様なんだぞ。この場で神罰をくらって死んだって文句は言えない。だけど可哀想なんだよ。放っておかれないよ。

「お、おいらはただの下働きですが、あなた様のお役に立てることがあるならば、何でもいたします。どうぞお申し付けくだせえ」

餅太郎の問いかけは、凍える白い呼気になって夜のなかに漂う。

「優しいことを、言うてくれる」

そう呟いて、小柄な神様は、いよいよ本格的に泣きじゃくり始めた。

「わ、わたしは愚かで、考えが足りず、大変なことをしでかしてしまった」

「何をなさったんですか」

「今年の春から夏にかけて、この国の全ての空を飛び交う燕《つばめ》を賭けて勝負をして、負けてしまったんだ」

さすがに、餅太郎は息を吞んだ。

「それは……えっと、丁半博打をなすったということでございますか」

「うん、そうなの」

神様のしゃべり方まで、叱られて言い訳している子供みたいになってきた。

「そうしますと、あなた様は」

「わたしは、燕の神」

ああ、そうかそうなのか。さっき一瞬だけ見えてしまったこの神様の肩から先は、燕の翼の形をしているんだ。

「詮索《せんさく》がましいことをお尋ねしますが、あなた様はよくこの里においでになるんでございますか」

「ううん」

燕の神がかぶりを振ったのだろう。またころころと髪飾りが音をたてた。

「これで二度目なの。最初は鴉《からす》の神に誘われて来て、びっくりするくらい勝ったんだ。だから今度は、わたしが鶫《つぐみ》の神を誘って来て」

初めて博打をする鶫の神は大勝ちしているのに、燕の神は負けが込む一方で、とうとう己の統べる燕たちの命を賭ける羽目になってしまったのだという。

「今年の春夏の燕は、もう負けてとられてしまったんでございますね？」

「そう」

「相手はどんな神様で……」

「泥鰌《どじょう》と沢蟹《さわがに》の神なんだ」

わあ、食うと旨いけど泥臭い組み合わせ。

「泥鰌の神様と沢蟹の神様は、あなた様が負けてお困りになっているのをご存じなんですよね？」

「うん」

「どうすれば返していただけそうでしょう。何か取り引きを持ちかけられてはいませんか」

「も、もういっぺん勝負をしようって」

言いながら、燕の神様はまた泣き出した。雪道の上で涙が弾けて光る。可哀想だけど綺麗だなあ――と思って、餅太郎は気がついた。

心の臓が落ち着いている。目眩も止まった。身体はまだ震えているけど、これは寒さのせいだ。総毛立つような感じも収まっている。

それでも、人の身でまともに神様を見てはいけないことに変わりはない。よく気をつけなくては。

「でもね、もういっぺん勝負をなさるにしても、あなた様にはもう賭けるものがございませんでしょう」

餅太郎の問いかけに、しゃくり上げながら、燕の神様は答えた。「ら、来年の、春夏の、燕たちを賭けて、勝負をしようって」

そう来るか。それでまた負けたら、今度は再来年の燕を賭けようってか。博打ってのは、そうやって深みにはまって抜けられなくなるものだ。人も神様も同じだ。

燕の神様は鼻を鳴らしながら泣いている。邪気がなくって、何ともか弱い。

この神様がぼろ負けのまんまだったら、今年の春と夏は国じゅうの燕たちが姿を消してしまうことになる。大畑村と六つの分村にも、風を切って田畑の上を飛び交う山燕の群れが訪れなくなってしまう。

それじゃあ寂しすぎるじゃないか。燕の神様が今年の燕を取り返せるよう、どうにかして助けることはできないものだろうか。

「燕の神様、おいらは山の中の小さい村で生まれ育ちました。燕はきれいで可愛くって、縁起物です。悪い虫を食ってくれるし、翼に福を載せて運んでくるって」

燕の神様は泣き止《や》んで、ちょっとこちらへ顔を向けた——ようだ。たちまち餅太郎の腕に鳥肌が浮き、背筋に悪寒が走った。

「やや、どうぞそのまま。おいらの方をご覧になっちゃいけません。ご勘弁ください」

「ああ、そうなの。ごめんね」

泣きすぎた子供みたいに鼻声になっている。餅太郎は心底畏れ入っているが、おっかないとは思えない。

「現世の空を飛び交う燕がいなくなっちゃ困りますから、おいら、何とかしてあなた様をお助けしたいと思います」

「え、ほんとうに？」

ころころりん！　髪飾りがはねる。

「へえ。だけど、おいらなんか大した知恵を持ち合わせちゃございません。思いつきを申し上げるばっかりで、ちっともお役に立てないかもしれません」

「いいえ、今のわたしよりは、そなたの方がきっと賢いはずだよ」

燕の神様は、小さく笑った。

「これを切り抜けたら、わたしはもう二度と博打をしない。愚かで軽率だった。最初に勝ったものだから、浮かれてしまって」

そういうのも、人の世間でよく聞く話だ。博打ってのは、初めてやるとたいてい勝てる。だから怖いんだ。勝ったときのことを忘れられなくて、もう一度、もう一度と思ってしまうから。

あと、こんな話も聞いたことがある。ツキがないときは、何をしたって駄目だ。そのかわり、ひとたびツキが回ってきたら、何もしなくたって勝てる。

ツキってのは何だ。場の流れ、勢い、雰囲気、ちょっとしたはずみ。

それを変えるには、どうしたらいいのか。

雪がうっすらと凍り付いた地べたに座り直し、両手をついて、餅太郎は言上《ごんじょう》した。

「燕の神様、まことに申し上げにくいんですが、あなた様は今、ツキに見放されておいでです。どれほど誘われても、今夜はもう博打をなさらず、お寝みになってくだせえ」

そして明日の夜になったなら、乾坤一擲《けんこんいってき》の勝負に出るのだ。

「明日の夜、来年の燕を賭けて一度だけ丁半を選んで、それに勝って今年の燕を取り返しましょう。そうしたら、二度と博打はなさらないでくだせえ。お願いいたします」

「うん、わかった」

心細そうに、燕の神様の声が震える。

「だけど、どうしたら必ず勝てるだろうか」

そんなの、おいらにもわからねえ。

「必ず勝てるかどうかはわかりません。だけど、明日の夜、あなた様が勝負をなさる前に、おいらがうんと騒ぎを起こして、この里にいらっしゃる神様みんなを驚かしてみせます」

燕の神の負けが込んでいる今の流れを、思いっきり揺さぶってひっくり返してしまえば、ツキも変わってくるかもしれない。それには、できるだけ大きな騒ぎを起こすのが手っ取り早い。

「あなた様が泥鰌と沢蟹の神様と勝負をなさっている広間を教えてくださいますか」

「左側の、こちらから三軒目の旅籠の〈桜の間〉だよ」

以前、弥生と一緒に疫神たちの道中双六を覗き見ようと試みた広間よりは、だいぶ遠い。だが、行くしかない。やるしかない。

「明日の夜、おいらはその広間へお伺いいたします。這ってでも転がってでも、畳に嚙みついてでもお伺いします」

穢れにまみれた餅太郎の人気を感じ取り、神々は驚き騒ぐだろう。餅太郎は神々の気に打たれ、押しつぶされそうになるだろう。

その場で喚《わめ》いてやる。暴れてやる。神々にこの姿を見せてやる。それで、確実に騒動を起こせるはずだ。

「騒ぎが収まったら、おいらがどうなっていようと、勝負をなさってください」

人気に乱され揺るがされ、それまでのツキは吹っ飛んで、新しい気の流れができるはずだ。その流れに乗って、ツキをつかんで、今年の燕たちを取り返してほしい。

餅太郎には、この策しか思いつかない。

「勝てたら、追っかけちゃいけませんよ。どうかいっぺんだけ、一度だけの勝負でおやめくだせえ。そうして、この里には二度といらしちゃいけません」

「承知した」と、燕の神は言った。「恩に着る。そなたの名は何という？　教えておくれ」

「もったいねえ、神様に申し上げられるほどの名は持ち合わせておりません」

胸がいっぱいになって、餅太郎の方が涙ぐみそうになった。

「足元にお気をつけて、旅籠へお戻りくだせえ。明日は大勝負が待っていますからね、ゆっくりお寝みになって」

「うん。そなたも休んでおくれ」

髪飾りの音に続き、凍り付いた地面を軽く蹴るような音がたって、分厚い雪の壁の上に何かが舞い上がった。餅太郎はとっさに目をつぶり、さらに深く頭を下げて、その場にうずくまった。

燕の神は飛び去っていく。翼が空を切り、夜気に新鮮な動きが生まれた。地べたに丸まっている餅太郎にも、その流れが感じられた。

——大変な約束をしてしまった。

一人になると、大波のような狼狽《ろうばい》が押し寄せてきた。しかし、後悔はなかった。

先に明るい見通しもなく、この里に閉じ込められて、このごろは雪かきの毎日に、魂まで凍りかけているような気がしていた。

――あの小さい神様を助けられるなら。

餅太郎がこの里に囚われていることに、意味が生まれる。終わりのない単調な下働きだけが、この身に与えられた務めではないと思うことができるだろう。

瞼の裏に、畑間村の綿花畑の上を飛び交う山燕を思い浮かべてみた。心が温かく潤んで、父ちゃん兄ちゃん、姉ちゃんの笑い声が耳の奥に蘇った。

「翌日は、朝から生きた心地がしませんでしたよ」

黒白の間の上座で、餅太郎は今も少しばかり顔色を失っている。神様を間近にしてのやりとりは、思い出すだけでも怯えてしまうほどにつらいというか、重たいというか、法外な経験なのか。

富次郎は初詣でには必ず神田明神《かんだみようじん》様に出かけるし、八方塞がりなどの厄に当たった年にはお祓《はら》いを欠かさないようにしている。家の神棚に上げたお札には丁寧に礼を尽くし、お稲荷《いなり》さんの前を通れば挨拶し、たまには小さな願い事をする。神様とはそういうお付き合いしかしていない。だから、畏怖《いふ》するという言葉の本当の意味は知らないのだ。

身体にまで影響が出るほどの、圧倒的な神々の気の力。圧とも言えるか。経験してみたい気もするが、そんないたずら心を抱いては、それこそ神罰が当たるだろう。

「今度は、キリ次郎がお膳立てしてくれた時みたいにはいきませんからね。自分で広間の場所の当たりをつけて、近づく道順を考えて」

騒ぎを起こせるほど神々に近づかないうちに気取られては駄目だから、人気を薄める灰と煤も調達しなければならない。

「おだいはお気楽ものだから、目を盗むのは難しくないんですが、桐葉は手強い。弥生様にも、びくびくそわそわしたところは見せられません」

「皆さんに内緒で、一人で燕の神を助けるおつもりだったんですね」

「そりゃそうです。こんな大それたことに、誰も巻き込めませんや」

勢いよく言って、急に口をへの字に結んだ。怒ったのではない。照れている。

「……あっしはバカだったんで」

「いいえ、餅太郎さんは義侠心《ぎきょう》をお持ちなんです。わたしはそう思いますよ」

昨今、なかなか使う折のない言葉である。義侠心。だが、餅太郎にはぴったりだ。

「お姉さんの身代わりになったときも、燕の神を助けようと思ったときも」

困っている者、苦しんでいる者に出会ったら、損得を抜きにして放っておけない。見殺しにすることができない。たとえそれが神様という畏れ多い相手であっても。

「勇気というのは、人に分け与えることができます。ときには、分けることでどんどん増えて、より大きな勇気になることもある。だけど、義侠心というのはいつも一人に一人前ずつしかないもので、しかも、これを生み出す気概を持っている人は、世間にはごく少ないんです」

言って、富次郎は自分の額をぺちんと打って見せた。

「なぁんて偉そうなことを申しましたが、これはわたしの言葉じゃない。古い漢籍の戦場訓からの受け売りでございます」

餅太郎は目をまん丸にした。「古い漢籍って、三島屋さんはそんな難しい書物を読めるんですか」

富次郎は亀の子みたいに首をすくめた。

「素人向きに、学者先生が易しく書き直してくれた読み物があるんです。ご近所の貸本屋で訊いてごらんなさい。何冊も出してきますよ。それとわたしは三島屋の看板を背負っていない部屋住みの次男坊なんで、屋号で呼ばれるのは面《おも》はゆいものでございます。小旦那《こだんな》と呼んでください」

そういえば今日はこの人に、こんな前口上をする余裕もなかったのだった。

ここに来たときは剝き出しに不機嫌そうで、理由を問うたら涙を流し、年齢の見当がつかず、十一のときに笑い方を忘れたっきりだと言った餅太郎。

確かに、ここまで語ってくれた話は充分に不可思議で過酷で数奇だった。だが、愉快で明るいこともある。賭場の里でなければ得られなかった知恵もある。そんな身の上話の行き着く先に、どうして今の悲しい餅太郎があるのだろう。

先を聞きたい。だが、聞くのが怖い。

「……バカなりに算段をして、企みを腹に呑み込んだまんま一日働いて」

富次郎の思いをよそに、餅太郎は続ける。

「陽が暮れて、宴と博打に使われる七つの大広間に灯がともり始めまして」

いよいよ、実行の時がきた。

「気をつけていたつもりでしたが、やっぱりあっしの様子がおかしかったんでしょうね。おだいがぴったりくっついて回るし、桐葉にも、今日の仕事は済んだんだから早くねぐらに帰れと、やけにびしびし追い立てられて」

こいつらの目をごまかさないと、旅籠の方には戻れない。約束の広間はかなり遠い。ぐずぐずしていたら今晩の勝負が始まってしまい、燕の神様は昨日のツキを引っ張ったまんま丁半を張る羽目になる。

――ここにお招《よ》ばれしている神様を助けるためなら、下僕の一つくらいうっちゃっても、ろくめん様は怒らないかな。

賽子たちを拾ってどっか遠くに放り投げてしまおう。で、旅籠へまっしぐらだ。

「今思うと本当にバカですよ。下僕をないがしろにされたら、ろくめん様はお怒りになるに決まってるし、あっしはろくめん様のご赦免を待つ身の上なのに、何を考え違いをしているんだと」

富次郎はつい笑ってしまった。「ですから、そこが餅太郎さんの義俠心なんですよ。自分の損得は後回しになっちまう」

「いいや、ただ考えが足りねえだけです」

ふっと、餅太郎の口の端が緩んだ。歪んだのではない。たしかに緩んだ。

笑う寸前。笑みの二歩手前。

「だけどね、みし――じゃねえや、小旦那さん」

このとき、餅太郎の前に天の助けが現れた。

「ちゃんと言うなら、あっしの前にじゃなく、賭場の里のそばを通ったんだけど」

それも、たまたま極めて近くを。

「疱瘡の神様がね」

最強で最凶の疫病の神。

なぜか博打をなさらない。いつも賭場の里の傍らを通りかかるだけだ。それでも、その凶猛な気配には、卑小な人や下僕ばかりか、小さき神々でさえ影響を受ける。

「あっしには、それが三度目の経験でした」

最初は、キリ次郎とろくめん様の御座にお詣りしているときで、唐突に餅太郎の総身を襲った恐懼《きょうく》と悪寒の理由を、キリ次郎が教えてくれた。

「二度目は、弥生様が来るちょっと前でね。やっぱり夕暮れ時で、あっしはねぐらの小屋に帰ろうとして、雑木林のなかを一人で歩いてたんですよ」

最初のときと同じように、いきなり総毛立って悪心を覚え、餅太郎はとっさに道ばたに伏せた。

「それで、最初のときはお社のなかにいたからまだマシだったんだとわかったんだよね」

建物に守られず、直《じか》に身体で受ける疱瘡神の気配は、まさに嵐だった。

「いっそミミズになって地中に隠れたいと思いましたよ。ていうか、地面にぴったり伏せてても、上からぐいぐい圧《お》されるんで、本当に鼻先が土に埋もれていくし、肺腑《はいふ》が潰れそうになって、息が止まるんだ」

戸外で受けてみて初めて、疱瘡神の放つ気は熱いということもわかった。熱風のように押し寄せてくる。

「通り過ぎて行ってしまうまで、ずうっとごうごうと音がしていました。本当にそんな音がしているのか、あっしの耳のなかだけで聞こえる音なのかわからねえけど」

奥歯が鳴り、肋《あばら》が軋んだという。

そんな恐ろしい疱瘡神が、三度《みたび》、賭場の里の傍らを通りかかった。それを餅太郎は「天の助け」だと言う。

「畏れ多いけど、やった！　と思いましたよ。絶好の折に来てくだすった、まるであっしが頼んだみたいだな、なんてね」

わざわざ、博打をしている広間まで行く手間が省けた。

「あっしは石灯籠の道を走って、旅籠を見渡せるところまで行って、その場で仁王立ちしたんです」

建物のなかに逃げ込まず、物陰に隠れず、地面に伏せることもしなかった。

「疱瘡の神様を拝んでやろうと思って」

石灯籠の道を走り出したときから、難儀だった。夢のなかでもがいているみたいに、足が進まない。どんどん息が詰まり、総毛立って、手足が強ばっていく。

「疱瘡の神様を拝み、疱瘡の神様にあっしの姿を見せる」

最大の非礼であり、穢れだ。

「確かに、それなら里の気の流れを底からひっくり返してかき混ぜて、おつりがくるくらいの騒ぎを起こせますね」

富次郎の言葉に、さっき一瞬だけ緩みを見せた餅太郎の口元が、また厳しく締まった。よじれたようにさえ見えた。

「ええ。あっしの策は成ったんです」

企みは成功した。燕の神に、新しい気の流れとツキをつかむ機会をもたらした。

「だけど……やっぱり恐ろしいことでした」

最強最凶の疫神の気を浴びるということは。

その姿を目で見るということは。

「でかいんですよ」

疱瘡神は巨人であった。賭場の里の上空を漂っていた薄い夕雲が、ちょうど額のあたりにかかるくらいに。

「雲に届くほどでっかくて、総身が真っ赤に燃えあがっていて、ごうごうと音をたてているんです」

ゆっくりと、水をかいているかのようにゆっくりと、一歩、二歩と進んでゆく。賭場の里の傍らを通り過ぎてゆく。

「いつの間にか、あっしは大声で叫んでいました」

言葉になっていなかった。ただの悲鳴であり、わめき声だった。

「その声が気に障ったんでしょう。巨人の頭がこっちへ傾《かし》いで、里を見おろしたんだ」

疱瘡神はわずかに身をかがめ、巨大な頭と肩を里に近づけた。

「それで、あっしにも見えました」

最強最凶の神が、何でできているのか見てとれた。

「亡者ですよ。痩せこけて素っ裸の亡者の群れが、組み合って重なり合って、巨人の形を成しているんです」

そして劫火《ごうか》に包まれている。夕空ぜんたいをも震わせるごうごうという音は、疱瘡神の身体を灼《や》く炎の音だけではなかった。亡者の群れがてんでに泣き叫ぶ声も混じっていた。

「巨人の顔には目鼻がなくて、穴があいてて、つまりしゃれこうべなんですよ。空《うつ》ろな穴という穴から炎が吹き出していました」

疱瘡神が里に向かって身を乗り出すようにかがみ込むと、吹き出す炎の端が、餅太郎の髪を炙《あぶ》った。それくらい間近に感じられた。

「あっしは叫んで叫び続けて、喉の奥まで焼けるようだった」

夕空の高いところで、疱瘡神が片手を動かし、うっとうしい虫をはらうような仕草をしたことまでは覚えている。

「そこが限界でした。あっしは気絶しちまって、次に目が覚めたときには、お社の神饌の間に寝かされてて……」

枕元には弥生がおり、御神酒を含ませた布で、餅太郎のくちびるをたたいていた。

「あっしが目を開けると、弥生様が泣きだしました。おだいと桐葉も揃ってましたが、まるでお通夜みたいでしたよ」

　餅太郎は疱瘡神の熱い気に肌を焼かれて、あちこちに火傷を負っていた。身体の力が抜けて起き上がることができず、弥生に両手を引っ張ってもらってようやく起きると、今度は立ち上がれないことがわかった。

「少しずつ慣らしていって、三日がかりで歩けるようになったんだけど」

　弱った両足は、今に至るまでそのまま、もとに戻らない。

　黒白の間に入って来たときの餅太郎のおぼつかぬ足取りを、富次郎は思い出す。

「だけどね」

　口の片っ方の端だけを吊《つ》り上げて、餅太郎は続けた。

「それだけの甲斐《かい》はあったんです。燕の神様は、その夜の勝負で今年の燕を取り返して、二度と博打はなさらなかった」

　――餅太郎に、お礼の品を預かってる。

　おだいに託されていたのは、空の色に漆黒の線の走った、一対の美しい羽根だった。

　賭場の里の暮らしは、永遠に続くように思えた。善いことも悪いことも、愚かなことも正しいことも、真面目なことも不謹慎なことも。

　弥生様はいつ現世に帰れるのだろう。おいらはいつお許しをいただけるのだろう。

　漠然と考えては期待し、あるいは不安に怯え、それでも里の日々の務めは忙しく、腹を満たす神饌のお下がりは贅沢で、水は清く、寝床は静かで、だから永遠に続くように思われたのに――

終焉《しゅうえん》は唐突にやってきた。

予兆はあった。振り返ってみれば、あれが予兆だったのだと腑に落ちることが。だが、そのときその場では、誰もそれを深刻な崩壊の先触れだと読みとることができなかった。

そのころ、賭場の里には春が来ていた。梅、桃、桜に杏《あんず》。花という花が競うように一斉に咲き乱れ、風が吹けばあらゆる花びらが舞い上がり、石灯籠の道に降り積もる。里は甘い香りに包まれていた。

最初に予兆に気づいたのは、おだいだった。

「今朝、お掃除に行った旅籠の中庭で、地面がからっからにひび割れていて、虫もみんな乾いて死んでたんだよね」

小さな池の水面には、鯉や金魚が腹を見せて浮かんでいたという。

「昨日の夜は元気に泳いでたのに、一晩でどうしちゃったんだろう。気味が悪いよ」

弥生は、春の底冷えのせいだろうと言った。桐葉はそもそもおだいの不安を取りあいもしなかった。餅太郎も、そのときは大したこととは受け止めていなかった。

その日の夕暮れ、里の西の空に落ちてゆくお天道様が、夕陽だというのに血抜きされたかのように真っ白に見えた。まわりの夕焼けに変わりはないのに、お天道様だけが光を失って、石ころみたいになっていた。

明くる日の午前、お社の内外の掃除に追われていた（花びらはきれいなうちはいいが、放っておくと色が変わって嫌な臭いがする）餅太郎は、あることに気づいてぎょっとした。

鳥居が見えない。

すっかり消えてしまっている。

そんなバカな。

外から来ると、どの方角からでもお社が正面に見える。丹塗りの鳥居も正面に見える。誰もそれをくぐらずに通り過ぎることはできないし、見落とすこともないはずだ。

それなのに、失くなっている。

さすがに狼狽《うろた》えて、餅太郎は衣類の間に駆け込み、弥生を呼んだ。二人でお社の入り口まで戻ってみると、弥生が息を吞んで両手で頰を押さえた。

「本当だわ。鳥居がない」

餅太郎の勘違いではなかった。

「ろくめん様に何かあったのかしら」

二人は走ってろくめん様の御座の間へ向かった。広い板の間に踏み込んだ瞬間に、弥生が強く餅太郎の腕をつかんだ。

「きな臭いわ！　火事かしら」

餅太郎の鼻にも、ぷんと臭った。間違えようがない。ものが焦げる臭いだ。

前方の観音開きの扉は、いつもの通り開け放たれている。扉に異常は見当たらない。だが、その先の四角い中庭は、白い玉砂利が灰をまぶされたみたいに薄汚れていて、きな臭い匂いをそこから発していた。

肝心のろくめん様の御座、一尺四方にきれいに玉砂利がどけられていて、しっとりと肥沃そうな土が見えているはずのところは、土が乾ききってひび割れていた。

「昨日、おだいが言ってた旅籠の中庭みたいだ」

餅太郎は膝がくがくしてきた。ろくめん様の御座がこんなことになるなんて。

「きっと、大畑村にある本社が火事で焼けているのだわ！」

弥生も、餅太郎の腕につかまったまま震えている。顔は真っ青で、涙ぐんでいる。

「大伯父様はご無事かしら。ここから、何か助けになることはできないかしら」

「とりあえず、賽子たちを集めて無事を確かめましょう。あいつらが燃えていたら、消し止めてやらねえと」

二人でお社から走り出て、正面の段々へ足をかけたとき、あたりがぐらりと揺れた。

餅太郎は自分の目が回ったのだと思った。すぐそばで弥生が膝から崩れ、危うく段々を転がり落ちそうになるところを抱き留めて、そのとき、自分ではなくこの里が揺れているのだと覚った。

足の裏を震わせて、地鳴りが始まる。目の前の参道に亀裂が走っていく。雑木林が狼狽えた人びとのように左右に揺れ始め、ぴしぴしと枝が鳴る。

「地震《じぶる》いだ！」

一瞬、餅太郎は迷った。地割れの走る道に下りるよりも、お社のなかへ戻った方が安全か。昔、大畑村と六つの分村一帯でけっこう大きな地震いが起きたときも、ろくめん様の本社と六つの分社では、しめ縄のあいだに挟んだ紙垂《しで》さえ落ちることがなかったと聞いたことがある。

だが、餅太郎の耳は信じ難い音を聞きつけた。ごぎん。ごぎん、ごぎん、ごぎん！　お社のなかに立ち並ぶ柱が端から折れてゆくのだ。ごぎん！　ちょうど真ん中あたりから、目に見えない巨大な拳に打たれたかのようにへし折られてゆく。

「ここから離れなきゃ」

弥生が、餅太郎の腕を引いた。

「このままじゃ、すぐにお社の屋根が崩れ落ちてくるわ」

言っているそばから、二人の頭上にぱらぱらと漆喰《しっくい》の欠片《かけら》が落ちかかってきた。

「走って！」

後ろを見ずに、二人で駆け出した。地割れを避《よ》けながら走る。足の弱い餅太郎を弥生が引っ張って、雑木林へ飛び込んだところで、地をどよもすような轟音《ごうおん》が追いかけてきた。

たまらずに振り返ると、天にも届きそうなほどに勢いよく立ちのぼる土煙のなかで、お社の瓦屋根が崩壊してゆくところだった。

そんなバカな。こんなことがあるはずがない。ここはろくめん様の賭場の里、神様の造った場所なのに。

ごおおおぉん、ごおおおぉん――

どこからともなく、重厚な鉦《かね》の音が響き始めた。天から降ってくるのか？

「これは、本社の本殿の大鉦の音よ」

弥生の顔が土気色になっている。こっちにまで押し寄せてくる土煙のせいではない。

「氏子たちに、天変地異を報せるための鉦なのよ。現世で、大伯父様が打ち鳴らしているんだわ」

「いったい何が起きているんでしょう」

「わからない」

二人は支え合い、互いを守り合いながら、石灯籠の道へと向かった。地面は絶え間ない地震いに揺れ、雑木林の木々の枝ばかりか、一抱えもあるような古木の幹が真っ二つに裂かれてゆく。

餅太郎は見た。上半身ははっきりと人の形を残したお化けが一体と、白くてぺらぺらした板きれみたいなお化けが一体、溶けるように消えるのではなく、真っ黒な煤と化して、地割れに吸い込まれてゆく様を。

――ここの氏子も焼かれているんだ。

自分も弥生も、いつこの身体が火に包まれるかわからない。どうすればいい？　どうすれば助かる？

「餅太郎、あれを！」

弥生の叫びに、餅太郎は目を上げた。雑木林の向こうに真っ黒な煙の固まりがぬうっとそびえている。そのなかに火花が舞っている。

「旅籠が燃えてるんだ」

石灯籠の道までたどりつくと、弥生はそこでへたり込んでしまった。餅太郎もたまらず膝をついた。

道の左右に並んでいた旅籠の、どの建物にも火が回っていた。無数の窓から炎が吹き出してい

る。太い煙の帯を生み出しているのは、すでに倒壊してしまった旅籠だ。

花愛でる春に、逗留している神々の数は多かった。旅籠はほとんど満杯だった。

今、その全ての神々が、先を争って里から外へ逃げ出してゆく。人の姿をしている神、獣の姿をしている神、道具の形をしている神、陽炎《かげろう》のように形の定かでない神。

神々が発する圧に、餅太郎も弥生もこれ以上先には進めない。ただうずくまって、逃げ出してゆく神々を見守ることしかできない。

翼ある神は、その翼をはばたかせて舞い上がる。そうではない神々は、あの白い紙人形たちを使っていた。なるほど、この紙人形たちは、やっぱり逗留している神々の力の化身だったのだ。

神々は、わらわらと足元に集まっている

紙人形をひっつかみ、あるいはくわえ、あるいは巻き取り、あるいは呑み込む。すると紙人形たちは瞬時に様々なものへと形を変えた。白い小舟、大きな花弁《はなびら》、蓮《はす》の花、たてがみをなびかせる神馬《しんめ》、牙《きば》の鋭い狼、ぬるりとした巨体をうねらせる大鯰《おおなまず》、一軒の旅籠ほどの大きさがある目笊や車輪。神々はそれらにつかまり、またがり、あるいは乗り合わせて、賭場の里の空の高みへと脱出してゆく。

しかし、賽子たちはどこにいるのだろう。おだいは、桐葉は？

「おおぃ、おだい！」

腹の底から声を絞り出し、餅太郎は呼びかけた。

「きりはぁ、どこだ？」

口を開くと、神々の気が直に肺腑に入ってくる。身体が弾けてしまいそうだ。

「さいころ、どもよぉ～」

神々がどんどん里の上空へ消えてゆく。おかげで神気が薄まって、少しずつ大きな声を出せるようになってきた。

「おだい、桐葉！」

這いずるように前に出て、必死に目を凝らして探そうとする餅太郎の肩に、弥生がすがりついてきた。

「……燃えてしまったのよ」

泣いていた。顔が涙で光っている。

「ろくめん様の御座が穢されて、お社が倒れてしまったのよ。下僕の賽子たちが無事でいるわけがないわ」

今朝、会ったきりだった。あれが今生の別れだったのか。

「弥生様、お怪我はないですか」

弥生の身体はまだ焼けていない。自分も無事だ。諦めちゃいけない。ここから逃げ出さなくては。

気がつけば、大鉦の音はやんでいた。

ぽつり。里の空から雨が降ってきた。

餅太郎は唖然《あぜん》として空を仰いだ。顔に雨があたる。まばらで、大きな雨粒だ。その数が増え、本降りになった。

旅籠の火事が収まってきた。炎が消え、代わりに幾筋もの煙が立ちのぼる。石灯籠の道の両脇にみっしりと軒を連ねていた旅籠は、一軒も残っていなかった。

煙のせいで、遠くまで見渡せない。それでよかった。まともに目にしたら、餅太郎は声をあげて泣いてしまうだろう。

里を覆うのは、雨の音だけになった。

ぐらり。また地震いが来た。上下の揺れだ。餅太郎と弥生の目と鼻の先で、ぱっくりと地割れが口を開けた。

「雑木林に戻りましょう」

木々が根を張っているところなら、地割れも起こるまい。

「どうして？　もう逃げられないわよ」

「何とか手を考えてみます」

「考えたって無駄よ。ろくめん様に何かが起きて、御力《みりき》が失われてしまったの。この里は塵になる。わたしたちも一緒に……」

「いや、弥生様は逃げてくだせえ」

餅太郎は足が弱い。だが弥生だけなら。なのに、弥生は真っ暗な目をして肩を落とす。

「そんな手段はないわ」

上下の揺れ。左右の揺さぶり。旅籠の焼け跡が派手な音を立てて倒壊した。雑木林の木々も乱れて、餅太郎たちの住まいの方で新しい土煙があがった。強まる雨脚が、すぐにそれを鎮めてしまう。

賭場の里は火で焼かれ、この雨に打ち壊され、煤と塵と泥となって洪水に吞まれ、どこかに押し流されてしまうのだ。

小袖に雨がしみこみ、弥生は寒そうだ。

「弥生様、ここでじっとしていてください。おいら、何か羽織るものを探してきます」

雑木林を抜ける小道は、小川のようになっていた。ほんの少し前までは鳥居とお社があった方角から、泥水が勢いよく流れてきた。そのなかに、焦げた賽子がいくつか見えた。

あっと思って、餅太郎は泥水に手を突っ込んだ。つかんだと思った賽子は空しく砕けて、手の中には黒い煤が残った。

頼りになる賽子たちは、もういない。

里のどこかで、大きな崩落音がたった。ぐずぐずしてはいられない。だけど餅太郎は心が折れて、手に残った煤を何度も何度も握りしめながら、声もなく泣くばかりだ。

泣いている。奥歯を食いしばって。声を呑んで。そうだ、おいらは声を出していない。

じゃあ、このすすり泣きは誰の声だ？

後ろか。横か。餅太郎は腰を上げ、雨のなかを透かしてまわりを確かめた。泥水の流れが爪先とくるぶしで渦を巻く。

左手の奥の方に、壊れた樽や板きれが雑に積み重なっている。きっと雨で押し流されてきたのだろう。

その陰に、見覚えのあるものがいた。雨に打たれて、地べたに落ちていた。

餅太郎をこの里に連れてきた、あの大虻。

おりんを呪い、虻を憑かせ、その代償に自分も虻と化してしまったあの女。もう顔もしかとは覚えていない。一瞬、水面に映ったいびつな表情を見ただけだった。

一歩、二歩。餅太郎は大虻に近づいた。足元で泥水がちょっと跳ねた。すると、虻のうちゃうちゃした脚がいっせいにきゅっと縮こまった。

こいつ、生きてる！

「おい、虻女」

餅太郎が呼びかけると、虻は脚で空《くう》を掻き、低く唸り始めた。体勢を変えて、起き上がろうとしていたのか。

餅太郎は一気に距離を詰めて近寄り、両手で虻の身体を押さえ込んだ。

「おまえ、生きてるんだな。まだ飛べるか。いや、何が何でも飛んでもらわねえと」

間近に見ても、虻は虻だった。どこにも人らしいところは残っていない。ただバカみたいにでっかいだけ――

と思ったら、濡れてへたっている虻の翅に、小花模様が浮かんでいることに気がついた。

――この女の着ていた小袖の柄だ。

そう思うと、胸が悪くなるような哀れみがこみ上げてきた。かつては人だったもの。妬み深く陰険な、おりんの仇《かたき》。

「おいらはもう、おまえを恨んじゃいねえ」

餅太郎は語りかけた。

「この里はおしまいだ。おっつけ塵になっちまう。だけど、おいらたちは有り難いことにまだ無事でいらぁ」

大虻の身体に腕を回して、思い切って抱え起こした。弱った足では踏ん張りが利かず、一度では持ち上げきれない。いち、にい、さんで、もう一度。

「残ってる命を大事に使おう。気張って翅を動かして、水気を切るんだ。おいらを連れて来たときみたいにして、ここから連れ出してもらいたい人がいるんさ」

身につけている小袖も手ぬぐいもみんな雨がしみている。餅太郎は両手で大虻の翅をこすって水を絞り、さすって乾かしてやった。大蛇は弱々しく頭を振り、短い前脚で顔を拭っている。

「よし、よし。何とか翅が広がりそうだな。羽ばたいて雨を避《よ》けながら、ここで待ってろ。いいか、勝手に逃げるんじゃねえぞ」

大蛇の片っ方の目に顔を近づけて、そのごちゃごちゃと込み入っている瞳を覗き込み、餅太郎は言った。

「最後に善いことをやってみせろよ。そしたら、ここで死んでも地獄には堕《お》ちねえで済むだろう。生き延びられたら、人の姿に戻れるかもしれねえさ」

言い置いて、弥生のいる場所へと、歯を食いしばって走った。そのあいだにも地震いが来て、そこらじゅうで崩落の音がする。

「弥生様！」

弥生は、地面が緩んだせいで持ちあがってしまった木々の根っこの上にうずくまり、身を丸めていた。雨でずぶ濡れ、顔色が真っ白になっている。

「どうか気力をふるい起こしてくだせえ」

弥生と支え合って、滑ったり転んだりしながら雨のなかを進んだ。戻ってみると、大蛇は自分の力で翅を動かしていた。

「も、餅太郎、これは」

弥生は全身で後ずさろうとしたが、餅太郎はしっかり引き留めた。

「弥生様、こいつが里から連れ出してくれます。今はご覧のとおりの姿だけど、もとは人なんですよ。女です」

こいつと一緒に逃げてくだせえ。餅太郎は弥生の手を取って、大虻の方へ導いた。大虻は力強く翅を動かし、二人の目の高さに飛び上がった。

「さあ、こいつの脚をつかむんです。後ろ脚の方がいい、しっかりしてるから」

大虻の前脚が弥生の着物の後ろ襟をつかみ、真ん中の脚の先の鉤爪が両肩をつかんだ。

弥生は目を泳がせて餅太郎の顔を見た。

「だけど、餅太郎は？」

餅太郎は弥生を見なかった。大虻の尻を叩いて声をあげた。

「よし、行け！」

大虻が舞い上がると、ぶら下がった弥生の身体が前後に揺れた。形のきれいな臑《すね》を伝って雨水が流れ落ちる。

「行くんだ、飛んでけ、飛んでけ！」

仰向いて叫ぶと、口のなかに雨が舞い込む。

「弥生様、死ぬ気でしがみついてるんですよ！　地上に着くまで、手を離しちゃいけません。どうか御達者で！」

手を振りながら叫んだ。餅太郎の名を呼ぶ弥生の声。聞こえない、と餅太郎は思った。いいんだ。これでいいんさ。

大虻に言って聞かせた言葉は、餅太郎自身のための言葉でもあった。

ここで命を落とすなら、最後に一つ、善いことをしたい。

大蛇と弥生の姿が雨の簾《すだれ》の向こうに消えた。それを待っていたかのように、里全体を土台から揺さぶるような地震いが襲った。

足元に地割れが走る。きわどいところで避けて、餅太郎は泥水を撥《は》ね散らかしながら歩き出した。もう走れない。急いだところで、逃げ隠れできる場所もない。

背中のすぐ後ろで、雑木林の底が抜けたようになって、木々がへし折られてゆく。

気がつけば、あたりには濃い霧が流れていた。霧？　どこからわいて出てきた？

いや違う。これは雲だ。ろくめん様の賭場の里は、地震いに打ち砕かれ、大雨に崩され、雨雲のなかに呑み込まれようとしているのだ。

すぐ脇で地割れが起こり、餅太郎がいる側の地面が大きく持ち上がった。地割れの向こう側は呆気《あっけ》なく土台の岩まで砕けて雲に呑まれ、溶けて消えていってしまった。

数奇な成り行きと、後先考えない無鉄砲な勇気で、餅太郎はこの里に来た。ここにずっと囚われてきた。

それでも、人生の一部を費やした場所だ。思い出もある。キリ次郎はいい奴だった。おだいはおきゃんで可愛かった。弥生様と官兵衛はお姫様と家老のような組み合わせで、桐葉はさしずめ御殿女中だった。

お下がりの神饌やお供物は旨かった。食べ物については、現世の暮らしでは一生味わえない贅沢をさせてもらった。

そして、神々は恐ろしくて面白かった。

なのに、最後は夢のように儚《はかな》く消えてしまう。ろくめん様にいったい何が起きたのだろう。里に逗留していた神々は、もうお一方残らず去ってしまったのか。

冷たい雨に芯《しん》まで冷えて、身体が重たくなってきた。眠い。足が上がらない。

ここにしゃがんでいよう。雲に呑まれたら、ふかふかして柔らかいに違いない。そしたら、横になって眠ってしまおう。

地面はもう、餅太郎がいるこの場所だけ、かつて小屋や水場があった一区画が残っているだけだ。それも端から崩れていく。

頭を振って髪の水を切り、両手で顔を拭った。そのとき、目の隅を何か青く光るものがよぎった。もうもうと立ちのぼり、垂れこめて、今にも餅太郎を呑み込もうと迫ってくる雲のなかを、何かが飛んでいる。

それがひらりと動いたとき、閃光《せんこう》のように、餅太郎は覚った。

あれは、燕の神様からいただいた羽根だ。

——今年の燕は取り返したと伝えてくれって、仰せだったよ。

おだいが言付かって渡してくれた。空の色に漆黒の線が走った、一対の美しい羽根。

あの羽根が、雲のなかを飛んでいる。

ひらり、空の色に光る。ひらり、目映《まばゆ》いほどの光。

頂戴してから、ねぐらの枕元に飾っていた。毎日眺めていた。眺めるたびに、心が温かくなった。畑間村の田畑の上を飛ぶ山燕を思い出した。家族の笑顔を思い出した。

ひらり、また光る。雲のなかを飛び回っている。確かに、確かに。

「おおおおお〜い！」

餅太郎は両手を上げて、大声で叫びながら、その場で飛び上がった。

「おいらは、ここだ、ここだよ、ここにいるよぉ！」

負けが込んで涙をこぼしていた小さな燕の神様からの、大きな大きな賜《たまわ》りもの。それは餅太郎の声を聞きつけ、雲のなかから飛び出してきた。ひらりひらりと羽ばたいている。

餅太郎の足元が揺れた。立っている地面が斜めになる。餅太郎の背後の方が持ち上がってきて、泥水がいっぺんに足元に流れてくる。瓦礫《がれき》や木の枝も流れてくる。

餅太郎は斜めになった地面を駆け下りた。燕の神の羽根は中空に浮いている。勢いをつけて、そこへ身を躍らせた。両手を差しのばす。届け、届け、届いてくれ！

蹴った瞬間に、足場の地面が崩れた。両手は空《くう》を掻く。空色の光が餅太郎の顔を照らす。

まず右手が、空色の羽根の軸をつかんだ。一瞬遅れて、左手が片割れをつかんだ。

一対の羽根は強く羽ばたき、餅太郎の身体を持ち上げた。ぐいいんと昇る。雲をかき分けて昇ってゆく。

「やったぁ、やったぞぉ」

餅太郎は喚いた。叫んだ。もう本当に独りぼっちで、誰の耳にも届かないのに。

「燕の神様、ありがとう〜ございましたぁ」

泣き笑いしながら、両腕を力強く動かして、餅太郎は羽ばたいた。おいら、飛んでる。

やがて雲が切れ、真っ白に輝く満月が、餅太郎の前に顔を出した。

「あっしは、そうやって畑間村に帰ってきたんです」

長い語りに、餅太郎の顔には疲労の色が浮いている。いまだに歳の見当がつきにくい顔だ。老人の皺。子供のように邪気のない瞳。病人の痩せた肩。力のある声音。弱った足。

「満月の明かりで地上が見えてきたら、山の形や川の流れで、大まかな場所がわかってきました」

餅太郎は畑間村を目指した。羽根をつかんだ両腕を翼のように羽ばたかせ、身

体をひねって舵取《かじと》りをして。

「村の西側の木戸から二丁ばかり離れたところに、石の道祖神があったんですよ。お堂も屋根もないんだけど、まわりの地面がきれいに均《なら》されてるんで」

月の光で、上空から見つけやすかった。

「いきなり村のなかに舞い降りるわけにはいかないし、どっかの家の屋根に引っかかったりしちゃまずいし」

餅太郎はそう言って、口を閉じてうつむいた。

「あのときは、本当にそればっかり気にしてた。あっしは、ろくめん様の里へ行って帰ってきても、ちっとも賢くなってなかった」

道祖神のところで地上に足が着き、餅太郎が手を離すと、燕の神から賜った一対の羽根は、ひらりと空色に光って消えてしまった。

あたりを照らすのは、月の光だけになった。

「それでも、あっしはまだ気づかなかった」

現世に戻れた喜びで、家に帰れる嬉しさで、胸がいっぱいだったから。

「村の木戸の番小屋は、月番の男衆が交代で泊まって、明かりを絶やさないようにするのが習いだったんですが」

今、そこに灯が見えない。

木戸も開け放たれたままになっている。

様子がおかしい。ヘンだ変だヘンだぞ。

「歩きながら目を凝らしてみたら、木戸の扉は取っ払われていたんです」

そこまで来て、餅太郎の鼻が気づいた。

何だ、この焦げ臭い匂いは。

「ついさっき、崩壊する里で火事と煙の匂いを嗅いできたばっかりですから」

胸が騒ぎ、心の臓が飛び跳ねた。

「用心しなくちゃいけねえのに、あっしはバカだから、この弱った足で駆け出しました。よろけて、ふらついて、それでも必死で走って村のなかを巡ってみたら……」

白い月光の下に、畑間村が打ち壊され、建物の多くが焼き払われている光景が浮かび上がった。

「あっしの家は」

餅太郎の尖った喉仏が上下する。

「ほとんど真っ黒焦げで、柱が消し炭みたいになってました」

父の、兄の、姉の名前を呼んでみた。

応える声はない。

かすかに、近くの森のなかで山犬が吠《ほ》えているのが聞こえてきた。

「村長の家も焼けて、見る影もねえ。何が何だかわからねえまま、あっしは村のろくめん様のお社へ向かいました」

そこにも、同じような無惨な景色が広がっていた。「小さい分社でしたけど、新しいお社だったんですよ」

壁は打ち壊され、柱は倒され、屋根は剝がされて火をかけられ、全てが破壊されていた。

「ろくめん様がこんな目に遭わされて、御力を失ってしまったから、賭場の里も崩壊してしまったんだ」

やっと理解が追いついてきて、二重の喪失に、餅太郎は立ったまま放心した。何も考えられず、ただ棒のように突っ立ったまま、どれくらい時が経ったろう。

「東の空が明るんできて、やっと正気づいたんです。分別の欠片が戻ってきた」

ここにいたら危ない。大畑村や、他の分村はどうなっているのか。とにかく、移動しなくては。

「焼け跡をあさって、どうにか袖を通せる綿入れのちゃんちゃんこと、汚れた編み込み草鞋を見つけたから、それで支度をして」

森の木々にまぎれ、慎重に身を隠しながら、餅太郎は大畑村へ向かった。

「大畑村では、建物のほとんどが無事なように見えました」

しかし、ろくめん様の本社はやはり打ち壊され、火をかけられて、無惨な焼け跡になっていた。大村長の屋敷も、禰宜さんの屋敷も焼かれていた。

「そんで、本社の境内だったところに、急ごしらえの屯所が造られてましてね」

その屯所の幟《のぼり》の紋所は、餅太郎の目にはまるっきり馴染みのないものだった。

「あっしらのお殿様の御家の紋所じゃないんです。それと、屯所にいるお武家さんたちは、戦に出かけるみたいな支度をしてる」

天下太平だったはずのこの世に、また戦が起きたのか。それとも、城下で謀反でも？

「わけがわからないけど、捕まったらあっしの命もなさそうだったから、慌てて逃げ出したんですよ」

村はずれまで来たところで、街道沿いに高札が立てられ、白木の台の上に、いくつかの首が晒《さら》されているのを見た。

「大村長と、禰宜さんの首でした。弥生様の大伯父さんですよ」

肝を潰し、餅太郎はとにかく逃げた。昨日から飲まず食わずだし、身体は冷え切り、足はますます弱るばかりだ。

「この分じゃ、他の村も無事じゃねえ。そう思ったから、藪の下草を引っ掻くようにして、大畑村の北側の丘を登りました」

丘を越えれば、その先の川が隣藩との国境《くにざかい》になっている。川の船着き場には関所があって役人が詰めているはずだが、その目を盗んで近くに潜み、先に望みをつなげたい。せめて、この土地でいったい何が起きたのか、それだけでも誰かに教えてもらいたい。

「船着き場の関所にも、屯所と同じ紋所の幟が立っていました」

餅太郎の苦難は、その日の午過ぎ、丘の麓《ふもと》の小道を通りかかった樽屋の荷車に拾われたことで終わりを告げた。

「あっしが畑間村から逃げてきたと言うと、樽屋は空き樽のなかに匿ってくれました。一ツ木村の樽屋だったんです」

道々、ようやく聞くことができた事情は、覚悟していた以上に理不尽で非情だった。

「あっしが賭場の里にいるあいだに、現世の宇月藩では国替えが起きていたんですよ」

なるほど、すとんと腑に落ちて、富次郎は応じた。「だから、屯所にも船着き場にも、餅太郎さんの知らない紋所が掲げてあったんですね」

国替えとは文字通り、幕府の命により、大名がその治める領地を替わることだ。栄達で大きな領地へ替わることもあれば、何かしら不始末のお咎めを受け、狭い領地や辺鄙《へんぴ》なところに移されてしまうこともある。

「宇月のお殿様の御家は、戦国の昔からあの土地に根を張ってた。狭い国だったけど、代々大事に治めてくださって、あっしら領民にも有り難いことでした」

餅太郎のお殿様はその御家の七代目、藩主の座に就いたときはわずか十九歳だった。

「お国入りの行列で、華やかな化粧綱をつけた馬にまたがって、大畑村にも回ってこられたんです。あっしはまだ八つかそこらだったけど、あの凛々《りり》しいお姿には、子供ながらに見惚れました」

領民に敬愛される青年藩主は、しかし、無事に治世をまっとうすることはできなかった。

「時期としては、あっしが賭場の里へ連れていかれたのと、ちょうど入れ違いだったらしいんですけどね。お殿様は、お上から言いつけられたお手伝い普請で下手《へた》を打っちまったんだそうで」

幕府は諸大名に様々な普請を命じる。お手伝い普請と呼ばれるこの命令は、首尾よく果たして当然で、少しでも不手際があれば厳しく咎められてしまう。

「江戸城の外堀の掻《か》い掘りと土手の積み直しだったとかで、遠方へ遣わされるわけじゃなし、費《つい》えも見当がつきやすい。うんと前例がありますからね。だから、お若いお殿様にとっても、そんなに難儀なご下命じゃなかったはずなんだけど」

運悪く、人手の手配を頼んだ江戸の商人が腹黒い狸《たぬき》だったので、法外な出費となった。この費えをめぐるごたごたが、まずお殿様の悪い評判のもとになってしまった。

また、このお手伝い普請には年長の相役がいたのだが、この相役の大名が年若い宇月藩のお殿様を何かと見下して助けてくれず、むしろちょっとした間違いや手違いをやかましく責め立てて、やたらと事を大きくした。

「意地悪をされたんですね」

「そういうことですよねえ。何でかね？　お大名のあいだでも、姑《しゅうとめ》と嫁みたいなことがあるんですかねえ」

庶民にはあずかり知らぬ序列争いがあったのかもしれない。気が合わなかったのかもしれない。ただ、若さを妬まれただけだったのかもしれない。

「でもね、いちばん大きなケチは、土手の積み直し作業を巡視に来たお目付の下役に怪我をさせちまったことでした」

「うわぁ、何でまた」

目を覆いたくなるような失策である。

「大雨が降ってる最中《さなか》に、わざわざ巡視に来て足を滑らせたっていうんだけど、お天道様のせいにするわけにはいかねえ。うちのお殿様が全部ひっかぶるしかなかったんだ」

　結局、餅太郎のお殿様はお役を解かれ、謹慎をくらったあとで、国替えの処分を受けたのだった。

「国替えで、自分たちのお殿様が丸ごと取っ替えられちまうなんて、江戸に住んでる人たちには、まるでぴんとこないでしょう」

　富次郎は素直にうなずいた。「そうですね。考えてみたこともありません」

　江戸城はいつも同じ場所にあり、そこには公方様《くぼう》がいる。代替わりはあっても、徳川《とくがわ》将軍家がどっか他所に行ってしまうなんて、夢にも思わない。

「偉そうに言っちまいましたけど、あっしも、いいやあっしの親やその親たちだって、話で聞いて知ってるだけでしたよ。だって、徳川様の天下太平の世が来るずっと前から、あっしらの土地にはあっしらのお殿様の御家がいらしたんだからね」

　それなのに、公儀の裁定で、塵のように呆気なく他所へと飛ばされていってしまう。抗うことは許されない。

「あっしに事情を教えてくれた一ツ木村の樽屋も、しゃべりながら震えていました」

　――生まれて初めて、お上ってのはおっかねえなあと身にしみたよ。

「あっしらにしてみれば、お城にいるお殿様がてっぺんで、普段の暮らしのなかじゃ、江戸の公方様のことなんか忘れてたけどね」

　その忘れていた尊い上の方から、雷が落とされたのだ。餅太郎たちが仰いでいた主家は、はるか遠国へと去っていった。

「それで、代わりに新しい藩主になったお大名はね、石高は同じくらいの領地からやって来られたんだけど」

永い歴史を共にして、良くも悪くも馴染み合い、馴れ合っていた先《せん》の藩主とは比べようがないほどに、何かにつけて領民に厳しかった。

「今振り返ってみれば、新しいお殿様を迎えるこっちの方にも、従順じゃねえところがあったんでしょう」

「誰もが、先のお殿様を名残惜しく思っていたんでしょうからね」

「うん。それが新しいお殿様にも御家中《ごかちゅう》の方々にもよく見えて、生意気な領民どもめ！　ってことになったんじゃねえかな」

宇月藩新藩主が真っ先に手をつけたのは、領内の人別検《あらた》めと田畑検めだった。地主ごとに家族・親族構成を申告させ、小作人の名簿を提出させる。検地測量をし直し、毎年領内で収穫できる石高を確認する。葉物野菜や豆類、芋類の作高も畑の枚数から数え直す。

「田畑の後は領内の山々でも同じことをやって、材木や炭、鉱山からの上がりなんかまで調べ上げたそうですわ」

そのひととおりが終わるまで、二年以上かかったが、かなりの老体であった新藩主は自らその指揮をとり、馬で領内を巡り歩いた。警護の騎馬隊を引き連れ、行く先々で領民たちを縮み上がらせたという。

「新しい領地の政《まつりごと》が定まるまではって、そのあいだは参勤交代も特に免除してもらって領内に留まってたっていうんですから、よっぽどですよねえ」

富次郎は胸のなかで考えた。お手伝い普請で失策をした若い大名と交代した、「かなりの老体」の大名。石高は小さくても、譜代の旧家・旧臣だったのかもしれない。だから、そんな特別な願いも通じたのではないか。

「話が後先になってすみませんが……」

少し遠い目つきになり、餅太郎は続けた。

「あっしが畑間村を出てから、現世では、三年と十《と》月《つき》経ってました」

賭場の里では、正月つまり賽子の代替わりは一度しか起きていない。やはり、時の流れが現世とは異なっていたのだ。

「一ツ木村の樽屋は、その最近の十月のあいだに、領内では最後の検め事——社検めが行われたんだって教えてくれました」

社検め。

「初耳です。文字通り、神社を検めるということなんでしょうが」

「ええ……」

餅太郎はうなずき、その目の奥が暗くなる。

「検めが始まったときにはね、領内でどんな産土神が拝まれているのか、他所の土地から来たお殿様にはわからないから、巡検してお確かめになるんだって、それだけのことだって触れ込みだったそうですよ」

餅太郎たちの暮らす土地におわす、小さな土地神様方。

「実際、ほかの村や里じゃ、深刻な揉《も》め事は起こらなかった。産土神様のために立派な社を建てているところでは、これからは新しい殿様が連れてきた神様も合わせて祀るようにと命じられたとか、それくらいで」

「それは、新しい藩主が特に拝んでいる神様だったんでしょうね」

「信心深いお方だったようですよ」

なげやりな口調で、餅太郎は低く言った。

「ご自分の気に入った神様にはね」

しかし、大畑村と六つの分村が拝むろくめん様は、どうしてもお気に召さなかった。

「博打が好きな神様なんか、ホントの神様じゃねえって決めつけて」

——似非《えせ》の神じゃ。神を気取っておる猿《ましら》の如き卑しいものじゃ。尊ぶなどもってのほか。

打ち壊し、焼き尽くすべし。

「じゃあ、居候の虻の神様も？」

「昔話からまるごとそっくり、新しい殿様の下では御法度ということになりました。汚らわしいから、二度と口に出してもいけねえと。供物の賽子も縁起書も、絵馬もお札も何から何まで積み上げて燃やせと」

しかし、大畑村と六つの分村の村民たちは、素直にその命に従わなかった。

「だって、ろくめん様はあっしらの神様だったんだからさ」

博打がお好きで、うっかり大負けして大変なことになった。だが、他所の土地の産物を勝ち取ってくださったこともある。虻の神様との取引も、ろくめん様にも虻の神様にも、芯から邪悪なところがなかったから成り立った話だ。どこかひょうきんで、可愛らしい。

人に近く、人に似ていて、人と同じように笑ったり喜んだり楽しんだり悔やんだりする、「あっしらの」土地神様。

「大村長と禰宜さんと、六つの分村の長たちが集まって、何度も何度もお願いを繰り返したそうですよ。大畑村のお社からろくめん様を移して、もっと小さいお堂に封じます。もとのお社には、新しいお殿様が命じられる神様を祀ります。分村ではけっしてろくめん様を拝みません――」

ですからどうか、どうか、わたしらのもとにろくめん様を残してください。産土神様でございます。この土地の神様でございます。

しかし、願いは通じなかった。

「みんな、端から捕まっちまって」

なぜか、集《つど》って一揆を企てたという罪をでっちあげられていた。

「何日もしないうちに、大村長たちは磔《はりつけ》、晒し首ですよ。残された村の連中がおろおろしているうちに、お殿様の警備の騎馬隊が人足を率いて押し出してきて、大畑村のろくめん様の本社を焼き、分村の分社も順番に焼き壊していったんだ」

屯所を設け、戦支度をしていた侍どもは、ろくめん様を壊し、その氏子たちを狩りたてていたのである。

村人たちは驚き恐れ、なすすべもなく見守ることしかできなかった。

「畑間村はだいぶ富んできて、何年かしたら七つめの分村ができそうな頃合いだったっていうのに」

それもろくめん様の加護があってのことだったのに、一顧だにされなかった。

「見せしめに、大畑村からは男たちが、畑間村は全員が村から根こそぎ引っぺがされて、どっかへ移されていったそうですよ」

――消息はまるでわからねえ。西の業《ごう》ノ川沿いで始まってる新田の開墾に送られたんじゃねえかって言われているが。

「樽屋がそう言った瞬間に、あっしは目の前が真っ暗になりました。業ノ川ってのは恐ろしい暴れ川で、これまで何度も氾濫《はんらん》してる。この国の者ならよく知ってるのに……」

他所から上州宇月藩へ来た新藩主も、家中の武士たちも知らない。いずれは、否応《いやおう》なしに知ることになるのだろうが、それまでにいったいどれだけ無辜《むこ》の領民の命と労力を無駄に費やすことになるのか。

――気の毒だが、親父さんや兄さん姉さんのことは諦めな。

一ツ木村の樽屋は、餅太郎の肩をつかんで揺さぶりながら、そう説いたそうである。

「驚いたことに、樽屋はあっしの身の上をよく知っていました」

――あんた、姉さんの身代わりになって、大蛇に掠われちまったんだってな。

今までどこにいたんだ？　ろくめん様の里？　うむむ……。ともかく、戻ってこられてよかった。命があって幸いだ。その命を無駄にしちゃいけない。

「今さらあっしがのこのこ出ていったところで、畑間村の誰を助けることもできゃしねえ。人別検めのときに逐電者とされているから、捕まって磔になるのがおちだって」

逐電したんじゃありません。虻の神の呪いを引き受け、大虻に掠われて賭場の里に行き、博打に興じる国じゅうの神々のお世話をしておりました。そんな話、新藩主の膝下《しっか》となったこの土地で口に出しても、磔台への道が短くなるだけだ。

――おまえさんが生き延びることだけを考えな。家族もそれを望んでるさ。

「そう説かれて、頭ではわかってたけども」

胸が焼けるように悲しく、口惜《くや》しく、どうしてもどうしても納得がいかなかった。

「酷すぎる、理不尽に過ぎるって」

富次郎ははっとした。餅太郎の目の縁が赤らみ、涙が溜まっている。

「弥生様のことも気がかりだったから」

手の甲で涙を拭うと、自分を励ますように一つ息をついて、続けた。

「城下に行きたかった。屋号は知らねえけど、お城の御用達《ごようたし》の呉服屋だ。訪ねていけばすぐにわかる」

そこに行けば、きっと弥生がいるはずだ。頭を怪我して以来こんこんと眠り続けていた身体に魂が戻り、無事でいるはずだ。

「一ッ木村の樽屋には、ろくめん様の里で一緒だった人を探したい、禰宜さんの縁者だって、かいつまんで話したんだけど」

樽屋は遮るように首を横に振り、いっそう強く餅太郎の肩を揺さぶるだけだった。無駄だ。無理だよ。探してどうなる。

――餅太郎さんさ、あんた、おれの話を聞いてなかったんかい。ろくめん様を祀る禰宜の一族なんか、いの一番に処刑されちまってるやさ。

「身も蓋もないけど、そうだよね」

誰も助けられない。何も取り戻せない。全ては打ち壊されてしまった後で、何一つ元通りにはならない。

その痛み、その悲しみ。拭っても新しい涙が流れ、握りしめる拳が震える。

「あっしは、頭を抱えておいおい泣いて」

一ッ木村の樽屋では、馬小屋の隅に匿ってもらっていたのだそうだ。だから、樽屋とこれらのやりとりをしているあいだじゅう、すぐそばで樽屋の荷車を引いていた馬がぶんぶん尻尾《しっぽ》を振ったり、脚を踏み換えたり、飼い葉を食ったりしていた。

「泣いてたらね、なんでか、その馬が寄ってきて、あっしの顔に鼻面をこすりつけてきたんですよ」

湿った温もりと、頬にかかった馬の鼻息。餅太郎の胸は揺さぶられた。生きものの温かみ。生きものの有り難み。

「そのとき、にわかに思い当たったんです。賭場の里には、こういう温もりはなかったなあって」

賭場の里は神々の里であり、そこに仕えるのは神々の下僕か、かりそめの命を与えられ、亡霊のようにさまよう咎人たちばかりだった。

「あっしは、そこから帰ってきた」

この手には温かな血が通っている。

「樽屋の言うとおりだ。この命を無駄にしちゃいけない。逃げて生き延びよう。そう腹が決まりました」

一ツ木村の樽屋は、商いの取引があって、月に一、二度は船着き場のところから国境を越えるという。隣藩に逃れれば、ひとまず餅太郎の身は安全だから、

「また樽のなかに隠れさせてもらって、国境を越えようってことになりました」

行った先では、樽屋の商い相手である酒問屋の主人を頼ることにした。これも樽屋の口利きだったから、

「いまだに、一ツ木村のある方角には足を向けて寝ていませんよ」

いよいよ逃亡する当日は、朝から雨が降っていた。樽屋の女房が都合してくれた身の回りのものを風呂敷《ふろしき》に包んで抱きしめ、餅太郎は空っぽの酒樽のなかにしゃがみ込んだ。

「ぴりっと辛口の、いい匂いがしてました。あの匂い、どうかすると今も夢のなかで嗅ぐことがあるんだよ」

国境の近くの村では、作物の種や苗を除き、荷車で運べる品物で、直銭《じかぜに》の取引に限り、隣藩の商家との商いが認められている。これは先の藩主の施策だったが、新しい藩主はこれをやや広げて、手形取引も認めていた。そのせいか、樽屋の荷車が丘の麓の小道をたどって船着き場へ向かううちに、様々な業種の商人たちと道連れになった。

彼らの挨拶ややりとりを聞いている限り、

「この土地はずうっと平穏で、悪いことなど何にもなかったように思えましたよ」

先祖代々仰ぎ見てきた主家が立ち去り、どこの誰かも知らぬ大名が藩主として君臨して、子供のころから親しんできた産土神を焼き、無辜の村民をなで切りにして、故郷から引き剝がして掠っていった。

「そんな恐ろしいことなんか、何一つなかったふうに思えました」

誰も口に出せない。下手なことは言えない。嵐は去った。頭を低くしてやり過ごすことができた。くわばら、くわばら。

領民は領主を選べない。温和《おとな》しく従って暮らしていくしかないのだ。

「あっしはそんなの、死んでも御免だった。命からがら領内を立ち退《の》いて、それっきりだ。二度と故郷《くに》には帰っていません」

あの日、餅太郎は樽のなかでこう思った。

「あっしは、八百万の神々がいらっしゃる賭場の里を知ってる」

あんなに大勢の神様がいらしたけれど、あそこは極楽ではなかった。

「じゃあ、今こうしている地上はどうだろう。他所者の新藩主の好き嫌いだけで、産土神様をまるまる一柱、焼いて壊して消してしまうような罰当たりが許される、ここはどんな場所なのだろう」

地獄みたいだ。だけど人がいっぱい生きていて、そいつらの仰ぐ神様のお社もある。だから地獄じゃねえ。

地獄じゃねえが、餅太郎にとっては、地獄にいちばん近いところだ。

大畑村の大村長も、禰宜さんも弥生様も、父ちゃんも兄ちゃんも姉ちゃんも、餅太郎の心も、賽子たちの思い出も、大蛇になってしまった不幸な女も、みんなみんな一緒くたに、この地獄にいちばん近いところの、理不尽な劫火に焼かれている——

そこまで語り、餅太郎は言葉を切ってうなだれた。薄べったい胸が上下している。その胸の奥に去来するものを思って、富次郎は静かに待った。

やがて、餅太郎は目を上げた。

「頼って行った隣藩の村の酒屋は、〈三山屋《みやまや》〉ってお店でした」

店の正面から、三つ子のように形の揃ったきれいな山が三つ見えたそうな。

「あっしは、五つのときに迷子になったきり行方知れずになっている、三山屋さんの四男坊の名前を名乗らせてもらうことになりましてね」

そこでは誰もが労《ねぎら》ってくれた。神隠しから帰ってきた。山の神様が返してくださったんだ、よかったよかった。

「酒屋さんのご一家も、いい方たちだったんですね」

「そりゃあもう」

餅太郎が深くうなずくと、目の縁に溜まっていた涙の最後の一滴が落ちた。

「宇月藩の新藩主の非道な所業は、もちろん隣藩でも知れ渡っていました。三山屋のある国境近くの村は、まわりの山から切り出す質のいい杉や桐の材木で潤ってたんで、けっこう大きな村だったんですが」

横暴な社検めの行き着くところ、大畑村と畑間村が恐ろしいことになったと伝わったときには、男衆を集めて川沿いに篝火《かがりび》を焚き、宇月領から川を渡ってくる村人がいないか、幾晩も見張っていたのだそうである。

「表向きは、逃げてくる者を捕まえるため。実は、助けて匿ってやるつもりでね」

そういう村だったから、餅太郎が神隠しから帰った四男坊ではないかと察しつつも、みんな調子を合わせてくれたという。

「あっしは酒屋の商いなんぞ知りませんし、読み書きそろばんも駄目だった。このとおりのよろける足で、身体を使う仕事はできることが限られてる。とにかく、掃除とごみ拾いをやらせてもらって」

一生懸命、朝から晩まで働いた。

「一ツ木村の樽屋がときどき顔を出して、宇月領内の様子を教えてくれました。それで、あっしが三山屋に入れてもらって、半年ぐらい経ってからだったかなあ……」

季節の変わり目に、大雨が降った。

「何日か川止めになるほどでしたけど、こっちの村には大した被害はなくって。胸をなで下ろしているところに、国境を越えて樽屋が来ましてね」

——案の定、業ノ川がえらいことになったらしい。

「開墾途中の新田は、作事方《さくじかた》の屯所も働き手たちの住まう小屋も、もろともに泥水に呑み込まれて、なぁんにも失くなっちまったって」

そのときには、餅太郎は泣かなかった。涙は乾き、心は固くなっていた。

「もう、ここにもいたくねえ。もっともっと遠くへ行こうって思ったんだ」

三山屋には、城下の糸問屋に嫁いだ娘がいた。

「あっしらの村で糸繰りが盛んだったように、こっちでも絹糸や麻糸が特産物になっていたんですよ」

この糸問屋は身代が大きく、江戸にも出店《でみせ》を持っていたので、

「三山屋の旦那さんとおかみさんに頼み込んで、あっしは江戸のその出店へ奉公させてもらうことになりました。もちろん下働きで、食わせてもらえるだけでいい。給金なんか要りませんと頭を下げたもんで」

三山屋の主人は当惑していたが、おかみがすぐと承知した。

——あたしも、あんたは江戸へ行ってしまった方がいいと思う。先《せん》からそう思ってた。

「おかみさんは、あっしが時々、自分でも気づかないうちに、鼻歌で糸繰り歌をうたっているの

が気になってたんだそうで」

　隣藩とはいえ、川を挟んで商いのやりとりがあるのは、一ツ木村の樽屋だけではない。間の悪いときに、間の悪い相手にその鼻歌を聴かれてしまったら、

「あっしが捕まるだけでなく、三山屋さんにも樽屋にも迷惑がかかる。おかみさんが案じるのは当たり前のことでした」

　こうして、餅太郎は江戸へ出た。単純に年数だけ数えるならば、歳は十六になっていた。

「結局、その糸問屋さんにも、一年くらいしか奉公できなかったんですがね」

　鼻先で軽く言う餅太郎の、しかし目の奥は泥のように濁って暗い。

「あっしは変わり者で、もののけみたいに気味が悪いって」

　若い手代や女中たち、小僧に忌まれ、嫌われてしまって、針の筵だったのだという。

「それ以来、日銭稼ぎを転々として、どうにかこうにか食いつないできました。足の方も、歳をくっていくうちにさらに弱って、昔よりも頼りなくよろけるもんだから、最初に申しましたように、今じゃ腰の曲がった爺さんにもかなわねえというていたらくですよ」

　餅太郎は捨て鉢で拗《す》ねていて、投げやりだ。顔では笑いを忘れているのに、腹の底では自分の情けなさを笑っている。

　富次郎は考え込んだ。尋ねたいことはいくつかある。どれから問うたらいいだろう。

　やっぱり、これか。

「不躾《ぶしつけ》なことと承知の上でお尋ねしますが」

「へえ、何ですか」

餅太郎の目の縁が赤い。

「餅太郎さんは、今おいくつですか。お声は若いが、お顔はもう若者じゃない。確かな見当がつかなくて、申し訳ないような不安なような心地のまま、お話を伺っておりました」

餅太郎は、口の片端をくいっと曲げた。

「三島屋さん——小旦那さんはおいくつです？」

「わたしは二十二でございます。さきほど申し上げましたが、屋号を背負わぬ気楽で未熟な小旦那でございますよ」

「ああ、そうなんだよね」

瞬きすると、餅太郎はしげしげと富次郎の顔を検分し直した。

「いやいや、未熟どころか、何だか堂々としていなさる。さすが、百物語なんて酔狂で暇つぶしをなさるだけのことはあるってね」

今までとちょっと違う、ちくりと皮肉な餅太郎が顔を覗かせる。富次郎はその顔に笑いかけた。

「おっしゃるとおりの暇つぶしでございますが、お客様の語りを拝聴することで、世間を知る助けにはなります」

「じゃあ、じっくり眺めて、あっしの歳をあててみてください。これだけ話を聴いてきた後なら、わかりそうなもんですからね」

おっと、そう来るか。富次郎は困った。だって、言葉を選ばないとさ。

あなたは髪の抜けた老人のようにも見えるし、物を知らない小僧のようにも見える。たぶん、あなたの心の時は、地獄にいちばん近い場所から逃れてきた、あの日のまま止まっているのだ。そして身体の時だけがいたずらに嵩《かさ》んで、あなたを弱らせてきたのだ。

「餅太郎さんの歳をあてる前に、あと二つ、わたしの問いに答えてくださいますか」

餅太郎はちょっと口を尖らせた。「何を訊きたいんです?」

「今も、お姉さんの糸繰り歌を覚えていますか。鼻歌でうたうことはできますか」

富次郎が恃んでいた以上に、この問いには効き目があった。餅太郎は目を泳がせて顎を引いた。

「そりゃ……覚えてますよ」

「そうですか。じゃあ二つ目のお尋ねです。今も、編み込み草鞋を編むことはできますか」

今度は、餅太郎は全身で狼狽えた。思わずというふうに、指が動いた。一瞬、草鞋を編むような動きをした。

「編めると思いますがね」

「思いますというのは、確かではないからですね? 宇月藩の領内を逃げ出した後、三山屋さんでも、江戸の糸問屋さんでも、編む折はなかったんでしょうか」

「だって、三山屋じゃ危なくってさ」

餅太郎の声が高くなり、裏返った。

「あれが大畑村で人気の品だってことは、近隣でも知られてましたからね」

「確かに、うっかり編んで、誰かにあげることも、売ることも危険でしたでしょう。でも、江戸に出てからならいかがでした？」

編み込み草鞋は珍しく、きれいなものだ。洒落者の多い江戸で売り出せば、上州の旅籠町で得た人気などと比べようがないくらいの評判をとることもできたのではないか。

「あなたが奉公していたのは糸問屋だったんですから、材料には困らなかったでしょう」

餅太郎の顔が真っ赤になり、それからどんどん白くなった。血の気は目の縁にばかり濃く残って、また涙が浮いてくる。

「編もうと……してみますとね。思い出して、手が動かなくなっちまう」

おりんのことを、弥生のことを、楽しかったことを思い出して。幸せだったときを思い出して。夢幻のようだった賭場の里の日々を思い出して。地獄にいちばん近い場所から逃げ出してゆくときの、樽のなかの暗さを思い出して。

「あっしは……」

餅太郎は片手で顔を押さえた。

「生きてることが呪わしくなってくるんだ」

囁くような声音のなかに、封じ込められてきた年月がある。

「後悔しておられるからですね」と、富次郎は言った。「お父さんとお兄さんとお姉さんを助けようとしなかった。探そうとさえしなかった。一途に逃げ出すことだけ考えてしまった。自分の命を第一に」

その悔恨と恥の念に、餅太郎はずっと囚われているのだ。

他人の耳でなら、たちまち聞き取れる。その声音の底に流れる真っ暗な後ろめたさを。

「その後悔は、間違っています」

落ち着いて、しかしきっぱりと響くように、富次郎は言った。

「餅太郎さんは、逃げ延びてよかった。一ツ木村の樽屋さんの忠告に従ってよかったんです。何も間違ったことはしていない」

いきなり、餅太郎が声を張り上げた。「何であんたにそんなことがわかるんだよ！」

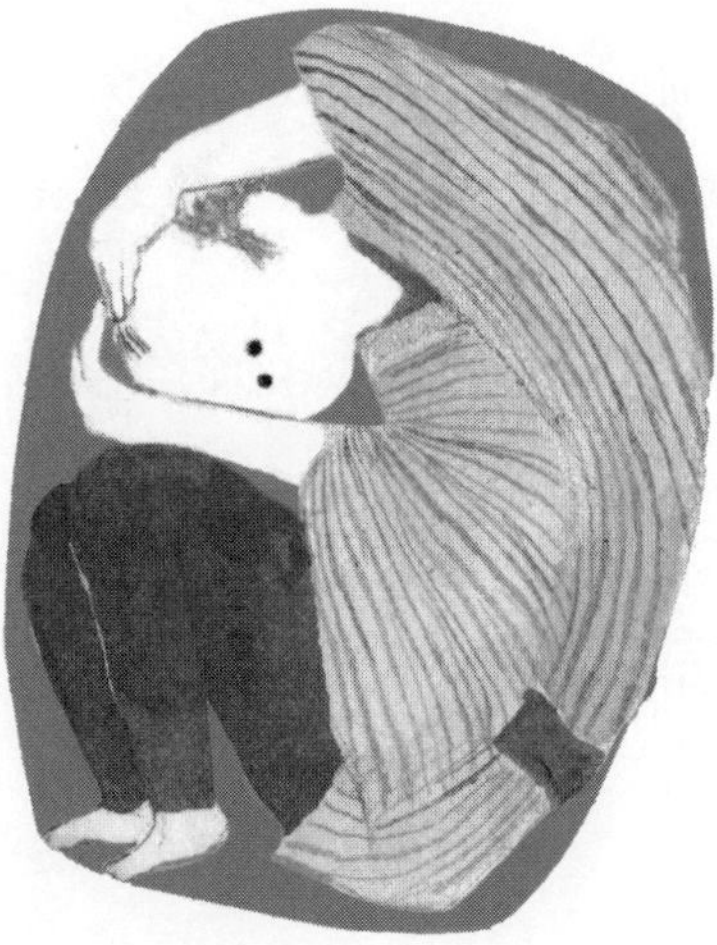

富次郎は動じなかった。静かに、こう応じた。「あなたは、ろくめん様の最後の氏子だ。あなたが生き延びていなかったら、ろくめん様はこの世から忘れ去られてしまうところでした。ろくめん様を仰ぎ、懐かしむ者として、あなたには生き延びるという使命があった。そうは思いませんか」

足をすくわれたみたいに、餅太郎はかくりと姿勢を崩した。

「……最後の、氏子？」

「はい。まあ、虻の神様まで一緒に祀ってあげるかどうかは、あなたのお好きになさればいいですが」

呆然としている餅太郎の額から、雫《しずく》がつうっと伝い落ちる。涙ではない。汗だ。

「餅太郎さんがおいくつなのか、やっぱりわたしには見当がつきませんが、もしも餅太郎さんがその気になって、編み込み草鞋を編んでくれたなら、それが売り物になるかどうか見定めて、ふさわしいお店に口を利くぐらいのことは、わたしにもできます」

言ってから、富次郎は片手で自分の額を張ってみせた。「これはいけない、つい見栄《みえ》を張りました。正しくは、三島屋主人であるうちの父に、餅太郎さんの編み込み草鞋が売り物になるかどうか見定め、よさそうなお店に口を利いてくれるよう頼み込むくらいのことは、わたしにもできると思います」

そして、慌てて言い足した。「もしも売り物にならず、お店を周旋してもらえなかったら、餅太郎さんと一緒になって父の悪口を言って鬱憤《うっぷん》を晴らすこともできるでしょう」

富次郎の目の前で、餅太郎の顔がゆっくりとくしゃくしゃになってゆく。

泣き顔ではない。怒っているのでもない。笑おうとしていて、笑えない。笑い方を思い出そうとしていて、まだ届かない。

「……あっしは、三十一です」

ここまで、無駄な人生でした。

「ならば、もう一度生き直しましょう」と、富次郎は言った。「ろくめん様の最後の氏子として、誇りを持って生きるんです」

餅太郎は前かがみになり、両手で膝頭をぐいとつかんで、嗚咽した。

長くは泣かなかった。短く、吠えるような嗚咽はすぐに止んで、餅太郎は顔を上げた。目と目が合う。そこに、今まではなかった晴れ間があった。少なくとも、富次郎はそう信じる。

この晴れ間から差し込む光が、いつか、この人に笑みを思い出させてくれる、と。

「次は、編み込み草鞋を持ってお訪ねください。店先で、富次郎と約束していると言いつけてくだされぱようございます」

楽しみに待っております――と、丁重に平伏する三島屋の小旦那であった。

「お勝、大丈夫かい」

少し厳《いか》めしい声を出して呼び捨てにしたのは、それだけ心配だったからである。

そのへんの富次郎の心模様を、お勝はちゃんと心得ていた。次の間との仕切りの唐紙をつと開けると、微笑みながら顔を出した。

「たいへん興味深いお話でございました」

お勝は黒髪豊かな色白の美女だが、顔と首筋にひどい痘痕がある。この痘痕は疱瘡神に愛でられ、その加護を受けている証だ。お勝が三島屋の変わり百物語に寄ってくる魔や災いを退ける守《も》り役《やく》でいられるのは、疫神のなかでも最強の疱瘡神の後ろ盾があるからだと言っていい。

しかし、餅太郎が見た疱瘡神は、痩せこけて素っ裸の亡者の群れで組み上げられ、総身に劫火をまとった異形の巨人であったという。

その姿を想像すると、富次郎は寒気を覚える。恐ろしくて忌まわしい。お勝だって、いささか動揺してしまうのではなかろうか。

——なのに、興味深いってさ。

「わたくしはこの変わり百物語を見守り、悪しきものが寄りつかぬよう見張る番人でございます」

お勝の声音は淡々として優しく、富次郎と向き合う表情も落ち着いている。

「ですから、本来は、語り手のお話に聞き入ってはいけない。お話の筋書きに気をとられると、番人としての務めがおろそかになってしまいますから」

そうは言っても、無理だろう。ちょっとでも話を聞きかじったら、先行きと結末が気になって当たり前だ。

「今日もそのつもりでおりましたが、餅太郎さんが疱瘡の神様のお姿を仰いだ——というくだりを聴いてからは、どうしてもそのことばかりを考えてしまいました」

切れ長な目尻にかすかな色気をにじませて、お勝はやんわりと笑った。

「……いつかわたくしも、疱瘡神のお姿をこの目で拝んでみたい。わたくしにとっては、この世の何よりも尊く力強く、美しい神様でございますから」

その言葉がどれくらい本音なのか、富次郎にはわからない。ただ、遠く明るいものに憧《あこが》れるようなお勝の眼差しが、半分は眩《まぶ》しく、半分はおっかない。

「わたくしの胸の内を案じてくださいまして、ありがとう存じます」

「や、大丈夫ならいいんだ」

何でこっちがへどもどするんだろう。まったく、お勝にはかなわない。

「小旦那様、編み込み草鞋のお話は、本気でいらっしゃいますのね？」

「うん」うなずいて、富次郎は急に気が引けてきた。「まずかったかな。餅太郎さんは名前を偽ってなかったから、変わり百物語の場だけの付き合いに限らなくてもいいかと思ってしまったんだ」

お勝は真っ直ぐに富次郎の顔を見て、

「お嬢さんなら、こうはなさらなかったと思いますわ」

黒白の間の最初の聞き手、富次郎の従妹のおちかだ。幸せに嫁いで、今は身重である。

「でも、それはお嬢さんが三島屋の商いを左右できるお立場にはなかったから。小旦那様とはそこが違いますし、今の聞き手は小旦那様なのですから、小旦那様のなさったことが正しいのでございますわ」

弱気はいけません、と言った。

「遠からず、餅太郎さんが編み込み草鞋を持って来てくださるよう、わたくしもお祈りしております」

自分自身を納得させるように、いっぺん強くうなずいてから、お勝は続けた。

「餅太郎さんのお話は、人を生かすも殺すも、所詮は人のなす業《わざ》だというお話でした。それどころか、人は神様さえも生かしたり殺したりする。人の命は尊いのに、生きものとしては、何と横暴で傲慢《ごうまん》なのでしょう」

そんな人の命に限りがあるのは、その横暴と傲慢にも限りを持たせるためだ。

「それが神々の定められたことだと考えるとすると、さて、人と神々はどちらが先でどちらが後なのでしょうか。難しすぎて、わたくしにはわかりませんわ」

人がいるから神々がいるのか、神々がおわすから人がいるのか――

あれから、黒白の間に文机《ふづくえ》を据え、つらつらとそんなことに思いを巡らせているだけで、富次郎は一向にしゃっきりしない。聞き取った話を一枚の絵に描いて聞き捨てとする、それが富次郎のやり方なのに、何を描いたらいいのか、どうにもまとまりがつかない。一日、二日、三日と無駄に時が過ぎてゆく。

餅太郎の話には見せ場が多く、描きがいのあるものがたくさんあった。石灯籠の道を挟んで旅籠の建ち並ぶ賭場の里の景色や、ろくめん様の不思議なお社、そのなかの様々な用途の広間。もちろん、愛らしい賽子たちも捨てがたい。紙人形どもを従えて、せっせと働いている姿を描いたら楽しい一幅になるだろう。だが、いちばん可愛らしいのは泣き虫の燕の神様だな。

里の崩壊の時、餅太郎を探して飛び回っていた一対の羽根も描きたい。

餅太郎が初めて出くわしたお化けや、ろくめん様のお社の前に佇んでいた弥生の姿。水面に一瞬だけもとの顔を映した、大虻と化した呪う女。その嫉妬《しっと》のせいで、背負子にくくりつけられて大畑村から返されてきたおりんの姿。いいことも、悪いことも。

――今ごろ、餅太郎さんは何をしているだろうなあ。

勇気を出して、編み込み草鞋を編んでみてくれたろうか。涙が溢れても、負けずに思い出してみてくれたろうか。

富次郎は文机に肘《ひじ》をつき、身を起こした。

自分は、変わり百物語の聞き手として、これまでにないことをやった。話を終えた語り手と、新しい繋がりをつくろうとした。

その良し悪しは、この先、自然と答えが出るだろう。良しと出たときの手柄も、悪しと出たときの責めも、自分でしっかり受け止めねばならぬ。

ならば、描くべきものは一つだった。

一足の編み込み草鞋。

生き直しの人生へ踏み出す餅太郎の足固めになるようにと、願いを込めて。

第二話

土鍋女房

　秋晴れの好日、午前《ひる》に、三島屋の勝手口に出入りの八百屋が来た。

「いい栗が入ったもんで、いかがでしょう」

　応対に出た女中のおしまの目の前で毬《いが》を割り、実を取り出して見せてくれた。なるほど大粒で、みっちりと固くて旨《うま》そうな栗だ。

「旦那《だんな》様の好物だから、栗おこわを炊こうかしら。いいわよ、全部ちょうだい」

「毎度ありぃ」

　八百屋は、先が鉤《かぎ》になっている変わった小刀で、ちょいちょいちょいと毬を割ってゆく。その手つきが面白く、通りがかりに目を惹《ひ》かれ、富次郎はついその場に腰を据えて、最後の一つの毬が割れるまで見物してしまった。

　八百屋とちょうど入れ違いに、作業場の方から母のお民《たみ》が戻ってきた。大笊《おおざる》に盛られたつやつやの栗と富次郎の顔を見比べて、

「また、こんなところで油を売って」

　ちょっと睨《にら》んで、冷やかした。

「いえいえ、わたしは水を一杯飲みに来ただけなんですよ。だけど、栗の毬に引っかかっちまって」

「そんなら、引っかかったついでに、おしまを手伝って栗の皮を剝《む》きなさい。これだけの数だと、結構な手間だわ」

栗の皮は茹《ゆ》でる前に剝くものだと、富次郎は知らなかった。

「硬いよね？」

「はい。用心なさらないと、指を切りますよ」

おしまは、富次郎には小回りの利く小刀をあてがってくれて、自分は包丁で栗を剝いた。まったく危なげなく、くりくり剝いていく。富次郎の方はそうはいかない。

「旨い栗おこわにありつくためだ」

日ごとに秋が深まっているというのに、奮闘するうちに汗ばんでしまう。

二人で台所の土間に座り、黙々と手を動かす。開けたままの勝手口からは、澄み切った冷たい秋風が吹き込んでくる。朝飯の後片付けは済んでいるが、水切りに立てかけてある大きな俎板《まないた》は、まだ乾ききっていない。

日が詰まり、夜明けが遅くなり、夕暮れが早くなった。夏という季節は、梅雨明けの雷雨を先払いにやかましく到来し、かんかん照って、世間をふうふう茹《う》だらせる。残暑も、長っ尻《ちり》の客のようにずるずる引っ張るのに、消えるときには挨拶《あいさつ》もない。そして秋は忍者のように、気がついたらそこにいる。

季節が巡れば、それだけおちかのお腹の子が育つ。手のなかで滑る大粒の栗をいじくりながら、富次郎は思った。このところ、何かといえばそのことばかりを考えているのだ。

おちかのおめでたがわかったのは、一月《ひとつき》あまり前のことである。嫁ぎ先の貸本屋・瓢簞古堂《ひょうたんこどう》が吉報を伝えてくれたのだが、

「嫁の実家《さと》が早手回しに浮かれ騒いではいけない」

と、お民に厳しく戒められ、富次郎たちは祝いも見舞いも遠慮している。

それを察したのだろうが、おちかの亭主の勘一《かんいち》の方から挨拶に来てくれて、

――おちかは少し悪阻《つわり》が重いようで、今はできるだけ休ませております。元気になったなら、何を置いてもお報《しら》せしますので、会いに来てやってください。

ンなことを言われて、白状するなら、富次郎はかちんと悔しかった。おちかはわたしの従妹《いとこ》だよ。気立てがよくってべっぴんで働き者で、変わり百物語の聞き手をきっちり務めた度胸者でさ、自慢の従妹だよ。

何が「休ませております」だ。何が悲しくって、従兄《いとこ》のわたしが「来てやってください」なんて言われなきゃならないのさ。

大人げない難癖だと、本人も心得ている。嫉妬《やきもち》？　それはちょっと違う。富次郎は誓っておちかを女人として見たことはないし、従妹ではなく実の妹のように思ってきた。だけど、悔しいもんは悔しいんだよ。

傍らで新しい栗を剝き始めたおしまが、下を向いたまま何かぼそりと言った。

富次郎は手を止めておしまを見た。

「ん、何だい？」

おしまは栗を剝き続け、一粒をすっかり剝いて別の笊に入れると、顔を上げた。

「お嫁に出す側って、つまらないもんでございますね」

あはは。おしまも似たようなことを思っていたのだ。

「それでも、おとっつぁんとおっかさんは、まだいいよね。早々におちかの見舞いに行けたからさ。わたしらは、いつまで遠慮してなきゃいけないいんだろう」

おしまは次の栗を手に取った。「栗おこわをたんと炊いて、お嬢さんに差し入れしたいんですけど、おかみさんに叱られますかね」

「わたしから訊《き》いてみるよ」

おしまは、三島屋では番頭の八十助《やそすけ》に次ぐ古参の奉公人である。富次郎も、二つ年上の兄の伊一郎も、幼いときから世話になってきた。おちかだって、川崎《かわさき》宿の実家から江戸に出てきた最初の日から寝起きを共にし、一緒に働いてきた。

おしまも富次郎も、それぞれにおちかとは強い絆《きずな》があると思い入れている。あははと笑って紛らわせながらも、嫁の実家は損だよねと言いたくなってしまう。

「小旦那様、あたし、もっともっとおかみさんに叱られそうなことを考えているんですけど」

おしまの口調が角張って、口元が引き締まった。手はくりくりと栗の皮を剝き続けるところがさすがだ。

「どんなことさ」

「瓢箪古堂さんは、出商いの人がいるから、男手は足りてるんですよ」

貸本屋はお店《たな》の商いもするが、半分以上は出商い、得意先回りで成り立つ商売だ。瓢箪古堂にも出商いの奉公人が何人かいるが、おちかの祝言のときに挨拶をもらっただけで、富次郎が顔と名前を知っているのは十郎《じゅうろう》という中年男一人である。

そもそも、この十郎が読み物好きのおしまをお得意にしていたからこそ、三島屋と瓢箪古堂の繋《つな》がりが生まれ、おちかと若旦那の勘一が出会ったのだ。だが、勘一と先に親しくなったのは富次郎の方だった。絶対、そのはずだ。いくつか用事も頼んだし、旨い物好きなところで気が合った。だけど今は面憎《つらにく》い。おちかと好き合っちゃったりしてさ、図々《ずうずう》しいんだよ。

いかんいかん。富次郎の思いはすぐ横滑りする。今はおしまの考えを聞いているのだ。

「うん、男手は足りているよね」

応じて促すと、おしまは初めて包丁の動きを止めて、言葉を続けた。

「だから、何でも男ばっかりでどうにかしちまう習慣がついていて、また、どうにかなっちまってきたんでしょうね。女手は、飯炊きの婆《ばあ》さんが一人いるっきりで、まともな女中はいないんです。舅《しゅうと》さんだけで、姑《しゅうとめ》さんもない。勘一さんには姉さんも妹もいないし」

おしまが何を言いたいのか、富次郎はうすうす見当がついてきた。

「おしま、瓢箪古堂へ行きたいんだね」

おしまは乙女のようにこっくりした。

「だよなあ。わたしがおしまだったら、やっぱり同じように思うよ」

瓢簞古堂へ行き、おちか付の女中となって働きたい。この先の子育ても、家のなかの仕切りも、女手がおちか一人では厳しいのはわかりきっているから。

「瓢簞古堂さんでも、おちかの手伝いを増やすために、何かしら手を打とうとしているかもしれない」と、富次郎は言った。「そういうことなら、うちのおしまを遣《や》りますと話をまとめたらいいんだ。難しいことじゃない。おっかさんだって、叱りはしないと思うよ」

おしまの曇り顔に、晴れ間が覗《のぞ》いた。

「そうでしょうか」

「わたしは寂しくなるけどさ。おちかが心丈夫になって、おしまも安心できるなら、瓢簞古堂へ行っておくれよ」

おしまは包丁を栗の山の上に置くと、前掛けの端を持ち上げて、ぐすんと洟《はな》をすすった。

「ありがとうございます」

——いいなあ、おしまが羨《うらや》ましい。

口に出せずに、富次郎は思う。忠義の女中の思いは届いて、晴れる。

——だけどさ、可愛い従妹を掠《さら》われちまった従兄の悋気《りんき》と鬱憤《うっぷん》は、どうやってもどこにも届かないし、晴らしようがないのさ。

「晴らせるさ。手はある」

おまえも嫁をもらえばいい――と、伊一郎は言った。

三島屋の兄弟は、池之端《いけのはた》の茶見世の腰掛けに並んで座っていた。真夏に眺めたときには青々と濃かった不忍池《しのばず》の水の色が、今日は薄墨のように淡くなっている。紅葉《こうよう》は赤も黄色もまだ変わり始めたばかりで、見頃はだいぶ先になるだろう。

それでも、素朴な串団子と共に供される熱い渋茶が胃の腑《ふ》にしみて旨い。麦湯と固練りの甘酒で乗り切った暑い夏の残滓《ざんし》が、煎茶《せんちゃ》の香りに溶かされて消えてゆくようだ。

「嫁取りなら、わたしより先に兄さんだ」

串団子をつまみ上げて、富次郎は笑った。

「早いところ帰ってきて、身を固めてくださいよ。兄さんの肩に、三島屋の先行きがかかってるんだから」

富次郎の兄の伊一郎は二十四歳。十六のとき、父・伊兵衛の「他店《よそ》の釜《かま》の飯を食ってこい」という一声で、通油《とおりあぶら》町の小物商〈菱屋《ひしや》〉へ奉公に行った。今ではあちらで番頭のような立場にいるが、もう帰ってきていい頃合いである。奉公に出たなら十年は働けと言っていた伊兵衛も、本音では伊一郎に戻ってもらいたがっているのを、富次郎は知っている。

「おまえに言われなくても、わたしの先行きは決まっているから、心配は要らないさ」

伊一郎は、頭の恰好《かっこう》も顔立ちも整っていて、背も高くて、全体にいい案配に肉がついていて男らしい。耳の形まできれいなのだ。富次郎はずっと「優男」という言葉で兄の美男子ぶりを表してきたのだが、つい最近、お勝と何かの拍子で伊一郎の話題になったとき、

——若旦那には、美丈夫という言葉が合っていると思いますわ。

びじょうふ？　漢字でどう書くの？　教わって覚えて、いざ本人と顔を合わせると、なるほどこの人の美形ぶりは丈夫にできていると感心した。どこを叩《たた》いたって隙のない美形だよ。ん？　それだと意味が違うかな。

それより、兄さんたら今、聞き捨てならないことを言ったじゃないか。

兄弟が会うのは、今年睦月《むつき》（一月）のおちかの祝言以来である。あのときも、皆でおちかの花嫁姿に見惚《みと》れつつ、次は伊一郎だという話をした。当の本人は聞こえないふりをしていたが、あれから何かあったのだろうか。

「決まってるって、もしや縁談がまとまったとか？」

だとしたら、おいらは何にも聞かされてないよ、蚊帳《かや》の外はひどいや。ちょっと気色ばんで顔を覗き込む富次郎に向かって、伊一郎はふんと笑った。

「ありもしない縁談がまとまるもんか。先行きが決まっているというのは、わたしがおとっつぁんの跡を継ぐことも、そのためにも嫁をもらわねばならないことも、わたしの嫁はいずれ三島屋の二代目おかみになることも、もう決まっている道だという意味だ」

兄の薄い笑みを眺めて、富次郎はふっと、口先にのぼってきた言葉をそのまま吐いてしまった。

「兄さん、それじゃ嫌なのかい」

これまで思ってもみなかったことだった。伊一郎が三島屋を継ぐのは当然だ。長男だし、それにふさわしい器量の持ち主だから。代わりになる者なんていない。

だけど、伊一郎がそう望んでいるかどうかを気にしたことはなかった。

兄弟は、二、三度まばたきをするあいだ見つめ合った。実際、伊一郎は瞼《まぶた》をぱちぱちやってから、

「――誰もそんなことを言っちゃいない」

「だから、言わなかっただけで、腹のなかでは考えてたんじゃないの」

富次郎が言い返すと、

「考えていない。頭をよぎったこともない」

一語一語区切るように、強く言った。

「わたしは三島屋を継ぎたい。一代であそこまでのお店に仕上げたおとっつぁんは立派だと思うが、わたしにはわたしのやりたいことがある。わたしの代で、さらに三島屋を大きくしてみせたいしな」

兄弟は、今度はまばたきせずに見つめ合った。

「そんならよかった」と言って、富次郎は頰張ったままだった団子を嚙《か》んだ。

「よへいなほとをゆってほめん」

「食べながらしゃべるな」

「うん」ごくりと呑んで、「余計なことを言ってごめん」

伊一郎は渋茶の湯飲みをつかみ、それを口元に持っていく途中で吹き出した。

「おまえは、ホントに面白い。ガキのころから変わってないなあ」

「そお？」

「その分じゃ、わたしの方がずっとおまえの先行きを案じているんだってことも、まるでわかってないんだろう」

「おいらの先行き？」

富次郎は、兄と話すとつい「おいら」と言ってしまう。

「そうさ。おまえの先行きは決まっていない。その分だけ選ぶことができる。ただ漫然と、分店を出してもらえれば満足だとか思ってるなら、わたしはおとっつぁんほど甘くないぞ。本店《ほんだな》の役に立たない暖簾《のれん》なんぞ、増やす気はないからな」

そうか。初めて、富次郎の胸の芯《しん》がぴりりとした。兄さんはおとっつぁんほど甘くない。これって、意外と見逃されがちな真実じゃないのか。

「どうやって食っていくのか、何にやりがいを見つけるのか、おまえの腹が決まらないうちは、嫁も子供も持てない。つまり、おまえが嫁をもらえばいいというのは、けっして容易《たやす》い答えじゃないんだ。わかるかい？」

「うん」

「頼りないねえ。いつまでもおちかに岡惚《おかぼ》れして、瓢簞古堂に嫉妬《やきもち》を焼いている暇なんぞ、おまえにはないんだよ」

え、それは心外だ。「嫉妬《やきもち》なんか……」

「立派に焼いてるよ。そういうところがガキだというんだ」

富次郎は亀の子のように首をすくめた。

赤い前垂れを着けた茶汲《く》み娘が、茶こしを手にこっちを見ている。お代わりを出そうとしているのか、伊一郎に見惚れているのか。

「兄さん、今日は何の用があっておいらを呼び出したんだい？」

まだ、それを聞いていなかった。

半刻《はんとき》（約一時間）ほど前、お民に頼まれて、富次郎が手代の一人と仕事場の物置を検《あらた》めているところへ、おしまが呼びに来たのだ。

「若旦那がおいでです。旦那様とおかみさんに知られないよう、こっそり出てきてくれ、池之端の〈みどり〉という茶見世で落ち合おうと」

仕事場の物置には、袋物の材料になりそうな古布《ふるぎれ》や端布《はぎれ》や古着が山のように蓄えられている。それをざっと仕分けて片付け、糸くずや埃《ほこり》を顔にも着物にもくっつけたまんま〈みどり〉へ駆けつけると、本八丈縞《じま》に小紋縮緬《ちりめん》の単《ひとえ》の羽織を合わせた伊一郎が、ゆうゆうと渋茶を喫していた。

自分だけ涼しい顔してさ！　と癪《しゃく》に障ったが、富次郎は兄が好きなので、会えれば嬉《うれ》しい。しかし、こんなにこっぴどく言い込められるとは思わなかった。

「おいらに説教するために、わざわざ羽織を着て出てきたのかよ」

まさかと、伊一郎はあっさり言った。

「おちかの祝いと見舞いに行ってきたんだ。うちに寄ったのはついでだよ」

富次郎は唖然《あぜん》とした。よっぽどその顔が凄《すさ》まじかったのだろう、伊一郎はちょっとひるんだ。「な、何だよ」

恨めしや。富次郎は食いしばった歯の隙間から声を出した。「おいらたちは、まだおちかに会えないのに……」

「そ、そりゃ、みんなで押しかけたらおちかの身体《からだ》に障るからだろう。しょうがないよ。わたしは今はまだ三島屋の身内じゃないから、賓客《ひんきゃく》待遇で別格なんだ。菱屋からもお祝いを言付かっていたし」

ぎりぎりぎり。富次郎の歯が鳴る。そっちの方がよっぽど嫉妬《やきもち》が焼ける。

「そう、おちかに会ってきたからこそ、おまえを呼び出そうと思ったんだ」

ここまでのやりとりなどカラリと忘れたふうに、伊一郎は親密な兄さんの顔になった。

「瓢簞古堂には、飯炊きの婆さん女中しかいないんだってな。知ってたかい？」

富次郎はぎりぎりぎり。

「祝言のときは、けっこう女手が多かったが、あれはあのときだけ都合したんだろう。気づかなくって、わたしも抜かったもんだ」

ぎりぎりぎり。だから何だよ。

「おちかの今後のことを思ったら、家のなかの仕切りに慣れた女中が一人か二人ほしいところだ。おまえはそのへん、わたしより気が利いてまめな気質《たち》だから、おっかさんと何か相談してないかと思ってさ」

ぎりぎりぎり。強く歯を食いしばり過ぎて顎《あご》が痛く、富次郎はすぐにはしゃべれない。

伊一郎は一人で続ける。「わたしは、いっそ三島屋からおしまを遣ったらどうかって思いついたんだが、おまえ、どう思う？」

「とっくに思ってたよ、そんなこと！」

富次郎が喚《わめ》いたので、茶汲み娘も相客たちも、びっくりしてこっちを見た。

「……まだ、おっかさんには話してない。おしま本人は、すぐにも行きたがってる」

伊一郎は富次郎を見つめたまま、うんうんとうなずきながら、手を上げて茶汲み娘を呼んだ。

赤い前垂れは、いそいそとお代わりを持ってきてくれた。

「ありがとうよ」

「どうぞごゆっくり」

前垂れの色が映ったみたいに赤い頰をしている茶汲み娘は、お多福顔だけど愛らしい。

「もう、おしまとは話がまとまっているのか。さすがは富次郎だな。じゃあ、おまえからおっかさんに持ちかけてみてくれないか。わたしが言い出すと、上から言うことになっちまって気まずいから」

この感覚は、富次郎にはわからない。やがて跡を継ぐ長男は、おかみよりも上。

「わかったよ。だけど、おっかさんがどう言うかはわからない。意外と、そういう出しゃばりはいけないと怒るかもしれないし」

「もしも怒ったら、それこそおまえの出番じゃないか。とりなして説きつけておくれよ」

「あっさり言うなよ。大変なんだよ」

「大変なのはわかっているさ」

伊一郎の顔に、さっきまでの薄い笑みではない、本物の笑みが浮かんだ。

「わたしには無理だ。愛嬌《あいきよう》も思いやりも足りないからな。頼りにしてるんだよ、富次郎」

調子のいいことを言ってさ。業腹だから、串団子もお代わりしてやった。

「おちかと勘一……いい夫婦《めおと》だなあ」

伊一郎は、茶汲み娘に頼んで、三杯目に桜湯をもらった。塩漬けの桜の花が、過ぎてしまった今年の春の香を思い出させる。それを傾けながら呟《つぶや》いた。

「いつか誰かと添うなら、わたしもああいう夫婦になりたい。しみじみ思ったよ」

富次郎は、団子を嚙みながら口を尖《とが》らせるという器用なことをやっていた。

「何だよ、おかしな顔してさ」

伊一郎は富次郎の肩をぽんと叩いた。

「あんな羨ましい手本がいるんだ。わたしもおまえも、男子一生の仕事だと心得て、いい嫁を探そうじゃないか」

「ふぁい、ふぁい」

「だから、食べながらしゃべるんじゃないよ。おとっつぁんだって、どんなときでも共に苦労を背負《しょ》ってくれるおっかさんがいたからこそ、振り売りからあそこまでの身代を築くことができたんだ。嫁は大事だぞ、嫁は」

ばかに力を込めて言う伊一郎であった。

茶見世の前で左右に別れたあと、通油町の方へと帰ってゆく兄の背中を振り返って、

——兄さん、やっぱり縁談がきてるんじゃないのかなあ。

そう思って、富次郎はおくびを嚙み殺した。いかん、団子を食い過ぎた。

*

案ずるより産むが易し。

「実はあたしも、おちかは頼りになる女手がほしかろうと思っていたところさ」

富次郎が女中の話を持ちかけると、お民は怒るどころか、そう応じてうなずいた。

「今のままだと、お産よりだいぶ前にこっちに里帰りさせないと不安だし、でも勘一さんにそん

なことは頼めないし」

母と息子は腹を割って話し合い、富次郎はおしまが瓢箪古堂へ行きたがっていることも、伊一郎がこの件を案じていることも、つるつる打ち明けてしまった。

おしまのことはともかく、伊一郎のことでは、お民は驚いた顔をした。

「へえ……。世間様に揉《も》まれただけのことはあったねえ。昔の伊一郎だったら、自分からそんなことに心を砕いたりしなかったよ」

え？　そうかなあ。富次郎にとって伊一郎はいつも気が利いて察しのいい、頼れる兄さんだった。

「まあ、そのへんは、あんたももう少し世間様に揉まれたらわかるだろう」

話をまとめて、お民は、おしまとお勝を呼び寄せた。

「おしまを欠いたら、当分のあいだはお勝が一人でもろもろ背負うことになる。新しい女中を入れたって、慣れるまではかえって大変なくらいだからね。お勝の意見も聞いてやらないと」

もちろん、お勝も手を打って賛成してくれた。

「おしまさんがお嬢さんのそばに行ってくれるなら、枕を高くして眠れます」

蓋《ふた》を開けてみれば、みんな同じように案じていたのだった。

「それじゃ、瓢箪古堂さんにはどんなふうに持ちかけようか」

亭主の勘一に持ちかけるのではなく、瓢箪古堂という「家」に持ちかけるのだ。

誰よりも早く、いつものようにおっとりと、まなじりにはかすかな色香をにじませて、口を開いたのはお勝であった。

「おしまさんが逐電すればようございます」

おしまが（ものの喩《たと》えとして）裸足で着の身着のまま、三島屋から三丁ばかり（一丁は約一〇九メートル）離れた瓢簞古堂まで走ってゆけばいい。そして店先に座って手をついて頭を下げて、

「勝手ながら、三島屋を立ち退《の》いて参りました。どうぞお願いでございます、若おかみのおちかさんにお仕えさせてくださいまし」

三島屋の主人《あるじ》とおかみには、出過ぎた真似だと叱られた。小旦那の富次郎にも止められた。でも、どうしてもおちかのそばにいたい。お願いでございますお願い申し上げます、後生でございます！

「許してもらえるまで粘れば、大丈夫、丸く収まりますわ」

「おしま一人が悪者になるけれど……」

「先様に許していただけるまでのことですもの、かまいませんわよね、おしまさん」

「ええ、磔獄門《はりつけごくもん》になったってかまうもんですか！」

誰もそこまでしやしないよ。

「あとのことは、わたくしが身を二つ三つに割いても何とかいたします。善は急げと申しますし、こういうことは周到に打ち合わせると、かえってぼろが出てしまうものですから、おしまさん、思い立ったが吉日、すぐにでも瓢簞古堂さんにいらっしゃい」

お勝がこんなふうに采配《さいはい》を振るのは、これまでにないことである。おかみのお民がそれに乗っかって、ふむふむと鷹揚《おうよう》にうなずいているのも、富次郎には驚きであった。

という次第で、おしまはその日のうちに逐電を果たし、瓢箪古堂の店先で地べたに座って口上を始めたら、奥から飛んできた勘一とおちかの若夫婦に引っ張り起こされた。

「承知しました、わかりましたから、ご勘弁ください。うちで雇います！」

「おしまさん、ありがとう。叔父《おじ》さん叔母《おば》さんには、あとでお詫《わ》びに伺います」

勘一は赤くなって汗まみれ、おちかは笑いながら涙ぐんでいたとか。

事が収まると、富次郎は小僧の新太《しんた》を呼んで、菱屋へ使いにやった。

「おしまが瓢箪古堂の女中になりましたって、兄さんに伝えておくれ」

戻ってきた新太は、伊一郎から結び文を預かっていた。開いてみると、「呵々《かか》」と二文字書かれていた。

「嫌な兄貴だよ、気取ってさあ」

富次郎はその二文字の横に、赤子を守ってくれる縁起物の犬張り子の絵を描き足した。

お勝は本日の黒白の間の床の間に、芒《すすき》と桔梗《ききょう》を取り合わせて活《い》けた。花器は雨樋《あまどい》の一部を切り出したような形をしており、釉薬《ゆうやく》のおかげでいい案配に艶《つや》やかで、色合いはちょうど栗の皮のようだ。

秋の取り合わせである。旨いもの好きの富次郎には、喜びの多い季節の色。

しかし、その床の間を背にして上座についた新たな語り手は、栗の皮といい勝負なほどにこっくりと日焼けしている。顔と額だけでなく、肌の見えるところは全部栗色だ。これは昨日今日の日焼けではなかろうし、たぶん潮焼けも重なっている。そのせいで肌が傷んで、目元や口元に縮《ち》緬皺《りめんじわ》がいっぱいだ。

　またぞろ外見から歳の見当をつけにくい語り手だが、先日の餅太郎とは違って、顔が明るいし、挨拶の声音も元気だ。今はぱっちりした目を瞠《みは》って、黒白の間のなかを珍しそうに見回している。三十路《みそじ》よりも手前だろう、つまりは立派な中年増《ちゅうどしま》だが、なかなか愛らしい女《ひと》だ。

　瓢簞古堂へ押しかけ奉公に行ったおしまの穴埋めに、三島屋には新しい女中が二人入った。一人はお民に近い歳、一人はその娘のような十四歳。二人とも住まいが三島屋に近いから、当面は通いとなる。仕事についてはお民とお勝で教えているが、なにしろやることが多いので、教える方も覚える方も忙しい。

「そこで、これを境目《しお》に、変わり百物語のお客様は小僧の新太に応対と案内《あない》を務めさせたいと思いますが、小旦那様のお許しをいただけましょうか」

　と言い出したのは、番頭の八十助だった。他所《よそ》のお店ならとっくに「大番頭」と呼ばれて然るべき三島屋の柱だが、なぜか本人がそういう仰々しいのを嫌い、「番頭さ〜ん」「はいはい、ただ今」で済ませている。変わり百物語でも、最初のうちは八十助が語り手を黒白の間に案内する折もあったそうだ。

　その八十助が言うのである。

「この際、奥へお通しするお客様のあしらいを、きっちり新太に仕込んでおきたいと存じます」

　反対する理由《わけ》がない。うん、いいよ任せたと軽く返答した富次郎だが、当の小僧の新太は、いきなり当たった語り手がこの栗色の中年増さんで、よっぽど面食らったのだろう。案内を済ませて下がるときも、まだ目をぱちくりさせていた。

語り手は髪を丸髷《まるまげ》に結い、着物は縞の薗織《めいせん》に黒襟をかけている。帯はかなりくたびれた昼夜帯《ちゅうや》で、足元は裸足だ。足袋《たび》をはいていない。

一応は外出着だけれど、質素な身なりである。髪も丸髷を結い慣れていない感じで、本人も鬢《びん》のあたりが攣《つ》れて気になるのか、ときどき指で触れている。朱色の漆塗りの櫛《くし》も、赤い珊瑚《さんご》玉のついた簪《かんざし》も、お行儀よく収まっているが、借り物臭い。

きっと普段は一つ結びかお団子にしていて、髪飾りなどつけないのだろう。そうして屋外で、お天道様の下で働く仕事をしているのだ。

――漁師のおかみさんかな。

佃島《つくだじま》あたりでも、神田三島町の三島屋の変わり百物語が評判になっているとしたら嬉しいことだ。あるいはもっと遠く、日本橋《にほんばし》の魚河岸へ鯖《さば》や鰹《かつお》を運んでくる高速船《はやぶね》が、帰りの空船《からぶね》で鎌倉《かまくら》や館山《たてやま》にまで変わり百物語の噂を運んでくれているとしたら、これはもう天井に届くほどに鼻高々になっていいぞ。

「……でございましょうかね」

は？　富次郎は我に返った。語り手に、何か問われたようだ。

「すみません、何とおっしゃいましたか」

問い返されて、語り手は恥ずかしそうにまばたきすると、顔をうつむけた。けっこう立派なおでこが目立つ。もちろん、そのおでこもむらなく日焼けしている。

「おらのような山出しがおじゃまして、本当によろしかったんでございましょうかね」

自分を「おら」と言う。これだけで、市中の女《ひと》ではない。

「わたしどもの変わり百物語では、様々な話を集めております。語り手が町中《まちなか》の商人《あきんど》ばかりではつまりません。お武家様ばかりでも気詰まりでございます」

言って、富次郎はにっと笑ってみせた。

「それにあなたは、どちらかと言ったら山出しではなく、海出しのようにお見受けしますが」

山出しという言葉は田舎者をさすが、海出しなんて言葉はない。つまらない地口である。だが、語り手はぽかんとして富次郎を見つめたあと、弾《はじ》かれたように笑い出した。

「若旦那さん、洒落《しゃれ》がうまいですねえ」

ころころと、声を転がしてよく笑う。

「やっぱり、おら、こんだけ焼けてると、年がら年じゅう潮風にあたってるって、わかっちまいますかねえ」

「いや、失礼なことを申しました」

富次郎は丁寧に頭を下げた。

「しかし、わたしの地口は当たっていたわけでしょうか」

「へえ。けども……」

語り手はまた目をくるりとさせて、いたずら小僧のような顔をした。

「兄サもおらも、魚を捕ってるんじゃねえ。うちのあたりじゃ海苔《のり》の養殖も多いけども、それも違ってます」

魚でも海苔でもなく、海に出てるの？

「じゃあ、何だろうな。当てて見せましょう。ちょっと待ってくださいね」

富次郎が芝居がかった腕組みをしてみせると、語り手は慌てたように、

「あのぉ、〈阿和利屋《あわり》〉のおかみさんからは、こちらの百物語じゃ、ぜんぶ本当のことを言わなくってもいいって教わってきたんですけど」

「へ？　ええ、そうですよ」

「おらたちの生業《なりわい》のことを言うと、場所がわかっちまいそうなんだけど、どうしたらいいですかね」

純朴な困り顔が、また可愛い。

「わかりました。そしたら、あなたがわたしに明かしてもいいと思っていることを、まず片付けていきましょう」

語り手はまた目をぱちくりする。アナタガワタシニアカシテモイイトオモッテイルコト？

「ここでしゃべって、話してもいいことという意味です。バレてもいいこと」

「あ、はぁい」

語り手がうんうんと強くうなずくと、珊瑚玉の簪がつと動いた。

「さて、先ほどもご挨拶しましたが、わたしは当家の変わり百物語の聞き手を務める富次郎と申

します。跡取りではない気楽な米食い虫の次男坊ですから、どうぞ小旦那とお呼びくださいね」

「へえ～、小旦那さん」

「あなたのお名前は伺ってもいいでしょうか」

「おら？」語り手は指で鼻の頭を押す。「とびといいます」

とび？　また変わった名前だ。

「兄サには、とンびって呼ばれてました。その方が調子がよくって呼びやすいからね」

確かにそうだ。おい、とンび、そこの網を取っておくれよ。

「おらを産んだとき、おっかあはえらい安産だったそうで、産気づいてから半刻とかからなかったって」

んん。どうして話がそっちにいくか。

「おっかあは、産み月に入るとずっと、飛び魚の羽根を帯のあいだに挟んでたんですよ。そうすると、安産になるからね」

へえ！　富次郎には初耳の話だ。やっぱり海辺の村で流布している俗信《いわれ》だろうか。

「だから、おらの名前もとび。おとびとか、とンびとか呼ばれてる」

なるほど。富次郎は顎を引き、しげしげとおとびを見つめ直した。

安産のお守りの名を持つ人が、ここにいる。

実に有り難い。天のお導きじゃないか。

「わたしの身内に、今、身重の者がいるんですよ」

「へえ、おめでとうございます」

おとびはぴょんと頭を下げておじぎをした。珊瑚玉の簪がさらに動いて、半分ほど丸髷から飛び出してしまった。

「簪が落ちますよ」

指さして教えてやると、おとびは無造作に手のひらで簪を押してもとに戻してしまった。

面白い。それにこの人、最初に思ったよりは若そうである。

「わたし、富次郎は二十二ですが、おとびさんはおいくつですか」

「おら、二十五になります」

それにしては髪も肌も傷んでいる。しかし心は少女のようだ。

「おとびさんにはお兄さんがいらっしゃる」

「はい、いらっしゃ……」

つられたように言いかけて、おとびは慌ててかぶりを振った。

「ってないんですよ。死んじまったんで」

兄を見送って、やっと一年経ったという。

「おらがいつまでもめそめそしてると、兄サが行くとこへ行かれねえから、胸に溜《た》まることがあったら他所へ出かけてしゃべってこ、それにはいいところがあるって」

「阿和利屋のおかみさんが、この三島屋の変わり百物語を紹介してくださったというわけですね」

「へえ」おとびがうなずくと、珊瑚玉の簪がつっと抜ける。

「阿和利屋さんがどんなお店なのか、伺ってもいいですか」

「ああ、海苔問屋さんですよ」

何とかおとびの丸髷から逃げ出してやろうと、「ああ」のところで、珊瑚玉の簪がまたずれる。

おとびはそちらを見もせずに、手のひらで押し込んで、続けた。

「江戸市中にも卸してる大きな問屋さんで」

笑ってはいけない。しかし可笑《おか》しい。富次郎だけが目にしている、今日の語り手の面白みだ。

次の間に隠れて百物語の守《も》り役《やく》を務めているお勝には、これは伝わらないだろう。

「おとびさんは、阿和利屋さん出入りの商人《あきんど》なんですか」

「あきんど……ではねえです」

「お兄さんも」

「兄サは三笠《みかさ》の渡しの船頭をやってて、おらもずっと手伝ってました。あ！」

おとびの目がまん丸になった。

堪《こら》えきれずに吹き出してしまい、富次郎は両手を顔の前に上げて、謝った。

「申し訳ない。おとびさんを笑っているんじゃありません。この変わり百物語で、言うつもりのなかったことを口に出してしまったとき、語り手は皆さんそんな顔をするんです。おとびさんも同じだなあと」

おとびは「へえ～」と応じ、また無造作に珊瑚玉の簪に触れて、髷のなかに収めた。

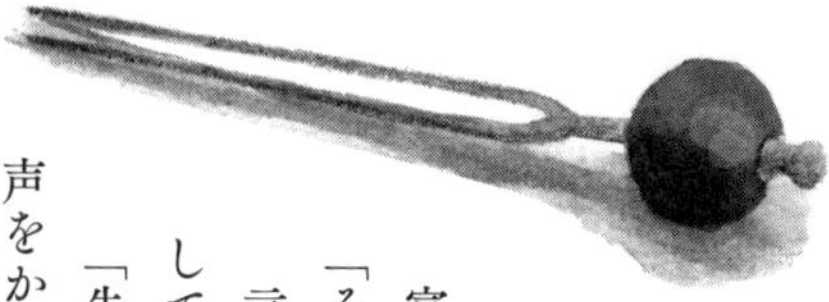

しかし、おとびが手を下げた瞬間に、とでもいうように、いきなり簪が抜けて、珊瑚玉の方を下にして黒白の間の畳の上へ落っこちてきた。

「何じゃこれ、うっとうしいわ」

おとびは気を悪くしている。

富次郎は笑いが止まらない。何とか喉《のど》のところでくっくと堪えた。

「それ、お話が終わるまで、しまっておきましょうか」

言って、富次郎は懐紙を抜き出すと、三つにたたんで差し出した。おとびがきょとんとしているので、

「失礼しますよ」

声をかけておいて座から離れ、珊瑚玉の簪を拾い上げて懐紙で包むと、床の間の端にそっと置いた。

「いい色の珊瑚玉ですね。今日のおとびさんの支度も、阿和利屋のおかみさんがしてくださったんでしょうか」

言われて、思い出したのだろう。おとびは急にそわそわして、自分の身支度を見直した。

「へえ、おかみさんからの借り物だから、どっか汚したり、糸を引っかけたりしてたらいけねえ」

「大丈夫ですよ。でも、もしや足袋をどこかに脱いできたってことは？」

阿和利屋のおかみが、三島屋に裸足で行けと言ったわけはない。

「足袋はきついから、はかなかったんだ」

おかみさんには、行儀が悪いと叱られた。ちゃんとした女は、足袋をはくものだ。

「けど、足を締めつけられてるみてぇで、息まで苦しくなっちまったから」

「そうでしたか。ここでは、ちっともかまいません」

富次郎の言葉に、おとびはほっとしたような顔をした。

「これね、帯だけはおらのなんですよ。兄サが買ってくれたから、形見だからね、よそ行きに、ずっと締めてるんだよね」

くたびれた昼夜帯は、表は黒繻子《じゅす》、裏はだいぶ色褪《いろあ》せて寝ぼけているが、本来は紫の縮緬だろう。よそ行きとしても高価なものではない。これは小娘向きの支度で、たとえ商家の奉公人でも、おとびくらいの歳ならもう少しいい着物と帯を身につけるものだ。兄サとおとびの、つましい暮らしが偲《しの》ばれる。

よし、語りを聞かせてもらおう。

「先に申し上げておきますが、わたしは三笠の渡しを存じませんので、名称を聞いても何処《どこ》かわかりません。ご安心ください」

身支度の話に気が散って、おとびは本筋を忘れていたらしく、ちょっと不審そうな目をした。

それから急に、

「あ、場所のことだ」と言って、遅まきながら手で口に蓋をした。

「はいな。わたしは存じません。そもそも、この変わり百物語で伺ったお話は、語って語り捨て、聞いて聞き捨てが決まりでございます。おとびさんがこの先どんなお話を語っても、聞き取るのはこの富次郎のみ。語りが終われば、この富次郎が聞き捨てにしてしまいます。お話は、ここから外には漏れません。この富次郎、誰にも申しません」

「この富次郎」の度に、ぱん、ぱん、ぱんといちいち胸を叩いて見せた。

おとびは口を閉じたまま、上くちびるを歯で挟み込むようにして、小さく笑った。独特な笑い方である。

「阿和利屋のおかみさんも、三島屋さんはちゃんとしたお店だって、言っとられました」

「ありがとうございます」

「お店のなかで百物語をやってるのは、めっきり変わってるけどもって」

今の「めっきり」は、富次郎たちが使う「めっきり涼しくなった」などとはやや違い、「とても」とか「たいへん」の意味が強いのだろう。どこの訛《なま》りだろうか。

海苔の養殖が盛んなのは、江戸では品川《しながわ》や大森《おおもり》である。しかしあのあたりで「三笠の渡し」なんて聞いたことはない。やっぱり房州《ぼうしゅう》の南の方かな。

「お兄さんは渡し守で、おとびさんもその手伝いをしていたのなら、海苔問屋の阿和利屋さんとはどういう繋がりになるんですか」

迷うふうもなく、おとびはすぐに答えてくれた。「おかみさんと遠縁なんだよね」

「なるほど、ご親戚《しんせき》でしたか」

おとびは強くうなずく。もう丸髷から抜け出すものはいないから、富次郎も落ち着いて見ていられる。

「おかみさんとおっかあが、従姉妹《いとこ》どうしだったんですよ。おかみさんとこは、ずっと海苔の養殖をやってて、うちはひい爺《じい》さんのころから三笠の渡しの船頭だったけども、親戚は親戚だもんで。おっかあは、従妹のお喜《き》代《よ》が阿和利屋さんに嫁ぐって決まったときには、近所じゅうに自慢して触れ回ったもんだそうです。お喜代が玉の輿《こし》に乗ったってね」

海苔の養殖を家業とし、おそらくは一年の大半を海に浸かって働いている娘が、卸問屋にもらわれてゆくというのは、確かに大変な幸運であり、玉の輿であろう。

「阿和利屋のおかみさんの名前は、お喜代さんとおっしゃるんですね」

「へえ。そンで、おかみさんと同じくらい強い運に恵まれますようにって、おっかあは兄サに、喜《き》代《よ》丸《まる》って名前をつけたんだ」

○丸、○○丸というのは、代々三笠の渡しを守ってきたおとびの家で、渡し船とそれを操る一家の男衆につける名称なのだそうだ。

「兄サは喜代丸で、兄サの船はとび丸」

「それも飛び魚のとびですか」

「へえ。兄サが操ると、満潮で条川《くめがわ》が乱れてるときなんか、船が飛び魚みたいに流れを飛び越すんだよね」

おとびは両手を動かして、荒ぶる流れと、その上をざばっと越えてゆく船の動きを表してくれた。

「そンでも、乗ってるお客さんはめったに顔を濡《ぬ》らさねえ。大した腕前でした」

条川という川の名称が出てきた。そのあたりでは海苔の養殖が盛んだというのだから、三笠の渡しはおそらく河口の近くにあるのだろう。潮の加減によっては川の水と海の水が混じり、水位や流れが変わる。船頭にとっては、なかなか難しい渡しなのではないか。

「やっぱり、わたしにはまるで場所の見当がつきませんので、伺ってもいいかなあ。三笠の渡しという名前の由来はあるんですか」

おとびは素直にこっくりした。

「川の流れのなかに、笠を伏せたみたいな形の岩が三つあるんですよ」

その三つの岩が、条川の水量や流れの強弱で、川面《かわも》に現れたり隠れたりする。

「条川は水神様の住まいなんで、笠岩を通していろいろなお告げをくださるんだよね。たとえば、梅雨入りに笠岩が三つとも現れて、それが三日続くと、その夏は干魃《かんばつ》になる。冬の初めに笠岩が二つまで凍りつくと、その年は大雪になる」

ふむ、面白い。

「ひい爺さんに聞いた話だと、昔、三つの笠岩に何とかしてしめ縄を渡そうとして、いろいろ工夫してみたんだけども、うまくいかなかったって」

最後には、神官を乗せた渡し船が覆り、船頭も神官も水に呑まれて、亡骸《なきがら》はとうとう上がらなかったそうである。

「笠の形をした岩なんでしょう。それじゃあ縄を縛りつけても、すぐに抜けてしまうよね」

それでもやろうとしたのは、水神様の住まう条川は清らかな場所だと示したかったからなのだろうに、気の毒な話ではある。

「あと、三笠の渡し守は、どんなことがあったって、三つの笠岩に船をぶつけちゃならねえんです。もともと笠岩は、水神様のお身体から剝《は》がれ落ちた鱗《うろこ》だからね」

「じゃあ、条川の水神様は、魚なんだね」

「いんや、水蛇ですよ。小旦那さん、蛇にも鱗があるんだよ」

知ってるよ。すぐ思いつかなかっただけだよと思いつつ、癪ではない。真面目に教えてくれる、おとびの眼差《まなざ》しの明るさ故に。

「水蛇ね。さぞかしでっかい蛇なんだろうなあ」

「条川の源流に頭があって、河口から広がる平らかな海の底のどこかに、尾っぽの先が隠れてる。それっくらい大きな水蛇だよ」

海苔の養殖場は、その平らかな海を利用して作られているのだという。

「養殖場よりも沖を回って通る船はいるけども、養殖場のなかを横切る船はあっちゃならねえと止

められてるから、三笠の渡しは、どんなに船を操るのが難しくても、なくせねえんです」

「船が養殖場のなかを横切ると、海苔が傷むから駄目なのかな？」

「ちがうちがう。せっかく粂川の水神様によって浄《きよ》められた水が流れ込んでるのに、そこを人気《じんき》がよぎっちゃ台なしだからですよ」

ははあ。養殖だって人手を介するのだから、とっくに人気はよぎっていると思うのだが、

「きれいな水を、船が通ることでかき回したら畏《おそ》れ多いということなんだろうね」

オソレオオイ。うん、と納得したみたいにおとびは口を一文字にしてから、

「あの養殖場の海苔は、お城にも献上してる。お殿様も粂川の水神様を拝んでいらっしゃる。あそこで採れる海苔は、水神様からのお下がりになるんだよ」

それを聞いて、今度は富次郎がうんとうなずいて納得する。なるほど、わかってきた。

「だから、扱いにはうんと気をつけなくっちゃならねえ。おらなんかが生まれるよりずっと昔にお達しがあって、それっきり誰も破ったもんはいません。破ったら磔だよ」

依然として場所の見当はつかぬままではあるが、おとびの故郷《くに》における海苔の養殖は産業として重要であること、その産業を守ってくださる粂川の水神様への信仰があること、それは土着の民のものではなく、藩が主導していること——などが呑み込めてきた。

「そうすると、三笠の渡しを守る船頭の役割は重たいものだよね。それを代々務めてきたおとびさんの家は、実はたいそう立派な家なんじゃないのかなあ」

おとびの顔から表情が抜けたので、「立派」という言葉の意味が通じなかったかなと、富次郎

は思いかけた。

しかし、おとびは表情を消したまま、ぼそりとこう呟いた。

「早死にしちまうんだけどね」

え。

「うちの男衆はみんな短命なんだよ。粂川はむつかしい川だから、竿《さお》を誤るとあっさり命を落としちまう。長男が死んで、次男が跡を継いでまた死んで、三男まで死んでってこともあるくらいだよ」

おとびの兄・喜代丸も一年前に死んだと聞いたばかりだ。

「喜代丸さんは、いくつで亡くなったの」

「二十六でした」

「今さらながら、お悔やみ申し上げます」

富次郎は姿勢を正して頭を下げた。

「そしたら、喜代丸さんの跡は……」

「勝丸《かちまる》って、弟が継ぎました。おらより三《みっ》つ若いけど、もう所帯を持ってて、嫁子《よめご》が男の子を二人産んでるから、跡継ぎもいます」

「あ、そうなのね」

富次郎はへなへなと安堵《あんど》した。何だろう、まだこれだけのやりとりなのに、おとびの一族に思い入れを持ってしまっている。

「じゃあ、おとびさんは今、勝丸さんの手伝いをしているんですね」

「大したことはしてねえけど」

客の乗り降りに手を貸したり、荷物を載せたり降ろしたり、道具を手入れしたり、待合場と桟橋まわりを掃除したり、細かな仕事は多いという。

「川のあっちとこっちと、二つの待合場と桟橋があるからね。片っぽを船頭の娘が、片っぽを嫁子が受け持つんですけど」

喜代丸が渡し守のときは、対岸の雑事は勝丸が受け持っていたそうだ。

「兄サはずっと独り身だったもんで」

頑《かたく》なに、嫁をもらおうとしなかったのだそうである。

「おらは慣れてて気にしなかったけども、兄サは言葉がぬぐるときがあって」

ぬぐる。「言葉が抜ける？」

「ちがうちがう、えっと……すんなり言葉が出てこねえんですよ」

言葉に詰まる、言葉がつっかえる。そういう意味か。

「本人は気にしてて、めったにしゃべらねえから、愛想のねえ人でした。顔も不機嫌そうでね。うちの者《もん》は、兄サがホントに怒ったところなんか一度も見たことないのに、顔だけはいつも怒ったみたいだから、損してたんだよね」

——おれは女に嫌われる。縁談も、無理矢理まとめてもらっちゃ、相手に気の毒じゃ。

「三笠の渡し守の嫁になるってことは、何が何でも男の子を産まにゃならねえし、早くに後家になるって決まったようなもんだ。渡し賃は安いし、半分は冥加金《みようが》としてお城に納めちまうから、貧乏だしね」

まあ、得なことはない。

「そンでも、昔からある大切な役目だから、村のなかじゃいい顔ができるし、大事にしてもらえるもんで、縁談も持ってきてもらえるんだよ。なのに、兄サはそれをみんな蹴《け》っ飛ばしちまってた」

富次郎は考えた。ここまで聞く限り、三笠の渡し守は一種の神職のように思える。この一家の男しか、水神の住まいである粂川に漕《こ》ぎ出すことはできないのだ。輪番で、村祭りの神官役が回ってくるのとは大違いである。

その意味で、おとびの家はかなり由緒正しい特別な家であるはずだ。そこには藩主（城主）の信仰という裏付けもあり、だから大切に遇されるのだろう。それは金銭に置き換えられぬ価値であり、貧富とは直《じか》に結びついていないからこそ俗に堕《お》ちず、尊《たっと》ばれる。

それにしても……と、富次郎は感じ入った。世の中というものの、何と広いことよ。

胸の奥で、先《せん》の語り手の餅太郎の話を思い起こしてみる。あれも人と土地神の絆の話だった。あらゆる土地で、あらゆる人びとが、何らかの形で神の加護を必要としている。その神を祀《まつ》り仰ぐために、独自のやり方や決まり事を定めている。

人の定めた決まり事は、人の心の向きが変われば容易に覆されてしまう。ろくめん様は、新たな領主の意に染まらなかっただけで、踏みにじられてしまった。

そこからさらに考えを進めるならば、そもそもある神様のお姿や御力《みりき》からして、人が思い描いて初めて生じるものではないのか。人の願いがあってこそ、神々もまた定まるのだ。

こういうことは、一人で考えていてもつまらない。今度、瓢簞古堂の勘一の意見を聞いてみよう。あいつは本読みで物知りだからな……と頭の隅に置いて、そんな自分に驚いた。

おちかが嫁いでからこっち、こんな感じで気軽に勘一を頼ることを忘れていた。

立派に嫉妬《やきもち》を焼いていると、伊一郎には喝破された。そうだよそうだよそうですよ。つまらなかったんだ、寂しかったんだ。

急に恥ずかしくなってきて、顔がかあっと熱くなり、富次郎は一人で汗をかいた。

「小旦那さん、暑いんかな」

気がつくと、おとびがこっちを見ている。

「どっか障子を開けますか」

「とんでもない、語り手をお使い立てするわけには参りません。おとびさんは暑くありませんか」

「小さいときから川っぱたで働いてきたから、暑いも寒いもあんまり感じねえ」

そういう暮らしも、広い世の中にはある。

「話の腰を折ってばかりで、本当に申し訳ない。えへん！」

咳払《せきばら》いを一つ、富次郎は座り直した。

「おまけにわたしときたら、お茶もお菓子もお出ししてないじゃありませんか」

これからは、ここで供する茶菓も富次郎が一人で采配することに決めたのだ。自分でそう言い出したのに、おとびの栗色の顔に見惚れて話に引き込まれ、失念していた。

「何だよ、鉄瓶の湯が温《ぬる》くなっちまってる。お菓子は栗羊羹《ようかん》、秋ですからね」

まめまめしい富次郎に、おとびはまたくちびるを隠すような笑い方をして、言った。

「おらの話にも、秋のものが出てくるんだよ。野分《のわき》と、栗の毬がね」


この秋、二つ目の野分が来て去った。

今度の野分は風が強くて雨は少なかった。大潮で河口からせり上がろうとする海の流れと、西から吹き下ろして川の水を河口へと押しやる風の力で、粂川は一昼夜、まさしく大蛇《おろち》のようにうねりにうねった。

渡し止めは一昨日《おととい》から決まっていたので、こちらの待合場にも対岸の待合場にも、客の姿はない。粂川の水は深い蒼《あお》色で、今は緩やかな波紋を浮かべながら悠然と流れている。普段よりもその流れの足が速いということは、笠岩のまわりに立つ泡の跳ね具合を見慣れていないと、なかなかわかるものではない。

桟橋に立ち、首に巻きつけた手ぬぐいの端と、膝《ひざ》丈の筒袖《つつそで》の裾《すそ》をはたはたさせながら、喜代丸は身じろぎもしていない。おとびはいつも不思議に思う。兄サは棒っきれみたいに痩《や》せてるのに、野分の吹き返しのこの風のなかで、どうしてああやって岩みたいに突っ立っていられるんだろう。

見守っているうちに、喜代丸が踵《きびす》を返して、桟橋からこっちへ降りてきた。

「兄サ、どう?」

待合場の前から、おとびは大声で呼びかけた。

喜代丸は、黙っておとびの背後の空を指さした。

おとびが後ろを振り仰ぐと、濃い灰色の雲の塊が浮かんでいた。吹き返しの風に空を流れる雲の群は千切れ、どんどん小さくなって東へと押し流されて、眩《まぶ》しい朝の青空が広がってゆくのに、その小山のような灰色の雲だけは頑固に形を保っている。

「あれが消えちまうまで待つんだね？」

おとびの呼びかけに、喜代丸は手をひらりとさせると、口をきかぬまま、待合場のなかに入っていってしまった。

三笠の渡しは、この土地の交通の要所にある。商人や旅人、巡視の役人、農民に漁師、もちろん海苔の養殖業者。様々な人びとが、この渡し船に乗って粂川を行き来する。だから、川を挟む二つの待合場には、吹き流しを揚げるための柱があった。

赤い吹き流しは、渡し止め。黄色い吹き流しは、まもなく渡し止め。青い吹き流しは、渡しの再開。何もないときは、白い吹き流しを揚げておくのが決まりだ。

この吹き流しは、渡し守の筒袖と同じ形をしており、渡し守の家の女たちが縫い、手入れすることになっている。野分が通り過ぎるまでのあいだに、おとびは青い吹き流しの汚れを落として繕《つくろ》っておいた。今度の渡し止めはそう長く続かない。風音から、自分なりにそう占っていたのだが、兄サの読みにはかなわないし、それで当たり前なのだ。

あの頑固な雲が消えて、おとびが青い吹き流しを揚げたら、風雨が強いうちは対岸に引き揚げておいた渡し船「とび丸」を、弟の勝丸が漕いで戻ってくる。こっち側は桟橋の近くに岩場が連なっていて危険だし、お客を乗せる前に船頭だけで乗ってくることで、渡りの安全を確かめることもできるから、渡し止めのときは、船は必ず対岸に置いておくのだ。

もしも渡りの再開が早すぎて、船が転覆してしまったら、勝丸はおだぶつである。

――いちいち命がけだよ。

そういう家業なのだ。誰を恨むこともできない。それに、おとびは兄サの仕事を手伝い、日に何度も兄サの背中を見送り、戻り船の兄サに手を振る今の暮らしが好きだった。

渡し守の家は、このあたりでは一目も二目も置かれている。おとびは名前の由来からして安産の子だくさんになりそうだし、働き者であることは近隣の村々に知れ渡っていたから、十四、五にもなると縁談がいくつも舞い込んだ。そのうちの一つを受けて、粂川を渡った先の宿場町の問《とい》屋《や》場《ば》へ嫁に行ったのに、一年足らずで三行半《みくだりはん》を突きつけられて、実家へ戻る羽目になってしまった。

おとびの亭主だった男が言うことには、

――あれだけ色が黒いと、もののけみたいに見えておっかないんだ。

子供のころから桟橋や待合場で働いてきたおとびは、お天道様の光を浴びて肌が焼け、川面の照り返しで焼け、河口から吹き上げてくる潮風で焼けて、こんがりしている。

焼けた肌が気色悪いというのなら、最初から縁談なんか持ってこなきゃよかったのに。

――おとびが暗がりにいると、こっちから明かりで照らしても、白目と前歯が見えるだけなんだよ。そのたんびにぎょっとして、おれは寿命が縮んじまうよ。

亭主だった男にさんざんに言われ、舅《しゅうと》姑《しゅうとめ》だった人びとには厄介がられ、仲人役の夫婦も怒るよりは苦笑いをしており、おとびは呆《あき》れてしまって、小さな荷物を背中にくくりつけてさっさと帰ってきたのだった。

おっかあには叱られた。弟のくせに勝丸は生意気で、ちっとは色白になる工夫をしたらいいんだと説教してきたから、泣くまで耳たぶをつねり上げてやった。

味方になってくれたというか、おとびを責めようとしなかったのは、喜代丸だけだ。

「戻ったか」

それだけだった。

出戻って、そのごたごたのほとぼりが冷めると、おとびにはまたいくつか縁談が舞い込んだ。だが本人は、「嫁ぐ」ということを一からやり直すのが億劫《おっくう》になってしまった。もちろん、問屋場の元亭主の心ないふるまいに、傷ついてもいたのである。

その後も、喜代丸は、できれば早く再縁した方がいいと説教するおっかあや弟を、

「うるせえや」

その一言で黙らせてくれた。

そうこうしているうちに年月は経ち、おっかあは身体が弱って呆気《あっけ》なく死んでしまい、勝丸は好いた娘を嫁にもらって、すぐ元気な男の子に恵まれた。

二十歳《はたち》を過ぎたおとびには、縁談も来なくなった。そのかわりのように、喜代丸にはひっきりなしに釣書が持ち込まれ、仲人口をききたい者が訪れた。誰が押しかけてこようが、

「嫁は要らねえ」

　喜代丸は鼻先であしらっていたが、いっぺんだけ村長《むらおさ》の妻が来たときには、

「三笠の渡しの跡継ぎには弟がいるし、甥《おい》もできた。おれは一人でいい」

　とつとつとそう言って、断った。

　子供のころから言葉がつかえがちで、大人になるといっそう寡黙になった喜代丸にしては、一生に一度くらいのまとまった発言であったから、その場に居合わせたおとびも勝丸もびっくりした。もちろん、その言葉の重みも充分胸にこたえた。

　さらに、喜代丸はこう言った。

「おれは小心者だで、嫁や子を持ったら、命が惜しくなっていかん」

　年じゅう風雨にさらされ、お天道様と潮風に焼かれて肌は褐色。その頰は鋭く削《そ》げ、耳の端まで水気が吹き飛ばされて干からびている。おせじにも優男ではなく、かといってあっさり醜男《ぶおとこ》と一言では片付けられない凄《すご》みがあり、愛想のない言葉はときどきつっかえて、余計なことは言わないが、必要なことも言わない。

　そんな兄サが、胸の内でこんなふうに思っていたとは知らなんだ。

　村長の妻がしぶしぶ帰っていった後、喜代丸がいないところで、おとびはちょっと泣いてしまった。

「……兄サが可哀想だ」

　勝丸も神妙な顔をしていた。「おれも、もしも兄サの代わりを務めることになったら、命は惜し

いや。本気でそう考えたことはなかったけども、それはやっぱり、おれは兄サじゃねえからな」

しかし、それはこの家の宿命だ。

「姉サ、泣くくらいだったらば、早くどっかへ縁づいて、元気な男の子をぽこぽこ産んでくれや。先々心強くなるからさ」

え、そっちに話を持っていくのはずるい。だけど確かにそのとおりだ。おとびが返答に困っていたら、二人のうしろから喜代丸の大きな声が降ってきた。

「おとびも勝丸も、やりたくねえことは、せんでいい」

姉弟《きょうだい》が飛び上がって振り返ると、喜代丸は言うだけ言い捨てて、さっさと消えた。

「今のは、ぬぐってなかった」

「用があって大きな声を出すときは、ぬぐらねえんだよ。渡し船を操ってて、お客が危ねえ真似をしたときなんかもさ」

鋭く一喝して、ちゃんとわかるように言い聞かせる。そういう時の喜代丸の物言いは、見事なものなのだ。

「だいたい、兄サはがんじょい（真面目で優しい）気質《たち》なんだ。長男でなかったら、渡し守にもならんで、養殖場で筏《いかだ》の手入れなんかを黙ってやって、いい働きをしたろう」

きっちり兄の人柄を見抜いていた勝丸も、お調子者ではあったがバカではないし、家族想いだった。おとびにあんなことを言う一方、忌々しい問屋場の元亭主が、自分は再縁して子持ちになってよろしくやっているくせに、いまだにしつこくおとびの色黒を酒の席などで肴《さかな》にして嘲笑《あざわら》っているることを知ると、親しい仲間を引き連れて乗り込んで、ぼっこぼこに殴って詫び証文を書かせてもぎ取ってきた——というのは別の話だ。

やりたくねえことは、せんでいい。

正直、おとびはもう嫁に行きたくない。喜代丸は嫁など要らない。ならば、二人で助け合い、三笠の渡しを守って暮らしていくのがいい。一年、二年、さらに一年。兄妹《きょうだい》の暮らしは揺るぎないもの、変化の起こりようのない日常へと固まっていった。野分の風にも、やすやすと耐えられるものに。

その日、おとびが青い吹き流しを揚げたのは、お天道様が中天にさしかかったころだった。空が晴れてくると、渡しの再開を恃《たの》んで両岸の待合場にはお客が集まり始めていたので、いざ、こっちの岸から喜代丸が最初の船を出したときには、ほとんど満員だった。

「お気をつけておいでなさい。水神様のご加護がありますように」

おとびは桟橋に立ち、流れに漕ぎ出してゆく船に、深々と頭を下げた。で、身を起こしかけたとき、いきなり右手から吹きつけてきた一陣の突風によろけて、危うく桟橋から落ちそうになった。

対岸から船を持ってきたとき、勝丸も言っていた。この吹き返しは気まぐれで、ちっと用心が要るぜ、兄サ。やんだと見せかけといて、夜襲みたいに吹いてきやがる。

——こんな昼間に、夜襲があるか。

兄サはそう言っていたけれど。

幸い、行きの船は何事もなく対岸についた。今度は向こうの客を乗せて戻ってくる。同じように満員である。

船が粂川の半ばまで渡り、二つ目の笠岩を通り過ぎたあたりで、おとびは栈橋に迎えに出た。そこで振り返ってみると、青い吹き流しがほとんど真横になっている。やっぱり、上の方には強い風が居残っているのだ。

渡し船が栈橋に近づいてくる。小舟ではないので、泊めるときにはきちんと縄でもやい、船端をまたぎにくい老人や女子供のために短い梯子《はしご》を渡すのが、おとびの仕事だ。

野分のせいで足止めを食っていた、働く男たちの客が多いなかで、揃いの茜《あかね》色の道行《みちゆき》を着て、小豆《あずき》色のおこそ頭巾《ずきん》をかぶった女の二人連れが目立っている。母娘《おやこ》かな。養殖場の筏主か、網元の家族だろうか。

今日は栈橋につけても船が揺れるので、おとびは客たち一人一人に手を差し伸べた。茜色の道行の二人は、頭巾のせいで目のところしか見えないから、顔が似ているのかどうかわからない。が、先におとびの手にすがって栈橋に降りた方が、

「おっかさん、気をつけて」

と、もう一人に呼びかけた。若い娘の甘い声だ。

「はい、お疲れ様でございました」

母親の方も、おとびが差し出した手に、しっかりとつかまってきて、

「野分のせいかしら、真ん中あたりでざぶんと揺れて、怖かったわ」

おとびにそう声をかけてきた。

「ちょうどそこで水神様が寝返りをうたれたんでしょう。羨ましい、ご新造《しんぞ》さんにはきっと良いことがありますよ」

おとびが明るく切り返すと、母娘は顔を寄せ合って笑った。

この二人だけではなく、三人目の連れもいた。縞の着物を尻《しり》っ端《ぱし》折《よ》りして、藍染《あいぞ》めの脚絆《きゃはん》を着け、埃除《よ》けの合羽《かっぱ》を羽織った。ごましお頭の老人だ。

「じいも気をつけてね」と、娘が呼びかけた。「船端は滑るわ」

こんな良い身なりの母娘が二人きりで遠出するわけはないので、古参の奉公人がお供しているのだろう。じいもおとびの腕につかまって船端を越え、桟橋に立ったと思ったら、汚いものを振り払うかのように手を放した。

こんな仕打ちに、おとびは慣れている。すっかり聞こし召して、握った手を放さぬ輩《やから》よりはましだ。気にせず、次の客の方に注意を向けたとき、桟橋の上でも、とび丸の上でも、一斉に人びとが声をあげて顔を伏せ、身をかがめた。さっき、おとびを転ばせかけたのと同じ、殴りかかるような突風が来たのだ。

風に背中を押されて、おとびはとっさにとび丸へ飛び移った。迷っていたら水に落ちるところだった。舳先《へさき》に立つ喜代丸も手を庇《ひさし》にして顔をかばい、両足を踏ん張っている。

そのとき、桟橋に降りた客たちのなかから、ぎゃっと潰《つぶ》れたような悲鳴があがった。

声だけではない。振り返った瞬間に、そこらでぱっと血の花が咲くのを、おとびは見た。

「どうなすった!」

躊躇《ためら》いもせず、舳先から桟橋へと喜代丸が飛び降りる。おとびもそれに続いた。

悲鳴の主は、合羽を着たじいだった。両手で顔を押さえて、その場にうずくまっている。傍らには茜色の道行の母娘がしゃがみこんでおり、取り乱していた。

「じい、じい、大丈夫?」

「ああ、たいへん。目が潰れたんでしょうか。ひどい血だわ!」

人の輪を分けて三人に近づくと、すぐと事情はわかった。じいの足元に、栗の毬が一つ転がっている。艶やかな黒色に熟れ、二つに割れた片っ方で、当然、中身の実はない。それだって、石礫《つぶて》くらいの重さはある。

こんなものが、さっきの突風に運ばれてきたのである。そして、じいの顔にまともにぶつかったのだ。何とも運が悪い。

「おとび、いったん渡しを止める」

喜代丸の命に、「わかった!」とおとびは待合場の方へ駆けた。背後で、これはきちんと手当てしないとまずい、お客さんは先をお急ぎですかと、喜代丸が問う声がする。

渡し止めを示す赤い吹き流しを揚げると、おとびは薬箱を抱えて桟橋へ駆け戻った。対岸から渡ってきたお客たちは、三々五々街道と宿場町の方へ移ってゆく。桟橋のそばには、あの母娘と怪我をしたじいだけが残っていた。

じいはその場に腰を落として座り込み、喜代丸が手ぬぐいを裂いて顔の傷口に押し当ててやっている。傷は毬の丸い形そのままで、喜代丸がきつく押さえても、手ぬぐいに新しい血がにじんでくる。母娘はおろおろと手をつかねるばかりで、揃って今にも泣き出しそうな顔をしている。

「おとび、傷薬を出せ」

喜代丸がきびきびと命じる。少しもつっかえる様子がないばかりか、男気に満ちた力強い口調だ。

「ぼやっとしてるな。ご隠居さん、血は止まってきたから、もう大丈夫だ」

「さ、災難でしたね」おとびの方が、言葉がつっかえてしまう。「こんな大きな毬ができる栗の木なんか、ここらには生えてねえのに」

このあたりの雑木林のなかで栗の木を見かけたことはないし、桟橋まわりに栗の毬が落ちていたこともない。今日の乗り合い客のなかに八百屋がいて、荷物のなかに入れていたのが転がり出たのだとしても、強風に乗ってあさっての方角から飛んでくるわけがない。

手当ての仕上げに、喜代丸はじいの傷にきれいな晒《さらし》を巻きつけた。半分ほどは晒に覆われた顔に、ようやく弱々しい笑みが戻ってきた。

「渡し守さん、手前はご隠居などという身分ではなく、おかみさんとお嬢さんのお供についてきた奉公人でございます」

「ああ、左様で」

喜代丸は、いつもの無愛想に戻ってしまった。気まずいのをごまかすために、おとびは三人連れにいろいろ話しかけた。母娘も気を取り直してきて、世間話のうちに、三人連れは城下へ行くところだとわかった。急ぎの用があるからこのまま行くというので、おとびは駕籠《かご》を呼んできてやった。

「ご親切にありがとうございました」

丁重な礼の言葉を残し、三人連れが無事に去っていって、待合場には渡しの再開を待つお客たちが溜まり始めた。

おとびには気がかりなことがあった。さっきの栗の毬、さてどこへ転がっていったろう。ちゃんと拾って始末しておかないといけない。川に転がり込んでしまったら、人の血がついているものだから、穢《けが》れになる。

竹製のごみ挟みを手に、桟橋のまわりをぐるぐる探して回ってみたが、件《くだん》の毬は見当たらない。じいの目元から飛び散った血の痕《あと》は残っている（そこにもきちんと土をかけて目立たぬようにした）のに、肝心の毬はどこへ消えたのやら。

――どうしよう。

困《こう》じていると、ぶっきらぼうな喜代丸の声が飛んできた。

「おい、とンび。こいつは何だ」

船端に片足をかけ、顔を歪《ゆが》めている。

「お客の忘れ物か？　こここんなもの、包みもしねえで、も、持ち歩くもんかね」

さっきの勇姿から一転し、言葉がつっかえているのはご愛嬌《あいきょう》だ。

船の右舷《うげん》の中ほど、喜代丸が足をかけているところをのぞきこんだおとびは、

「へえ？　兄サ、これなぁに」

「こっちが、き、訊いてるんだ」

これが何なのか、おとびにはわかる。喜代丸だって知っているだろう。囲炉裏の自在鉤にぶら下げてあるし、毎日使っているものだ。

蓋つきの土鍋《どなべ》である。差し渡しが一尺足らず、深さは二寸ばかり。鍋にしてはけっこうな大きさだが、素朴な土焼きで色も柄もないので、船端にちょこなんと座していても、そんなに目立たない。

そう、この土鍋は転がってはいない。ちゃんと底を下に、蓋を上にして「座って」いる。お行儀がいい。

領内の北部では昔から焼き物が盛んなので、南部海沿いのここらでも、鉄瓶や鉄鍋と並べて、土瓶や土鍋もよく使う。ひびが入ったり、縁が欠けたりした焼き物を修繕する「金つぎ屋」がちゃんと商いになるほどだ。

暮らしの様々な場面で見かける土鍋ではあるけれど、三笠の渡し船のなかに、ちょこなんと現れるとは。

「しょうがねえ、拾っておけ。わ、忘れ物なら、おっつけと、と、取りにくるだろう」

「はいはい」

おとびはいったん船に乗り込んで、両手で土鍋の持ち手をつかんで持ち上げた。丁寧に扱ったのは、もしかして中に何か入っているかもしれないと思ったからだ。食べ物や汁物はもちろん、染料なんかも考えられる。

両手の指でつかんだ一瞬、

——やっぱり。

と思った。土鍋がほの温かかったからだ。そして、慎重に持ち上げた次の瞬間には、

ちゃぷん。

土鍋の蓋の下、鍋のなかで、何か水っぽいものが動く感触がした。

「兄サ、何か入ってる。見てみないと」

喜代丸は面倒くさそうに顔をしかめた。

「持ってて。おらが蓋を開けてみるから」

おとびが土鍋の持ち手をつかんでいるから、喜代丸は両腕で土鍋の底を支えるような恰好で受け取って、

「おぉ？」

抱えた瞬間、身じろいだ。

「う、動いてるぞ」

「兄サもわかる？　魚かな」

おとびは蓋の丸い取っ手をつかんで、そろりそろりと持ち上げる。

「傾かせちゃ駄目だよ」

「早くしろや。こ、こいつ、なんでこんなに重たいんだ？」

大げさだなあ。そこまで重くはなかったよ。おとびは鼻先で笑って、土鍋のなかをのぞきこんだ。空っぽだった。

「中身はないや」

蓋を取って、喜代丸にも見せた。お天道様がさしかけてきて、土鍋の底まで照らしてくれる。

「……さっきは手応え《てごた》を感じたんだけど」

鍋も蓋も、裏返しても逆さまにしても、ただの空っぽのまんまである。

「ふん。片付けておけ」

渡しが再開され、兄妹は忙しくなった。拾った土鍋はおとびが待合場に運んでおいたが、日暮れまで、引き取りに来る者も、探しに来る者もいなかった。

そして奇妙なことに、おとびが待合場を閉めてうちに帰ろうとすると、待合場のなかに見当たらない。腰掛けの下や衝立《ついたて》の裏側まで這《は》い回って探しても見つからなかった。

「誰かが持っていったんだろう」

喜代丸はにべもなくそう言ったが、おとびの胸の奥には、へたがついたままの柿の実を食べた時みたいにつっかえるものが残った。

とはいえ、それくらいのことをいつまでも覚えていられるほど暇ではない。意外な形でそれを思い出すことになったのは、半月ほど経ってからのことだった。

きっかけは、よく渡し船に乗る海苔の仲卸商が、染める前の生成の木綿の反物を一巻き、おとびにくれたことである。

「うちのおっかあが、油をさした機《はた》の調子を見るために、試しで織った反物なんだ。油のしみがあるし、ところどころで目が詰まったり緩んだりしていて、とても銭をもらえる代物じゃねえが、よかったら使っておくれ」

おとびは大喜びでもらいうけ、白い吹き流しを新調した。赤や黄色には良い意味がないから、多少古くなろうが汚れようがそのままでかまわないが、三笠の渡しが順調であることを示す白の吹き流しは、できればいつだって新しい方が気持ちがいい。

おとびが早々に白い吹き流しを仕立てたことが耳に入ったのか、件の商人《あきんど》はおっかあを連れて来た。

「あの反物が役に立ってるところを見たいっていうから」

「渡し守様、おじゃましますで」

仲卸商もいい歳の小父《おじ》さんだし、その母親となれば、腰が曲がって干からびたようなババ様である。様付けしてもらって、こちらはかえって面《おも》はゆい。

「あれ、本当にあんな高いところに揚がってる。有り難い、有り難い」

おっかあが念入りに吹き流しに手を合わせてくれるものだから、おとびはさらに気恥ずかしくなった。遠目でよかった。近くで見せたら、下手くそな運針がばれてしまう。

仲卸商は、今日は渡し船に乗る用はなく、おっかあに吹き流しを見せて、ついでに宿場町の店で鰻《うなぎ》でも食おうかと思っていると、楽しそうに言った。養殖の技術が上がって、海苔の出来が年々よくなり、筏主も問屋も仲卸商もみんな儲《もう》かっている。懐が暖かいから、半日も暇をつくって、こんなのんびりした親孝行ができるのだろう。

森の半ばが燃えるように紅葉し、空はどこまでも青く晴れ渡る。粂川の流れは冷たく澄んで、せせらぎの音に心まで洗われる。

気持ちがほどけて、おとびはふと亡き父母のことを思った。うちのおとうもおっかあも、もう少し長生きしてくれれば、おらも親孝行ができたのに。

街道筋の町へと戻ってゆく帰り際に、仲卸商のおっかあがこんなことを言った。

「ああして空を泳いでる白い吹き流しは、小さいときの水神様のお姿そのまんまだね」

今のように、粂川の川幅と長さいっぱいに育つ前は、水神様だってお小さかったのだ。

「ああ、そうか。水蛇の子ですよね」

「そうさね。小さくて弱々しいうちは、鷹《たか》やとんびや百足《むかで》から身を守るために、刺草《いらくさ》や毒草のなかに隠れたり、栗の毬を集めて巣にしたりなさっていたんだよ」

とりわけ、生きものが冬ごもりに備えて旺盛《おうせい》に餌をとる今の季節は危険が多かったので、水神様は栗の木の多いところにお住まいになったものだそうである。

粂川の水神様と栗の木――栗の毬には、そんな関わりがあったのか。おとびには初耳であった。

「うちは代々渡し守を務めてますけども、そのへんのお話は初めて聞きましたよ」

「ありゃあ、あんまり昔の話だから、忘れられてるのかもしれないねえ」

「兄サにも教えておきます。ありがとうごぜえました」

夕暮れ、その日の後片付けをしているとき、喜代丸に話してみた。兄は素っ気なく、目も合わ

さずに、

「お客とおしゃべりするのはいいが、水神様のことは、めったに口にのぼらせちゃいけねえ。おれら渡し守の家の者なら、なおさらだ」

ちょっとつっかえながら叱られて、おとびは素直に「そうだね。ごめん」と詫びた。

粂川の水神様に名前がないのは、土地の人びとに軽々しく呼ばれることがないよう、敢《あ》えてそうしてあるのだ。それくらい、ここの水神様は人間とは格が違うのである。

この前の野分からこっちは秋晴れが続き、粂川の流れも落ち着いた。せせらぎが上流で散った紅葉を運んでくる、この季節だけの紅葉筏の眺めも美しい。ここは本当に長閑《のどか》で豊かな土地だという思いを嚙みしめる一方で、万に一つ粂川が暴れたら、あるいは涸《か》れてしまったら、この景色などひとたまりもなく壊れてしまうのだと思えば、水神様をどれほど尊《たっと》んでも尊びすぎることはない。

――気を引き締めなくっちゃなあ。

ところが、明くる日は、朝方から空の低いところを雨雲が走り、横風が吹きつけてきて、粂川は身をよじるように左右にうねった。昨日の今日だから、おとびは自分の軽率な噂話が水神様の勘気に触れたのではないかと、生きた心地がしなかった。

喜代丸はおとびを叱りつけるでもなく、うねる川を上手に宥《なだ》めて渡しを続けた。対岸から来たお客たちが、

「勝丸さんは、そろそろ渡し止めにした方がいいって言ってるが」

「揺れが大きくって、胃の腑がでんぐり返りそうだよ」

口々にそんなことを言っても、愛想なしのまんま聞き流していた。

「兄サ、まだ船を出せるの？」

「おれには、このくらいの方が心地いい」

川に乗っている手応えがある、と言った。

「そんならいいけど、気ぃつけて」

午過ぎになると、横風はいっそう強くなり、ときどき礫のような雨粒を運んできた。川のうねりを見て、

「いくら喜代丸さんの腕でも、これはちょっとなあ」

桟橋まで来て引き返してしまうお客が増えてきたので、喜代丸も渋々渡しを止めた。おとびが待合場へ走り、物入れにしている木箱から赤い吹き流しを出そうとしたとき、手前の腰掛けの下に土鍋が一つ、ぽつんと鎮座しているのを見つけた。

「おや、あんなところに鍋があるよ」

今回は、待合場に居合わせたお客たちも一緒に見つけてくれた。

「あれ、土鍋だよね？」

おとびはそれを指さして、確かめた。

「そうだよ。ほかのものであるもんかね」

「おとびさん、昼飯を炊いて持ってきたんじゃねえの？」

「まさか。それだったら、腰掛けの下になんか置かねえですよ」

待合場の土間に膝をついて、おとびはおっかなびっくり手を伸ばし、土鍋の横っ腹に触ってみた。

ほの温かい。人肌の温もりがした。

おとびの背中を悪寒が駆け上った。

「すみません、おらじゃ上手くつかめそうにねえ。どなたか手を貸してくれませんかね」

客たちに頼むと、おとびの強《こわ》ばった顔を訝《いぶか》しそうにちらりと見て、すぐ傍らにいた行商人の男がしゃがみ込み、土鍋を引っ張り出してくれた。

「こいつは重いや！」

持ち上げた途端に、男は声をあげた。

「中身がいっぱい入ってるぞ」

本当にそうであってほしい。中身が何であってもかまわない。百足やミミズだっていいから、とにかく何か入っていておくれ。

「よいしょっと」

行商人が土鍋を腰掛けの上にどすんとおろし、蓋を開けた。

空っぽだった。

「何だよ。バカに重たい鍋だなあ」

厚みのある鍋だし、蓋の取っ手の部分の輪っかが深い。おとびは自分に言い聞かせた。そうだよ、鍋そのものが重いんだし、鉄鍋と違って土鍋は空っぽでも何となく温《ぬく》いんだ。土の温もりがあるものなんだ。気味悪がるのはおかしい。

「いい鍋だねえ」

蓋の縁を指でなぞりながら、行商人が言った。こうしてよくよく見ても、この前、渡し船のなかに現れたのと同じものだ。お行儀よく「座って」、今度は待合場に現れた——

「ごめんなさいよ」

振り返ると、喜代丸が客たちをかき分けて近づいてくるところだった。人が集まっているので、気にしたのだろう。

「喜代丸さん、妙な落とし物だよ」

行商人に笑いかけられても、喜代丸は表情を変えなかった。一瞬だけ、

——余計なことを言うなよ。

釘《くぎ》をさすように、おとびを見た。

「道具屋で買い物をしたお客さんが、忘れていったんでしょう」

「ああ、そうか。だってこいつ、新品のようだもんなあ」

「お、おれが預かっておきましょう」

この渡し守の無愛想には慣れているお客たちだから、それ以上は話を引っ張らず、それぞれに散っていった。喜代丸はおとびの方を見もせずに、首に巻きつけていた手ぬぐいをほどくと、歯をたてて縦に裂き始めた。

「なにするの」

「こいつを提げられるようにする」

それ自体は、別に怪しい考えではない。道具屋で土鍋を買っても同じようにしてくれるだろう。だが、わざわざ手ぬぐいを裂くことはあるまい。

「物入れのなかに荒縄があるよ」

おとびが言っても、喜代丸は頓着《とんちゃく》しなかった。裂いた手ぬぐいを器用に縒《よ》って紐《ひも》のようにして、土鍋にかけて結んでいく。

——この前は、こうやって裂いた手ぬぐいで、あのじいさまの傷の血止めをしたんだ。

そう思うと、おとびはまた寒気を感じた。

「うちに持ち帰ると、兄サは土鍋を洗って拭いて、きれいな水を張って、台所の隅に置いたんですよ」

黒白の間の床の間に活けられた芒《すすき》を背に、おとびは語る。右の肩口のところに、桔梗の青紫色の花が一輪のぞいて、つぼみを半開きにしている。花も一緒になって、おとびの話に聞き入っているように見える。

「しばらく様子を見るぞって。もしもひびが入ってたら、金つぎ屋に持っていかにゃならねえからって」

——忘れ物だとしたら、傷物になってちゃあ、揉めるからな。

「おらには、兄サの言ってることがやけにもっともらしく聞こえて、何だか気持ちが悪かったんだよね」

「やけにもっともらしい、とは」

富次郎の返した問いに、おとびは眉間《みけん》に皺をきざんで考え込んだ。

「まるっきり、ただの忘れ物を預かってるみたいに、何もおかしなことなんかねえってふりをしてるっていうか」

ああ、なるほど。

「野良猫じゃあるまいし、船のなかや待合場の腰掛けの下にいきなり現れる土鍋なんて、怪しいに決まっているのに、怪しんではいないようにふるまっていた、と」

「そう、そういうようなこと」

「おとびさんのおっしゃること、わたしにもわかります。そのときのおとびさんの気持ちも、寒気がしたのもわかりますよ」

「ホントに？　おら、しゃべるの下手だから」

「いえいえ、けっして下手じゃありません」

ひと休みする頃合いだと思い、富次郎は茶を淹れ換えた。聞き手としても、鉄瓶の湯気を見て茶葉の香りをかぐ、この間合いが必要なのである。

「土鍋に、ひびは入っていなかったんでしょうね」

「うん」

「汚れも焦げもなく、新品のように見えたんですもんね」

「だからって、使おうなんて思ってもみなかったけど」

「ああ、そりゃ当然です！」

神出鬼没で妙に持ち重りがする上に、人肌の温もりがある鍋なのだ。

しかし、そうして台所の隅に置かれてしまえば、ただの土鍋であることもまた確かで、じきにおとびもあんまり気にしなくなっていったんだそうな。

「声をたてるわけでも、噛みついてくるわけでもねえんだもの」

笑みをもらして、おとびはそう言った。

「兄サも、土鍋のことなんか忘れちまったみたいな顔をしてたし」

「そうですか、それはよござんした」

「おまけに、兄サにまたぞろ縁談が転がり込んできたもんだから、ますます土鍋どころじゃなくなっちまったの」

「しかし喜代丸さんは、縁談という縁談を片っ端から蹴ってしまっていたんでしょう？」

おれに嫁はいらねえ、と。

「それまではね。けど、今度ばかりは、そうやすやすと蹴れなかったのさ」

*

条川の広々とした河口から南側にかけての海縁《うみべり》には、海苔の養殖で潤《うるお》っている村が三つある。

なかでもいちばん大きいのは卯辰村《うたつ》だ。

「うだつを上げる」の「うだつ」に「卯辰」の干支の字をあてはめた、めでたい名前のこの村には、養殖の筏主だけではなく、主立った海苔問屋や仲卸商も集まっている。街道から三笠の渡しを経て人が往来し、こぢんまりしたきれいな料理屋があり、そこで踊りや三味線を披露する芸者がおり、広場には旅芝居の一座も訪れる。それくらいの村である。

しかし、この村の繁栄の土台となっている海苔の養殖業は、最初から成功したわけではない。高く売れる海苔はなかなか作れなかったし、上手くいくようになってからも、作ったものを藩の特産物として売り出すためには他国の抜け目ない商人たちと交渉しなければならず、商いの素人は手玉にとられるばっかりで、悔しい思いを嚙みしめた歴史があった。

つらい思い出のせいか、このあたりの人びとは、おしなべて開放的なはずの「海の民」には珍しく、他所者《よそ》嫌いの気風が極端に強い。自分たちが苦労して築いてきたものを、外から来た者にかすめ取られてたまるかと身構えて、警戒心を解くことができないのだ。

卯辰村の問屋や仲卸商、筏主や網元の家は、同じ村内か、あと二つの海縁の村に住まっている自分たちの親族・姻族のあいだで縁談をまとめることを繰り返してきた。これならば新しくできた世帯も近くにいることになるので、それぞれの村を大きくしながら、旧来の家と家との絆も強く保っていくことができる。おかげで、三代以上続いている家は、系図を描いてみると蜘蛛《くも》の巣のように、(遠近の差はあれど)ほとんどみんながどこかで繫がってしまうことになった。

さすがにこれではまずかろうと、近年では、わざわざ城下の商家から嫁を迎えたり、遠くの漁村から養子をもらったりする家が出てきた。こうした縁組を成立させるには、もちろん藩の許可がいるが、これは上納金を積んで上申すれば何とでもできる。難しいのは、村人たちのあいだに根強く残る、他所者嫌いの心を溶かすことの方だ。

そして今、卯辰村のなかで、この頑なな心模様に頭を痛めているのが、〈筑地屋《ついじ》〉という海苔問屋だった。

「そもそも筑地屋の本店は、城下の二番町にお店を持つ乾物の小売商でございます」

喜代丸とおとびの住まい――待合場近くの雑木林のなか、頑丈なだけが取り柄の丸太小屋の囲炉裏端にかしこまり、その老人は穏やかな声音で言った。

もてなすものとてない家だから、おとびは老人に白湯《さゆ》を出し、びっくりは顔に出さないようにして、囲炉裏から離れた水屋の陰に座っていた。

――まさか、あのときのじいさまが、うちを訪ねてくるなんて。

この来客の老人は、野分あとの吹き返しのなかで、どこからともなく飛んできた栗の毬に打たれて怪我をした、あのじいなのだった。

今日はきちんと羽織を着て白足袋を履いている。筑地屋の家人で、名は庄助《しょうすけ》、歳は六十七になると、男は丁重に挨拶した。そして、ここへ訪ねてくることになるに至った事情を、淡々と語っていく。

「卯辰村の質のいい養殖海苔は、城下の小売商にとっても儲けの厚い、たいへん有り難い産物でございます。ですから筑地屋も、長年、卯辰村の海苔問屋さんや仲卸さん方とは良いお付き合いをさせていただいてきたんでございますが……」

今から九年前、〈高砂屋《たかさご》〉という海苔問屋で、父親の跡を継いだばかりの年若い主人が急死するという不幸があった。原因は食あたりだ。大鍋で汁にした貝の毒にあたったので、一緒に食べた家族も少なからずえらい目にあったのだが、命まで落としたのは若主人だけだった。この貝汁が好物だったそうで、たくさん食ったのがいけなかったのだ。

高砂屋は死んだ若主人が一人息子で、他に子供はいない。年老いた両親《ふたおや》も、赤子を産んで半年足らずだった若主人の妻も、貝毒で弱り切った上に、お店と家の大黒柱を失い、葬儀を出すのさえやっとで、あとは途方に暮れて泣くばかりだった。

今後の高砂屋をどうするか。ここらの親戚姻戚関係は蜘蛛の巣のようだから、うちで引き継ごう、自分があとに入ろうと、手をあげる者はわらわらといた。大勢いすぎて、かえって揉めた。死んだ若主人の従兄の妻の兄の後妻の弟の義兄とか、それはもう誰なんだというような者まで寄ってくる有様だったが、

「ご存じでしょうが、ここらの海苔問屋は株仲間をつくっておりますので、高砂屋さんの商いを引き継ぐには、高砂屋さんの持っている株を買い取ることになります」

おとびは、そんな仕組みがあることなど知らなかった。喜代丸だって初耳だろう。三笠の渡し守の家は、商いには疎い。

「それだけの財力のある買い手は、ごく限られて参ります。また、株仲間である他の海苔問屋さんが納得してくれる買い手でなくてはなりません」

高砂屋は商いの嵩《かさ》こそ小さかったが、問屋としては古く、死んだ若主人で六代目だった。株仲間の寄合いでは常に上席に座し、肝煎《きもいり》（まとめ役）を務めたこともある。そういうお店のことだから、他の問屋たちも、おいそれと「ではうちが」と言い出しづらい雰囲気があった。

「そんなにらみ合いの様子を、城下の筑地屋の主人が耳ざとく聞きつけまして、それ以前から養殖海苔の商いに興味を抱いていたこともあり、高砂屋さんの身代を買い取って、卯辰村に海苔問屋・筑地屋の看板を揚げようと手を上げたという次第でございます」

当然、抵抗は受けた。なにしろ他所者を嫌う土地柄である。ずっと商い上の付き合いのあった乾物商とはいえ、城下の商家など、卯辰村とは天地ほど違う暮らしをしているに決まっている。村の歴史も、養殖海苔のこともわかってたまるか、と。

株仲間の問屋たちも、真っ二つに割れた。絶対に許せぬ派と、この際、新しい風を呼び込むために筑地屋に入ってもらおう派。後者には、下手に村の問屋たちのあいだで競って勝ち負けを決め、恨みを残すよりは、まるっきりの新参者に軍配を上げた方がさっぱりするという意見もあった。

「結局、最後は高砂屋さんのご隠居さん夫婦の意向がものを言いまして」

――筑地屋さんにお願いしましょう。

「そこで筑地屋でも、城下のお店から主人の弟夫婦を卯辰村に遣ることで、話がまとまったんでございます」

この弟夫婦は時次郎《ときじろう》とおみち、このとき三十路半ばで、既に子供も三人いた。長男の時一《ときいち》、長女の美春《みはる》、次女のみどりだ。

「じ、城下の、それも二番町といったら、お城に近い町筋でしょう」

ずっと黙っていた喜代丸が口を開き、低い声を出して問いかけた。

庄助じいの向かい側で、骨張った膝を揃えている。隙間風に囲炉裏の火が揺れるので、表情が読み取りにくいが、言葉がつっかえているから、気が強ばっているのだろう。

「そんないいところにあるお店から、海っぺりの卯辰村になんぞ、よくまあ来る気になったもんですねえ」

不躾《ぶしつけ》な物言いだが、庄助に気を悪くするふうはない。むしろ大きくうなずいている。

「手前も、そのあたりがたいそう案じられたんでございますが、幸い、取り越し苦労でございました」

海苔問屋の商いに興味を抱いていたのも、むしろ時次郎の方だったそうで、

――城下にいる限りは、たとえ暖簾分けしてもらって分店を出したところで、兄さんの傘の下にいるだけの人生だ。

「一から学び、新しい苦労をして自分のお店を構えて盛り立てていけるのならば、こんなやりがいのある話はない。そうおっしゃって、勇んで卯辰村に乗り込んでこられたんでございます」

そして高砂屋のお店をそっくり引き継ぎ、奉公人たちも全員そのまま引き受けた。高砂屋の隠居夫婦のために隠居所を建て、乳飲み子を抱えた若主人の寡婦の暮らしの世話を焼き、のちには再縁先まで面倒をみたという。

「ああ、そんなら……」

喜代丸は、庄助じいを検分し直すように目を細めた。その尖った顔の上で、囲炉裏の炎の揺らめきが生み出す光と影が躍る。

「あなたさんも、も、もとは高砂屋の奉公人だったんですね」

「左様でございます」

その立場から、時次郎一家が卯辰村に馴染《なじ》めるかどうかを案じていたわけである。

「番頭、いや大番頭ぐらいにはなっていたんでしょう。の、海苔の商いなんざ何も知らない時次郎さんて人より、あなたさんが高砂屋を継げばよかったんじゃありませんか」

さらに不躾である上に、兄サ、バカによくしゃべるじゃねえの。おとびはひやひやしたし、面食らっていた。

だが、庄助じいは依然にこやかな顔で、

「手前なんぞ、それほどの器ではございません。三笠の渡し守と、そこらの船頭が違うのと一緒でございますよ」

囲炉裏の薪《まき》が爆《は》ぜて、火の粉が舞う。喜代丸は何も言わず、庄助じいも微笑んでいるだけだ。おとびは焦った。

「ご、ご主人の時次郎さんは、高砂屋さんの屋号は継がなかったんですね」

おらがつっかえてどうすンだよ。

「はい、さすがにそれは……」

庄助が言うのを遮るように、喜代丸が出し抜けに声を荒らげた。

「それじゃ乗っ取りになって、かえって憎まれる。つまらねえ口を挟むな」

おとびは首を縮めた。兄妹の顔を見比べながら、庄助はゆっくり一つ、二つとうなずいた。

「まさにそういうことでございます。さすがに、よくわかっていらっしゃる」

喜代丸は横を向いたまま、「た、たいがい見当がつきますよ。うちのとンびが、もの知らずなだけで」

どうやら、おとびはもっと恥ずかしがった方がいいらしい。

「あいすみません。そしたら庄助さんは、今は筑地屋さんの大番頭さんなんで？」

「いやいや」

庄助は打ち消すように手を振って、

「昨年、商いの方からは身を引きました。行くあてもない独り身のじじいでございますから、そのまま家事仕切りのお手伝いをしながら、筑地屋さんの屋根の下に置いてもらっている身の上でございます」

あ、だから自分のことを「家人」って言ってたのか。とンび、ホントに恥ずかしいよ。

「このあいだ、わ、渡しで一緒にいらしたのが、おかみさんとお嬢さんですかい」

喜代丸の問いかけに、なぜか庄助の目が輝いた。よくぞ訊いてくれました、と。

「はい！　おかみさんが月に一度、宿場町の眼医《がんい》の先生のところに通っておりましてな。いつもは手前がお供するだけなのですが、あの日は、野分あとの粂川の流れを見たい、三笠の渡し船に乗りたいと、あれは次女のみどりさんでございますが、一緒についてきてしまわれましてね」

跳ねっ返りのお嬢さんだ。

「行き先が目医者だったなら、あ、あなたさんも、すぐに傷を診てもらえたでしょう」

「先生には、怪我をしてすぐの手当てがちゃんとされているから、大事《おおごと》にならずに済んだ、この手当てをしてくれた人によくお礼をしなさいと言われましたよ」

庄助は、右目のまわりを囲むように残っている傷痕を、そっと指で示してみせる。

確かに目玉は無事だし、瞼の腫《は》れも引いている。傷痕そのものもあまり目立たないが、囲炉裏の火が庄助じいの方に流れ、その顔がぱっと明るく照らされると、毬の針が刺さった痕が歪んだ円を描いているのを見てとることができた。

その歪んだ円が、何かを連想させる。

——何だろう？　何かに似てる。

ぼんやりと考えに気をとられ、一日の疲れと腹ぺこのせいもあって、おとびの心がお留守になった。そのあいだに、庄助じいと何を話していたのか、

「え！」

いきなり、喜代丸が驚きの声をあげた。それと同時に、囲炉裏の自在鉤にぶらさげた鉄瓶の口から湯が噴き出してじゅうっと大きな音をたて、おとびは我に返った。

「庄助さん、あんた狐か狸《たぬき》なら、おれなんぞを化かしたところで何の得にもならねえよ」

鼻息も荒く、喜代丸は言い放った。庄助じいは大慌てで、円座《わろうだ》を滑り降りて囲炉裏から離れると、両手をついて頭を下げる。

「気を悪くされたなら、申し訳ありません。しかし、けっして喜代丸さんをたばかろうという話じゃあない。筑地屋としては大真面目にこの縁談を考えております」

縁談だって？

「代々三笠の渡し守を務める喜代丸さんの家柄を尊んでおりますからこそ、軽々に申し入れをすることを憚《はばか》りまして、まず手前がご意向を伺いに参ったわけでございまして」

喜代丸にゆっくり話を聞いてほしくて、日が暮れてから足を運んできた。門前払いをくらっても、何度でも足を運ぶつもりでいた——

言いつのる庄助じいの額に汗が浮いている。

喜代丸は岩のように固まってしまい、下を向いているので、顔が真っ暗だ。

「縁談って、兄サとさっきお名前の出たお嬢さんとのお話ですか」

「とンび、余計なことを訊くな」

「いいえ、長女の美春お嬢さんとのお話でございます」

すがりつくように、庄助じいはおとびの方へ向き直った。

「お歳は十六、家人の手前が申し上げるのも何でございますが、器量よしで気立てよし、申し分のない娘さんでございますよ」

そんな良い娘を、どうして喜代丸にくれようというのか。

「三笠の渡し守は命がけのお役目で、代々短命なんですよ」と、おとびは言った。「おらたちのおじいも、おとうも、早死にしました。他所から来た何も知らん娘さんにお勧めできる縁じゃねえ」

「他所者だからこそ、喜代丸さんとのご縁が欲しいんでございますよ」

何を言ってんだ、この人は。おとびは当惑して喜代丸の方を振り返った。

喜代丸は顔を上げた。怒っているだろうと思いきや、違った。むっつり口を結んではいるが、怒りの色はない。おとびは兄サのその表情を、どう読み取ったらいいのかわからなかった。

「喜代丸さんが美春お嬢さんを妻に迎えてくださるならば、筑地屋は妻の実家として、三笠の渡しを守るこの家の後ろ盾となりましょう。金も人手も惜しみません」

土地の人びとから一目も二目も置かれ、年寄りには様付けで呼ばれたりもするけれど、金にはてんで縁がない。日々命がけだが、暮らしぶりはただの船頭だ。それが三笠の渡し守というものだと思って生きてきた。

それを変えると、変えようと、筑地屋は申し出てくれている。

「時次郎さんたちは、卯辰村に住みついて、まだ十年も経っちゃいねえんでしょう」

穏やかな口調で、喜代丸は言った。

「よ、他所者が土地に溶け込むには、とにかく年月がかかるんだ。気長にかまえて、商いに精を出すしかねえ。い、一足飛びに、どうにかできるもんじゃねえ」

「それは、手前も承知しておりますが」

庄助じいは根っから卯辰村の者だから。

「そんなら、あんたさんがご主人一家にわからせておやんなさい」

それだけ言うと、喜代丸は膝をついてつと立ち上がった。

「とんび、龕灯《がんどう》を点《つ》けて、庄助さんを街道へ出るところまで案内して差し上げろ。おれは寝る。明日も早いんだから、おまえもぐずぐずしてるんじゃねえぞ」

言い捨てて、ことさらに大きな足音を響かせ、隣の寝所に入っていってしまった。仕切りにしている簾《すだれ》を乱暴に撥《は》ね上げる。

渡しは日暮れで終わりだ。庄助じいは、今夜は卯辰村に帰れない。街道の宿場町まで出て旅籠《はたご》に泊まるか、

「……何もおかまいできませんけども、うちで泊まっていかれますかね」

というわけで、おとびは庄助の話をさらに詳しく聞く羽目になってしまった。

ここまでの年月、海苔問屋の筑地屋は、堅調に商いをこなしてきた。もちろん、乗り越えるべき苦労はあった。高砂屋の持っていた取引先を引き継いだといっても、古い筏主のなかには新参者を嫌って付き合いを断ってきたところもあるし、表向きはいい顔をして取引を続けてくれたところからも、値切られたりふっかけられたり、要は商人としての力量を試されているわけで、時次郎もおみちも全く気を緩めることができなかった。

庄助を頭とする高砂屋からの奉公人たちは、総じてよくお店を盛り立てた。高砂屋がなくなってしまった以上、ここで頑張るしかないという諦《あきら》めもあったし、城下町の垢抜《あかぬ》けた風をまとった時次郎一家への憧《あこが》れや興味もあった。その一方で、「新参者の主人に仕えるのか」「他所者から給金をもらうのか」という非難の目にも耐えなければならなかった。だから、暇乞《いとまご》いをして去って

いった者もいる。

株仲間の寄合いのなかでは、時次郎は九年経った今でも末席のままである。意見はほとんど聞き流されてしまう。まあ、追い出されぬだけましだと割り切るしかない。時次郎もおみちも明るくおおらかな気質《たち》だから、苦労や気苦労で拗《す》ねたり、くたびれてしまっていないのは有り難い。

さて、筑地屋の一男二女の子供たちだが、時一が十八、美春が十六、みどりが十四。上の二人は、もう充分に所帯を持つことのできる歳である。この土地の新参者としては、時一にどんな嫁を迎え、二人の娘たちをどこへ嫁がせるか、どれほど慎重に考えても考え足りない。言い方は何だが、「狙いを定めて」縁談の相手を選び、筑地屋が卯辰村に根を張るための一助としなければならない。

そう思っている親の心子知らずで、時一には想い人ができた。相手の娘も一途《いちず》で、時一と夫婦《めおと》になりたいと願っているという。

この娘は、よりにもよって、現在の株仲間の肝煎で、卯辰村ではもっとも古い海苔問屋〈大門屋《おおかど》〉の一人娘だった。

大門屋は顔ではにこにこしつつ、陰では筑地屋を潰して卯辰村から追い出してやろうと企《たくら》んでいた、他所者嫌いの親玉だった。そのあたりのくさぐさを、筑地屋の時次郎おみち夫婦も、狭い村のなかで否応《いやおう》なしに知らされた上で、堪えてにこにこ返しの付き合いをしてきたのである。

時一は孝行者の倅《せがれ》だったのに、なんで勝手にそんな厄介な家の娘と出来合うか。

大門屋の主人は、娘を筑地屋にはやらぬと息巻いている。娘は日々泣き濡れて、かごの鳥の暮

らしを強いられている。大門屋のおかみはそんな娘が哀れでたまらないし、

——村の今後のためにも、こんなことで大門屋と筑地屋が仲違《なかたが》いをするのはいけない。

そこで思い切って筑地屋の味方につき、時次郎とおみちの方から大門屋の主人を説き伏せるに足る材料を出せないものかと、一緒になってさんざん知恵をしぼった。

そうして、思いついたのだ。はた迷惑なことに、思いついてしまったのだ。

長男の時一のことはひとまず置いておいて、筑地屋は、妹の美春という札を先に切るべきだ。美春を喜代丸に嫁がせて、筑地屋と三笠の渡し守の家とのあいだに縁を結んでしまえばいい、と。

「手前どもは皆、よろずの用事で三笠の渡し船に乗せてもらっておりますから」

喜代丸の歳も、人相風体も知っている。これまで縁談を蹴っ飛ばしてきた変わり者だという噂も知っている。

「それを口説いてこのお話をまとめられるならば、さらに有り難みが増しましょう」

庄助じいは熱心に語るのだが、正直、おとびにはぴんとこなかった。妹さんがうちの兄サの嫁になることが、他所者嫌いの大門屋さんを説き伏せる材料になるの？　なんで？

庄助じいは感じ入った。「おとびさんには、かえってわからないんですなあ」

あなたの家が、この土地の人びとの目にどんなふうに映っているのか。様付けで呼ばれることがあるでしょう。手を合わせられることもあるでしょう。

それは「権威」というものなのだ。新参者、他所者の筑地屋には、百万の援軍よりも頼もしい後ろ盾になるものなのだ。庄助じいは、辛抱強くおとびに説いてくれたけれど、

「それは話が逆でしょう。筑地屋さんが、貧乏なうちの後ろ盾になってくださるって、さっきお言いでしたよね？」

「ええ、そう申しましたけども、それは話が逆なのではなくて、後ろ盾という言葉の意味が違うんでございますよ」

おとびには、ますますわからない。

「美春お嬢さんは、若後家になりてえんですかね？」

「まさか、とんでもない」

「こんな丸太小屋じゃ暮らせねえでしょ」

「ですから筑地屋が、この近くの土地を均《なら》して立派な家を建てます」

「そんなことしたって、筑地屋さんには一文の得にもならねえよ！」

「ですから、金の問題ではございませんのですよ」

嚙み合わず不毛だが愉快なやりとりをしているうちに夜は更けて、結局、庄助じいは囲炉裏端で泊まっていった。

「またお伺いいたします。手前は諦めません。筑地屋も、大門屋のおかみさんも諦めませんよ」

野分あとのあの日、思いがけない災難で庄助じいが怪我をしたとき、喜代丸は音がしそうなほどてきぱきと手当てをして、助けた。

「あれを見て、おかみさんも手前も、いっそう喜代丸さんに惚れ込みました。このことは、もちろん美春お嬢さんのお耳にも入れてございます」

喜代丸は一言も返さず、いつものように渡し守の仕事に取りかかっただけだった。

おとびは桟橋で、卯辰村へ帰ってゆく庄助を見送った。やっぱり美春との縁談の持つ意味合いは腑に落ちないままだったが、晩秋の朝の光のなかで、いささか眠りの足らぬ庄助じいの顔を見たら、昨夜《ゆうべ》の囲炉裏端よりも、栗の毬があたった傷痕がよく見えた。

あのとき、あン人たちの腹のなかにはもう縁談のことがあったのか。悪く受け取りたくはないけれど、それってちょっと人が悪いように思うのは、朝なのに眠たくって、おらもくたびれてるからかなぁ。

庄助じいの目のまわりの傷痕。歪んだ円のような、とびっとびの運針のようなあの傷痕。

おとびは、はっと思い当たった。

――歯形に似てるんだ。

ああいうふうに、口が丸くぱっかりと開く生きものに嚙みつかれた痕。

たとえば、真っ先に思い浮かぶのは、

――蛇だ。

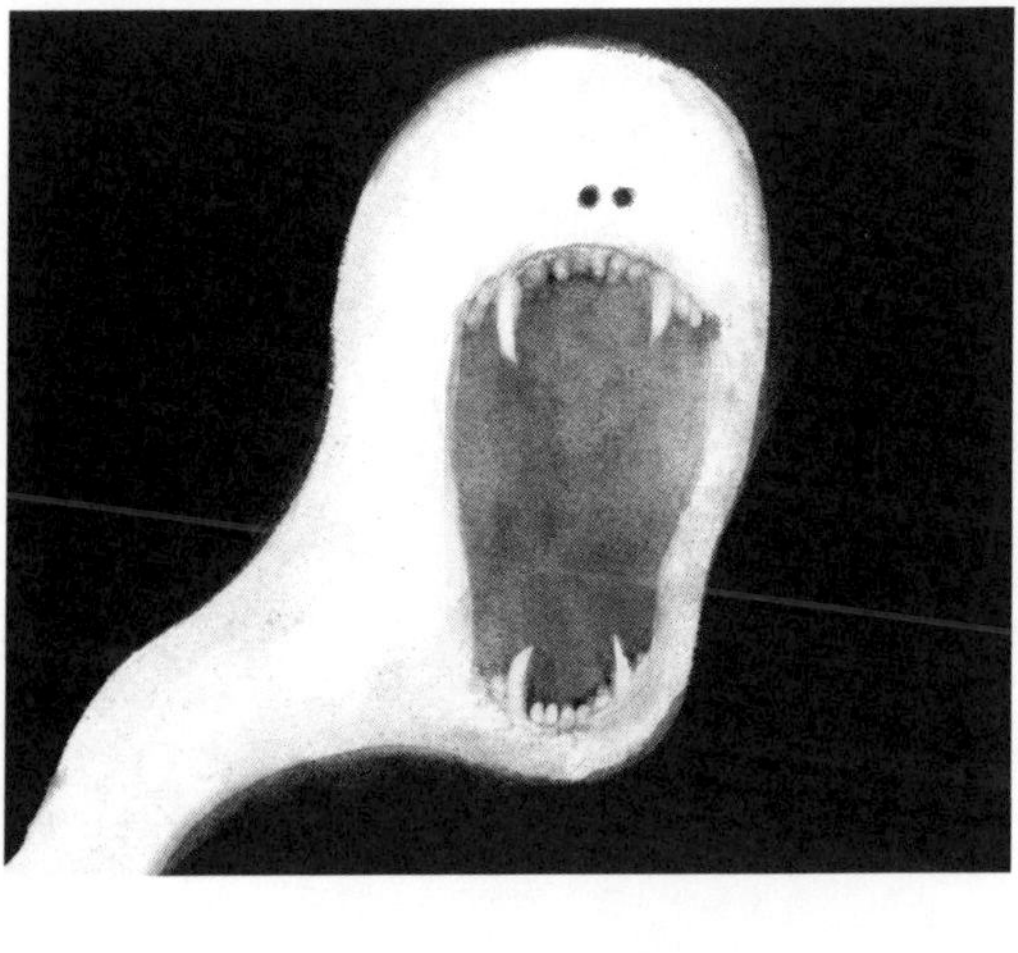

＊

「この縁談のことは、そのあと弟の勝丸夫婦のところにも話が回ってね」

黒白の間の語り手の座で、愛らしい桔梗の花を肩口にのぞかせて、おとびは語る。

「もしかすると、本人の兄サよりも先に、あっちに相談がいってたのかもしれねえ」

勝丸夫婦は乗り気だった。こんな良縁、断る理由があるか？

「筑地屋さんと大門屋のおかみさんは、そもそもおおっぴらに立ち回ることができねえし」

大門屋の主人に知られたら、元も子もない。

「両家のお遣い役の庄助じいさんも、兄サが渡し船に乗っている昼間のうちは、話のしようがねえでしょ。まどろっこしいから、弟の勝丸と嫁さんを抱き込んだんだろうね」

とはいえ、身内から説きつけられても、喜代丸はしぶとく首を横に振り続け、うんとは言わなかった。

——嫁をもらうつもりはねえ。

この縁談だから断るのではない。筑地屋さんに含むところはないし、大門屋に味方するわけでもない。自分は所帯を持たぬと決めている。それだけだ。

「喜代丸さんは、自分は小心だから、妻や子がいたら命が惜しくなっていけないとおっしゃっていたそうですよね」

「うん。庄助じいさんにも、同《おんな》じことを言ってた」

「それには言い返されましたか」

「命を惜しむ方が、命知らずよりもずっと命を尊ぶ生き方になるって」

ほほう。「庄助じいさんはなかなか弁が立つ。手強いですねえ」

「あのじいさまは忠義の人形だから、筑地屋さんご夫婦と、大門屋のおかみさんが言わせた台詞《せりふ》だろうけども」

そこで、おとびはちょっとくちびるを噛むようにして黙り込んだ。

富次郎は待った。おとびの日焼けが染みついた肌の色に、桔梗と芒の秋の色合いがよく映えている。

「おらにはやっぱり、庄助じいさんが言ったこと、今でもよくわからねえけど」

権威というもののこと。

「それはおらの知恵が足りねえからで、兄サはわかってたんじゃねえかと思うの」

だから、最初に縁談を持ちかけられたときも激怒することなく、おとびには読み取りきれぬ表情を浮かべていたのではないか。

「それはそれで、やっぱり嬉しかったんじゃねえのかな。毎日、命をかけて川を渡ってる身としてはね」

自分には権威がある。他者が欲しがり憧れる、目に見えぬ力がついている。

「人が心の内であれこれ思うことは、身内だって全部はわかんねえ」

投げ出すように早口に言って、おとびは手元に目を落とした。荒れて爪が割れた自分の指先を見ている。

「兄サは、おらも弟も知らねえうちに、女のことでうんと嫌な目に遭ったことがあったのかもしれねえ。あんまり嫌だったから胸にたたんで誰にも言わずに、むっつりした男になってたのかもしれねえ」

おとびが、元亭主に色黒を冷やかされたみたいに。

「心の内はわからねえけど、ともかくあのとき、筑地屋さんからの縁談を、兄サは本気で断ってた。断る気持ちに嘘はなかったと思うんだよ。だけども、だからってちょっとでも気が動かなかったと言い切ると、嘘になる」

富次郎はうなずいた。「人が迷うのは当たり前のことですから」

おとびは、びっくりするほどキッとして顔を上げた。「あんたも迷うの？　こんないい暮らしをしてて、いいものを着ていい顔色してさ、何を迷うの」

気圧《けお》されて、富次郎はすぐに返事ができなかった。この問いにどう答える？　何と答えたら、いちばんまっとうだろうか。

「……この先の人生を迷っているんです」

正直に言うなら、それしかない。

「わたしも男と生まれた以上、この身を以《もっ》て何かを成し遂げたい。喜代丸さんや勝丸さんのように日々命がけの生業でなくても、どこかにわたしがやるべきことがあるはずだって思って……。

でも、今はまだ見つからないもんだから、迷っているんです」

黒白の間の沈黙には重さがある。その証《あかし》に、触れてもいないのに床の間の芒の穂が揺れた。

「まあ、好きなようにしなよ」と言って、妙に優しく、おとびは笑った。

庄助じいの訪問があってから、数日後の真夜中のことである。

おとびは、物音に目を覚ました。何となく気配も感じる。

兄妹の住まいには、常夜灯をつけておく習いがない。台所の竈《かまど》や囲炉裏の上の煙抜《けむぬ》きからさしこむ月明かりや星明かりがあるだけだから、ほとんど真っ暗だ。

おとびは普段、台所の続きの板の間に寝ている。その夜は冷え込んだので、かいまきの袖に両腕を通して、念入りに身体に巻きつけてから横になっていた。ぬくぬくだ。寒くて目が覚めたのではない。

人の声がするせいだ。

「……だから……なんだよ」

――兄サだ。

ちょっと頭を持ち上げて、喜代丸が寝ている方へ耳を澄ませた。かいまきが擦《こす》れて音をたてた。

夜に沈む台所の土間で、かすかな音がした。かちんと硬いものがぶつかり合う音だ。

おとびは起き上がった。目が慣れてくると、竈の並びに取り付けてある広い台の前に、長身の喜代丸の痩せた影が立っているのが見えてきた。こういうとき、人の影は何もない夜の闇よりも暗い。

「……兄サ、どうしたの」

声をひそめて、おとびは呼びかけた。

「そんなとこで何してんの」

喜代丸の影はまったく動かない。兄サ、こっち向いてるよね？

ねえ兄サ。もう一度呼びかけようとして、おとびは息を呑んだ。あの真っ黒い影は本当に喜代丸だろうか。違ってたらどうしよう。

その真っ黒い影が、出し抜けに動いて近づいてきた。上がり框《がまち》に足をかける。親指が大きい、喜代丸の足。

「何でもねえ。寝ろ」

それだけ言い捨てて、おとびの布団の横を通って自分の寝所へ入ってしまった。

おとびは、どきんどきんとする自分の心の臓の音を聞きながら、しばらくのあいだ寝つけなかった。

兄サは何をしていた？　台所の竈のそばに、おら、何か置きっぱなしにしてたっけ。

明るくなったら、すぐ確かめよう。そう思っていたのに、半端にいっぺん目覚めたせいか、翌朝おとびは寝過ごしてしまった。喜代丸に起こされたときには、台所にも土間にもいっぱいの朝日が溢《あふ》れていた。

「ごめん、兄サ！」

しかし、喜代丸は怒らなかった。

「おれが夜中にごそごそしたのが悪かったんだ。妙に喉が渇いてな」

喜代丸は酒呑みではない。呑むのは正月のお屠蘇《とそ》だけだ。これはおとうもそうだった。酔い覚ましの水なんざ要らない。

「具合でも悪かったの」

続けて問うたら、返事がなかった。このやりとりのあいだ、喜代丸はおとびの顔を見ようともしなかった。

おかしい。だいたい、兄サが立ってたのは竈のところで、水瓶《みずがめ》の前じゃなかったよ。

土間へ降り、竈の前に立って、おとびは思い出した。そういえば、あの土鍋。

ずっと竈の並びのこの台の端っこに置きっぱなしにしてあった。あったよね？　昨日まではあった？

今はない。消えている。

一昨日はあった？　その前は？　けっこう大きな鍋だったけど、使う気もなく、捨てる気もなく、いちいち気にすることもなくなると、見ているようでいて目に入っていなかったのだ。

今はない。ここにはない。だけど、台の上にうっすらと輪っかの跡がついている。あの土鍋の跡だ。

夜中に聞いた「かちん」という硬い音も、あの土鍋から出た音じゃなかったろうか。蓋を持ち上げて横に置いたとか、いったん開けた蓋を閉めたとか。

「とンび、ぼやっとしてねえで粥《かゆ》を炊け」

今度こそ喜代丸に怒られて、おとびは朝の炊事にかかった。味噌《みそ》仕立ての雑穀の粥。これで身体の隅々まで温まり、血が巡って力がわいてくる。

代々のおっかあたちから伝わってきた、三笠の渡し守の朝飯だ。けっして贅沢《ぜいたく》ではないが、この味を出せるようになるまでは、おとびにもそれなりの年季が要った。

味噌粥をかきこむ喜代丸の横顔に、いつもと違う様子はなかった。おとびも、熱い粥を口に運んで噛みしめた。

それからの日々にも、とりたてて変わったことは起こらなくって、

——諦めません。

毅然《きぜん》として言い置いていった割には、庄助じいからはしばらく音沙汰《おとさた》がなかった。三笠の渡しにも姿を見せない。あちらも慎重に根回しをせねばならないから、やたらな動きはできぬのだろう。

その代わり、うるさいのは弟の勝丸だ。対岸の待合場を嫁に任せて、ほとんど毎夕、しまいの渡しに乗ってきては、喜代丸に談判する。帰れないから泊まりになって、おとびが世話を焼くことになる。

「兄サ、考え直せや」

「うるせえ」

「縁談を受けろよ。天女を嫁にもらうようなもんだよ？　姉サもそう思うだろ」

「黙れ」

「おれも嫁も、子供らの将来を思ったら黙っていられねえ。もちろん、兄サの幸せのことも思ってるんだ」

喜代丸が酒を呑まないのを百も承知で、勝丸は酒肴《しゆこう》を携えてくることもある。瓶の栓を抜いた瞬間に芳香が立ちのぼるような酒の出所は、きっと筑地屋だ。弟はすっかり取り込まれてしまっている。

しかし、勝丸夫婦の方が正しいのだ。誰だってそう思う。喜代丸には、この縁談を嫌うちゃんとした理由はなく、縁談を受けることでこうむる恩恵は山ほどある。

条川の対岸で、今こうしているあいだにも、弟夫婦は筑地屋と語らって、喜代丸を抜きにして縁談をまとめているかもしれない。それならそれで、いっそ面倒がなくていい。押し切ってくれれば、おらは流されるよ。

栈橋から夕陽に染まる条川の流れを眺め渡して、そんなことをふと思った――その夜の深いところで、おとびはまたぞろ人の声で目を覚ましてしまった。

寝言ではない。独り言でもない。男女が話し合っている。

声の出所は台所ではなかった。そんな近くではない。喜代丸の寝所の方だ。

そう、男の声は喜代丸の声。珍しく矢継ぎ早に言葉を繰り出している。なぜならば、

(しくしく、めそめそ)

女の声が泣くのを慰めているからだ。

月のない、雲の多い夜だった。鼻をつままれても相手がわからぬほどに、丸太小屋のなかは暗

い。いや、いつもこんなに暗かっただろうかと思うほどの闇だ。

「本当にそんなことはねえ。おれを信じてくれろ。心変わりはしねぇ」

喜代丸がしゃべるのが聞こえる。普通にしゃべってるんじゃねえ。かき口説いている。

しかし、女の声はぐずり続ける。

暗闇のなかで、おとびは息を止め、かいまきをきつく引き寄せた。闇に目を凝らしたところで、何かが見えてくるわけではなし、声が大きく聞こえるようになるわけでもない。だが、身じろぎもせずに目を凝らし、耳を澄まさずにはいられなかった。

喜代丸の言うことは、はっきり聞き取れる。

「おれも困ってしまうよ。どうすれば安心してもらえるんだろう」

「二の笠岩のそばで、いつも流れが小さい渦を巻いているだろう。青い水晶みたいな色合いで、見惚れるほどきれいだよ」

「あれがおまえの眼《まなこ》の色なのか。そう思ってみると格別だなあ」

「泣かないでおくれよう。おれは裏切らねえからさあ」

あやすように、宥めるように、甘ったるく語尾を引っ張ったりして、まるで喜代丸らしくない。だけど聞こえる。一言一句が明瞭《めいりよう》に聞き取れる。

なのに、女の言葉は聞き取れない。おとびの耳には、ぐずぐず泣く声が届くだけだ。

いや、これは本当に泣き声なのか？　人の泣く声だろうか。女の声だろうか。

合間合間に、ごくかすかではあるけれど、何かがざらりとこすれ合う音も混じっている。何だ何だ、これは何だ。おかしい、おかしいおかしい。

いつの間にか、ひっかぶったかいまきから顔だけ出して、おとびは膝立ちになっていた。

「おれは幸せ者だ。生まれてきてよかった」

熱に浮かされたようにうわずった、兄サの声。

しゅるしゅる、さわさわ。喜代丸の声に応じるこの音は何だ――

「とンび、起きてるのか」

刹那《せつな》、おとびは石と化した。それくらい驚いたのだ。

いつもの喜代丸の声で、さっきまでよりずっと近いところから呼びかけている。台所に入ってきているのか。

「おい、とンび」

床を踏む足音。とん、とん。

おとびは目をつぶり、かいまきをつかんだまま息を殺して、じわじわとうつ伏せに戻った。おらは寝ている。起きてねえ。何も聞いてねえ。何も知らねえ。

布団の上に伏せて、古びたくくり枕に片方の耳を載せた途端に、すぐ傍らに喜代丸の気配が現れた。

「……何だ、寝てるじゃねえか」

おとびは寝息をたてる。鼻から息を吐く。強すぎてはいけない。速すぎてもいけない。

足を動かす。かいまきから爪先《つまさき》がはみ出す。夜気が爪に染みる。

——どうしよう。今、兄サに触られたら、おらは叫んでしまう。

また床を踏む足音。喜代丸が離れてゆく。寝所と囲炉裏端を仕切る簾が持ち上がる。

この簾は、板戸の開け閉めの音がうるさいのを嫌った喜代丸が、宿場町の建具屋に頼んでこしらえてもらったものだ。夏場に使う簾よりも目が詰まっていて重たい。だから、動かすとすぐわかる音がたつ。

今、持ち上がった。持ち上がっている。まだ持ち上がったままだ。

簾が、もとに戻る音がしない。

おとびは、一心に横になっている。寝息をたてろ。静かに息をするんだ。

そうしているうちに、喜代丸のいびきが聞こえてきた。ぐわぁと吸って、ぶわぁと吐く。分厚い紙を破くみたいな、ヘンないびきだ。

ぐわぁ、ぶわぁ。ぐわぁ、ぶわぁ。

喜代丸は寝てしまった。

仕切りの簾が垂れる音は、まだしない。

簾は持ち上がったままなのだ。

今やおとびは、身体じゅうの力を振り絞って目を閉じていた。見たいという誘惑に、死にもの狂いで抗《あらが》っていた。

どれくらい、そうしていたろう。かいまきにくるまって、冷や汗にまみれながら。

じゃらん。

簾が垂れた。

おとびは眠らなかった。朝まで布団に横たわって目を閉じていた。

*

喜代丸は何と語らっていたのか。

誰に向かって、あんな甘い声を出していたのか。

喜代丸の寝所を調べれば、きっとわかる。おとびにとっての問題は、自分が本当に心からそれを知りたいと思っているかどうかだ。

一夜で、おとびは十も老けた気分だった。このまま何もかも放り出してここから逃げたい。そう思う一方、怯《おび》えて疲れたこの身体では、一丁も走れぬような気もする。

喜代丸が何を相手に語らっているのだとしても、そのものが兄サに障りを与えていないことは明らかだった。今朝の喜代丸は元気そうだし、血色もいいし、目も澄んでいる。

さらに、喜代丸は真夜中の出来事を覚えていないらしい。

「とンび、夢見でも悪かったのか。目が腫れてるぞ」

そう言って、案じてくれたのだ。芝居がかった様子ではなかった。そんな空々しいことができる人柄でもないのだ。

兄サはどうかしているが、どうかしていることに、自分では気づいていない。

何か口実をこしらえて、昼間のあいだに、おとびが一人で丸太小屋に帰ってくればいいのだ。こっそり兄サの寝所を調べ、またこっそりと仕事に戻ればいい。

――兄サの寝所に隠れている、女みたいな声で泣くものに、とって食われてしまわれなきゃね。

お天道様は高く、ときどき絹糸を流したような雲が流れてきて、秋の日差しを遮る。粂川の水は青々として、三つの笠岩にはねる水飛沫《みずしぶき》は水晶の欠片《かけら》のように輝く。

好天の陽ざしの明るさが、おとびの背中を押してくれた。お客が少なくて、渡しの往来の間隔があく日和でもあった。

喜代丸の操る船がこっちの栈橋を離れ、一の笠岩の方へ近づいてゆくのを見届けて、おとびは一つ息を吸い込んだ。よし。

すぐ前を、今の渡しから降りてきた客たちが、ぱらぱらと歩いている。大雑把に彼らの方へ目を投げて、

「すいません、おら、ちっと厠《かわや》へ」

できるだけ大声で言い捨て、下腹を抱える恰好をしながら、おとびは踵を返して栈橋を後にした。走って走って、はあはあ走る。

いいのか。本当にやるのか。やめたっていいんだ。嘘ではなしに厠へ駆け込んで、すっきりした顔で仕事に戻ればそれで済む。

丸太小屋の出入り口をくぐる。いきなり、膝ががくがくしてきた。

誰もいない。昨夜は勝丸も来なかったから、喜代丸が出かけ、おとびが出払えば、住処《すみか》のなか

は空っぽだ。

それじゃあ、誰がこの鼻歌をうたっているんだ？

（ふふふ～ん、ふふん。ふうん、ふん）

おとびは両耳を手で塞《ふさ》いだ。それでも聞こえる。聞こえてくる。

（おかえり、とンび。とンび、おかえり）

耳に聞こえているのじゃない。心に聞こえている。逃げられない。

囲炉裏端に上がり、震える足を押し出して、簾を上げ、おとびは喜代丸の寝所に入った。

（ここだよ、とンび。ここにいるわ）

頭のなかに響く声。おとびを宥めているようであり、からかっているようでもある。

喜代丸の寝所は散らかっていた。引き戸のついた半間《はんけん》の物入れは閉まっている。あとは敷きっぱなしの布団と夜着と、着替えを入れた行李《こうり》ぐらいしかない。だから散らかりようがないのに。

汗で湿ったせんべい布団と、その脇に転がっている木の枕。皺だらけの夜具は寝起きのまんまで、整えられていない。

――寝乱れている。

この雑然とした雰囲気には、なにがしかの男女の色事めいたものがある。一度は亭主を持ったことのあるおとびだ。わかるさ。でも、

――そんなこと、ありっこないのに。

（うふふ）

おとびの頭と心にじかに聞こえてくるこの女の声は、惚気《のろけ》ている。

(ほら、ここにいるわよ)

物入れのなかだ。おとびはその引き戸に近づいた。なぜか忍び足になってしまう。息を止めてしまう。ここにはおとび一人しかいないのに。

引き戸はなかなか開かない。喜代丸がここに何をしまっているのか、おとびには思い出せない。この丸太小屋には、父や母が元気だったころから住んでいる。捨てることはできないが、兄妹の日常には用がないものをここにしまって、戸を閉めて忘れてしまっていた。そんながらくたばかりのはずだ。

傾きかけた板戸が、耳障りな音をたてて敷居の上を横に動く。こぶし大の隙間が開いて、物入れのなかの闇がのぞく。

おとびは瞬きをした。こめかみから冷たい汗がしたたり落ちる。

物入れは、真ん中に仕切りが設けてあって、上下に分かれている。

下の段は空っぽだった。

上の段も、たった一つのものを除いて、空っぽだった。

たった一つの、こんなところに置かれるには面妖《めんよう》すぎるもの。

あの土鍋だった。

(とンび、蓋を開けて)

なれなれしく呼びかけてくる、女の声。

おとびは右手を持ち上げた。土鍋の方へ伸ばそうとする。激しくわなないて、五本の指をうまく開くことさえできない。

(怖がらなくていいのよ)

女の声がおとびの耳の底をくすぐる。おとびは一瞬、きつく目をつぶった。それからぐいっと腕を伸ばし、土鍋の蓋の取っ手をわしづかみにして、持ち上げた。

(うふふふふ)

土鍋のなかには女がいた。

微笑んでいる。色白で面長、筆で描いたみたいにくっきりした眉毛《まゆげ》と小さな鼻。くちびるは薄く、ほとんど色がない。

――何だか変な顔だ。

黒い半襟をかけていない着物は、水色の地に、深い藍色で描かれた大きな鱗の柄。襟のまわりしか見えないが、きっと絹物だ。髪は灯籠鬢《とうろうびん》の島田髷《しまだ》に結っており、着物と同じ水色の元結と一対の鼈甲《べっこう》の簪、古びた色艶のある柘植《つげ》の櫛までありありと見える。

おとびは声も出せず、くちびるをきつく噛みしめ、身を硬くして立ちすくんでいた。

（いい子だね、とンび）

あやすような、おもねるような、女の声。

（あたしは喜代丸の女房だよ）

おとびは土鍋の蓋をつかんだままだ。指が吸いついてしまったみたいに動かない。

（喜代丸はあたしの夫だ。あたしのものだからね）

そう囁《ささや》きかけて、女は口元をほころばせてにっこり笑った。歯が見えない。いや、生えていない。口の奥にあるのは暗がりだけ。

ないのは歯だけではなかった。おとびはようやく気がついた。何だか変な顔。

最初は鼻があるように見えた。小さくて細くて薄べったい小鼻。目の錯覚だった。鼻のあるべきところには、一対の小さな穴があるだけなのだ。左右の耳もない。向こう側が透けて見えるよう、手間をかけて結い上げる灯籠鬢の下にあるべき耳たぶがない。

そして、着物は左前合わせになっている。

この女はこの世のものではない。

その瞳《ひとみ》がおとびを見据えている。呪いをかけようとするかのように。心の裏側まで探りを入れてくるように。

——瞳が青い。

深くて暗い、底なしの水の色。喜代丸が「見惚れるほどきれいだよ」と言っていたのは、この瞳のことなのだ。

（喜代丸を、他の女には渡さない）

土鍋のなかの女は笑みを浮かべたまま囁く。その声音はちっとも笑っていない。歯のない口のなかの暗がりから、薄紅色の長い舌がひょろりと伸びて、おとびの顔に向かってきた。鼻の頭を舐《な》めようとしている。

その舌の先は、二股《ふたまた》に割れていた。

まさに蛇に睨まれた蛙だ。おとびは気を失い、その場にくずおれた。

小さいころ、おとびは粂川で溺《おぼ》れかけたことがある。弟の勝丸も、水際で転んで膝をざっくり切る怪我をしたことがある。

しかし、喜代丸には一切そういうことがなかった。流れの速い川のそばで生まれ育つ者なら誰でも一度や二度は体験する「危ない目」に、喜代丸だけは遭ったことがない。

兄サはずっと、ずうっと、粂川の水神様に好かれてきた。だから当然、大人になった今は、水神様に惚れられてる。

兄サも水神様に惚れている。

惚れて惚れられて、夫婦《めおと》になった。

兄サが女房は要らないと言ったのは、そのへんに転がっているただの女には用がねえという意味だったんだ。

水神様と兄サは、もうすっかり出来上がっている夫婦だ。邪魔しちゃいけねえ。水神様が嫉妬《やきもち》やいて、兄サが宥めてかき口説く声にもその悋気《りんき》が収まらなくなって、大変なことになる前に、筑地屋のお嬢さんには諦めてもらわなくっちゃ――

「おとびさん、おとびさん、しっかりしろ」

しつこく頰を叩かれ、うるさく呼びかけられて、おとびは目が覚めた。まだ喜代丸の寝所にいて、敷きっぱなしのせんべい布団の上に横たわっていた。

おとびのまわりを、何人かの馴染みの客たちの顔が取り囲んでいた。頭を抱き起こしてくれているのは、母親孝行のあの仲卸商の小父さんだ。頰を叩き手を握ってくれているのは、宿場町と卯辰村のあいだをしょっちゅう行き来している担ぎ売りの小母《おば》さんだ。お馴染みの背負子《しょいこ》は傍らにおろしてある。笊から青物の葉っぱが飛び出している。

「腹具合が悪いって、廁に駆けていったきり、いつまで待っても戻らないからさ」

「みんなで様子を見にきてみたんだよ」

「大丈夫かい？　盗人《ぬすっと》と鉢合わせでもしたのかね」

問われても、おとびはすぐには口をきけなかった。怖い夢から逃げ出して目を覚ましたばっかりみたいな感じだった。

夢？　そう夢だ。おかしな夢。

土鍋があんなところにあるわけがない。土鍋のなかに女の顔があるわけもない。その女が人じゃなくて蛇の化身だったりするわけもない。ぜんぶぜんぶ夢に決まっている。

「だ、だ、だいじょう、ぶ」

やっと声が出た。おとびはぐったりと足を投げ出したまま、何とかもがいて起きようとした。

「無理すんじゃねえ」

仲卸商の小父さんが起こしてくれる。足元にいるのは、確か髪結床の若い男だ。卯辰村の得意先のところへいくために、三笠の渡しを待っていたのだろう。

「ごめん、みんなを、足止めしちまって」

「そんなことはどうでもいいよ。あんた、血を吸い尽くされちまったみたいな顔してる」

と言う担ぎ売りの小母さんの顔も真っ青だ。

「手もこんなに冷え切って……。いったい、何があったんだい？」

ようやく、おとびはまわりを見た。散らかった寝所はそのまんまに、しかし土鍋はどこかに消えていた。

おまけに、物入れの引き戸が壊れていた。ど真ん中にぎざぎざの穴が空いているのだ。まるで、なかから何か大きなものが飛び出したみたいに。


「――もちろん、おらは誰にも土鍋の女のことをしゃべらなかった」

黒白の間で語り続けているおとびに、疲れた様子はない。ただ、その表情からは生気が消えていた。この話を思い出し、蒸し返して言葉にすることで、あらためて「血を吸い尽くされたみたい」になるのかもしれない。

「本当のことは、黙ってた」

その淡々とした語りに、富次郎は無言でうなずいた。

「仲卸商の小父さんが、盗人と鉢合わせしたんじゃねえかって心配してくれたから、それを理由にさせてもらってね」

――おらが不意に小屋へ帰ったもんだから、空き巣が慌てて逃げ出そうとして、おらを突き飛ばしたんだよね。

「物入れの引き戸を壊したのも盗人だってことにしたら、あとで勝丸が直してくれたよ」

喜代丸はまったく不審そうな顔をしなかったし、盗人はどんな野郎だったとか、こういう時に家族が訊きそうなことを、何一つ尋ねてこなかったそうである。

「おらの方には、兄サに問いたいことがいっぱいあったけども」

富次郎はもう一つうなずいた。

「何を問うてもしょうがねえってこともわかってた」

鼻をすんと鳴らし、おとびは下を向いた。その背後に芒の穂が揺れ、桔梗の花が咲いている。

「兄サの運命《さだめ》だもん」

粂川の水神様に仕える三笠の渡し守の家に生まれ、水神様に選ばれてその夫となる男。

「ただ、おらの目の奥にはあの土鍋のなかの女の顔が焼きついちまってたから」

その後も何度か、夢に見るほど。

「あんな異形の女が相手で、どうして我慢できるんだろう、兄サは気持ち悪くねえのか、あの女のどこが好きなんだろうって、それはどうしても思っちまった」

「……誰だってそう思いますよ」

富次郎が口を挟むと、おとびはつと顔を上げた。

「そっかな」

「そうですとも」

「けども、それじゃ、おらが色黒で気味が悪いって嘲笑って追い出した、おらの元亭主と同《おん》じ《な》にならねえかな」

返事に詰まって、富次郎はただおとびを見つめた。おとびに気を悪くしたふうはない。素直で真面目な眼差しだ。

「同じではないと、わたしは思います」と、富次郎は言った。「ただ、同じではないかと考えてしまうおとびさんは、心の優しい人なんだなあとも思います」

おとびはちょっと目を瞠った。そして、

「神様に見込まれたら、見かけなんか気にならねえのかもしれないよね」

自分自身を納得させるように、そう呟いた。

富次郎は黙って聞き流し、でも胸の奥が少し痛むのを感じた。おとびは、本人が自覚している以上に、元亭主の酷《ひど》い仕打ちに深く傷ついているのだ。

ふう——と息を吐いて、おとびはいったん背中を伸ばし、座り直した。

「筑地屋のお嬢さんに、兄サと夫婦になるのを諦めてもらうために、おらができることなんかなかった。というか、兄サは頑としてこの縁談を受けつけなかったから、別におらなんかが今さらやることもなかった。ただ、縁談を受けろとしつこく兄サを説得する勝丸を、おらはけっこう気合いを入れて止めるようになった」

怖かったからだ、と言う。

「縁談を勧める勝丸は、土鍋の女にとっては仇《かたき》ってことになるからさ」

粂川の水神様の恋路を邪魔する者だ。

「お怒りを買ったら大変だもの。いい加減で兄サの嫌がることを勧めるな、自分が弟だってことを弁《わきま》えろって、言って聞かせた」

勝丸に言うだけでは心許《こころもと》なかったから、勝丸の嫁にも同じことを言った。

「嫁は、最初のうちはおらが寝返ったって拗ねていたけども」

——義兄《にい》さんの返事一つで、みんながいい暮らしをできるようになるのに。

「おらが本気で止めてることも、実は怖がってることも、嫁には伝わったんだろうね」

子を持つ母親は、恐怖に敏感なものだ。

「いい暮らしの代わりに命を差し出すことになるよって言ってやったら、嫁も勝丸を止めるようになってくれました」

筑地屋の庄助じいはしぶとく足を運んできたが、もう丸太小屋の中には通さなかった。客として三笠の渡し船に乗ることまでは止められないが、それはそれ、客としてあしらってしまえば事足りる。

「懲りずにまた筑地屋の下のお嬢さん——みどりさんを連れて来たこともあって、それはみどりさんから兄サやおらに何か言わせようっていう魂胆だったらしいけど」

それでなくても無愛想な棒っきれの喜代丸と、秘めた恐怖に心を圧《お》されているおとびに、小娘がつけいる隙などなかった。

「卯辰村から乗ってきて、宿場町の方へ行ったけども、戻りの渡し船には乗ってこなかったよ。村へ帰らないわけはねえから、別の道を通ったんだろうね」

兄妹の手強さに参ってしまったのだ。

「宿場町と卯辰村のあいだに、三笠の渡しを使わずに往来する道があるんですか」

「うん。粂川の中流まで上がると、細い木の橋がかかってるところがあるんだ。けっこうな遠回りになるけど……」

そこでおとびの顔つきが変わった。目の底にぽっかりと暗い穴が空いた。

富次郎は、語り手のこういう様子が示すものを知っている。そう思えるほどには目にしてきた。話は大詰めになったのだ。

「その遠回りの道を通って、まさかわざわざうちまで来るとは思わなかったよ」

「誰が来たんですか」

「美春さん」

喜代丸が土壁みたいに跳ね返している縁談の相手だ。筑地屋の長女である。

「庄助じいは一緒じゃなくて、年かさの女中をお供に連れてたよ。そンで、おらと話しにきたっていうからさ、二重三重にびっくりしたもんですよ」

美春は、宿場町の側から駕籠でやってきた。いきなり待合場を訪れて、おとびに声をかけてきたから、まわりで渡し船を待っていた客たちも魂消《たまげ》ていた。

島田髷に花簪をさし、小豆色と路考茶《ろこうちゃ》の縞柄の振り袖に、麻の葉柄と黒繻子を組み合わせた昼夜帯を締めていた。振り袖など、このあたりではめったに見かけるものではない。

条川の中流の木橋を渡ってきたのだろうから、ちょっとした遠出だろう。それでも旅装ではなく晴れ着姿で、足元も草鞋《わらじ》ではなく草履を履いている。ずっと駕籠に揺られてきたのに違いない。筑地屋が裕福であることを、これでもかと見せつけるためだろうか。おとびはかちんときた。

しかし――

「あなたが喜代丸さんの妹さんですか」

美春の声はうわずって震えていた。頰は紅潮し、切れ長の目尻にうっすらと涙がにじんでいる。ここまで押しかけてくるのには、裕福な問屋のお嬢さんなりに、一大決心が要ったのだろう。

さらに、おとびが何も言わないうちに、美春は深々と身を折って頭を下げた。

「あいすみません。手前勝手なことを言って、三笠の渡し守という大事なお役目を務めておられる喜代丸さんたちご一家を悩ませていることは、あたしも重々承知しています。それはこのとおり、お詫びいたします」

呆気にとられて立ちすくむおとびの肩を、居合わせた客の誰かがせっかちに叩いた。おとびさん、こちらのお嬢さんを待合場の中へお通しして、座ってもらいなさいよ。

「いいえ、けっこうでございます」

美春はその客にも素早く断りを入れると、すがるような目をしておとびの顔を見る。

「おとびさん、ほんの半刻でかまいません。あたしの話を聞いていただけませんか」

おとびは口をぱくぱくさせた。涸れ井戸から水を汲もうとするみたいだった。滑車ばかりがからから回る。

すると、美春がおとびの手を取った。

しなやかな指。やわらかな手のひら。爪はきれいに整えられている。甘皮が剝けているところも、ひびがきれているところもない。

「おとびさん、お願い申します」

おとびの喉が、ようやく声を取り戻した。

「お、おらはここを留守にできねえ」

「それなら」と、美春は後ろに控えている年かさの女中を振り返った。「うちの女中を連れて参りました。あたしがおとびさんをお借りしているあいだ、ここの留守を預からせます。それじゃあいけませんか」

おとびが返答できないでいるうちに、集まっていた野次馬の客たちが、いいよいいよと勝手に返事をしてしまった。

「おれたちも留守を見てやる」

「おとびさん、行ってあげなさいよ」

野次馬たちは、筑地屋の威光がどうのこうのという以前に、美春の一途なしおらしさに胸を打たれてしまったのだろう。みんなで美春の肩を持ち、おとびの背中を押しやるのだった。「話っ

そう言い置いて、野次馬たちはがやがやと引き揚げていく。美春は彼らにまた頭を下げてから、

「ちゃんとおもてなしするんだよ、おとびさん」

押したり引いたりされながら、結局、美春と一緒に丸太小屋まで戻ってきてしまった。

「おとびさん、早く来なよ！」

「さあ、筑地屋のお嬢さん。喜代丸のうちはこっちですよ。あたしが案内してあげよう」

「そもそも、もったいねえ縁談なんだ。しかも、こうしてお嬢さんが自ら足を運んできてくださってるのに」

「そんな意地悪を言うもんじゃねえ」

だが、おとびの恐怖の叫びも、野次馬たちの耳にはただの意固地に聞こえたようで、
いちばん危ない。もっとも招き入れてはいけない場所だ。

喜代丸があの土鍋の女と甘やかに語らっている住処に、どうして美春を連れていかれようか。

「うちは駄目だよ！」

が騒ぐ。おとびは一瞬、頭のなかが真っ白になって、気がついたら叫んでいた。

ああ、それがいい。すぐ近くだし。お嬢さん、その履き物で歩けますかい？　また野次馬たち
「喜代丸さんとおとびさんのお住まいに伺ってはいけませんか」

「じゃあ、どこならいいのさ」

「ここでは……」

て、ここじゃ駄目なの」

頑丈なだけが取り柄の丸太小屋を振り返り、つくづくと眺め回して、にっこりと笑みを咲かせた。

「ここが喜代丸さんのお住まいなのね」

おとびは頭がくらくらして、ちゃんとものを考えられなくなっていた。どうしよう、こんな羽目になってしまって。早く追い返さなきゃ――

「入らせてもらいますね」

美春は戸口の筵《むしろ》をあげて、勝手に丸太小屋のなかに踏み込んでいってしまった。おとびは、自分の身体のなかの血がさあっと逆流する音を聞いたような気がした。

「あ、あんた」

追いかけてゆくと、美春は土間で立ちすくんでいた。おそらく、小屋のなかに立ちこめている様々なものの臭気にうっとなったのだろう。両手の指で鼻から口元を押さえて、すぐに咳《せ》き込み始めた。

「す、すみません、お、お水を」

美春の声が苦しげにかすれる。おとびは、台所の水瓶から水を汲んできた。柄杓《ひしやく》ごと差し出したのに、美春は嫌がる様子もなく口をつけた。

ああ、もてなしてしまった。今さら追い返しても手遅れかもしれない。

――それなら、いっそこの人の話を聞いた上で、念を入れて縁談を断ろう。

この機に、喜代丸は他の女に目移りしない、女房はあなただけだと土鍋の女に伝えることができるなら、かえって幸いではなかろうか。美春本人に向かって断るならば、これ以上のきっぱりしたやり方はないじゃないか。

「ど、どうぞ上がって、休んでくだせ。汚ねえところだけど」

おとびが促すと、美春は顔を上げた。ぱあっと喜色が広がってゆく。

「か、勘違いしないでくれろ。縁談はお断りします」

「でも、あたしの話を聞いてくれるのでしょう?」

美春は囲炉裏端に上がり、長い袖を整えて、きちんと座した。それは、殺風景で薄汚れた丸太小屋のなかに、生き人形が置かれたみたいな景色だった。

美春は、熱っぽくしゃべった。

言い並べていることの大半は、庄助じいの口から聞いたことがある。筑地屋にとって、喜代丸と美春の縁談はこの上なく大切なものである。一家をあげて、美春が喜代丸に嫁ぐことを熱望している。美春の心もとっくのとうに決まっている――

「あたしは妹みたいに渡し船に乗っていないので、喜代丸さんもおとびさんもお気づきではないのでしょうが」

美春は、何度も喜代丸の姿を見に来ているのだという。

「卯辰村の側の待合場を訪ねて、勝丸さんにお頼みして」

物陰から喜代丸の姿を見つめていた。何度行っても、どれだけ見つめていても飽きない。胸は高鳴り、心が熱くなった。

「でも、このごろは勝丸さんにも、あんまり来るとまずいって言われて……」

不安でたまらなくなり、おとびを訪ねることを思いついたのだという。

「勝丸さんは、おとびさんも実はあたしと喜代丸さんの縁談に賛成しているんだって教えてくれました」

――ただ姉サは、どんなことでも兄サに反対したことがねえもんだから、逆らい方がわからねえんですよ。

「だから、あたしが直におとびさんに会って話せば、きっと味方してもらえると思ったの。この縁談は、筑地屋にとってもおとびさんたちにとっても幸せなことですもの」

最初のうち、おとびは早く美春の話を遮り、決定的な断りの言葉を口にしたくて、気もそぞろだった。だが、熱に浮かされたようにしゃべる美春は、その隙をくれない。

駄目だ。言いたいだけ言わせて、息が切れたところで撥ねつけてやるしかない。そう腹を決め、美春の言葉を浴びているうちに、だんだんとわかってきた。

美春は、喜代丸に惚れていると思い込んでいる。その気持ちに嘘はないのだろう。

だが、それはただの勘違いだ。美春は喜代丸に断られたから意地になっているだけだ。熱くなっているのは、恋心ゆえにではない。これまでの人生で、自分の思い通りにならないことにも、言うとおりにしてくれない人にも出会ったことがなかった美春は、つれない喜代丸が許せない。悔しい。うんと言わせたい。それを恋心と取り違えてしまっているだけだ。

「どうぞあたしの気持ちを酌《く》んでください。そして、喜代丸さんを説いてください。この縁談がかなったら、おとびさんにも良いことがたくさんあるんですから」

喜代丸と所帯を持つことが決まったら新しい家を建てる、おとびも一緒にそこで暮らそう、生け垣を巡らせ、畳敷きの部屋と焚《た》き口のついた風呂《ふろ》のある大きな家だ——美春は楽しげに語り、目を輝かせ、頰を染める。そろそろ疲れてきたか。声がかすれてきたか。

「お嬢さんがおっしゃることは、よくわかりましたけども」

おとびが割り込むと、美春はびくっとして口をつぐんだ。

「喜代丸は、お嬢さんを嫁にはもらいません。はっきり、そうお返事してますで」

美春はおとびを見据える。その目のまわりから血の気が引いてゆく。

「——悪いお返事なら聞きました。だから、おとびさんに味方してもらいたくて、こうして参りましたと言ったでしょ」

「おらはお嬢さんに味方しません。兄サがお断りすると言ってるんだから」

「断るのはおかしいとは思わない？」

「兄サには兄サの考えがあるんでしょう」

すると、美春の言の風向きが変わった。

「あんたたちも、筑地屋はしょせん他所者だと見下しているの？」

声が高くなり、目つきも変わった。

おやおや？　でも、不思議はないんだ。お嬢さんは意地になってるんだから、そのうち怒り出すのも自然なことだよ。

「三笠の渡し守だというだけで、自分たちは偉いって？　だから他所者なんか相手にしないと」

振り袖の袖口から、華奢《きやしや》な拳《こぶし》をのぞかせる。あのきれいで柔らかな指を拳骨《げんこつ》に固めて、何に向かって振り下ろそうというのか。

三笠の渡し守だから偉い？　おとびたちはそんなふうに思ったことはない。そう思っているのはあんたらの方じゃねえか。それで勝手に、その「偉さ」を利用したがっているんだろうが。

美春の「恋心」の底はどかんと抜けて、その抜けた穴が目に見えるようだ——と思ったとき、おとびの脳裏にある記憶が蘇《よみがえ》った。喜代丸の寝所の物入れの引き戸。内側から何かにぶち抜かれたかのように破られていた、あの穴。

「だいたい喜代丸さんは、あたしみたいな器量よしの、どこに不足があるっていうの！」

激するあまりに、美春は軽く汗ばんでいる。

興奮で目が潤《うる》んでいる。

「美春さん」

気がついたら、低く唸《うな》るような声で、おとびはそう呼びかけていた。

「あんたさんは確かにきれいだけど、神様じゃねえもん」

美春は、目の前でぱんと手を叩かれたみたいにぽかんとした。

「人の身で、神様に太刀打ちしようったってかなわねえ。温和《おとな》しく諦めなよ」

美春の顔がいっそう白くなり、口の端が引き攣り始めた。

「な、何よそれ。わけがわからないわ」

怒気が昇ってきて、一気に頬が紅潮する。

「あ、あんた、あんたなんか出戻りだっていうじゃないの」

憎々しげに口を歪め、唾《つば》を吐くように、

「それでこんな小汚いところで、地べたを這うような暮らしをしてるくせに、筑地屋の、娘のあたしに、偉そうな、口をきくわね」

これを美春の本性だと思っては気の毒だろう。でも、少なくとも本音は出た。

「もう帰んなさい、筑地屋のお嬢さん」

おとびの言葉に、美春はバネじかけの玩具《おもちゃ》みたいに立ち上がった。振り袖の先が囲炉裏の灰をかすめる。

「人をバカにするんじゃないわよ！」

そのとき、おとびは総身で感じた。

みしり。

丸太小屋が軋《きし》む。何か巨《おお》きなものが、屋根の上からのしかかってきている。その圧が、おとびの肌に感じられる。

みしり。

板張りの床に振動が走り、自在鉤が揺れる。

勢いよく立ち上がっていた美春も身をすくめ、怯えたようにまわりを見回した。

「揺れてる？」

おとびは返事ができなかった。屋根の上からのしかかっていた圧が、小屋のなかに入ってきた。

うねうねと身をくねらせて、

(何かがざらりとこすれ合う音)

迫ってくる。囲炉裏端の二人に。

(あれは大きな鱗がこすれる音だったんだ)

悪寒が走り、鳥肌が立った。

筑地屋のお嬢さん、逃げなさい。おとびは叫ぼうとした。声が出ない。息が止まる。

駄目だ、手遅れだ。動けない。

目の前で、髪を結い上げ着飾った美春が、身をよじっている。立ったまま、その身体がよじれていく。長い両袖が美春の胴に絡まり、高々と結い上げた帯がつぶれてゆく。

巻きつかれ、締め上げられている。

「お、お許しくだせえ」

おとびは必死に声を絞り出した。

「この女を追い出します。二度と喜代丸に近づけません。ですから、どうか命ばかりはお助けくだせえ！」

お助けくだせえ——のところで、おとびは一気に息が楽になった。二人の身体は解放された。囲炉裏端に倒れ、そのまま土間まで転がり落ちそうになる美春を、危ういところで抱き留めた。

そして見た。その白い首筋に、鱗を並べたような痕がついているのを。

気絶から醒《さ》めた美春は、何があったかまったく覚えていなかった。ただ、ひどく怖い目に遭ったようだということと、味方になってほしいという懇願を聞き入れてもらえなかったことは頭に残っていたらしく、それ以上はおとびに食い下がらず、しおしおと引き揚げていった。

待合場に居合わせた野次馬たちには、あとで首尾を問われるだろう。物別れに終わったと答えたら、責められるだろう。言い繕うにはどうしたらいいのか、おとびは頭が回らず、心もついていかなかった。その日の残りは、でくの坊のようになって過ごした。

そして夜半、浅く息苦しい眠りのなかで、そんなくさぐさの心配などもはや意味がないということを知った。

土鍋の女が土鍋から出てきて、おとびの枕元に座ったからである。

顔も髪も着物の柄も、土鍋のなかにいたときと同じだった。ただ、腰から下がよく見えない。正座しているようにも見えるし、二本の脚なんかなくって、ずるりと長くて白い蛇の胴体がずうっと後ろに延びているようにも見える。

鼻の穴しかない。耳たぶがない。異様に白く抜けるような肌と、大きな目。その目がおとびを見おろして、まばたきをした。

蛇の瞳。薄い膜が張ったように濡れている。

――ご苦労だったね、おとび。

女の声は優しい。顔を近づけてくる。首が長い。色のないくちびるが迫ってくる。顔と顔とがぎりぎりまで近づく。

女は息をしていない。

——でも、もう潮時だとわかったよ。

瞳が尖る。三日月のように。

——ああいう女がうろつくところに、あたしの大事な夫、喜代丸を置いてはおかれない。あたしのそばに連れてゆく。

おとび、別れを悲しんではいけない。喜代丸は人の世を離れて幸せをつかむ。人の身では味わうことのない永遠《とこしえ》の幸せを。

ああ、とうとうそうなってしまうのか。眠ったまんま、おとびは泣いた。

「翌朝、おらが目を覚ましたとき、兄サは丸太小屋から姿を消してました」

とっさに、おとびは喜代丸の寝所の物入れを開け放った。喜代丸の身を案じるあまりに、恐怖を忘れていた。

「今思えばバカみたいだけども、兄サがあの土鍋のなかに入っちまってるんじゃないかと思ったんだわ」

蛇の化身の女に巻きつかれ、一緒にしっぽりと土鍋のなかに収まって、嬉しそうに笑っている——

「だけど、土鍋も消えてなくなってた」

もうこの小屋に用はない。あたしのそばに連れてゆくと、女は言った。

川だ。粂川だ。

「そう思って駆け出したら、近所の人がうちの方へ走ってくるのに出くわしたんだ」

――大変だよ、おとびさん！

「兄サは、二番目の笠岩の上に座ってた」

渡し守の半纏《はんてん》を着て、日よけの笠を背中に付け、手甲脚絆もきちんと身につけていた。

「だけど、渡し船は岸に繋いだまんま。兄サは身一つで粂川の真ん中まで行って、二番目の笠岩の上にうずくまって、膝を抱えてた」

そして、幸せそうに微笑んでいた。

「秋雨の時季だけど、そのころはお湿りの一滴もなくて、乾いた天気が続いてたんだ。なのに、その日の粂川の流れは太くって」

あたかも大蛇が身をくねらせているかのように、激しく、活き活きと流れていた。

「そのうち、二番目の笠岩のまわりで、大きな三角波が立つようになってさ。あんなの、川の波じゃなかった」

うずくまって微笑んでいる喜代丸の顔にも身体にも、波飛沫《なみしぶき》が降りかかる。しかし喜代丸は身じろぎもしなかった。

「対岸から勝丸が船を出そうとしても、川のうねりに邪魔されて、まるっきり舵《かじ》がきかなかった

って、それはあとで聞かされた話だけども」

おとびも勝丸夫婦も、急を聞いて集まってきた地元の人びとも、手をつかねて見守ることしかできなかった。

――お～い、喜代丸さん！

人びとが口々に呼びかけても、喜代丸は知らん顔で微笑み続ける。ときどき小さくうなずいたり、くちびるを動かしたりしているけれど、声は聞き取れない。誰とやりとりしているのか。誰に向かって笑みを見せているのか。おとびだけは知っていた。

喜代丸のまわりで、粂川の水はいよいよ激しく踊り狂い、歓喜の高波を立てる。

ざぶん、ざぶん、ざぶん。

「そンで、兄サの姿がふっつり消えた」

栈橋や岸辺に集まる人びとは驚きと恐怖に叫んだが、おとびは一人、落ち着いていた。

喜代丸は行ってしまった。死んだのではない。粂川の水神様と一緒に、永遠に生きる。

「……わかってるのに涙が出てきてさ。おかしいよね」

三笠の渡し船は、まる三日休んだ。そのあいだに、おとびと勝丸夫婦で喜代丸を葬った。亡骸がないから、棺桶《かんおけ》には喜代丸の衣類などを入れた。

「普段は、お弔《とむら》いっていったらみんなで助け合うもんだけど、兄サはああいう死に方だったから、近所の人たちからは遠巻きにされちまったし、おらたちも、他人に関わってほしくなかった」

三笠の渡し守の家のなかで、始末をつける。

「けども、やっぱり遠縁とはいえ縁続きだからね、阿和利屋のおかみさんだけは、いろいろ面倒みてくれて」

さらに、おかみは、おとびの今後のことも心配してくれたのである。

「勝丸のことは、なんもかんも嫁に任せとけばいい。けども、おらは出戻りの独り身だもんね」

平気だけどさ、全然。寂しくなんかねえ。おとびは小さく呟いた。

「わたしも、こうしてお話を伺ってきて、おとびさんはずいぶんと気丈で立派だなあと感じ入っております」

これが果たしておとびに対する褒め言葉になるのか、いささか不安だ。でも、富次郎は素直にそう口にした。

「最初に、阿和利屋のおかみさんから、いつまでもめそめそしてると喜代丸さんのためにもよくないから、他所で胸の内を語ってこいと勧められたとおっしゃいましたよね」

「うん」

「いかがでしょう。少しは胸のもやが晴れましたか」

おとびは富次郎の顔を見た。子供がきれいな小鳥に見入るような眼差しだ。自分に向かってこんなことを問うてくれる人がいるのかと驚いている。

「おら、いつもはたいがい、何も考えずに暮らしてるんだよね」

そう言って、ちょっと恥ずかしそうに目をしばたたかせ、下を向いた。

「だけど……たまに、ひょっこりと兄サのことに心が向いて、子供のときのことを思い出したり、あン時ああしてればなあとかって悔やんだりすると、泣けてきちまう」

荒れた指をいじりながら、小さな声で言う。

「筑地屋のお嬢さんより、よっぽど諦めが悪いやね」

「美春さんは、その後は」

「兄サが死んで三月《みつき》もしないうちに、城下の商人の倅と縁談がまとまって、さっさと嫁いでいっちまいましたよ」

それは諦めがいいのではなく、恐れをなしたのだろう。粂川から遠く離れるに越したことはないと、逃げ出したのだ。

「おかみさんはね、粂川のことも、三笠の渡しのことも何も知らねえし関わりもねえ人に、兄サの話をするのがいいって言ったんだ」

よき助言である。実に賢いおかみさんだ。

「そンで吐き出して、泣ききってしまえば、おらももう泣かずに済むって」

それには、ちょっとだけ異論がある。

「でもね、思い出を懐かしんで涙するのは、悪いことじゃありませんよ。それは我慢しなくたっていいでしょう」

「……そうかねえ」

日焼けのしみついたおとびの頰に流れた涙の跡。無理矢理こすって消すことはない。喜代丸だって、そんなことを望んではいまい。

「阿和利屋のおかみさんには、おとびさんにわたしどもの変わり百物語を勧めてくださったことを、厚くお礼申し上げねばなりません。どうぞよろしくお伝え願います」

締めの挨拶みたいなことを言ってしまって、富次郎は内心慌てた。まずい、まだもう一つ、おとびに尋ねたいことがあるのだ。

粂川の水神は、なぜ土鍋に入って現れたのだろう。その土地の暮らしに馴染んだ器だという以上の意味があるのだろうか。

切り出す呼吸を計りつつ、ちょっと疲れたようなおとびの横顔を見守っていたら、

「三島屋の小旦那さん」

いきなり呼びかけられ、富次郎は思わず座り直した。「はい！」

「小旦那さんにも、あン時ああしてたらなあって悔やむことはあるかい？」

富次郎は真剣に考えた。「……有り難いことに、今のところはありませんね」

「そしたら、心配事はある？」

それなら、大きなものがある。

「やはり、身重の従妹のことでございます。お産は、軽いにきりなし重いにきりなしと申しますでしょう。元気な赤子の顔を拝んで、従妹と喜び合う時までは、心配でたまりません」

「従妹さんのことなのに」

「妹のように親《ちか》しいものですから」

おとびの日焼けがしみついた顔に、理解の影がさした。光があたったのではない。寂しい影が

落ちた。

「心配するしかないのはつらいよね」

富次郎はおとびの目を見つめ返し、一つ、二つ、深くうなずいた。

「それでも、おとびさんはそのつらさに負けず、お兄さんのために案じ続けた。何も悔やむことはないと、わたしは思います」

おとびの目尻が赤くなった。

「従妹さんの赤子、いつ生まれるの？」

「来春、如月《きさらぎ》（二月）になりますかねえ」

「それじゃあ」と元気な声を出して、おとびは懐に手を入れた。「従妹さんにこれ、あげて」

半紙に包まれたお守りのようなものを取り出し、畳の上にそっと置いた。

「飛び魚の羽根だよ。安産のお守り」

「いつも持ち歩いているんですか」

「うん。おら、縁起物の名前を持ってるんだから、これぐらいは気を利かせねえとね」

ほかには取り柄がないんだから……と言って笑った。その笑顔に、富次郎は安堵した。もやが晴れてる、と思った。

「ありがとうございます。大事に頂戴《ちょうだい》して、従妹に渡します」

珊瑚玉の簪を忘れずに、しかしもう髷にはささず、大事そうに帯の隙間に差し込んで、おとびは黒白の間を去っていった。

名残に、かすかな潮の香が漂うような気がする。粂川の河口の水の匂いだろうか。

もらいものの飛び魚の羽根を手にしたまま、富次郎がじっと座っていると、次の間へ通じる唐紙が開いて、女中のお勝が顔を覗かせた。

「ご苦労様でございました」

「うん。いやはや、なかなか」

にっこりして、小さな安産のお守りの包みをかざして見せた。

「有り難い置き土産付きのお話だったね」

しかしこれ、すんなりおちかに渡してしまっていいものだろうか。

「やっぱり、おっかさんに相談してからの方がいいよね」

だいたい、富次郎はまだおちかに祝いも見舞いもしていない。菱屋にいる兄の伊一郎は客分扱いしてもらって、さっさとお祝いに行ったというのに。

「左様でございますね。変わり百物語の置き土産ということで、お嬢さんは喜ばれることでしょうが、旦那様とおかみさんのお考えは、また違うかもしれません」

あ、そうか。いつまでも、変わり百物語に関わりのあるものをおちかに寄せつけるなと、叱られることもあり得る。

——難しいなあ。

首を縮めて、湯飲みに残った番茶を飲もうとしたら、お勝が淹れ換えてくれた。

「この前、話を終えた語り手との縁《えにし》を残すようなお節介をしたら、今度はお土産をもらえちゃったよ」

　このように語り手との線を残すのは良いことなのか、悪いことなのか。前回の語り手、餅太郎はまだ、編み込み草鞋を持って三島屋を訪ねてきていない。諦めるには早かろう。だが、ずっと待っていても来ないような気もする。来ないまま終わってしまえばいいのだ——と思うのは臆病《おくびょう》なのか、分別があるのか。

「だけど、おとびさんには、一つ訊きそびれてしまったことがある。わたしはまだまだ未熟だなあ」

　富次郎が土鍋の謎を持ち出すと、お勝は真剣な顔つきになり、声をひそめた。

「実はわたくし、ずいぶんと昔ではありますが、海苔の養殖が盛んな土地に逗留《とうりゅう》したことがございますの」

　当然、三島屋に住み込む前の人生のなかの出来事であろう。

「そう。やっぱり、禍祓《まがばら》いのために呼ばれていたのかな」

　お勝は、もともと邪《よこしま》なものを祓い鎮める務めを果たし、それを生業としていたのである。おちかと出会ったのも、その縁に引かれたからであった。

「はい、まあそのような事情で」

　さらりと受け流して微笑み、お勝はすぐ真顔に戻った。

「その土地では、日々の暮らしのなかでは鉄鍋や鉄瓶が多く使われておりましたが」

　海苔の売り買いのときだけは、容《い》れ物として土鍋やどんぶりを用いていたという。

「その年の新海苔が採れますと、鎮守様に奉納するのですが、その際も立派な土鍋に容れておりましたわ」

金気の容れ物だと、せっかくの海苔の風味を損じてしまうからだと、お勝は言う。

「もちろん板海苔ではなく、生海苔の場合でございますが。おとびさんの土地でも、事情は同じではないでしょうか」

ははあ、なるほど。

「卯辰村の海苔は、お城の御用達《ごようたし》だと言っていたよね。土鍋に容れて、うやうやしく運んで行くんだろうか」

その様子を拝んでみたいものである。

「おとびさんにとって、しっかりした容れ物といえば土鍋だから、水神様が土鍋に入っておわすのは、いちいち説明の要ることではなかったのでしょう」

現れた瞬間から得心のいくことだった。

「ただ、土鍋の重い蓋を持ち上げて、なかを覗き込んだら、己の運命《さだめ》がそこに入っていた……というのは恐ろしゅうございますわ」

どんぶりの蓋や木蓋と違い、それなりの大きさがある土鍋の蓋は、開けるつもりで持ち上げなければ動かない。もののはずみで開いてしまうことはないし、頑丈だからそうそう割れない、壊れない。

まさに、進んで手を伸ばし、力を込めて持ち上げなければ、その蓋の下に隠されているものと相まみえることはないのだ。

それはつまり、運命を選び取ること。

「しかしお勝さん、さっきからなんでそんなに声をひそめてるんだい?」

お勝は首を縮めた。「聞き手と守り役が、終わったばかりの語りを肴に、こんな問答をしていいものでしょうか。聞き捨ての決まりを破ってしまいませんか」

そんなこと、富次郎は考えてもいなかった。

「おとびさんが帰ってから、わたしもお勝さんも黒白の間から出ていない。今のうちなら許されるだろう。それに、この問答は、わたしがおとびさんの話を聞き捨てにするためにも必要だから」

気に病むことはないよと笑いかけて、富次郎はつと瞬きをした。

あれも、この黒白の間で話すのなら、許されるだろうか。他の場所で口にのぼせたくない。あの商人風の男のこと。

富次郎とあいつのやりとりは、ただの夢か幻だった。最初はおちかの祝言で酔っ払っていたし、二度目は夜なべで居眠りしかけていた。

だが、お勝はあいつのことを知っている。けろりとして言っていた。

——人じゃあないんでしょうけれど。

一度、きちんと訊いておいた方がいいような気もするし、何も聞かずにおいた方が、余計な煩《わずら》いがなくていいようにも思う。

迷って躊躇って、ここまで打ち明けられずにきた。今なら好機だ。富次郎、臆病風を振り切っ

て、言うんだ──

「ところで、これは黒白の間のなかだけの話という意味ではなく、本当の内緒話でございますが」

お勝に先んじられてしまった。

「な、何だい？」

富次郎の声がやけにうわずるものだから、さすがの聡明《そうめい》なお勝も誤解してしまったらしい。切れ長の目をちょっと瞠って、

「あら、小旦那様、やっぱりご存じでしたのね」と言った。

「何にもご存じないよ。どんな内緒話かな」

お勝はほっそりした顎を引き、つくづくと富次郎の顔を検分した。

「伊一郎さんの……若旦那のお話でございますわ」

食えない兄さんのことか。

「わたしを置いてきぼりに、菱屋からの祝いを持って、瓢簞古堂へお祝いに行ったんだってね。その抜け駆けなら知ってるよ」

お勝の目尻が緩み、苦笑が浮かぶ。

「それは小旦那様のお恨みをかっても仕方ない仕打ちでございますわね。でも、堪忍してあげてくださいまし。伊一郎さんは、おちかお嬢さんのおめでたがなくっても、ほかでは口に出せない愚痴をこぼしたくて、瓢簞古堂さんへ行こうとしていたらしいですから」

あのつるりとした上出来の兄さんに、どんな愚痴があるというんだ。

「何ですか、菱屋さんを経由して、なかなかお断りしにくい縁談が来て、苦労なさっているようでございます」

その縁談は、もちろん伊一郎が三島屋へ帰って跡取りになることを前提としたもので、だから菱屋のお内儀からは、伊一郎の両親である伊兵衛とお民にも話が通されたそうだ。

「それだから、うちの旦那様とおかみさんにもこぼすことができなかったんですわね」

「しかし兄さんは、嫌な縁談を断るのに、遠慮するような人じゃない。なんで苦労なんかして、ぐちぐち悩んでるんだろう」

お勝はちょっと横目になって、邪な企てをする悪人のように考え込んだ。

「この内緒話は、若旦那が勘一さんとおちかお嬢さんにこぼして、回り回ってわたくしの耳に入って参りましたの」

どう回り回ったのか気になるが、ままよ。

「それで、わたしを蚊帳の外に置かぬように、教えてくれるんだね？」

横目をやめて、お勝はうなずいた。そして言った。「伊一郎さんは、ただその縁談が気に染まなかったからお断りしたかったのではなく、ほかに意中の人がいらっしゃるのだそうですわ」

あれまあ。富次郎はしゃっくりが出そうになった。

「それ、おっかさんは知ってるのかしらん」

「いいえ、そこまではご存じありません」

「実は、わたしも最近、兄さんと話をしたけどさ」

順番としては、伊一郎が瓢箪古堂へ行き、帰り道についでで富次郎と会ったときのことである。

「そのとき、バカに力を込めて、嫁取りは大事だ、男子一生の仕事だとか吹いていたんだ」

勘一とおちかがいい夫婦だと、感に堪えぬように褒めあげていた。そんな伊一郎の様子から、富次郎も何となく、

「兄さんに縁談でも来てるのかなって思ったんだけど、当たってたんだね」

しかし、想う相手がいるとはなあ。

「どこのどんなお嬢さんなんだろう。いや待てよ、あの兄さんが想っても通じない人がそうそういるわけはない。ただのお嬢さんじゃなく、もっと難しい相手……。まさか人妻とか？　後家さんで子供がいるとか？　あるいは台所女中で、ひらがなもろくに読み書きできないくらいだから、さすがにこれじゃあうちの両親がうんと言いそうにないとか？」

富次郎が言いつのるのを、お勝はぽかんと見ている。

「どれも外れでございます」と言った声音は、ちょっと冷ややかだった。

「やや、兄さんのこととはいえ、ふざけちゃいけないよね。ごめんごめん」

それで結局、どういう人なのさ？

「小旦那様、固く内緒にしておかれますか」

「しておかれる。約束する」

「わたくしは、この恋にからんで、万がいち若旦那に何か困ったことが出来《しゅったい》したとき、すぐさま

小旦那様が力になれるようにと思いまして、お話しするんでございます」

たった二人だけの兄弟だから。

「わかってる。兄さんが、よっぽど困ったところでわたしには頼ってこないのもわかってる。そのへん、意地というか誇りというか、面子《メンツ》があるからね。だけど、わたしは力になりたいから、心の用意をしておきたい」

お勝はまたうなずいた。富次郎に向かってではなく、（よし話しておこう）と自分を納得させたようである。

「この縁談のお相手は、菱屋さんの大事な取引先で……屋号までは申しませんが」

厄介な理由は、大変わかりやすい。

「伊一郎さんの意中の人は、縁談のお相手の妹さんなんでございます」

姉との縁談を勧められているのに、伊一郎の心は妹の方にある。

「それ、相手も知ってるの？」

「妹さんの方はご存じですわ」

「姉さんは知らないのか。誰か言ってやりゃいいのに。姉だろうが妹だろうが、とにかく縁談がまとまれば、菱屋の顔は立つんだし」

黒白の間の下座の側に富次郎。仕切りの唐紙のそばにお勝。いつもとは違う配置でやりとりする二人を、まだ何も描かれていない、床の間の白い半紙が眺めている。

「先様には、姉娘さんは先妻の子で、妹娘さんは後妻の子だという事情がおありのようですの」

子供は姉妹二人だけ。主人と後妻は、妹娘に婿をとらせて跡を継がせたい。だから、姉の方は早めに外へ嫁がせてしまいたい。

「……兄さんはうちの跡取りだ。他所《よそ》のお店に婿入りなんかしないよ」

富次郎は言って、拳を固めた。

「別に、長男であることに縛りつけられてるんじゃない。この三島屋を受け継いで、もっと大きなお店にしたいんだって、本人が言ってた。それが兄さんの夢なんだ」

婿入りは駄目だ。その妹娘との縁は、諦めてもらうしかない。さもなきゃ、三島屋を諦めるかである。

「難しゅうございますわね」

お勝も眉間にかすかな皺を寄せている。

「わたくしはただの奉公人でございますから、いっそお二人で駆け落ちしてしまい、ほとぼりが冷めたら三島屋にお戻りになればいいと思いますけれど」

お勝、こういうことでは容赦がない。

「そうはいかないのでございましょうね」

おちかと勘一は、伊一郎の苦しい胸の内を聞いて、どんな慰め方をしたのだろう。

「姉娘の方は、兄さんとの縁談に乗り気なんだろうから、気の毒だよねえ」

溜息《ためいき》をつくついでに、富次郎は言った。が、お勝の顔を見たら、溜息が途中で止まって、またしゃっくりが出そうになった。

「……もしかして、気の毒じゃないの？」

「姉娘さんの方は、伊一郎さんに嫁ぎたくないそうですわ」

「そりゃ、妹の想い人だから……いや、そうだと知らないのか」

知らないのに、嫌がっているのか。

「好みってもんはあるんだろうけどさ、商家の娘の縁談なんか、たいていは親や親戚が決めるもんだろ？　それで偶々《たまたま》うちの兄さんみたいな札を引き当てたなら、とんでもない大当たりだ。三遍回ってワンと吠《ほ》えて踊りを踊って喜ぶもんだ。それを何だよ、失礼な！」

黒白の間に沈黙が落ちた。いつもの語り手と聞き手のあいだに流れる沈黙とはひと味もふた味も違う、煮っ転がしみたいに気さくな沈黙の味。

「そのおっしゃりようは、いけませんわ」

お勝の眼差しが小さく尖る。ミツバチの尻の針のように。

はい、富次郎も反省しています。

「つい口が滑りました」

入り組んだ事情までは知らずとも、伊兵衛とお民は揃って、

――伊一郎が嫌がっているのなら、そんな縁談は白紙にすればいい。

あっさり片付けているという。

「二人とも、わたしには何にも言ってこないよ。匂わせてさえいない」

「余計な心配をかけぬよう、黙っておられるんでございますわ。それでなくても、小旦那様の心

は今、おちかお嬢さんの安産祈願でいっぱいでしょう」

富次郎はうなじを搔《か》く。

「いろいろ済まないね。でもさ、この先、兄さんが困っている様子があったら、また教えてください」

お勝はいずまいを正し、畳に指をついて頭を下げた。「お教えするのではなく、ご相談いたします」

飛び魚の羽根を大事に懐にしまい込んで、富次郎は黒白の間を出た。

江戸の町はいよいよ秋が深まり、季節の品物の売り時だ。三島屋は日暮れてからも客足が切れず、伊兵衛もお民も忙しそうだった。富次郎は新太と夕餉《ゆうげ》をとり、自分の居室に戻って、文机《ふづくえ》に向かった。

たっぷり墨を磨《す》ると、筆馴らしに、戯画帳をめくってお手本にしながら、渡し船や土鍋、吹き流しなんかを描いてみた。蛇も、可愛らしいものから恐ろしい姿のものまで、いろいろな図案がある。

真夜中の闇の底で、土鍋のなかの異形の女と語らっていたという喜代丸。そのときの彼の顔——おとびでさえ目にすることができなかった甘い笑顔を描いてみたい。この話の聞き捨てには、それがふさわしいと思う。

しかし難しい。富次郎の技量では、絵に仕上げることができない題材だ。

こういう壁にぶつかるのは、これが初めてではない。たぶん、今後はもっと頻繁にぶつかるようになる。自分は、聞き手としての経験を積んでいけばいくほどに、戯れであっても絵を描く者としては、修練不足を痛感して、身もだえするのではなかろうか。

――ぞっとする。

ともあれ、今はまず、おとびの涙を聞き捨てにしなければならない。

腹をくくったら、思いつくものは一つだった。土鍋だ。真新しい、欠けもしみも汚れもない土鍋。ただ、その素焼きの肌にはうっすらと、蛇の鱗の模様がついている。

蓋は閉めてある。この蓋を開けようとする者は、なかからどんな運命《さだめ》が顔を覗かせ、おまえに呼びかけてこようと、受け止める覚悟をしなくてはならない。

惚れるというのは、そういうことだろう。

*

翌朝、父母と三人で朝餉の膳《ぜん》につくことができたので、飛び魚の羽根のお守りを見せて話をした。二人とも大いに喜んだ。変わり百物語の置き土産だから嫌がるなんてことは、これっぱかしもなかった。

「これを持って、おちかに会いに行こう」

「わたしも行っていいんですか」

「顔を見て、お祝いを言うだけならね。おちかの目の前で卒倒しちゃいけないよ」

こうして、やっとこさ瓢簞古堂を訪ねることができた富次郎は、卒倒こそしなかったものの、おちかの手を取って男泣きに泣いた。

「従兄《にい》さん、ありがとうございます」

おちかも泣いていた。

「このお守り、肌身離さず持っていますね」

泣くだけ泣いたら、自分でも意外なほどに、富次郎はさっぱりした。おちかの夫の勘一に、じぐじぐと蛞蝓《なめくじ》みたいな嫉妬《やきもち》をやいていたのが嘘のようで、まるで雨上がりみたいだ。

そしたら、頭も回り出した。

「そうだ、戯画帳」

「はい？　本の御用でしょうか」

「うん。わたしの腕じゃ追っつかないものを描きたいときに、頼りになるのはお手本だから。手持ちのじゃ、もう足りなくってさ」

勘一と一緒に瓢簞古堂の書庫へ行き、あれやこれやと見繕ってもらった。話がはずみ、何度か声をたてて笑った。

おちかは大丈夫だ。おいらも大丈夫だ。本の包みを背負って、富次郎は三島屋に帰った。

第三話

よって件のごとし

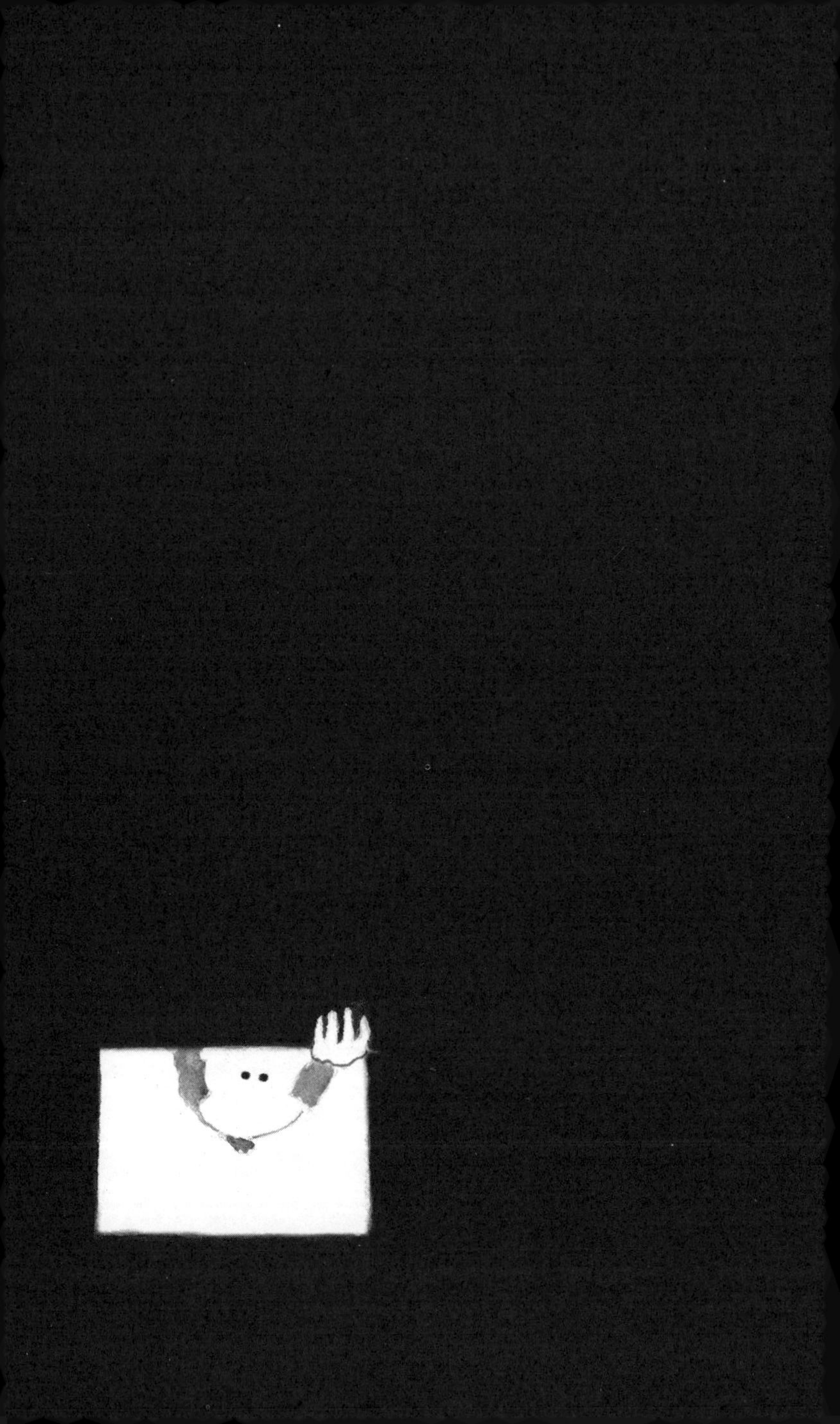

伊一郎に縁談が来た。〈菱屋〉の仲立ちで、良縁に思われたが、本人の意に染まぬところがあり、まとまらなかった。本人はもちろん、三島屋としても、深く気に病まねばならぬような仕儀ではない。縁がなかった、それだけのことだ——

父・伊兵衛から、富次郎がそのように手短に聞かされたのは、神無月《かんなづき》（十月）の朔日《ついたち》のことであった。おやつ時に伊兵衛の居室へ呼ばれ、紅葉の色と形の練り切りを食ってほうじ茶を飲みながらの話である。

富次郎は、（いろいろ経緯《いきさつ》があったことは知ってる）という本心を押し隠し、へえ、そう、おや残念、相手はべっぴんじゃなかったの、なんて言い散らしつつ、美しい練り切りの甘味を堪能《たんのう》した。この話しぶりでは、伊兵衛とお民は、伊一郎がその縁談を断った真《まこと》の理由《わけ》を知らされぬままであるようだ。まあ、その方がいいよな。

「縁談を断ったからって、菱屋の顔を潰《つぶ》したわけじゃなし、こっちにはいささかの負い目もない。ただ、もう菱屋から離れてもいい頃合いだという、これはしるしだ」

伊兵衛は言って、温《ぬる》いほうじ茶をがぶりと飲んだ。

「今年いっぱいで、伊一郎をうちへ戻そうと思う」

わあ。思っていたより早かった。

「そりゃ嬉《うれ》しい。暮れの忙しいときに、兄さんがいてくれるなら、こんな心強いことはありません」

「そうあてにするな。長いこと、袋物屋の商いからは離れていたんだ。一から教え直さないとならないよ」

「だとしても、兄さんは覚えが早いから大丈夫ですよ。でも、菱屋さんは承知しているんですか」

「あと一年とか、あと半年とか言ってきたが、きりがないから駄目だよ。何より、伊一郎がもう潮時だと言っている」

伊兵衛は三つ目の紅葉の練り切りを口に放り込む。おとっつぁん、もうちょっとゆっくり味わった方がよござんすよ。

「ところで富次郎、この頃の変わり百物語だが、お茶を挽《ひ》いているようだね」

そうなのである。飛び魚のおとびの語りのあと、灯庵老人の周旋で三人の語り手を迎えたのだが、どうもよろしくなかった。

一人目は品のいい隠居風の老婆だったが、その語りは頭から尻尾《しっぽ》まで、自分がいかにひどい嫁いびりを受けたかという苦労話だった。怪異味はほとんどなく、強いて言うなら姑《しゅうとめ》が鬼より怖かったというだけである。二人目は貧相な御家人で、最初《はな》から反っくり返って威張っており、黒白の間に備えてあった黒漆塗りの刀掛けが気に入らぬと難癖をつけ、掛け軸の半紙が「弔《とむら》いのようだ」と怒り、お勝が菊と紅葉を活《い》けた花器を蹴飛《けと》ばして暴れたので、すぐお引き取りを願った。

とどめの三人目は、目尻《めじり》がきりりと引き締まった若い商人《あきんど》で、白く長い指と紅《あか》いくちびるが女形《おやま》のようだった。実際、役者であってもおかしくないほど声もよく、流暢《りゅうちょう》に語ってくれたのだが、内容がいけなかった。甲州《こうしゅう》街道のどこかの宿場町で、人を取り殺すお化けが出ると評判の旅籠《はたご》に泊まった話なのだが、あいにくと富次郎は、それとほとんど同じ話を、瓢簞古堂から借りてきた『諸州革袋評判記』という旅日記で読んだばかりだったのだ。しかも、それを「気晴らしに」と薦めてくれたとき、勘一はこう教えてくれた。

――この題名は、革袋に容《い》れて運ばないと漏れてしまうほど出来の悪い話だと謙遜《けんそん》しているのです。読んでみるとそんなことはなく、近ごろ、両国広小路《りょうごくひろこうじ》のある軍記語りが、長い話のあいだの箸休《はしやす》めに、この旅日記からいくつか逸話を選んで、若い弟子たちに語らせたところ、面白いと評判になっているんですよ。その逸話に付箋《ふせん》を貼っておきましたので、ぱらぱらめくってみてください。

三人目の語り手の若い商人が、自分の身に起きたことだと語った話は、まさにその軍記語りが選んだ逸話であった。

――大嘘つき野郎めが。

思い出すと腹立たしくて、富次郎も三つ目の練り切りを吞《の》み込んだ。

「うちの百物語は、そもそもおちかのために始めたものだ」

伊兵衛は言って、富次郎に笑みを見せる。

「今こうして、おちかが幸せに暮らしているからには、無理に続けていくこともない。やめてしまってもいいんだよ」

風向きがそっちに変わるとは思ってもみなかったから、富次郎はびっくりした。外れを引くのは悔しいし疲れるけれど、変わり百物語をやめようなんて思ったことは一瞬もない。

「いいえ、やめるなんてとんでもない」

その素早い言い返しに、今度は伊兵衛の方が驚いたようだ。「こりゃまた、打てば響くような返答だね」

いかん、真剣に言わなくては。富次郎はがばりと座り直した。

「わたしのような半端野郎の緩んだ性根に、これほど効き目のある薬は他にございません。わたしがへこたれて、いくら変わり百物語を続けても、もう何も学ぶことがなくなってしまったと諦《あきら》めるまでは、どうか続けさせておくんなさい。お願い申します」

手をついて頭を下げると、伊兵衛は慌ててしまって、「まあ、まあ」と声を出したと思ったら、激しく咳《せ》き込んだ。お茶が変なところに入ってしまったのだろう、湯飲みをつかんだまませいぜい喘《あえ》いでいる。

「おとっつぁん、しっかりしてくださいよ、おとっつぁん！　息をして、息をして」

肩をつかんで、背中をバンバン！

「わ、わかった、もういい、もういい」

苦笑いの伊兵衛は、つと真面目な眼差《まなざ》しになって、次男坊の顔を見た。

「一つ言っておくが、おまえはそんな半端野郎でも、性根が緩んでいるわけでもないよ。むしろ真っ直ぐで気が優しくて、いつもまわりのことを思いやっている」

「へ？」

まっこうから褒められて、富次郎は間抜けな声を出してしまった。照れくさいが、もちろん嬉しい。伊兵衛は商売人としては弁が立つが、父親としてはつるつる上手にしゃべる気質《たち》の人ではないのだ。

「おまえがおちかから変わり百物語を引き継いだのは、おまえなりに思うところがあったからだということも、私はよく承知しているよ。だから、冷や水を浴びせるつもりは毛頭ないんだけどね」

実を言うと、変わり百物語について、今はお民が渋っているのだ――と伊兵衛は言った。打ち明ける口調である。

「おっかさんが？」

「うむ。おちかにとって大切なこの時期に、怖い話の聞き取りなんぞ続けていてほしくない。やめられないのか、せめて休めないのかと」

暦は神無月になった。おちかは年明け睦月《むつき》（一月）の半ばには臨月に入る。初産は遅れがちなものだが、必ず遅れると決まっているわけではない。むしろ、正月を迎えたら、いつ生まれてもおかしくないと考えた方がいいくらいだ。

もろもろの支度を調えるのに、あと三月《みつき》しかない。年末年始にかかるから、そうでなくともやるべきことが多い時期だ。お民は、お産の支度は早手回しに始めてはいけないと手控えており、先月中ごろの戌《いぬ》の日、おちかが無事に岩田帯を締めたところで、「それっ！」とばかりに取りかかったから、なおさら慌ただしいことになった。山ほどのおむつ、おくるみ、赤子の魔除《まよ》けになる麻の葉柄の産着。おちかのための新しい寝間着。それぞれに洗い替えも必要だ。お民は毎日針を手にして、何かしら縫っている。

当初、嫁ぎ先の瓢簞古堂で正月を祝ったら、おちかは三島屋に里帰りしてきて、こっちでお産することになっていた。ところが、だんだんとお腹が大きくなってくるあいだに、本人の考えが変わってきたらしく、瓢簞古堂で産みたいと言い出した。

――わがままを言ってごめんなさい。でも、うちの人を育ててくれた、たくさんの書物に見守ってもらって産みたいんです。

これには、亭主の勘一も喜んでいるらしい。

夫婦仲が良いことも、おちかが瓢簞古堂の暮らしに馴染《なじ》んでいることも、三島屋としては喜ぶべきことだから、それを否とは言えぬ。

よし、ならばこっちが世話しに通おう。両家は、雨降りでも走れば傘が要らぬほどの近さだ。おまけに、三島屋の古参女中だったおしまが今は瓢簞古堂の奥を仕切っている。お民とおしま、お勝の三人でいざという時の段取りを相談しているのは、富次郎もしょっちゅう見かけて知っていた。

三島屋はおちかの実家ではなく、叔父叔母《おじおば》の家だ。実家は川崎宿の旅籠《はたご》〈丸千《まるせん》〉で、そこには両親、兄・喜一《きいち》とその妻子が暮らしており、皆でおちかの赤子に会える日を楽しみにしている。

ただ、旅籠商売はそれでなくても休みにくいものだが、正月から睦月いっぱいは、川崎のお大師様詣《まい》りのお客がどっと寄せてくる稼ぎ時だ。おちかの母親でさえ、そうそう身軽に抜け出してきて、娘の世話を焼くわけにはいかない。自然とお民がその分を背負《しょ》うことになり、一から十まであれこれと気を配り、忙殺されているのである。

しかし、忙しくなればなるほど張り切る気質のうちのおっかさんが、その一方で、今は変わり百物語に嫌気がさしているとは、富次郎も気づかなかった。

「験《げん》が悪いということなんでしょうね」

「ただの験担ぎではないんだよ。ほら、先《せん》にいっぺん、お勝が白髪になってしまったことがあったろう?」

確かにあった。変わり百物語の守《も》り役《やく》であるお勝の持つ力が、そのとき語られた話が秘めていた邪気を祓《はら》ってくれたのだが、その代償に、ひとつかみの黒髪がにわかに真っ白に変じてしまったのだった。

「ああいうことがある以上、お民が心配するのも無理はない。この大事なときに、おちかだけじゃなく、誰の身に何があっても嫌じゃないか」

富次郎にも、その懸念はよくわかる。

百物語などをすると、人の世の業を集める。人ではないものが寄りついてくる。

——おちかさんの赤子、無事に生まれるといいですねえ。

恐ろしいというよりも、忌々しいやりとりだった。富次郎の耳の奥に焼きついている。

無事に生まれてくるように、おれが守る。みんなで守る。願い、祈り、心を尽くす。

「わかりました、おとっつぁん。黒白の間に語り手を招くのは、しばらくお休みにいたしましょう」

富次郎はほがらかにそう言った。

「おちかの赤子の顔を拝むまで、わたしだって尻が落ち着きませんから、ちょうどよござんす。それに、今年いっぱいで兄さんが菱屋から戻ってくるとなれば、そっちもそっちで忙しくなりますし」

伊兵衛の目元も、安堵《あんど》に緩んだ。「伊一郎は赤子じゃない。自分の世話は自分で焼かせりゃいいんだから、放っておいていいよ」

「一足先に帰ってきた弟としては、そうも言っていられません。兄さんが奉公人たちにいじめられぬよう、怖がられぬよう、世間ずれしていない縫い子たちを片っ端から恋の病にかからせぬよう、わたしが案配しないといけませんからね」

富次郎はぽんと胸を叩《たた》いてみせて、伊兵衛は笑った。

「ただ、さっきおとっつぁんがおっしゃったとおり、このところ、聞き手としてはお茶を挽いているので……。このまま何箇月《なんかげつ》も休んでしまうのは、いささか心残りな気もいたします」

「じゃあ、どうしようか」

「あと一人だけ、実《み》のある話を聞かせてくれる語り手に巡り会わせてください。どのみち、口入屋の灯庵さんの方でも、すぐに周旋を止めることはできないでしょう」

嫌味な蝦蟇《がま》仙人のことだ。三島屋の勝手な都合で変わり百物語を休むなんて、これまで順番待ちをさせていたお客に申し訳ない、うちの信用にかかわる、この損害をどうしてくれると、ぶうたらぶうたら文句を並べるに決まっている。それをいなすためにも、あと一人は語り手を迎えて、やんわりと休もう。

「わたしがお茶を挽いているのは、灯庵さんの人定眼が怪しくなっているせいでもあるんですから、ついでに苦情も言ってやります」

「わかった。そのへんはおまえに任せるよ」

という次第で、翌日さっそく、上品な味わいの酒まんじゅうの包みを提げて、富次郎は灯庵老人の口入屋を訪ねた。薄暗い帳場に陣取る蝦蟇仙人の脂ぎった顔は、酒まんじゅうの香りに一瞬だけ明るくなったが、富次郎が用件を切り出すと、たちまち物《もの》の怪《け》の大将のような歪んだ仏頂面へと変じた。ええと、ぬらりひょんといったっけ。そうじゃなくてかんばり入道？　あれは厠の神様か。

「この帳面をご覧なさい」

蝦蟇仙人は、骨張った指で帳面を叩いた。三島屋専用の名簿だそうで、丈夫な桐生《きりゅう》和紙を紫色の糸で綴《と》じてある。

「米食い虫の小旦那《こだんな》でも、数ぐらい数えられましょう。ここに何人名前が並んでおりますかね」

「ひい、ふう、みい」

「まどろっこしい。二十三人！」

「ずいぶん待たせちゃったもんだなあ。灯庵さん、ちっと人さばきの腕が鈍ってるんじゃありませんか」

「な、な、なにを」

「そんなに真っ赤になると、蝦蟇仙人じゃなくて蛸《たこ》仙人になっちまう」

灯庵老人の手元から帳面を取り上げると、富次郎は三島屋専用の名簿をじっくりと眺めた。語り手がここで名乗った名前と身分、もしくは生業《なりわい》。カタカナで小さく添え書きされているのは、蝦蟇仙人の短評である。〈クソババア〉〈タイコモチクズレ〉〈シコメ〉〈スカンピン〉。よくない評価ばっかりなのに、それでもこの人びとを黒白の間へ周旋しようとしていたのは、いちばん下の「預金《アズカリキン》」の欄に丸があり、驚くべし、「一両」なんて書き込みもあるからだろう。

「名前を見て、ぴんと来た人をお三方選びますから、順番につなぎをとってください」

「ううう」蝦蟇仙人は汗をかいて唸《うな》る。「か、勝手なことを」

「あとの二十人には、重々お詫《わ》び申し上げた上で、預かり金をお返しくださいよ。変わり百物語を再開するときがきたら、真っ先にお知らせいたしますからとね」

灯庵老人にはああ言ったが、三人を選び出すとき、実は名前など気にしなかった。富次郎が目を皿のようにして検分したのは、この底意地悪い口入屋がつけた短評の方である。

で、選んだ三人はこんなふうだった。

〈クチボソ〉　魚の名前か。焼き物の種類にも、この名称があったような気がする。

〈エラハリ〉　顔の輪郭のことだろう。名前を見ると女人である。失礼だなあ。

そして、三人目が凄かった。

〈シンジュウモノ〉

富次郎は最初、見間違いかと思って目をしばたたいた。しんじゅうもの。心中者？　別の字を当てはめるべきなのか。「心中」と言ったら、男女の相対死《あいたいじ》にのことだと思ってしまうのは、自分がもの知らずなのか。

「誰にも見せない帳面だからこその添え書きなんでしょうが」

帳面を返しながら、富次郎は声を低くした。

「ひ、ど、い」

灯庵老人は赤黒くむくれている。「何とでもお言いなさい」

「だけど面白い」と続けて、富次郎は歯を見せて笑った。「先に種明かしをしてもらっちゃ興ざめだから、この短評の所以《ゆえん》は伺いません。ご当人にお会いしたら、なるほどと納得できるかもしれませんしね。では、つなぎをよろしくお願いしますよ」

こうして首尾を待っていると、ほどなく口入屋から手代が使いに来た。〈クチボソ〉様と〈エラハリ〉様は都合がつかず、いつか変わり百物語が再開されるときを待ちたいというご意向でございました。そうか。富次郎はままよ、灯庵老人は残念だったのではないか。例の「一両」は〈クチボソ〉様だったんだから。

残った〈シンジュウモノ〉様は、三島屋がいいならば、いつでも伺うとのことだった。いちばん意味深な短評が来てくれるのだから、願ったりかなったりではあるが、いちばん不穏な短評であることも間違いない。お民の不安を知りながら、「あと一人だけ」にこういう語り手を呼び込むのは、的のど真ん中を射るような親不孝である。

不出来な倅《せがれ》で申し訳ない。こっそり首を縮めつつ口入屋とやりとりをして、〈シンジュウモノ〉様の日取りを決めた。すると、先方は二人で来るという。おお！　ならばやっぱり〈心中者〉の字を当てていいのかと、富次郎の心は騒いだ。

さて、当日。

お勝が黒白の間の床の間に飾ったのは、小さな白い花をつけた枇杷《びわ》の木の枝と、すっかり葉を落とした柿の木の枝だ。花器のまわりには、色鮮やかな柿落ち葉を散らしてある。

「ここにいながら、紅葉狩りの名残を味わえるという趣向だね」

炬燵《こたつ》開きが過ぎたから、湯茶をわかすための長火鉢に加えて、手元で暖をとるための手あぶりが登場している。ここで使う手あぶりは、語り手の好き嫌いに障るといけないので、絵柄のない素焼きのもので揃えてある。他に色目のない座敷に、柿落ち葉がいっそう引き立って美しい。枇杷の花のかすかな芳香も加わって、心をなごませてくれる。

おしまが瓢箪古堂へ移ってから、変わり百物語のための来客を取り次ぐのは、小僧の新太の役目となった。慣れないことで、かちんこちんになっているだろうと（少し面白がって）待ち受けていると、意外にも楽しげにしゃべりながら、廊下を近づいてくる。もちろん、当の来客と話しているのだろう。

「……手前どもでこれからの季節にいちばんお薦めいたしますのが、あの肩掛けでございまして」

「手の込んだ織りですねえ。紋様のものも美しいが、絵巻物仕立てになっているものがまたいっそう素晴らしい。あれは三島屋さんの特注なのでしょうか」

「はい。織元さんから頂戴《ちょうだい》します案をもとに、手前どもの方からもあれこれお願いしまして、紋様ものは、あの幅と長さの肩掛けに仕立てたときにいちばん映えるように工夫しております。絵巻物は、貸本屋さんにご相談して、縁起のよいお話を選んでございます」

新太の声は誇らしげにはずんでいる。来客はどうやら男のようで、落ち着いた口ぶりだ。

「貸本屋さんというのは、こちらのお嬢さんが嫁いだ瓢箪古堂さんでしょうね」

おや、〈シンジュウモノ〉様はよくご存じだ。事前に、三島屋のことを調べてきたのか。

足音と人の気配が、黒白の間の手前の三畳間に入ってきた。

「小旦那様、お客様をご案内いたしました」

唐紙の向こうで、新太が口上を述べる。

「お通ししておくれ」

新太が唐紙を押し開けて、脇に退《の》く。すると男の白足袋《しろたび》が敷居をまたぎ、黒白の間に踏み込んできた。

染める前の絹糸の如《ごと》き銀髪の髷《まげ》に、銀鼠《ぎんねず》色の結城紬《ゆうきつむぎ》の羽織と小袖《こそで》を着こなした、見るからに裕福そうな商人風の老人である。背が高く、体つきもがっしりしている。羽織の丈が若干長めなのは、この人の体格に合わせたものだろう。

この長身の老人の陰に隠れるようにして、女が一人、ぴったりと寄り添っている。濃い紫色のおこそ頭巾《ずきん》に、椿の花と葉の裾《すそ》模様のついた墨染めの小袖。帯は臙脂《えんじ》色の地に唐草模様の刺繍《ししゅう》がほどこされている。もちろん絹物だし、この刺繍だけでもそうとうな値がつきそうだ。

「どうぞ、そちらにおかけください」

床の間の前の座布団と肘掛《ひじか》けのところへと二人を促し、富次郎は気がついた。

この二人、男の左手首と女の右手首を、細い帯紐《おびひも》で縛って繋《つな》いでいる。寄り添っていればやや弛《たる》むくらいの長さだから、窮屈ではなかろうが、二歩も三歩も離れることはできそうにない。

——だから〈シンジュウモノ〉なんだ。

内心で膝《ひざ》を打った。心中——相対死に。この世で添えぬ男女が来世を誓って一緒に死ぬとき、とりわけ入水《じゅすい》する際には、遺体が流されて離ればなれにならぬよう、布や紐で手首を縛ることがある。目の前の男女の姿は、それを彷彿《ほうふつ》とさせるのだった。

「ご無礼をいたしました」

銀髪の男は富次郎につと黙礼してから、二人を繋いでいる手首の紐を解《ほど》いた。そして女を支えてやって、座布団に座らせる。

「つらくないかね」

女の頭が上下に動いて、うなずいた。頭巾をかぶったまま、しかもうつむいているので、まったく顔が見えない。

「ここに肘掛けがある。もたれさせていただきなさい。そうそう」

男は片手で女の肩を支え、もう一方の手で女の右腕を持ち上げて、肘掛けの上にそうっと置いてやった。女の身体《からだ》がゆらりと揺れて、肘掛けの方へとしなだれかかる。

女の左腕はまったく動かないし、右腕もあまり利かないようだ。富次郎は言った。

「座椅子をお持ちしましょう。あるいは、低い腰掛けがよろしいでしょうか」

すると男が富次郎を振り返り、真っ直ぐに顔を合わせた。もちろん若くはないが、老いてもいなかった。伊兵衛と同じくらいの年配だろう。風格もあり、押し出しもよく、ちっとも弱っていない。早合点で「老人」と思い込んだのは失礼だった。

「お気遣い、痛み入ります。私が傍らにおれば、このままで大丈夫でございます」

男は女の顔を見おろし、優しい手つきでおこそ頭巾を外してやった。

現れた女の顔に、富次郎は息を呑んだ。

女の髪はまだらに抜けて、ぜんたいに薄くなっている。残った髪も白髪が白糸の滝のように走っており、それをくくって丸めて小さな団子にして、頭の後ろでまとめていた。

顔は痩《や》せ、頬はおちくぼんでいる。しかし鼻筋は通っており、額は形よく秀でて、くちびるの形も整っている。かつては美しい女《ひと》だったのだろう。

女はしっかりと瞼《まぶた》を開き、二つの眼《まなこ》をこちらに向けている。白目も黒目もわからぬ、灰を溶かした濁り水のような眼だ。おそらく、盲目なのだろう。

「ご覧のとおり、家内は目が見えません」

女の顔が富次郎の正面に向くよう、おとがいに手をあてて直してやってから、

「だいぶ前から、話もできなくなっておりますが、耳は聞こえておりますし、頭も鈍ってはおりません」

語り手の夫の言葉に応じるように、妻が微笑した。まばたきをすると、目尻に涙が溜《た》まっているのがわかった。

「支えてやれば歩けますが、腕が上がりませんので、家内の方から私に摑《つか》まることができません。日ごろは家にこもって暮らしておりますが、今日は格別、こちらにはぜひとも連れだって伺いとうございましたので、手首を結んで参りました。まことにお見苦しく、申し訳ございません」

目の端で妻の様子を気にしながら、夫は手をついて富次郎に一礼した。

「どうぞお手をお上げください。何一つ見苦しくなどございません」

その言葉はお愛想ではなく、富次郎は感じ入っていた。妻を助ける男の仕草のいちいちが、思いやりに満ちている。

「こちらの習いで、お粗末ではございますが、まず茶菓をお出しいたします。お好きな頃合いで、お好きなように召し上がってください。何か入りようなものがございましたら、遠慮なくお申し付けください」

二人を見ていたら、とにかくもてなしをしてあげたくなった。番茶は温くしなくては。鉄瓶を長火鉢の端にずらして、差し水をする。今日の茶菓は火鉢の形を模した芋と栗の茶巾絞りだ。塗りの小皿にせっせと並べて、黒文字を添える。

「何とも可愛らしいお菓子だ」

夫が目を細め、妻に語りかけた。

「ほら、城下町の三ノ橋のたもとに菓子屋があったろう。羊羹《ようかん》が売り物だったけれど、私もおまえも、あの店《たな》の栗きんとんが好きだった。あれに似たお菓子を出していただいているところだよ」

「小さいので、指でつまんで食べることもできますよ」と、富次郎は言った。「実のところ、わたしはいつもそうしております」

茶菓を挟んで、富次郎はひとしきり、自分の好きな菓子の話をした。この茶巾絞りの店は、実は亥《い》ノ子餅《もち》も旨《うま》い。玄猪《げんちょ》の祝いで無病息災を願って食べるものだが、何とか一年じゅう作って売ってくれないものか——

語り手の夫婦は、富次郎の他愛ないおしゃべりも、茶巾絞りも気に入ってくれたようだ。寄り添って座る二人のあいだに温《ぬく》もりが通って、それが富次郎の心も温めてくれる。

「灯庵さんにお申し入れをいただいてから、ずいぶんとお待たせしてしまったのではありませんか」

そろそろ本題へ舳先《へさき》を向けようと、問うてみた。

「いいえ、そう長くは待ちませんでした。半月ばかりだろうかね」

夫が妻の顔を見て、目の見えぬ妻が夫の声にうなずく。

「最初から、灯庵さんには、そう先が長くない家内の命があるうちにとお頼みしておりましたので、配慮していただけたのでしょう。有り難いことでございます」

いいや、あの蝦蟇仙人めは、あなた方の名前を名簿に書きっぱなしにして、〈シンジュウモノ〉と添え書きしておいただけだ。

しかし、今はそれを怒るよりも、

「あの、ご新造《しんぞ》様は」

語り手の夫はゆるりとうなずき、妻は見えぬ目を伏せる。

「家内の身体はこのように少しずつ病み、壊れ続けております。今は、次の正月を共に迎えることができるといいと願うばかりで」

「……それほど難しい病にかかっておられるということなのですか」

富次郎の問いかける声が、尻すぼみになる。不躾《ぶしつけ》すぎた。

しかし、語り手の夫婦に気を悪くしたふうはなかった。夫の目には明るい光があり、その肩にもたれる妻の口元には、観音像のそれのようなやわらかな線がある。

「わかりません。病なのか怪我なのか、呪いや障りなのか。誰かわかる方はいないか、治せる方はいないか。私どもはこうして江戸に上り、ここ三年ほどのあいだ、評判のいい医師や薬師《くすし》、祈禱《き》《とう》師や巫女《みこ》を尋ね歩いて参りました」

もう、ほとんどのところを回りきってしまった。あとがない。

「そもそも、このような苦しみは、家内だけのものではございません。三十二年前、彼《か》の地から逃れてきた人びとは、これまでの年月のあいだに、年齢に関わりなく、だいたい同じような症状を発して、一人また一人と死んでゆきました」

そして、口惜《くや》しいけれどそれを受け入れてきた、と言う。

「他所《よそ》の土地に、これらの一件をおおっぴらにするわけにはいきませんから、仕方がなかったのでございます」

三十二年も前。彼の地。人びと。これらの一件。富次郎には、この話はただの夫婦の身の上話ではなさそうだと見当がついてきた。

「しかし、私は諦めが悪い男でございましてな。何度も嘆願を繰り返し、お咎《とが》めを覚悟で殿におすがりして、ようやく夫婦で江戸へ出てくるお許しを得たのでございます」

しかし、結果は空しかった。時と金を無駄に費やしただけだった。

「だからせめて、どこかでこの思い出と、今の胸の内を吐き出したい。それが済んだら、家内を抱えて故郷《くに》へ帰ろうと思います」

国許《くにもと》には、あと数人、この妻と同じような有様で、少しずつ死に向かっている者が残っているという。

「それでも――」

夫はつと言葉を切り、強くくちびるを噛《か》みしめてから、顔を上げた。

「限られた年月であれ、共に心安らかに、幸せに暮らすことができただけよかった。命がけで逃げてきた人びとも、命をかけて彼らを助けにいった私どもも、充分に報われたと信じております」

よし、話はもう本題に入っている。富次郎は背筋を伸ばし、二人に向き合った。

「三島屋の変わり百物語、語られたいことは存分に、口にのぼせたくないことは伏せたまま、どうぞ語り手のお気が済みますように。この富次郎、心して聞き捨てをさせていただきます」

盲目の妻が、くちびるを震わせる。何か言おうとしているのか、夫が耳を寄せる。

夫は、なぜか照れくさそうに富次郎の方へ目を移した。「家内が申しますに、富次郎さんのお声は、家内と出会ったころの私の声に似ているそうでございます」

「ああ、それは光栄に存じます」

「これから語らせていただく前に、私の名と今の立場を申し上げておきましょう」

夫の名は浅川宗右衛門《あさかわそうえもん》。名字帯刀を許されているが、武士ではない。

「浅川の家は、奥州久崎藩《おうしゆうくざき》は宇洞《うどう》の庄の二つの村を束ねる肝煎《きもいり》でございます。代々の当主が宗右衛門を名乗る決まりになっておりまして、私はその四代目でございました」

今は彼の弟の長子、甥《おい》が五代目となってその名を名乗り、宇洞の庄を治めている。

「隠居の身の私は、若いころの呼び名である真吾《しんご》をまた名乗るようになりました」

妻の背中に手をあてて優しくさすりながら、「家内は花代《はなよ》と申します」

富次郎はうなずいた。「承知いたしました。しかし浅川様、地名や人の名前などは、ここだけの仮名《かりな》でもよろしいのですが」

浅川真吾はにっこりした。「聞き捨てしていただけるのですから、実名でかまいません。私どもみんな……家中の皆様にとっても、この一件に関わった宇洞の庄の誰にとっても、誇らしくこそあれ、恥じる出来事ではございませんから」

そう言われると、富次郎の胸も高鳴る。

「私どもの国は、なにしろ小さな藩なので、石高《こくだか》は一万と少のうございますが、これは米だけを物差しにした、いわゆる表高《おもてだか》でございます」

久崎藩は鱒《ます》や鯉の養殖、染料の素《もと》になる草木の栽培や交配による新種の開発、領内で豊富に採れるコウゾを使った和紙作りなど、様々な産業を振興していた。こうした産物を領外の他国や江戸、上方にまで広く商い、「きちんと稼いで金を回し」ていたから、実情としては、石高の倍以上も豊かな暮らしをしている土地だという。

「幸い、主家《しゆけ》の阿野《あの》家も安泰で、国替えや改易の危機に遭《お》うたこともございません」

大きな災害に見舞われることもなく、飢饉《ききん》や疫病の難も軽くかわして、久崎藩の歴史は平らかに続いてきた。

「宇洞の庄は、ちょうど一分銀のような形をしている久崎領の北東の角にあたります。隣藩との国境《くにざかい》を越えますとすぐに険しい山脈がそびえておりますが、宇洞の庄はその山脈へと繋がるなだらかで広い丘の上に、小川のせせらぎを挟んで、中ノ村と西ノ村という二つの村があるのでございます」

主な生業は、美しい棚田による稲作と、和紙作りである。棚田にならない狭くて傾斜のきつい土地は、コウゾの栽培にうってつけなのだ。広々とした丘は、北方の山脈のおかげで雪解け水に恵まれ、湧き水も豊富だった。

「浅川の家は中ノ村にあり、もともとこの地に和紙をすく技術をもたらした職人の血筋でございます。肝煎となり、二つの村で産する和紙を城下の問屋へ取り持つ仲買の立場となってからも、家に伝わる技を絶やさぬよう、屋敷のなかで和紙をすいておりました」

「では、浅川様も」

「はい。読み書きを習うように、コウゾの扱い方を学ぶことから始めたのでございます」

和紙をすくのは工程の最後であって、そこまでの下ごしらえの方が手間がかかる。

「コウゾを育て、刈り取り、束ねて陽と風にあててよく乾かします。乾きましたらそれを水に浸し、表面の黒い皮をそぎ落として……この作業を丁寧にしませんと、出来上がる紙がくすんでしまいます」

「ははあ」

「きれいにしたところでまた乾かし、共同のコウゾ蔵にしまっておきまして、使うときには使う分だけを取り出して、また水にさらします」

富次郎は驚くばかりで言葉もない。せっかく乾かしたのに、また水に浸けるの？　それを二度も繰り返すの？

「田んぼが終わった冬場に作業をいたしますので、川の水は冷とうございます」

そう、それも勘定に入れねばならない。

「……大変なのですね」

「存外、手弱女《たおやめ》の仕事ではございません」

富次郎の驚きを楽しむように、浅川真吾の表情は明るい。

「紙をすく段階になりましても水を使います。〈すき枠〉はなかなか重たいもので、それを両手で支え持ち、身体ぜんたいで動かさねばなりません」

このとき、肘掛けに身体をもたせかけ、語る夫に背中を抱かれていた花代がふふっと笑った。かすかではあるが、声を出して笑ったのは初めてだ。

「家内もそれで苦労いたしまして」

浅川真吾は、愛《いと》おしそうに妻の痩せた顔を見つめる。

「私が一から教えたのでございますが、紙すきがあんまりつらいので、私のことまで憎くなりそうだと泣かれたことがございます」

富次郎の耳には、それも惚気《のろけ》に聞こえますけど、まあいいですよ。

「しかし、顔を覆って泣いたかと思えば、にわかにはっと起き直り、涙をぬぐって、家内はこう申しました」

――こんなまっとうなことがつらいなんて、何て幸せなのでしょう。

富次郎はしげしげと夫妻を眺めた。

けっして離れまい、引き離されまいとして座している、富次郎から見れば両親に近い年齢のこの夫婦から漂う、謎の香り。

「つまり花代様は、そうしたまっとうな日々の仕事のつらさとはまったく異なるつらさから、逃げておいでになったのですね」

命からがら逃げてきた人びとと、命がけで助けにいった人びと。

「左様でございます」

浅川真吾は、富次郎に顔を向け、遠くを眺める眼差しになった。

「あれは三十二年前、私は十七の若造で、季節はちょうど今頃のことでございました」

*

立冬の朝、中ノ村の浅川家の屋敷のすぐ裏手にある夜見《よみ》ノ池が凍ったというので、起き抜けに、真吾は見物に行くことにした。白い息を吐き、霜柱をさりさりと踏みしめて。

夜見ノ池は満月のような円形の池で、差し渡しがぴったり四間（約七・二八メートル）ある。だから〈よんけん池〉が縮まって〈よけん池〉となり、いつの間にか〈よみの池〉に変わったと、この中ノ村ではもっぱら信じられているが、これはこじつけだと真吾は思う。西ノ村にある藩の道場で聞いた話の方が真実だろう。

宇洞の庄には湧き水でできた大小の池がたくさん散らばっている。差し渡し四間はそのなかでも小さい方だが、ただ夜見ノ池は他の池と違って、妙に深い。着物の裾をからげてざぶざぶ進んでいくと、がくりと底がえぐれたようになっているところで足が滑って、肝を冷やすことになるのだ。

水は澄んでおり、魚はいない。藻は繁っていて、底まで陽の光が差し込まず、池の縁《へり》から眺めるだけでは、どれぐらい深いのか見当がつかない。ただ、月明かりの下だと、池の縁からすぐ崖《がけ》のように落ち込んでいるところや底に近いところで、ほのかに輝く雲母《うんも》の塊が見てとれる。だから〈夜見ノ池〉なのだ。

音だけ聞いて〈黄泉《よみ》の池〉の字をあて、あの池の底は幽土《かくりよ》に続いている、だから差し渡しが〈しけん〉なのだと、もっともらしい嘘の皮をかぶせて言いふらす者もいる。こういう輩《やから》は水の溜まっているところなら、花の水盤や鳥の水浴び場でさえ怖いのだろう。まったくだらしがない。

これだけ深い湧き水の池だと、井戸と同じでまわりの土に守られているから、めったに凍らない。凍っても、水辺にしょぼしょぼと生えている葦《あし》の根元に、薄い氷片が浮く程度のものだ。なのに、今朝はどういうわけか、池の水にたっぷりと霙《みぞれ》を混ぜたようになっているという。

浅川家の屋敷は、横に長い鎹《かすがい》の形をした平屋なのだが、茅葺《かやぶ》き屋根の下には、真吾がちょっと頭をかがめるだけで歩き回れる高さの屋根裏があって、奉公人の寝間や物置に使われている。一緒に寝起きする弟がうるさいので、真吾はしばしばこの屋根裏にあがり、好き勝手にしていた。

階下《した》の話し声は梯子《はしご》段を通して筒抜けで、今朝も早いうちから奉公人たちが騒いでいるのが聞き取れた。

「あんまり冷たい風が吹いてくるもんだから、見にいってみたら、あの有様だもん」

「ざざしい（恐ろしい）ねえ」

「立冬だもんよ、池が凍るのは。どうで（なんで）ざざしいもんか」

「いつもは凍らない池だもん」

浅川家の奉公人は、家事をする女中たちと、紙すきに関わる男たちを合わせて八人もいる。みんなして騒ぐとうるさい。

「ちっと静かにしとれ。俺が様子を見てくるから、物干し竿《ざお》を貸してくれ」

真吾は寝起きで胃の腑《ふ》が空っぽだから、いっそう寒さを感じる。褞袍《どてら》を着込み、屋根裏で見つけた古ぼけた襟巻きを巻いている。

「おつぎさん、物干し竿で何なさるもんで」

真吾はこの家の跡継ぎなので、呼び名の「おつぎさん」は敬称である。しかし本人は気に入らない。つぎはぎみたいだ。

「池の縁から、物干し竿で水をかき回すんだよ。本当に霙みたいに凍っているのか、白く濁っているから凍っているように見えるだけなのか、手応《てごた》えでわかるもんさ」

物干し竿にはうっすらと霜がついており、手のひらに張りつくようだった。

「おつぎさん一人じゃ危ねえもん、おらも行きます」

奉公人たちのなかではいちばん歳下、やっと十歳で、ほっぺたも鼻の頭も赤い小弥太《こやた》がくっついてきた。身の丈も、身体の厚みも重さも、真吾の半分もない小弥太では、万に一つ真吾が夜見ノ池で溺《おぼ》れてしまったら、引っ張り上げることなどできまい。気休めにもならないお供だが、わがまま気ままですぐ口答えをしてくる弟や妹たちよりも、真吾はこの小弥太の方が健気《けなげ》に思えて可愛かった。

浅川屋敷の裏手の藪《やぶ》は枯れ、雑木林もあらかた葉を落として、丸裸になっている。夜見ノ池は寒々と剝《む》き出しになっていて、朝日を受けたその水面《みなも》は、まるでまったく研がれたことのない銅の鏡のように、暗い深緑色に固まって見えた。

真吾は物干し竿を掲げ、槍《やり》を投げる要領で、池の水のなかへと突き立てた。

どぶん。水滴がはねる。冷たかったのか、小弥太がうひゃっと声をあげて飛び下がった。「よいしょっと」

水辺には霜柱が立ち、滑りやすい。真吾は両足を踏ん張って、物干し竿でかき回した。池の水は黒く、油のような手応えがある。汲《く》んでみれば水晶のように澄んでいる水なのに、こうして見ると得体の知れないものが溜まっているみたいだ。

「もう溶けちまったのかなあ」

首を伸ばして竿の動きを見守りながら、つまらなそうに小弥太がこぼした。

そのときだ。真吾はぐんと手応えを感じた。物干し竿の先に、何かが引っかかったのだ。釣りに喩《たと》えるなら、目の下が一尺もある鱸《すずき》や、身体をうねらせて逃げる大鰻《おおうなぎ》が釣れたときみたいだ。

「小弥太、俺の胴を抱えて支えてくれ」

気休めでも、ないよりはましだ。小弥太がひしと抱きついてくると、真吾は慎重に、池のなかへと足を踏み出した。一歩。大丈夫、二歩、三歩。まだ浅瀬だ。

物干し竿が、横に流れる。何かが引っかかっているのではなく、からみついている。池の底には水の流れがあって、からみついたものがその流れに巻かれて動いている。

このまま引っ張り上げよう。竿を両手でしっかりとつかみ、上に持ち上げるのではなく、つかんでいるところを少しずつ手前にずらしてゆく。よし、よし、まだからみついている。離れていない。いったい何だ？

「あれ、氷だ」

小弥太が声をあげ、真吾も見た。拳《こぶし》ぐらいの大きさの、霙の塊みたいにざくざくした氷がいくつか浮いてきて、ぽこん、ぽこんと水面に顔を出す。

「底の方に氷があるなんて、妙だ」

真吾は大きな声で言って、ひときわ強く物干し竿を引き寄せた。夜見ノ池の水がうねる。白波が立つ。

ざぶん！

物干し竿のすぐそばに、人の腕が現れた。肘から下。ついで、裸の肩が浮かんできた。

「うわぁぁぁぁぁぁぁ！」

小弥太は叫んだが、これはお手柄だった。朝の空気を切り裂く甲高い悲鳴を聞きつけて、浅川屋敷から奉公人たちが駆けつけてきてくれた。そのなかには、口答えばかりする真吾の弟・恭次《きょうじ》の顔も交じっていた。

「兄《にい》や、朝っぱらから何やってんだ――ぁぁぁぁあああ！」

バカにしたように言い捨てたと思ったら、恭次も叫び始めた。真吾が懸命に摑んでいる物干し竿の先に、ぶわん！　青白く膨れた土左衛門《どざえもん》が浮かび上がったからである。

夜見ノ池をめぐる怪異と脅威の、これが全ての始まりであった。

*

引き揚げてみると、いろいろと奇妙なことが目につく土左衛門だった。

水に浸かって膨れているので、もとの体格はよくわからないが、背丈は五尺三寸ほど。これという傷や怪我はない。海や川の土左衛門は、潮や水流にもまれて衣服が脱げ、丸裸になっていることが多いのだが、小さな池に呑まれていたこの男は、粗末な帯が腰に残っており、ぼろぼろの野良着も身体に張りついていた。この袖や裾が真吾の物干し竿にからみついてきたのであろう。

肌は血の気が抜けて蠟《ろう》のように白く、池の水と同じくらい冷たくなっていた。しかし、足の裏や向こう臑《ずね》にいくつかできている擦り傷や切り傷は、さほど古いものに見えない。これは枯れ枝や枯れ草にこすれたせいだろう。

だが、亡骸《なきがら》をひっくり返してみると、右肩から斜めに貝殻骨を横切って、深い切り傷がいくつも現れた。こちらの方は一目瞭然《りょうぜん》、斧《おの》や鉈《なた》で何度も何度も斬りつけられなければ生じない傷である。

亡骸の目玉は白濁し、耳の穴には血が真っ黒にこびりついている。歯は半分以上が抜けており、残っている歯もぐらぐらで、ひどく汚れていた。

これも血の汚れのように見える。歯の隙間には肉片のようなものが挟まっており、針や黒文字で掻《か》きだしてみると、鼻が曲がりそうな臭いを放っていた。

猟師で、獣の肉を食べていたのだろうか。しかし亡骸の手のひらを検《あらた》めてみると、中ノ村の農民たちと同じように、日々鋤《すき》や鍬《くわ》をふるうことでできる、しっこり固い胼胝《たこ》があった。

こいつはどこの何者なのか。中ノ村はもちろん、西ノ村にもこんな男はいない。村人たちは互いに顔を知っているし、他所者を見かけたら放ってはおかない。城下町から和紙の買い付けにくる問屋でさえ、新顔がいたらちょっとした騒ぎになる土地柄なのだ。

さて、宇洞の庄の丘の麓《ふもと》には、藩の検見《けみ》役の屯所がある。一般的に大名家の検見役は、領内の作物の作柄を調べ、それをもとに年貢の嵩《かさ》を決める役職だが、久崎藩ではこれに加えて、江戸の町でいうならば町奉行所の与力や同心のような役割も担っていた。村と村、人と人との争いを収めたり、盗人《ぬすっと》を捕らえたり、山犬や熊が出没する時季には村人たちを指揮してそれに備えたりして、領内の治安を守るための仕事ならば何でもこなす。

夜見ノ池から上がった面妖《めんよう》な土左衛門のことも、これを調べるのは検見役の役目である。この当時、宇洞の屯所に詰めていたのは畑作八郎兵衛《はたさくはちろべえ》、二十九歳。家中では上士の家柄で、彼の父親は検見役から作事奉行与力、藩の財政を司《つかさど》る御蔵番と、役方の長《おさ》にまで昇った人であった。

しかし八郎兵衛は気さくで偉ぶらず、「畑作」の姓に恥じることはならぬと、自分も田畑に出てざくざく鍬を使うような——まあ、家中の武士としては変わり者だが、宇洞の庄の人びとには敬愛されている検見役だった。この朝も、浅川家の使いから事の次第を聞き取ると、すぐさま、

真吾の父・浅川宗右衛門は、山狩りなんぞといったら真っ先に先頭に立ちたがる人で、中ノ村
持たせろ。こいつが一人だったとは限らん。盗人の類《たぐ》いなら、仲間がいる方が自然だろう」
「おつぎ、西ノ村にも報《しら》せて、急いで人手を集めてくれ。農具でいいから、皆に何かしら得物を
山狩りだと、八郎兵衛はきびきびと言った。
枚だったわけはない。荷物や、身につけていたものなどが見つかれば、身元を探る手掛かりになる」
「夜見ノ池を中心に、このあたり一帯を探索してみよう。ここに来た時、こいつが裸足で小袖一
国境《くにざかい》を越えてきたとしか考えられないのだが、しかしこの季節に……？
他の方角から来たならば、どうしたって人目につく。理屈では、北方の急峻《きゅうしゅん》な山を登って下り、
「この男がどこぞの逐電者であるなら、北の山を越えてきたのだろう」
り兄弟のような間柄でもあった。
特な弓術《きゅうじゅつ》のいろはを学んだとき、八郎兵衛が師範代を務めていたこともあって、二人は師弟であ
て西ノ村にある藩の道場に通い、剣術の基礎と、主家阿野家が戦国の世から大切に伝えてきた独
八郎兵衛もまた、親しげに真吾を「おつぎ」と呼ぶ。真吾が名字帯刀を許された肝煎の子とし
「亡骸は納屋にあるのか。おつぎ、小弥太、まず見つけたときの様子を聞かせてくれ」
めかけている。
奇っ怪な出来事の一報は既に村じゅうに広がり、村人たちがおっかなびっくり、浅川屋敷に詰
「宗右衛門、これではうるさくてかなわん。村の者たちを遠ざけてくれ」
お付きの小者《こもの》を伴って中ノ村へと馬を駆ってきた。

の猟師たちに鉄砲を持たせ、自分は浅川家の「家宝だ」という朱塗りの弓を手に矢筒を背負い、小弥太をお供にして龕灯《がんとう》を提げさせ（洞窟《どうくつ》の奥や岩陰を照らすのだ）、村の男衆を集めて探索の段取りをすることなんか、真吾と八郎兵衛に任せっきりである。こういう戦みたいなことが大好きな親父殿なのだ。

苦笑いの一方で、真吾は（笑い事ではない）とも思う。八郎兵衛の言うとおり、あの土左衛門の男が一人だったとは限らない。仲間がいたら、村が危険にさらされる。

――あの背中の傷も、悪党の仲間割れのせいだったりしてな。

傷は深く、背骨が覗《のぞ》いているところまであった。よっぽど強く、執念深く斬りつけなかったら、ああはならない。

「おつぎさん、その恰好《かっこう》じゃ寒かろう。綿入れを着ておいきなさい」

横から声をかけられて、真吾は首《こうべ》を巡らせた。鍵の形をした屋敷の西側の土間から外に出て、南側にある納屋へ向かうところである。

声の主は、浅川家の女中のおまきだった。両手に水桶《みずおけ》を提げている。屋敷の中庭にある掘り抜き井戸から戻ってきたのだろう。水桶の柄をつかむ両手が真っ赤になっている。

村の働く女たちは、小袖の丈を短くはしょって、臑からくるぶしまでを包む〈はんこ〉という脚絆《きゃはん》をつけている。半端なものという意味の〈はんこ〉は、すき切れずに残ったコウゾの細かな切れっ端《ぱし》を乾かし、綿くずと混ぜて、叩いて布のようにしたものだ。久崎藩ならではの小物である。

「いいところで会った。おまき、男衆が出払うから、おまえらでうちの戸締まりをよく確かめておけよ」

言いながら、真吾はおまきに歩み寄り、水桶を持ってやろうと手を差し伸べた。女中はつと後ずさりして、その手を遠慮した。

「旦那様はもうお出になりましたよ。おつぎさんも急がねえと」

「あの土左衛門は、盗人や人殺しかもしれねえ。仲間がいたら剣呑《けんのん》だから、俺らが戻ってくるまでは、一人歩きしちゃなんねえぞ」

「はい、心得てますもん」

おまきは目元にちょっと陰があるが、可愛らしい顔をしている。歳は真吾の一つ下で、子だくさんの貧乏所帯の長女なもんだから、八つのときから浅川家で奉公しており、真吾にとっては世話焼きの妹みたいだった。

「見慣れねえ野郎を見かけても、その場で騒ぐなよ。いったんはこっそり逃げて、俺らに報せればいい――」

しゃべりかけながら、真吾は怪訝《けげん》に思った。なんだ、おまき。なんでそんな顔をする？　俺を見ないで、目をどっちにやってる？

真吾からちょっと離れたところ、彼がこれから向かおうとしていた納屋の方へ目をあてて、おまきは立ちすくんでいる。その目がだんだん大きくなる。くちびるが震える。

何だよ。真吾はおまきの目を追って、女中が見ている方へ顔を向けた。

そこに、あの土左衛門が立っていた。

ただ立っているのではない。こっちに迫ってきている。よろり。一歩足を出す。ふらり。肩が揺れる。腕が泳いで空《くう》を掻く。酔っ払いみたいによちよちと、粘土の塊みたいに重そうに。

白濁した目。ぐりぐりと泳ぐ。口元は緩み、涎《よだれ》を垂らしている。

「ぐぁう」

土左衛門が一声呻《うめ》き、いきなり足を速めて真吾に飛びかかってきた。

何か考える暇もなく、真吾は横っ跳びに土左衛門から逃れた。よたよたと突っこんできた土左衛門は、無様に中庭の地べたに突っ伏した。

おまきが水桶を取り落とし、きゃっと短く叫んだ。すると土左衛門が蛇みたいに首をもたげ、今度はおまきの方へ顔を向けた。

「ぐあ、ぐあ、ぐああ」

じたばたともがいて起き上がる。両手を前に差し出し、口をばくばくさせながら、恐ろしさに身動きできずに固まっているおまきへと、前のめりになって走りかかる。

「おまき、逃げろ！」

とっさに、足元の小石を拾って土左衛門に投げつけ、真吾は叫んだ。小石は土左衛門の頭の右側に命中し、首がかくんと傾いた。

「逃げろ、うちのなかに逃げ込め！」

さらに大きく叫んで、真吾は土左衛門に体当たりをかました。身

体全体で土左衛門を押さえ込むつもりで、思いっきり飛びかかった。

臭い。胃の腑がでんぐり返りそうな臭いだ。それにこの感触。土左衛門の肌は冷たく、強くつかむと指が入り込む。うつ伏せに倒した土左衛門の上に馬乗りになり、両腕をねじり上げて、縛るものはないかとあたりを見回す。縄や紐は見当たらない。

「誰か、誰かいねえか！　手を貸してくれ！」

大声で呼ばわると、おまきが逃げていった土間の方からも、中庭の先からも、ばらばらと人びとが駆けつけてきた。

「ぐああ、ぐああ！」

土左衛門は海老反りになって真吾を振り落とそうとする。真吾はその頭に両手をかけ、渾身《こんしん》の力で、土左衛門の顔を地面に押しつけた。鼻が潰れる手応えがあった。しかし、土左衛門は暴れ続ける。ちっとも応えていないし、ちっとも痛がっていない。

「こいつ、何なんだ」

その貧弱な髷をつかんで持ち上げ、頭を地面に叩きつける。一度、二度、三度。そうしているうちに誰かが荒縄を持ってきて、

「おつぎさん、これ！」

さらに助太刀が加わり、男ばかり四人がかりで土左衛門の足や肩を押さえ、両腕を後ろ手に縛り上げようとした。土左衛門は猛《たけ》り狂ってだみ声をあげ続け、

「ちょっと温和《おとな》しくしろ！」

真吾が強くその右腕を引っ張ると、肘の皮膚がべりりと音を立てて破れて、腕が半分ちぎれた。

真吾も助太刀の男たちも、一瞬呆気《あっけ》にとられて動きが止まった。

「うがぁ！」

土左衛門は半身をひねると、口を前に出して、いちばん近くにいた助太刀の男の顔に襲いかかり、鼻にかぶりついた。

「ぎゃっ！」

嚙まれたのは、コウゾ畑で働く九市《きゆういち》という若者だった。土左衛門の勢いに押され、そのまま組み敷かれそうになるのを、あとのみんなで助け起こす。真吾は土左衛門を九市から引き離し、その緩んだ口元から血が糸を引き、まばらな歯も赤く汚れているのを見た。

「痛い、痛い」

九市は両手で顔を押さえ、身を丸めてうずくまってしまった。指のあいだから血が滴る。

「ぐあああ！」

土左衛門が猛り、真吾を振り切ってまた九市に襲いかかろうとする。血だ。血の臭いだ。こいつ、血で興奮している。

「この野郎、なんで生きてるんだよ！」

氷まじりの池で溺れていたんだ。息は止まっていた。身体も冷え切っていたのに。

納屋で息を吹き返したのか。手当てなんかしていないのに？　土左衛門を押しとどめるために、真吾は皮膚一枚でぶらさがっているそいつの右肘から下を引きちぎった。膝の後ろを蹴って、跪《ひざまず》かせようとした。土左衛門はふらつくだけで動きを止めない。口をぱくぱくさせ、九市の血を味わっている。

とっくに死んでいる土左衛門を、どうしたらもういっぺん殺せる？

「おつぎ、離れろ！」

大音声が響いた。畑作八郎兵衛の声だ。と思った次の瞬間に、何かがひゅんと空を切って飛んできた。

真吾は身をよじって後ろに跳ねて、倒れ込むようにして土左衛門から離れた。しかし目は離さなかった。だから確かに見ることができた。一本の矢が、まっしぐらに土左衛門の首に突き刺さるのを。

土左衛門はのっそりと立ち尽くし、残った左手でゆるゆると空を掻く。

「皆、近寄るな！」

もう一声高く呼ばわって、八郎兵衛が猿《ましら》のように駆け寄ってきた。左手で土左衛門の肩を押さえ、右手で突き刺さった矢をむんずと掴むと、いったんはそれを押してさらに深く突き通し、それから全身の力を込めて抜き放った。

鏃《やじり》のトカゲの爪のような返しが傷を広げ、矢が抜けたあとには拳大の穴が残った。土左衛門の膝ががくりと折れる。

血は出ない。一滴も流れ出ない。腐ったような臭気が漂うだけだ。

八郎兵衛は抜いた矢を捨てると、腰に差した脇差しを抜いた。山狩りでは大刀《たち》は無用の長物だ。

脇差しと枝伐《えだき》りの小刀でいい。

腰を抜かしている真吾たちの目の前で、八郎兵衛は土左衛門の首を刎《は》ねた。白刃が閃《ひらめ》き、斬られた首は腐った果物のように地面に落ちて、横を向いて止まった。

やはり血は流れない。その口はまだ動いていた。あぐあぐと意地汚く九市の生き血を味わってから、ようやく止まった。

あたりが静まり、痛みを訴える九市の泣き声が、悲痛に響き始めた。


語りを聴きながら、いつしか、富次郎は両手を強く握りしめていた。

生きている土左衛門。その思いがけぬ強靭《きょうじん》でしぶとい動き。白濁した眼は、花代の目と似ている。何か関わりがあるのだろう。先を急いで問いかけてはいけないとわかってはいるが、気が逸《はや》る。こんな話は初めてだ。

「鉄砲さえ恐れず猛り狂う手負いの熊でも、首を落とせば倒せる。だから、あの土左衛門も首を刎ねるべしと思ったと、畑作様はおっしゃいました」

語る浅川真吾は、富次郎の恐れと興奮を知ってか知らずか、淡々としている。

「まったく何という化け物なんだと、私ども一同は、しばらくのあいだ呆《あき》れ返るばかり。山狩りも、いったんは中止となりました」

幸い、九市の傷はさほど深くなかった。鼻のまわりに人の歯形が丸く残されており、おぞましくはあったけれど、血が止まってしまえば縫うほどのことはなかった。

しかし、九市はひどく痛がった上に、悪寒に震えだして、高い熱を出した。

「少し九市の様子を見たい。浅川家で看病してやってくれ」

八郎兵衛の意を受けて、九市の世話役には真吾の弟・恭次が名乗りをあげた。

「女中どもは怖がっていて、使いものにならねえ。それに九市はおれの幼なじみだもん」

その恭次がたじろぐほどに、八郎兵衛は厳しいことを命じた。九市の足を一つに縛れ。左右の腕も、丈夫な紐か縄で床柱に繋いでおけ。口には猿ぐつわを噛ませろ。

「なんでそんなことを……」

「九市はあの土左衛門に噛まれている。犬や猿に噛まれて病がうつることがあるだろう。あの男も、病だったのかもしれぬと思えば、今度は恭次が九市に噛まれぬよう、用心するに越したことはない」

そういうことか。真吾は腑に落ちたから、渋る恭次を叱って、八郎兵衛に言われたとおりに九市を縛った。

「ただ……私どもが去ると、すぐにほどいてしまったらしいのがいけませんでした」

土左衛門が化け物だったことで、山狩りの支度も厳重になった。得物をかき集めて男衆全員の手に渡し、冷気が歯にしみるほど寒くはあるが、よく晴れ渡った立冬の真っ昼間に、松明《たいまつ》を用意した。どんな化け物でも、生きものであれば火にたじろぐだろうからという、これも八郎兵衛の考えだった。

久崎藩では、肝煎の家の子息は、藩の道場で家中の平士《へいし》と同じ待遇を受ける。そのかわり、剣術か弓術のどちらかで、「ひととおりの基本を修めた」ことを示す免状をいただくまでは通わねばならない。

浅川家では、父の宗右衛門が弓術、真吾と恭次は剣術で免状を許された。兄弟は特に剣の道に思い入れがあったわけではないが、宗右衛門は阿野家が誇る〈武双風間流《ぶそうかざま》〉という独特の弓術に惚《ほ》れ込んで、免状を許されたあとも道場に通い続けて腕をあげた。また、畑作八郎兵衛もこの弓術の名手で、検見役として宇洞の庄に来る以前は、「久崎城下一番町長山《ながやま》道場に八の字あり」と賞賛されるほどだったという（長山道場は、藩の道場のなかでも最も高位の腕自慢ばかりが集うところだ）。

武双風間流弓術は、まず強靭な弦を張った弓と、鏃が重く短めの矢と、風を受けて向きを変え得る細工のある矢羽根を用いて、悪天候、遠距離でも正確な射的を得ることを特長とする。さらに、通常ならば剣や槍で渡り合うほどの近接の戦いでも矢を放ち、弓そのものを武器として、あるいは敵の攻撃を受け流す盾のように用いて戦う。遠近どちらでも頼もしいこの弓術の免許皆伝者が一人おれば、戦場《いくさば》では百人力。阿野家は、この技によって戦国の世を生き延びたのだそうな。

こういう武芸を尊《たっと》ぶお国柄だから、領民たちもけっして意気地なしではない。しかし、この日の山狩りでは、指揮をとる畑作八郎兵衛があまりに険しい顔をしているのと、土左衛門の怪物を目の当たりにしてしまった真吾たち一握りの男たちの顔色が悪いのと、

「今日はどうでこんなに凍てつくんだ？」

度外れて強い冷気のせいで、今ひとつ気勢があがらなかった。

「今朝っからこんなふうだもん」

「山から風が吹き下ろしてるわけでもねえのになあ」

北方の急峻な山並みを仰ぎながら、枯れた雑木林を歩き回り、藪を突《つつ》き、岩陰を覗く。指先がかじかんで動きにくくなり、眉毛《まゆげ》や鼻の穴の縁に微細な氷柱《つらら》ができる。竹の水筒を振ると中の水がしゃりしゃりと凍りかけた音をたて、草鞋《わらじ》の裏には氷がついて滑ってしまう。

おかしい。これはまっとうな宇洞の庄の冬ではない。しかも今は立冬であって、まだ小寒でも大寒でもないのだ。

——この冷気。

やはり、夜見ノ池から湧き出ているのではないのか。

口に出さずとも、多くの男たちがそう感じている。皆がちらちらと不安げに見やる先には、曇った銅鏡のようなあの池の水面があった。

——畑作様だっておわかりのはずだ。

探しても探しても、あの土左衛門の男のものであるらしい荷物も、衣類も、それどころか足跡の一つさえ見つからなかった。

「池を浚《さら》ってみるか」

八郎兵衛が言い出し、付き従う男衆は、このときばかりは恐怖ではなく純粋な寒さに震え上がった。勘弁しておくんなさい！

このとき、たった四間の池の反対側には、宗右衛門と小弥太がいた。身体の小さい小弥太は、冷気が骨までしみ込んでしまったらしく、口も利かずにうなだれている。宗右衛門もさすがに寒そうで、しきりと手を擦《こす》り合わせている。

真吾は八郎兵衛の横顔を見た。検見役の鬢《びん》にも氷の欠片《かけら》がついている。

「昔話に聞いたことがあるのだ」

不意に、八郎兵衛が低く呟《つぶや》いた。

「どんな昔話でしょうか」と、真吾も声をひそめた。

「百二十年ほど前、場所はここではなく、久崎領の北端のある村だが……やはり立冬の日に、おかしな出来事があった、と」

いきなり異常なほどの寒気に見舞われて、荷車を引く馬の蹄《ひづめ》には霜がつき、村の共同井戸にも氷が張ってしまった。

「村は強い冷気に覆われ、村はずれにある小さな半月型の池は、霙を混ぜたようになってしまった」

まさに今朝、真吾と小弥太が夜見ノ池で目の当たりにしたような景色である。

「その半月池を泳いで、二十歳《はたち》ばかりの若侍が一人、現れたのだそうだ」

言って、八郎兵衛はすぐ気短そうにかぶりを振った。「いや、泳いできたわけではない。池の底から現れたのだから、潜ってきたと言うべきだな」

真吾は眉をひそめた。「潜って、どっかからきたんですか」

八郎兵衛はうなずいた。「半月池の底が通じている、別の土地からな」

え。何をおっしゃるんですか。

「その若侍は戦支度をしておって、額には鉢巻きをつけていた。その鉢巻きに染め抜かれた紋所は、なぜか我らが主家の阿野家の紋所を裏返し、左右を逆にしたもので」

——それがしがお仕えしておるのは、奥州江崎《えざき》藩藩主・箏野《そうの》掃部頭長《かもんのかみなが》助《すけ》様にござる。

真吾たちのお殿様は、久崎藩七代目藩主・阿野掃部頭光義《みつよし》様である。合っているのは「掃部頭」だけだ。

「その若侍は村長《むらおさ》に、この尋常ではない冷気が去ってしまうまで、半月池を見張るようにと忠告した」

——我らが〈ひとでなし〉と呼ぶ化け物が、池を通ってこちら側にも迷い出るやもしれません。

「ひとでなし？」

「死人《しびと》だ」と、八郎兵衛はいっそう低く言う。「命を失い、温もりも消え、血の気が失《う》せて、皮膚はたるんでいる。しかし立ち上がり、動き回り、痛みを知らず、激しく飢《かつ》えていて、生きものの血肉を求めて食らいつく」

真吾は息を呑んだ。八郎兵衛は、どこか痛いところがあるかのように眉をひそめて、陽光の下に淀《よど》む夜見ノ池の面《おもて》に目をやっている。

「そんな化け物が、本当に現れたんですか」

真吾の押し殺した囁《ささや》きに、八郎兵衛はふっと我に返ったように瞬《まばた》きをすると、こちらを見返った。

「いや、現れなかった。私の聞かされた昔話では、村を襲った寒気は三日で消え、若侍もいつの間にか姿を消して、半月池の水の色ももとに戻ったそうだ」

それきり、二度と怪しい出来事は起こらず、異常な寒気が襲ってくることもなかった。

「その村では」と、真吾は言った。「だけど今、この中ノ村では、その昔話とよく似たことが起きてますよね」

八郎兵衛はまた眉をひそめた。「そう言い切ってしまえるほどの確信が、私にはない」

だから夜見ノ池を浚いたいのか。「本当のところ、畑作様は池に潜ってお調べになりたいんじゃありませんか」

「滅多なことを言うな。凍えて死ぬぞ」

「俺もそう思いますけど、でも」

真吾の言葉を断ち切って、突然、浅川屋敷の方から半鐘《はんしょう》の音が聞こえてきた。これは肝煎の半鐘で、何か一大事が起きたときに、中ノ村と西ノ村、ひいては検見役の屯所まで聞こえるように打ち鳴らすものだ。

何事だ。夜見ノ池のまわりの男たちは身を強《こわ》ばらせた。しかし、半鐘の音に混じって女たちの悲鳴が聞こえてくると、鳥の群れが飛び立つように一斉に、屋敷の方へと駆け出した。

「助けて、助けてぇえ」

女たちは叫び、逃げ惑っていた。

「九市さんが、九市さんが」

駆け戻った真吾が最初に出会ったのはお松《まつ》という婆《ばあ》さん女中で、中庭の外れの物干し場でへたり込んで動けなくなっていた。

「九市がどうした！」

「目が真っ白になって、涎をたらして女中たちを追い回してるんでございます」

恭次はどこだ。おまきはどこにいる。真吾は八郎兵衛と屋敷に飛び込み、土間から座敷へと駆け上がった。そのときちょうど、まさにおまきが屋根裏へと上がる梯子段のところにいて、すぐ後ろに九市が迫っていた。

「おまき、止まるな、登れ！」

駆け寄りながら、真吾は怒鳴った。それがかえってよくなくて、こっちを振り返ったおまきは九市を見て悲鳴をあげ、梯子段をつかんだまま動きを止めてしまった。

九市は一人で踊っているかのような足取りで、後ろから見たっておかしいのはわかった。一歩踏み出し、一歩退《ひ》いて、そのたびに大きな頭をぐらぐらさせている。そう、どうしてあんなに頭が——

その瞬間、九市が首をよじってこっちを見たから、なぜなのかわかった。顔が腫《は》れあがっている。あの土左衛門に嚙みつかれた鼻のまわりだけでなく、額や顎までもが膨れて、腐った果物のような有様に変わり果てている。

目は白濁し、だらしなく半開きになった血の気のないくちびるの隙間から涎が滴り、ねばねばと糸を引いている。

「九市！」

名前を呼んでやったくらいで、何になるものか。これはもう九市ではない。

「ぐあぁぁ」

数刻前までは九市だった化け物が両手を伸ばし、真吾につかみかかってきた。梯子段のところには、まだおまきが動けずにいる。化け物を突き飛ばさず、いったん自分につかみかからせておいて、横にうっちゃろうと思った。あるいは抱え込んで首を折る――

鼻を突く異臭。化け物は口を開け、真吾に嚙みつこうとしてくる。

その顔の真ん中に、矢が突き刺さった。矢羽根の赤と黒の二本線は、畑作八郎兵衛のしるしだ。

「おつぎ、伏せよ！」

八郎兵衛の命じる声に、真吾はその場でしゃがみこみ、身を丸めた。八郎兵衛が飛ぶように駆け寄ってきて、再び化け物の首を斬った。無様に膨れ上がった頭は空《くう》でく

るりと回り、真吾のすぐそばに落ちて、重たげに跳ねた。血は流れない。異臭はさらに強まり、目に涙がにじんでくる。

おまきがわっと泣き出して、真吾に抱きついてきた。

日暮れまで時がない。八郎兵衛の指揮と宗右衛門の命に従い、浅川屋敷と中ノ村の人びとはよく立ち働いた。

屋敷とその周辺、村の要所で篝火《かがりび》を焚《た》く。今夜は闇を寄せ付けてはならぬ。夜見ノ池にも交代で複数の見張りを立てることにし、弓矢や鉈、武器になるものを備えさせた。今のところ、西ノ村では異変は起きていないようで、そっちは一安心だ。

老人と女子供は何ヵ所かに集め、そこにも見張りを配した。炊き出しや洗い物などで女たちの手を借りるときは、恭次がまめまめしく立ち回って守った。恭次は目上にはへそ曲がりだが、目下の者たちには優しい。実はおまきを憎からず思っていることにも、真吾は気づいている。

こうして守りを固めてから、肝っ玉自慢の村の猟師と八郎兵衛と真吾の三人で、あの土左衛門と九市の亡骸を焼いた。

「骨も灰もそのまんま埋められるよう、先に穴を掘っといた方がええもん」

猟師の名は興一《おきいち》、歳は本人にもわからないそうだが、八郎兵衛と真吾のあいだであることは間違いなさそうだった。髷を結うのが面倒だからと、髪は短く刈り上げており、頭の右側にある大きなかぎざきの傷痕《きずあと》が目立った。昔、熊と戦ったときの名残だという。

興一も弓を得物としていた。もちろん正式な武双風間流を学んだわけではなく、見よう見まねの無手勝流だが、実戦を積んでいるところが頼もしい。八郎兵衛よりも真吾よりも筋骨たくましく、進んで鋤や鍬をふるって穴を掘った。

土左衛門と九市の亡骸は、どちらも粘土の塊のように冷たく、持ち重りがした。土が湿っているから火が燃えにくい。焚き付けだけでは足らず、魚油を使った。

「……目ぇ閉じねえと、哀れだな」

遺体は二つとも、白濁した目を見開いたままだ。興一が瞼を下ろしてやろうと試みても、うまくいかなかった。

魚油の臭い炎でも、高く明るく燃え上がれば、今の真吾には心強く思えた。

茶毘《だび》の炎を囲んで、八郎兵衛は興一にも百二十年前の昔話を語った。興一もその話は知らなかったというが、

「山猟師たちのあいだじゃ、立冬の前後なのに今日みてぇに面妖に冷える日のことを、〈死人が起き上がる日和〉というんで」と言った。「俺の親父も、ジジイもそう言ってたもんなあ」

どうしてか、理由を問うたことはなかった。あまりの寒さに死人もびっくりして起きてしまうという、笑い話だと思っていたそうだ。

二体の亡骸を骨になるまで焼いてしまうと、三人で穴を埋め戻し、手を合わせた。九市の年老いた母親には気の毒だが、何日か様子を見てからでなければ、村人たちをここに近づけることはできない。

疲れ切っていたが、真吾は眠れなかった。これまた面妖なことに、夜が更けてゆくにつれて寒

気は引いてゆき、浅川家の台所でごろ寝していると、あちこちの霜や氷が溶けて、雫《しずく》が滴る音が聞こえてきた。それを数えて頭のなかを空っぽにしないと、振り返ったとき間近に迫っていた土左衛門の姿や、あいつに嚙みつかれたときの九市の悲鳴や、化け物になった九市が梯子段を上がって逃げようとするおまきの足を摑む寸前だったあの光景が、生々しく蘇《よみがえ》ってきた。

「兄《にい》や、起きろ。起きてくれや」

肩を揺さぶられて、真吾は目を開いた。眠った覚えはない。ただ瞼がいつの間にか下りていただけだ。肩を揺さぶっているのは恭次で、こちらは一睡もできなかったのか、目が血走っている。

「また出てきたんだ、夜見ノ池――」

言われて、真吾は飛び起きた。危うく恭次の頭と頭をぶっつけてしまうところだった。

「か、刀、鉈はどこだ」

手探りで武器を探そうと慌てる真吾を、恭次は押さえつけた。

「今度は死人じゃねえ。娘っこだよ!」

「はあ?」

「池の向こうっ方《かた》から、潜って泳いできたんだと。今、畑作様が吟味なすってるもん」

池を通って現れた娘は、丈の短い帷子《かたびら》に細い平帯を締め、長い髪を団子に丸めていた。水の底から浮き上がってきたときには薄い両刃《もろは》の短刀を口にくわえていたが、暴れる様子はなく、それどころか進んで見張りの者たちに手をついて、大急ぎでお報せしたいことがあるから村長に取り次いでくださいと、すがってきたのだという。

娘は浅川家の奥の間で、両手を縄でくくられて温和しく座っていた。色あせた浴衣《ゆかた》に着替えて褞袍を羽織っている。今は髪もほどいてあって、ほとんど乾いているようだった。

「真吾か。こっちに来なさい」

八郎兵衛が言って、自分の隣を指した。

「この子は名を花江《はなえ》というそうだ。歳は十五。池の向こうにある羽入田村《はにゅうだ》というところから来た」

真吾は花江という娘に目を向けた。名前のとおり、花のようにきれいな顔をしている。

「花江、この若者が、こっちの池でおまえの父親を見つけて引き揚げたんだ」

八郎兵衛の言葉に、花江は褞袍の内側で身を縮めると、真吾に向かって頭を下げた。

「堪忍してくだせ。おらがおとうを捕まえてたら、こちらさまに厄介をかけることはなかったのに、あと一息というところで池にはまっちまったもんで」

言葉は通じている。花江の言っていることの意味はわかる。しかし、「おとう」とは。

困惑に目をぎろぎろさせるばかりの真吾に、八郎兵衛が言った。「うむ、あの土左衛門は、花江の父親だったんだそうだ」

真吾は、尊敬するこの検見役の言葉もわからなくなってしまった気がした。

「おとうは昨日の朝、食いものを取りに村の穀物倉へ行った帰りに、〈ひとでなし〉に襲われて噛まれっちまったんです」

誰かに追われているかのように、つんのめるような早口で、花江はしゃべる。

「ホントはそのときすぐに潰さなきゃいけなかったんだけども、おとうは丈夫で、なかなか目が濁らなかったもんだから、おらたちも情が残っちまってぐずぐずして……」

待て待て待て。「潰す」だと？

「そんで、おとうがとうとう暴れだしたときも、おらじゃ首を一打ちにできなくって、もたついてるうちに池に落ちて、身体は死んでるのと同《おん》じですから、たちまち岩みたいに沈んで見えなくなっちまったんだもん」

花江が息継ぎのためにしゃべるのをやめると、八郎兵衛に宗右衛門、花江を見つけた見張りの男たち、真吾に恭次、その場のみんなの鼻息が聞こえた。たじろいでいるし戦《おの》いている。ちょっぴり笑い出しそうでもあるが、愉快な笑いではない。

「あの土左衛門の背中の傷は、あんたが斬りつけたものだったんか」

ようやく声を取り戻し、真吾は問うた。花江は真吾の目を見てうなずいた。

「はい」

「あんたのおとうは、夜見ノ池で俺と小弥太がめっけたときには、身体が凍って死んでいたんだもんよ。土左衛門らしく膨れて、息絶えて……」

「人としては死んでたんだけども」言って、花江はさらに首を縮めた。「信じてもらえなくってもしょうがないけども、〈ひとでなし〉になってたんです。池の水は霙みたいに凍ってたから、おとうも沈んだまんま凍ってくれたらよかったけど、確かめないことにはおっかねえから、おら、きました」

しかし、池のなかには父親の姿が見当たらなかった。水中を通って「向こうっ方」に逃げてしまったとしたら一大事だ。「向こうっ方」の衆に報せねばならねえ。

「おとうを逃がしてしまったのは、おかあとおらのせいだし」

華奢《きやしや》な拳を握って、花江は自分の額を叩いた。一度、二度。

「遠い昔、たったいっぺんだけど、〈ひとでなし〉がやっぱり池だか沼だかを通って向こうっ方に逃げたらしくって、水練上手のお役人様が探しにいったって話を聞いたことがあったから……」

ああ、それはあの百二十年前の出来事だ。

向こうっ方の羽入田村というところにも、そんな昔話が伝わっているのか。もっと詳しく聞きたい。頭から尻尾まで、花江が知っていることを全て聞きたい。だがその前に、花江の歯が鳴っているのが聞こえる。

「おめえ、寒かろう。腹も減ってねえか」

真吾が問うと、恭次もほっとしたような声を出して、「畑作様、こんな娘っこ一人、縛っておかんでもよかろうもん。放してやりましょう」

八郎兵衛は渋面で懐手をしていたが、その腕をほどいて、浅川宗右衛門に尋ねた。

「肝煎殿、倅たちの訴えをどうするか」

宗右衛門は馬面の顎を指で掻いて、嘆いてみせた。「うちの倅どもは女子《おなご》に甘《あも》うて困りものでございます。恭次、おまきに言って、風呂《ふろ》をたててやれ。それと雑炊でも……」

「もう支度してありますもん！」と、戸口のそばでおまきの声がした。男衆が振り返ると、さっと逃げて板戸に隠れた。

畑作八郎兵衛が枝伐りを抜いて、花江の手の縛《いまし》めを断ち切り、ふふっと笑った。

*

池のこちら側は、奥州久崎藩は宇洞の庄、丘の上にある中ノ村。池の名前は夜見ノ池。領民たちが仰ぐお殿様は、七代目藩主・阿野掃部頭光義である。

対して池の向こう側は、奥州江崎藩一万二千石の領内南部にある羽入田村、池の名前は読みだけ同じで字が違い、何と〈黄泉ノ池〉だった。藩主は二代目熊井《くまい》安房守《あわのかみ》欣之輔《きんのすけ》。八郎兵衛が知っている昔話のなかでは、この江崎藩藩主は箏野という大名だったが、これは昔話の当時から今の花江たちまでのあいだに主家が代わったのだった。

羽入田村は山間《やまあい》にあり、稲作は陸稲《おかぼ》ばかりであまり盛んではない。村人たちは麻畑を耕し麻糸を紡いで生計《たつき》を立てており、そこへ近年、綿花が入ってきた。木綿は麻より高く売れるが、村人にはそれを広く取り入れる余裕がなくて、なかなか根付かずにいる。その大きな理由は、熊井の殿様による厳しい年貢の取り立てにあった。

こちら久崎藩ではコウゾと和紙作りが藩の財政を支えている。あちら江崎藩には、そうした新しい殖産の工夫は何もないらしい。山村の無学な娘の花江にも「何もねえ」ことがわかるほどに無策であるらしかった。なのに、年貢は苛烈《かれつ》に取り立てるのだ。

熊井の殿様は二十二歳。謡《うたい》と踊りが大好きで、政《まつりごと》には関心がなく、領民の暮らし向きを気にかけることもないという。石高こそ一万と一万二千であちらに負けているが、実情は久崎藩の方がずっと豊かに違いない。実際、おまきが大急ぎでこしらえた雑炊に、花江はご馳走《ちそう》だと目を剝いた。

暮らしの安泰は、久崎藩にあって江崎藩にはない。では、久崎藩になくて江崎藩にあるものは何か。

それが、あの〈ひとでなし〉だった。

花江は一人娘で、両親と三人で暮らしていた。幼いころ一緒に住んでいた父方の祖父母の言うことには、「あの化け物を間近に見かけるなんて、二、三十年にいっぺんあるかねえかだもん」

しかし、おとうは違うことを言っていた。

「その勘定は呑気にすぎらぁ。おれが覚えてる限りじゃ、五年から十年にいっぺんは出てきてる。ただ、早々にお役人様が退治してくだすったり、日にちが経って寒気が消えて、大事《おおごと》にならずに収まってるだけだもん」

花江の話を聞いていて、あちらの江崎藩羽入田村にも、「……だもん」という独特の訛《なま》りがあるとわかった。それは一緒なのだと、真吾は嬉しかった。

当の花江は、十五歳の今日までで、〈ひとでなし〉を見るのはこれで二度目だという。最初はたったの二年前、謡と踊りの好きな殿様が藩主となってお国入りした年の、やはり立冬の日だった。

水ばかりか酒まで凍ってしまいそうな寒気と共に、〈ひとでなし〉は現れた。薪《まき》拾いの子供らが最初に出っくわし、走って逃げ帰ってきたので、村人総出で待ちかまえ、誰も襲われぬうちに首尾よく討ち取ることができた。

「けど、他所の村では人が嚙まれて、何日かはたいへんな騒ぎになってました」

〈ひとでなし〉は生きている死人で、なぜか人肉を求めて人を襲う。襲われて嚙まれた者は、早ければほんの半刻《はんとき》（約一時間）、遅くとも半日ぐらいで〈ひとでなし〉になってしまう。

つまり疫病と一緒で、一体の〈ひとでなし〉を放っておくと、またたく間に十体にも二十体にも増えてしまうのだ。

この化け物は江崎領内の「風物」であるらしく、国境を越えたまわりの藩では出現したことがない。江崎領内では一度に最大十四ヵ所で現れたという記録があり、このときは先《せん》の箏野家の治世だったから、家中の武士たちが〈ひとでなし〉の脅威をよくよく心得ており、ほとんど戦のような支度をして、この化け物を狩りとった。

しかし、新しい藩主の熊井家には、この脅威がうまく伝わっていなかったらしい。箏野の殿様が国替えになった経緯《いきさつ》を、田舎娘の花江はよく知らなくて、真吾たちにも伝えられなかったのだが、

「何かしらの不始末を、公儀に咎められたのだろう」

と、畑作八郎兵衛は推《お》した。

「あるいは、多数の〈ひとでなし〉が現れて戦のような騒動となったことが、お上に叛意《はんい》ありという誤解を招いたのかもしれん。だとしたら皮肉に過ぎる話だが」

ともあれ、事情をよく知らぬまま、この恐ろしい「風物」のある領地を治めることになった熊井家の初代の殿様は幸運だったらしく、その治世のあいだ、〈ひとでなし〉が大暴れすることはなかった。いつかの冬に、どこかで出現していたのかもしれないが、大事になる前に退治されたか、寒気が引くと共に自然と姿を消していたのだろう。

そう、この化け物は必ず異常な寒気と一緒にやってきて、短ければ一晩、長くても三日ほどで、寒気が引くと共に消えていなくなるのだ。

ただし、消えるのはどこからか出現した〈ひとでなし〉だけで、それに噛まれて〈ひとでなし〉になってしまった者は、そのまま残る。その〈ひとでなし〉が他者を襲えば、新たな化け物が数を増してゆく。

だから、〈ひとでなし〉が現れたら、必ず見つけて殺す——潰すこと。言葉通り頭を叩き潰すか、首を斬れば〈ひとでなし〉は死ぬ。また、生身の人が襲われぬよう、備えを固くして守ることも肝要だ。長年の経験の積み重ねで、箏野家の家中の武士たちは、これをよく知っていた。領民たちも、身に叩き込まれていたし、それを子孫に教え伝えていた。誰も軽んじていなかった。

しかし、熊井家中の武士たちは、こういったことをほとんど何も知らなかった。

「おまけに今度は……今までいちばん大勢の〈ひとでなし〉がいっぺんに出てきて」

羽入田村の内外で、花江が見聞きしただけでも八体はいたという。

「最初に〈山番所〉が襲われて、お役人様はあてにできなくなっちまった」

それどころか、〈ひとでなし〉と化した家中の番士たちが、その管轄する山間の村を襲うような事態になってしまった。

「おらたちの村は、こういうときのために、土蔵をいくつか建ててるもんだから、村人はそこに逃げ込んだんだ」

これで何とか三日しのげば、大元の〈ひとでなし〉は消える。願わくばそれまでに、噛まれて化した〈ひとでなし〉がこれ以上増えませんように。城下でもどこかの山番所でもいいから、武器を持った番士たちが助けに来てくれますように。

祈りながら身を縮めて過ごしているうちに、食いものが尽きてきた。もともと貧しい羽入田村である。

花江の父親は、何か持ってくると、村の反対側にある穀物倉へと向かった。そして首尾よくたどりつき、干し芋と雑穀の袋を担いで戻ってきたのだが、

――すまねえ。途中で肩を噛まれた。

相手は頑健な山番士の〈ひとでなし〉で、手強かった。悔しいからせめて一撃と必死で噛みつき返してやったら、口のなかが臭くてたまらん。そう言って、父親はうずくまった。

――花江、おれを潰してくれろ。

そんなの無理だ。できるわけがない。

一家は三人で、住まいの掘っ立て小屋に帰った。そこで一晩を過ごしたが、花江の父は正気を保っていたし、目も濁らない。

――もしかしたら、〈ひとでなし〉にならずに済むかもしれねえ。

母は淡い期待を口にしたが、陽が高くなり、まわりが明るくなってくるにつれて、いっそう寒気が強まってきた。嫌な予感に震えながら、花江は母を蔵に戻し、父の手を引いて掘っ立て小屋から離れた。父の身体からは腐臭がした。

花江は幼いときから、ほかでもないこの父親に鍛えられ、もしも〈ひとでなし〉に襲われたらどうすべきかを叩き込まれていた。今、〈ひとでなし〉と化そうとしている父親に、何をすればいいかはわかっていた。

それでも、とうとう白濁した目を剝いて、父親が涎をたらして叫びだしたとき、最初の一撃で首を断つことはできなかった。花江は村の外へ逃げ、父親は後を追ってきた。

〈ひとでなし〉になると、人らしい知恵は失われてしまう。逃げる「食いもの」を追いかけ、攻撃されるとよろよろ逃げるだけだ。そうやって逃げたり追われたりしながら、ほんのちょっと前まで父親だった〈ひとでなし〉を潰そうとするうちに、二人して村はずれの黄泉ノ池のそばまで来ていた。藪のなかで父親を待ち伏せし、背後から鉈で斬りかかって、一撃、二撃、三撃。夢中で斬りつけていたら、何度目かの攻撃のはずみで、父親が池に落ちてしまったのだ。

畑作八郎兵衛が聞き覚えていた昔話の「半月池」のあった村は、羽入田村の近くだった。件《くだん》の池は埋め潰されてしまい、今はない。それでも、逸話は残っていた。花江は祖父からも父からも、〈ひとでなし〉への教訓の一つとしてその話を聞かされていた。

深い池の向こうには、こちらと同じような別の村がある。そこに住んでいる人びとは、〈ひとでなし〉のことをまったく知らない。

報さねば、大変なことになる。その一心で、花江は行動した。幸い、今般の寒気も収まってきた。池の水が温んだら、潜ろう。

「いったん土蔵に戻って、母親や村の人たちに話さなかったのか」

八郎兵衛の問いに、花江はかぶりを振った。

「帰ったところで、何か足しになるわけじゃねえもん。水が温《ぬる》むまで、一人で隠れてました」

恐ろしいことに、そうしている間に村の内外で〈ひとでなし〉が何体もうろついているのを見かけた。山番士の恰好《かっこう》をしている者だけでなく、農民や行商人らしき者もまじっている。旅装の〈ひとでなし〉がいるということは、麓の旅籠も襲われたというしるしだ。

「寒気が引いたら、源の〈ひとでなし〉は

消える。けど、噛まれて増えた〈ひとでなし〉はそのまんまだから…………」

語りながら、花江はまた震え始めた。

「おら、戻らねば。おかあと村のみんなが心配だもん」

花江の声の残響が消えると、場はいったん静まりかえった。やがてかすかに、男衆の鼻息。真吾は、そのなかに自分の呼気も混じっていることに気がついた。

畑作八郎兵衛が口を開いた。

「これほどの蛮勇をふるい、おまえが池のこっち方に来たのは、空手《からて》で戻るためかね」

飄々《ひょうひょう》として優しく、花江に問いかけた。

「助っ人《と》は要らんか」

花江は八郎兵衛の顔を見た。真吾も検見役の横顔を見つめて、それから父に目を移した。浅川宗右衛門はなぜか拳を握り、肘のところに盛り上がる己の筋肉を検分している。

「噛まれて化してしまった〈ひとでなし〉どもを平らげれば、ひとまず羽入田村は救われるのだろう」

ならば、我らが行こう。

「池のこっち方の久崎藩には、戦国の世から伝わる優れた弓術がある。この中ノ村の男どもも、ただの農民ではない。そちらの番士たちと同じくらいに戦える」

花江の顔から血の気が引いた。「皆さん、池に潜るおつもりで」

真吾が言おうとしたことを、恭次に先に言われてしまった。「おまえが潜ってこられたんなら、おれらが潜れねえわけはねえもん！」

「私どもは戦支度に取りかかりました」

花のような花江に同情し、義侠心《ぎきょう》を奮い立たせたのは真吾ばかりではなかった。話を聞いた中ノ村の男衆は、こぞって羽入田村に助っ人に行きたいと手を挙げてくれた。

「年老いた親や幼い子がいる者を除き、さらに水練の下手な者を除きまして」

語る夫にもたれかかったまま、花代がその横顔を仰いでいる。思い出しているのだろう。当時の中ノ村の男たちが、どれほど頼もしかったか。花代の眼に光はないが、表情には光が溢《あふ》れている。

「私や恭次のほかにも、畑作師範（代）の推挙をいただき、藩の道場で鍛錬した者がおりましたので、まずその猛者《もさ》どもと、あとは興一たち猟師でございますね」

いったんは水をくぐらねばならないので、火薬が要る鉄砲撃ちは使い勝手がよくない。猟師の人選は興一に任せた。

「笑い話でございますが、いちばん人選に手こずったのが、我が浅川家でございました」

「肘の肉をぐいと盛り上げてみせる親父殿が、先陣を切ると言い張られましたか」

つい面白がって訊《き》いてしまい、失礼だったかとひやりとした富次郎だが、一拍おいて、浅川夫婦が楽しそうに笑い出した。

「はい、おっしゃるとおりでございます」

浅川宗右衛門は、倅どもに屋敷を任せて自分が行くと言い張った。

——真吾はおつぎじゃ。恭次は真吾にもしものことがあったときのお代わりじゃ。儂《わし》がいかんでどうする。遺言ならすぐに書くから、矢立と紙を持ってこんか！

真吾は絶対に花江を守ってついていくつもりだったし、恭次は兄やに後れをとるなど我慢ができない。

——俺が行くから、親父と恭次は残れ。

——おつぎの兄やが残って、親父のお守りをしとれや！

結局、畑作八郎兵衛が決めてくれた。

——おつぎには来てもらう。宗右衛門の弓術も必要だ。恭次、もしものときにはおまえが浅川家の当主になるつもりでおれよ。

「まあ、検見役様の命よりも、恭次が残ると聞いて泣きべそをかいた……怖いのではなく、嬉し泣きをしたおまきの顔の方が、弟には効いたんでございましょうが」

おまきは、半日ほどのあいだに二度も〈ひとでなし〉に遭遇した気の毒な女中である。富次郎はさっきからいたく同情していた。

「おまきさんが無事でよかった」

「はい、まったく幸いなことでした」と、浅川真吾は続けた。「〈ひとでなし〉は、非力な女子供をよく狙うのでございますよ。それと、弟と同じくらい、実は九市もおまきに気があったので、真っ先にそのあとを追ったのではないかと」

ならば、化け物になっても、九市のなかにはおまきを見分ける分別が残っていたというわけなのか。

「真実は定かでありませんが、あのときの出来事を思い起こすたびに、〈ひとでなし〉がまったく人の知恵や情を失うわけではなかったろうと、私には思えてなりません」

浅川真吾は言って、寄り添う妻の痩せた肩をしっかりと抱きしめた。

「それだけに、己の父親が〈ひとでなし〉に成り果てるのを目の当たりにし、その首を斬ろうと一人で追いかけ、果敢に戦った花江の心中を思いますと、胸が詰まります」

富次郎には言葉もない。黙って深くうなずき、夫婦の姿を見つめるだけだった。

「こうして、畑作八郎兵衛様を頭に、総勢十三人の血気に逸る男衆が、夜見ノ池を潜って羽入田村を目指すことになりました」

*

先陣は、八郎兵衛と真吾と花江の三人だ。

「すまぬが、花江に先を泳いでもらい、我らはついていく。こちらは夜見ノ池の深さも、水の濁り具合も知らぬゆえ」

異様な寒気は消えても、立冬を過ぎたのだ。晴天の真昼でも、水は充分に冷たい。

「今さらだが、一人で来た花江は勇敢だの」

背中に弓と矢筒をくくりつけながら、八郎兵衛は優しくそう言った。真吾は自分の得物の刀と鉈と、予備の矢筒を備えている。

「では、ゆくぞ」

八郎兵衛は腰に長い荒縄を巻きつけ、その端を興一に託していた。三人が首尾よく水をくぐって羽入田村へと浮かび上がり、まわりに危険がないことを確かめたら、その縄を引いて合図を送るという手はずだ。

真吾はよちよち歩きのころから川遊びが好きで、長じるにつれて泳ぎもうまくなった。いい気になって河童《かっぱ》の川流れで溺れかけたこともあるのだが、それで怖《お》じ気づいた覚えはない。

しかし、今は怖かった。花江と羽入田村の人びとを助けようと、心は逸っている。なのに膝は震えて呼吸が速まり、心の臓が躍るのを抑えることができない。

花江は頭を沈めて身体を波打たせ、するりと水に潜った。その白い足先が水面を軽く叩いて消えたのを追いかけて、真吾も潜った。すぐ後ろで、八郎兵衛がふうっと大きく呼吸してから潜るのがわかった。

夜見ノ池はきれいな湧き水の池だ。今も前を泳ぐ花江がちゃんと見えるし、水面から光が届く深さで揺れている水草など、いっそ美しいほどである。

しかし、底の方には真っ暗な闇が溜まっている。これほど深かったのか。あの闇に足をつかまれたら上がれなくなる。闇の上を泳いで通り過ぎるのが肝要だ。

水を蹴る花江の足が見える。鼻から少しずつ息を吐き出しながら両腕で水を掻いて、真吾はそのあとについてゆく。

進んでゆくと、光が消えた。頭上は真っ暗だ。岩場だろうか。しかし前方にはほのかな光のゆらめきがある。洞窟をくぐるように、ここを通り抜ければ羽入田村の側か。

身体が水に締めつけられる。いや、水だけではなく、闇に包み込まれ、圧《お》されているような気がする。視界がたわみ、自分の鼻から出てくる泡も、ぐねぐねと歪《ゆが》んでいるように見える。

止まっては駄目だ。夢中で水を掻き、真吾は暗闇を泳ぎ切った。目映《まばゆ》いほどの光のなかに、花江が浮上してゆく。ざぶん！

黄泉ノ池は、もっさりとした雑木林のなかにあった。

中ノ村の夜見ノ池よりも、ひとまわりぐらい大きな池だ。小判のような形をしており、まわりの浅瀬には枯れた葦《あし》が互いにもたれ合うように立ち並んでいる。

花江と真吾は、池のど真ん中に浮かび上がっていた。水を蹴って岸辺へと移ると、すぐに足の裏が底の泥に触った。真吾の足がかき混ぜて濁らせてしまった水のなかに、八郎兵衛が浮上してきた。

周囲に目を配りながら、三人で助け合って水から上がった。こちら側の空は、雲は多いが陽ざしが明るい。立冬ではなく立春の空だと、真吾は思った。水に濡《ぬ》れた着物と身体に、寒さが食い込んでくるかと覚悟していたのに、そうでもなかった。

「妙な寒気がなければ、これくらい温《ぬく》い季節なんだもん」と、花江が言う。池の向こう側とはずいぶん違っている。

幸い、まわりに怪しい人影も、人ならぬものの動きもなかった。縄を引っ張る合図を八郎兵衛に任せ、真吾と花江は枯れ枝や枯れ草を集めて火を熾《おこ》した。真吾は、種火なしで火打ち石を使うのは久しぶりだった。

たいていの獣と同様で、〈ひとでなし〉も火を怖がるという。しかし、焚き火の煙には引きつけられるのではないかと思ったが、花江はその心配は無用だと言い切った。

「火の気のあるところに人がいるとか、そういう知恵は消えてます。だからこっちは、物音を立てねえように、姿を見られねえように、あと、できるだけ風上にいねえように気をつけてれば大丈夫だもん」

〈ひとでなし〉はバカに鼻がよく、かなり遠くからでも、生身の人の血や汗の臭いを嗅《か》ぎつけるのだという。

中ノ村の男たちが続々と池から上がってきて、焚き火も二つになった。皆、ざっと身体を乾かし、己の武具を整える。八郎兵衛や浅川宗右衛門などの弓使いは、弓の弦を弾《はじ》き、矢を一本ずつ振って矢羽の水を切る。水気が残っていると重くなるからだ。

支度が済み、焚き火を踏み消しながら、興一がかすかな風に目を細めた。

「腐った臓物の臭いがする」

興一が連れてきたあと二人の猟師も、険しい顔つきでうなずいている。一人は老人、一人は若者だ。若者は興奮と緊張で顔が赤い。

「その臭いが強くなったら、すぐに教えろ」と、八郎兵衛が言った。

花江を案内《あない》に立て、八郎兵衛が横に並び、後ろに真吾、この一隊のしんがりが興一と宗右衛門だ。雑木林のなかを抜けてゆくと、ほどなく小道に出た。人の足跡はあるが、牛馬の蹄や荷車の轍《わだち》はない。

一隊は、雑木林と藪のなかを粛々と歩いてゆく。気がつくと呼吸を止めてしまっている自分に、真吾は恥じ入った。びくびくするな、情けない。

不意に八郎兵衛が足を止め、右手をさっと顔の横に上げた。花江と男たちも止まる。

上げた手をゆっくりと動かして、八郎兵衛が右手の斜め前方を指さした。丈の高い枯れ草の群れの向こう側で、何かが動いている。

真吾は手に汗を握る。目の隅で、父・宗右衛門が弓に矢をつがえているのが見えた。

ざわり。丈の高い枯れ草が鳴る。と、その隙間から、つるりと丸い人の頭が覗いた。頭の後ろ側と、うなじと背中の半ばまでが見える。くすんだ草色の袈裟《けさ》を着た、僧侶《そうりょ》だ。

こちらには背を向けたまま、僧侶はよろよろと後ずさってきた。花江が息を呑む。

「村の坊主か」と、八郎兵衛が尋ねる。花江はうなずき、手で口元を押さえた。

「半里ばかり（一里は約四キロメートル）先の山の上に念仏寺があって……あれは和尚様の袈裟だもん」

その囁きが聞こえたかのように、枯れ草のなかの僧侶が半身をよじってこちらへ顔を向けた。目を剝いている。ゆで卵の白身のように白濁したその眼。口はだらしなく半開きになり、舌がはみ出していた。

「来るぞ」

八郎兵衛が低く叫んだそのとき、〈ひとでなし〉と化した和尚が、泳ぐように両手で空《くう》を掻きながら突進してきた。

「ぐぁあぁらあぁぁぁあ!」

和尚は濁った声で何かを喚《わめ》きながら、舌なめずりして駆け寄ってくる。

身構える真吾の右耳のすぐそばを、宗右衛門が放った矢がかすめた――と思ったら、和尚の顔のど真ん中に突き刺さった。矢の勢いで和尚はどうっと仰向《あおむ》けに倒れ、枯れ草の茂みのなかに消えた。

「むう。首を狙ったのに」と、宗右衛門が悔しがる。八郎兵衛の指図で、仲間が和尚の首を鉈で落とすとき、真吾は花江の肩をつかんで後ろを向かせた。

やがて、藪の向こうに、何軒かの掘っ立て小屋が見えてきた。それが羽入田村だった。村の出入り口を示す木戸門もなければ、道祖神も地蔵堂もない。この村の貧しさは、城下町には一度しか足を踏み入れたことがなく、中ノ村と西ノ村しか知らぬ真吾にも、容易に見てとることができた。ここの村は雑木林と藪にまぎれ、圧されている。

吹けば飛ぶような掘っ立て小屋は、中ノ村の者どもにとっては、人の住まいではなく薪小屋や鶏小屋だった。出入り口には板戸がなく、筵《むしろ》を垂らしてあるだけだ。障子も唐紙も、格子窓もない。そんな掘っ立て小屋のうちの一軒が花江の住まいで、

「おかあはいねえ……」

「よし、では土蔵へ向かおう」

掘り抜き井戸の滑車を支える柱の根が腐りかけて、全体に傾いている。藁葺《わらぶ》き屋根の家は一軒もない。ぐるりに広がる寒々しい貧しさのなかで、ぎょっとするほど立派で目立っているのが二軒の土蔵と穀物倉だ。土壁の足元を石垣で固め、屋根には素焼きの瓦《かわら》を載せた土蔵は、出入り口の観音扉の金具も重々しい。穀物倉の方は石垣の上に板壁を巡らせ、板葺き屋根に重しの岩をごろごろと配してある。

「土蔵と同《おんな》じ造りにするには、金子が足りなくって」

命の綱の食糧、穀物や種や籾《もみ》を保管する倉よりも、〈ひとでなし〉から村人の命を守る土蔵の方が優先される。羽入田村はそういうところだった。

幸いなことに、花江の母親は一の土蔵で無事にすごしていた。母娘《おやこ》は抱き合って泣き、しかし花江はすぐ立ち直って、土蔵に隠れていた村人たちに、八郎兵衛を頭《かしら》とする中ノ村の男たちを引き合わせてくれた。

「我らは、池の向こう側から助けに参った」

畑作八郎兵衛は簡潔に言った。

「今はそれだけ通じれば充分だ。花江、二の土蔵へ行こう。興一、まわりの見張りを頼む。真吾、ここの村人たちの人数と、身体の具合を確かめてくれ」

羽入田村の者たちは、いったん一の土蔵に集められた。老若男女、二十二人。いちばんの年長者は七十五歳の甚平《じんべい》という炭焼きで、いちばん小さな子供はよちよち歩きの多代《たよ》という女の子だった。事が起こったとき、とにかく近い方の土蔵に逃げ込めというので別れ別れになり、二日も会っていなかった親子や夫婦もいたりして、彼らが互いの無事を確かめ合い手を取り合う様子に、真吾は危うく涙しそうになった。

羽入田村には、もとは三十五人の村人たちが住まっていた。差し引き十三人のうち、四日前に〈ひとでなし〉どもが村に入り込んできたときに襲われてしまったのが九人（このなかに村長夫婦とその倅がいた）、そのうちの四人までは目が白濁してすぐに潰すことができたが、五人は姿をくらましている。どこかで〈ひとでなし〉に成り果てているであろうこの五人とは別に、行方知れずとなった四人についても、どこにいるのか、生きているのか死んでいるのか、知る術《すべ》がない。

八郎兵衛は、音が出そうなほどてきぱきと采配《さいはい》をふった。二十二人のうち十二人の羽入田村の男たちに、穀物倉や村のなかから食糧や暮らしに要るものをすっかり集めさせた。十人の女子供には、二つの土蔵を掃除して整えるように命じた。これらの作業のあいだ、もちろん中ノ村の男たちは見張り役を務め、〈ひとでなし〉が現れると、すぐさま退治して蔵には寄せ付けなかった。

羽入田村の近辺に寄りつく〈ひとでなし〉どもは、もともとの村人たちと、もう少し遠方からさまよってきた者たちとがまじっていた。

この村の近くに他の農村はない。土の瘦せた山間に、羽入田村だけが地べたにへばりつくようにして、懸命に助け合い、なんとか命をつないでいたのだ。他に、いちばん近くにある人の集まる場所は〈山番所〉で、その次があの和尚の念仏寺、次が麓の旅籠町だという。

こちらの〈山番所〉とは、久崎藩の山奉行所と検見役を合わせた役所であるらしい。建物のなかには頑丈な牢《ろう》屋《や》もあり、年貢が納められない者はそこに放り込まれるのだそうだ。山番士は村民たちに対しては無慈悲で、化け物の〈ひとでなし〉にならなくたって充分に人でなしであったという。だから心配してやる必要はないが、武器はともかく防具で身を固め、村人たちよりは肉付きもよく頑丈であろう山番士たちが、もしも残らず人を襲う化け物と化していたら、相当に厄介だ。畑作八郎兵衛はそれをひどく懸念していた。

「花江の父親も、相手が山番士だったから逃げ切れなかったのだろう？」

八郎兵衛の策は、複雑なものではなかった。ともかく今日の陽のあるうちに、羽入田村の二つの土蔵を整えて、ここにいる全員が一晩を無事に過ごせるようにする。今はこちらから村の外に打って出ることはせず、〈ひとでなし〉が現れたら確実に潰すだけに留《とど》めておく。そのかわり、土蔵のまわりに土嚢《どのう》を積んだり、落とし穴を掘ったり、縄を張って細い木札をたくさん垂らし、夜のあいだに何かが近づいてきたら音が出るようにしたり、竹を伐り出してきて竹槍を作ったり、松明や篝火を作ったりと、皆で手分けして様々な工夫と支度をする。

土蔵の扉は、どうしても立てこもらねばならなくなるまでは開けておき、そこに中ノ村の男たちが交代で見張りに立つ。興一と仲間の二人の猟師は、二つの土蔵の屋根に登り、高所からの見張りを務めることになった。

今日はこの季節でも特に長閑《のどか》な日和で、暖かくて風もない。羽入田村のあるこの山間は、立冬を境に、山から吹き下ろす風がだんだんと強くなる。真冬にはそこに霙や雪がまじる。

「寒くて貧しくて、いいことねえけど、みんなで助け合って暮らしてきたんだもん」

なのに、今般の〈ひとでなし〉の襲来で、多くの犠牲が出てしまった。これを乗り越えて、またもとのように暮らしていけるだろうか。

花江の憂い顔に、真吾は言った。

「そこまで先を案じるより、まず今夜を乗り切ろう。花江たちは少し休め。俺は水汲みを手伝ってくる」

幸い、井戸は深くて水は豊かだった。薪や焚き付けになりそうな枯れ草も多いし、村じゅうの掘っ立て小屋を探し回ったら、笊《ざる》にいっぱいの炭と、何本かの蠟燭《ろうそく》と、鉄砲撃ちはいないし鉄砲もないのに、一包みの火薬が見つかった。

目につくところに転がっている頭を潰された〈ひとでなし〉はその場に放置せず、空っぽにした穀物倉に運んで安置した。頭がなくても、形相が変わっていても、村の者ならば、体格や着ているもので誰だかわかるだろう。そうして並べてみたら、真吾たちが来てから潰したのが七体、それ以前に羽入田村の人びとが必死に戦って潰していたのが四体だとわかった。この四体のうちに、村長の妻が入っていた。

「じゃあ、村長と市之助《いちのすけ》は今もどっかにいるんだ……」

村長の倅の名前が市之助で、歳は十五、花江とは幼なじみだという。村長は四十二歳、いかつい大男だったそうだ。

「人としての知恵を失っていても、馴染みのある景色から離れはしないだろう。近寄ってきたら、しっかり引導を渡してやろう」

八郎兵衛の言葉に、羽入田村の人びとは涙した。男たちは肩を落として拳を握り、女たちは手で顔を覆った。

池の水をくぐらねばならないから、中ノ村の男たちは、自分の身体と武器と、最低限の防具しか持ち込めなかった。深い水という妨げがなければ、炭も鍋釜《なべかま》も食糧も薬も乾いた衣類も布団も、入りようなものはみんな運んでこられたのに。

夕暮れどき、ありものをさらって女たちがこしらえてくれた炊き出しの雑炊をすすると、真吾の胸には歯がゆさが募った。

夜になり、土蔵に入って守りを固めるまでのあいだに、三体の〈ひとでなし〉を潰した。二体は山番士で、なめし革の胴鎧《どうよろい》をつけ、一体は手に短槍《たんそう》を持っていた。振り回すほどの知恵はなかったが、とにかく大事そうに摑んで離さなかった。三体目は小柄な老人で、〈願勝寺《がんしょう》〉の名が入った印半天を着ていた。寺男だろう。

「つまり、山番所も念仏寺も、〈ひとでなし〉の手に落ちている」

一の土蔵の観音扉のすぐ内側で、筒型の覆いをつけた蠟燭をかざし、地べたを棒きれで引っ掻いて、八郎兵衛は地図を描く。ここが羽入田村、ここが山番所、ここが願勝寺。旅籠町の入り口は、この二ヵ所よりはかなり遠く離れている。

「それでも、山番所には武器や備品、食糧の蓄えがあるだろう。明日、夜が明けたら調べに行こう。大勢ではかえって騒がしい。中ノ村から三人、羽入田村から案内を一人」

八郎兵衛率いる助っ人たちの戦いぶりに励まされたのか、羽入田村の男たちも意気が上がってきており、道案内役はすぐに決まった。彼らの方から、ああしてみたら、こうしてみたらという案も出てきた。

真吾は、宗右衛門と一緒に二の土蔵にいた。

夜が浅いうちにいったん見張りを交代し、休めと言われたのだが、なかなか眠れなかった。こちらの蔵には八つから十くらいまでの男の子が三人おり、物珍しげに寄りついてくるので、問われるままに宇洞の庄と中ノ村のことをいろいろ話して聞かせた。

子供らだけでなく、羽入田村の人びとはみんな、コウゾを知らなかった。それを使って作る和紙のことも知らなかった。

「こっちじゃどんな紙を使ってるんだ？」

尋ねると、土蔵のなかを探し回り、居合わせた村人たちみんなを煩《わずら》わせた挙げ句、出てきたのは藁を叩いて伸ばして広げてくっつけ合わせたようなごわごわの代物だった。

久崎藩と江崎藩は、「同じ国のなかにある別の藩」ではない。まったく違う国にある二つの藩が、中ノ村と羽入田村という二つの場所、夜見ノ池と黄泉ノ池という二つの池を通して、たまま通じ合っているだけ——

ひょっとしたら江崎藩は、コウゾを育て和紙を作るという産業が芽生える前の久崎藩なのではないか。つまり、久崎藩の時を遡《さかのぼ》ると江崎藩になるのではないか。だから藩主も違うのでは？

そう思いついて、真吾は子供らに尋ねてみた。今の公方《くぼう》様は何代目だ？　名前を教えてくれ。

羽入田村の男の子たちは、きょとんとした。「くぼうさま？」

「それだぁれだ？」

「将軍だよ。江戸城に住んでいる、この国でいちばん偉いお殿様だ」

男の子たちは顔を見合わせ、口々に言った。

「だいおうさまのことか？」

「だいおうさまって……何だ？」

「知らねえの？　この国でいちばん偉いのは大王様だもん」

そこからして違うのか。真吾は頭を抱えてしまった。そうだ、この子らに暦を見せてもらおう。暦ぐらいあるだろう。

「真吾」父の宗右衛門が、観音扉の外から短く呼びかけてきた。真吾は子供らに（静かに）と指を立ててから、父のそばに行った。

「ここの裏の仕掛けが鳴った」

宗右衛門は背中の矢筒からゆっくりと矢を抜き出しながら、声をひそめた。

「おまえは右側から行け。儂は左側から回る」

そのとき、屋根の上から興一の低い口笛が聞こえてきた。仰ぐと、彼も手振りで裏手の方を指している。　真吾も手振りで（わかった）と応じた。

　父子《おやこ》は左右に分かれ、土蔵の壁に張りついて、ゆっくりと裏手へと回っていった。

縄を張り巡らせ、木札を垂らした仕掛けのすぐ向こう側に、二体の〈ひとでなし〉がぬうっと立っていた。並んで肩をぶつけ合い、なぜかがくがくと身を震わせている。

二の土蔵の裏側を照らしているのは、かなり離れたところにある篝火が一つ。その光を背負って、二体の〈ひとでなし〉は黒い影になっており、顔が見えない。防具の類いは身につけていないようだから、山番士ではなさそうだが……右の一体は手に棒きれを握っている。左の一体は右の奴より身体が小さく、がくんとうなだれている。

今、右の奴が棒きれをつかんで、張り巡らしてある縄に触れた。下からすくい上げ、縄を持ち上げようとしている。ぶら下げた木札がカチカチと鳴る。

こいつは何をしたいのだ？　真吾は息を殺す。土蔵の上で、興一が音もなく屋根の縁まで移動してきたのがわかった。

右の一体が、棒きれを手放した。縄が元に戻り、木札がまたかすかに鳴る。

「うわぁ」と、〈ひとでなし〉が声を出した。

「だ、れか」

左の〈ひとでなし〉が、出し抜けに膝を折って、その場にくずおれた。すると右の奴がそちらに向き直り、助け起こそうとした。

「た、すけ、て、くれぇ」

しゃべった。こいつらは〈ひとでなし〉ではないのか？

真吾は身を低くして、素早く二体の黒い影に駆け寄った。腰につけた枝伐りを抜き、いつでも斬りつけられるように構えて、

「おい、おまえは誰だ」

呼びかけると、右の〈ひとでなし〉の頭がぐらぐら動き、顔がこっちを向いた。

「せがれ、を、たすけ、て、くれ」

口元が涎で濡れている。言葉は拙《つたな》く、声は濁っている。しかし、聞き取れた。倅を助けてくれ。

「もしかして、あんた村長か？　そっちは倅の市之助か？」

問いかけながら、真吾は距離を詰めた。縄と木札の仕掛けのすぐ内側まで。手を伸ばせば縄をつかめる。

「むらの、みんなは」

涎を垂らしながら、右の〈ひとでなし〉が近寄ってきた。

頭上から、一筋の眩《まぶ》しい光が差しかけた。屋根の上の輿一が龕灯を向けている。その光は真っ

直ぐに、右の〈ひとでなし〉の肩から上を照らした。

真吾は見た。そいつの右目は完全に白濁している。しかし左目は無事だ。まっとうな、正気の、生身の人の黒目と白目だ。

「いちの、すけ」

村長の〈ひとでなし〉は倅の名を呼び、涎の泡を噴いた。ぐぇぇぇ！

その瞬間、残っていた左目の正気が消し飛んで、白濁した。村長の〈ひとでなし〉は両手で真吾につかみかかってきて、膝の高さに張り巡らされた縄に引っかかった。木札がいっせいに高い音を立てて鳴った。

與一が照らし出す龕灯の光を目印に、宗右衛門が矢を放った。その矢が村長の〈ひとでなし〉の右目に突き刺さり、村長は大きく後ろによろけた。

真吾は一飛びで縄を越え、背中の鉈を摑んで一気に村長の〈ひとでなし〉の首を斬った。村長の頭が飛んで、すぐ傍らで膝をついてうずくまっている倅の肩にあたった。はずみでその身体が横倒しになる。真吾は素早く姿勢を立て直し、倅の首も斬ろうと鉈を構えた。

龕灯の光が移動し、倅の肩口を照らす。血がこびりついている。

はっとして、真吾は身を起こした。足先で蹴って、倅の身体を仰向けにした。

村長の倅は喉元《のどもと》を食い破られ、顔も半分以上食いちぎられていた。これでは〈ひとでなし〉と化しても、人を襲うことはできない。ぐらぐらと歩き、身体を震わせることしかできなかったはずである。

真吾は吐き気を堪え、倅の首も胴から切り離した。倅の身体の震えが止まった。

「ひでえ」と、頭上で興一が小声で言った。

村長は大男だったから、〈ひとでなし〉と化すのに時がかかった。残っていたわずかな正気で、倅を助けようとしたのか。

「真吾、縄を戻して帰ってこい。何か近づいてきたら、儂が射てやる」

宗右衛門の声が、頼もしく響いた。

二の土蔵では、夜明けまでのあいだにあと三体の〈ひとでなし〉を倒した。二体が山番士、一体は行方知れずになっていたこの村の女だった。

一の土蔵には〈ひとでなし〉が近づいてくることがなかった。たまたまだったのか、風向きや篝火の位置のせいだったのか。一の土蔵には老人が多く、二の土蔵には女子供が多かったせいなのか。話し合ったところで、答えは出ない。

真吾は八郎兵衛に頼み、山番所の探索に行く三人のなかに入れてもらった。昨夜《ゆうべ》の出来事を頭から振り払うには、じっとしていない方がいい。動いていたい。

「私も、この目で様子を確かめに行きたい。宗右衛門、留守を頼む」

八郎兵衛が言って、あと一人には猟師の若者の六平太《ろっぺいた》を選んだ。羽入田村の案内人は、村の若者の野々助《ののすけ》、歳は二十歳。田畑をつくるほかに、機《はた》や糸繰器などの道具の修繕を仕事としており、

「山番所には、秤《はかり》の修繕でよく呼ばれていったもん」

苛烈に年貢を取り立てるくせに、山番所で米や雑穀、麻糸や麻布を量る秤はしょっちゅう壊れ

て、それを番士たちは自分で直すことができなかったのだそうだ。

「ちっとでも年貢が軽くなるように、おら、細工して直すようにしてたんだ」

「よく首が無事だったな」と真吾が返すと、野々助は引き攣《つ》ったように笑った。

「ここの番所に送られてくる番士は、あんまりおつむりがよくねえんだ。やっとうの腕も立たね。ここの番所は、ろくでなしの吹きだまりだったんだもん」

だから、〈ひとでなし〉が集まって襲いかかってきたら、ひとたまりもなかったのだろうか。

「ソンでも、短槍や胴鎧を身につけてたっていうんだから、用心しねえと」

六平太は慎重で、冷静だった。若くても、さすがは興一に選ばれただけのことはある。彼も弓使いだが、鉤爪《かぎづめ》のついた投げ縄も腰につけている。動きは山犬のように敏捷《びんしょう》だ。

四人で村を出たところで、一体の〈ひとでなし〉に出くわした。若い女で、着物の前がはだけて半裸になっている。藪のなかをうろついていたが、真吾たちに気がつくと、ぎくしゃくと近づいてきた。

真吾はとっさに目を背けてしまったが、野々助は肝っ玉を千切られたみたいにひゃっと叫ぶと、「おたま!」と女に呼びかけた。「おたま、おまえ無事だったのか？　おらだ、野々助だ、わかろうが」

気の毒に。今度は、唾《つば》を飛ばして呼びかけ続ける野々助の顔を直視できない。おたまという女の目は完全に白濁し、口からは泡を噴いている。何がどうしてそうなったのか察しがつかないが、右脚の膝から下が内側に曲がってしまっており、ちょっと蟹《かに》みたいな歩き方をしている。

「野々助、下がっておれ」

八郎兵衛が穏やかな口調で命じ、脇差しを抜いておたまに近づいていった。六平太が野々助の前に立ち塞《ふさ》がり、

「あんた、後ろを向いてなよ」と言った。

呆気なく、おたまは八郎兵衛に首を落とされた。頭が地べたに落ちて、どさり。身体が藪のなかに倒れて、もう一度どさり。湿った音が、もの悲しい。

ゆっくりと藪のなかに歩み入った八郎兵衛は、片手で合掌し、すぐ近くに張り出している雑木の枝を切り落とした。

「目印だ。戻り道で回収してやろう」

野々助は、しばらくのあいだぐずぐず洟《はな》をすすっていた。真吾たちは黙ってそのあとをついていった。山番所は黄泉ノ池から東側に延びている道を登って、森を抜けたところにあるという。

道は細いが、よく踏み均《なら》されている。黄泉ノ池が見えてきたところで、六平太がつっと脇の藪に入り込み、すぐに出てきた。

「どうした？」

「獣のフンがあったんで」

さっき来たときはなかった、真新しいフンだったと首をひねる。

「何かおかしいか」

「いや、フンがあるなら獣がいるんでしょうが、こんな人が行き来する道ばたでフンをするのは

妙なんだもん」

獣も調子がくるっているのか。もしかしたら、人以外の生きものも、〈ひとでなし〉みたいになるのかもしれない。

「鳥の声が、ぜんぜん聞こえねえ」

六平太に言われて、真吾は初めて気がついた。八郎兵衛も驚いている。

「そういえばそうだな」

「野々助、〈ひとでなし〉が現れると、鳥や獣もおかしくなるのか？」

ようやく泣き止《や》んだ野々助だが、まだ目尻が赤い。「わかんねえ。おら、こんなそばで〈ひとでなし〉を見るのも初めてだし……。何もかんもわかんねえことだらけだもん」

また泣き出されては困るので、誰もそれ以上は問わなかった。

——もしも鳥や獣もおかしくなるのならば、やはり〈ひとでなし〉は化け物の類いではなく、噛まれることで感染《うつ》る疫病なのかもしれない。

思い当たるのが恐水病だ。これにかかって凶暴になった山犬やはぐれ狼が人里に近づくと、恐ろしいことになる。噛まれた者は水を怖がって狂乱するようになり、何日も高熱と痛みに苦しんだ挙げ句に死んでしまうのだ。

〈ひとでなし〉が毎年のように現れるのではなく、ある程度の年月をおいて不規則に出てくるという点も、病のようではないか。何か流行《はや》る条件が揃ったときだけ現れる——

しかし、まず立冬の前後という条件があるのだ。いったいに疫病は夏がいちばん盛んで、冬はずっと少ないのじゃないのか。冬に流行る病といったら風邪ぐらいなものだ。

考えているうちに、二体目と三体目の〈ひとでなし〉に遭遇した。草木染めの筒袖、なめし革の胴鎧と脚絆。右手の前方にせり出した岩場の陰から転がるように飛び出してきて、濁った声をあげながらこっちへ迫ってくる。

「山番士だぁ」

野々助の叫びと同時に、六平太が続けざまに矢を放った。びょう！　と空を切る。

右の〈ひとでなし〉は顔を射られてきりきり舞い、左の〈ひとでなし〉は腿《もも》を射られてたたらを踏んで膝をつく。その隙に、八郎兵衛の脇差しと真吾の鉈で仕留めた。

こいつらは痛みを感じない。今さらのように、真吾にはそれが恐ろしくも哀れにも感じられた。目の下や、腿の柔らかいところに鏃が突き刺さっても、叫びもしない。泡を噴いてだみ声で唸るだけだ。

「真吾、大刀は邪魔になるだけだが、小太刀はもらっておけ。六平太、こいつは矢筒も背負っておるぞ」

矢筒には長い矢羽根のついた矢が八本入っていた。弓は見当たらない。

「この革鎧も役に立ちませんか」

「村の衆はこんなものを着け慣れておらん。重くて動きの邪魔になる。放っておこう」

目印に、今度は六平太の手ぬぐいの端を裂いて小枝に結びつけ、一行は先を急いだ。

山番所は、分厚い藁葺き屋根を戴《いただ》き、東西に長い廏《うまや》のある建物だった。低い土塀に囲まれてはいるが、門はない。宇洞の庄では、畑作八郎兵衛がいる検見役の屯所だって、砦《とりで》とまではいかないが、竹矢来や閂《かんぬき》付きの木戸門、門番の詰め所があって、少しは武張った風情を漂わせているから、これには肩すかしを食った感があった。

「まず、まわりを一巡しよう」

八郎兵衛が先頭、その後ろに野々助と真吾、しんがりが六平太。八郎兵衛の手の合図に従って進んだり止まったりする。

土塀の内側には、砂利を敷き詰めた歩路が整えられていた。八郎兵衛がそこを踏もうとしないので、真吾たちも避《よ》けて歩いた。

建物の正面は、妙に高い式台のある玄関口になっている。人が普通に出入りするのではなく、輿《こし》や駕籠《かご》をつけるためのもののようだ。扉は開けっぱなしなので、開口部から突き当たりの板戸がずらりと並んでいるところまで見通すことができる。床は板敷き、誰もおらず、室内が乱れている様子もない。

縁側に沿って歩いてゆくと、何ヵ所かで雨戸が倒れたり、障子戸が開いたりしている。

廏まで行き着くと、八郎兵衛が後ろの三人を止めて、自分だけ柵を越えて馬房を覗きに入っていった。馬のいななきも、足踏みする音も聞こえないから、空っぽであることは察しがついた。

「……鞍《くら》や鐙《あぶみ》、手綱《たづな》は残されている」

奥から戻ってきて、八郎兵衛が言った。

「野々助、普段はここに何頭ぐらい繋がれておったか知っているか」

「おらが見た限りじゃ、四頭ぐらいで」

八郎兵衛はここに来て初めて、痛ましいものを見るような目をした。

「山番士の誰かが、正気を失わぬうちに、馬たちを外へ逃がしてやったのだろうな」

廏の横をまわり、建物の裏側に出る。笹藪が濃く生い茂り、足元もでこぼこだ。見通しがよくないので、真吾は気を引き締め直した。

密集する笹竹が、押し合いへし合いしてたわんでいる。八郎兵衛が軽く身をかがめてその下をくぐり抜け、野々助が続いて――いきなり石みたいに固まってしまったので、真吾はその背中に鼻をぶつけた。

「おい！」

野々助の横をすり抜け、目を上げると、真吾もその場で動けなくなってしまった。

笹藪を抜けた先は裏庭で、こちら側の通用口であるらしい土間の前に、真吾の胸の高さくらいの「首台」が設けられていた。

木の板と竹の杭《くい》を組み合わせた、横に細長い台である。その上に数えて八つ、人の生首を突き刺して並べてある。ざっと見る限り、八人とも男だ。そして〈ひとでなし〉だ。生首になってもなお白濁した目を剝いたまま、くちびるが歪んで、今にも「ぐあぁああ」と叫びそうな顔つきをしている。

「こりゃ、いったい……」

さすがの六平太も、弓を持つ腕が下がってしまっている。野々助はまだ笹藪を出たところでうずくまっており、顔が真っ白だ。

「野々助、知っている顔がおるか」

八郎兵衛が呼びかけても、動こうとしない。

「みんな羽入田村の……いや、この頭を剃《そ》っている男は、坊さんかな」

向かって左端の生首だけ、確かに坊さんのように髪がない。他の七つの生首は、乱れてはいるものの髷を結っており、その形《なり》から三人は武士（おそらくは山番士）で、四人は商人や農夫のように思われる。

野々助は首を振り、ちょっと涙目になって言った。「うちの村の者じゃねえ」

「別の場所で狩られたのか……」

「この坊主頭は、例の念仏寺――願勝寺の坊さんでしょうか」

真吾も左端の首に歩み寄り、もっとよく見ようと顔を近づけた。かすかな腐臭。

そのとき、慎重な手つきで坊主頭に触って検分していた八郎兵衛が、出し抜けに凄《すご》い勢いで手を引っ込めた。

「どうしたんですか」

八郎兵衛は、引っ込めた自分の右手の指先を検めて目を細めると、言った。「さっきの小太刀を貸してくれ」

真吾は小太刀を差し出した。八郎兵衛はその刃先で坊主頭のくちびるをこじあけて、

「見てみろ、牙《きば》がある。まるで山犬だ」

真吾と六平太は並んでそれを確かめた。野々助は怖じけて後ずさりする。「おらは勘弁しておくんなさい」

上顎に一対の鋭い牙。ぞろりと生え並んでいる歯も、先端が刃物のようだ。これは獲物を狩り、その肉を喰《く》らう獣の口である。

「危うく指を切るところだった」

真吾も、おそるおそる指先を牙の一本にあててみた。ちくりと刺さる感触がした。

「他の七体は〈ひとでなし〉だろうが、この左端の一体は、そもそも人ではないのだな」

真性の化け物だ。そう言われて、あらためてそいつを観察した。そういえば眉毛がない。耳が異様に小さく、顎が尖《とが》っている。

「身体があれば、もっと詳しいことがわかるんじゃねえかな。畑作様、探しましょう」

「うむ。これまで以上に用心深くゆこう。野々助、動けるか。腰が抜けてしもうたなら、建物のどこかに隠れておれ」

野々助は、尻に火をつけられたように飛び上がった。「置いてかねえでくだせえ！」

四人で前後を警戒しながら、山番所のまわりをぐるりと一周してみた。特に怪しいものは見当たらなかったが、ときたま吹きつけてくるかすかな風に、

「妙に金気臭い」

六平太が鼻をひくつかせて、顔を歪める。

風はこの山番所が建っている場所より、さらに山を下った低いところから吹き上げてくる。方角でいうなら西南西で、今は真吾たちの方が風下にいる。

「どっか近くに、この臭いの源があるはずだもん……」

「それを探しに行く前に、建物のなかを検めよう。武器や食糧などが残っていれば有り難い」

真吾たちは土足のまま建物のなかに踏み込んだ。山番所は東西に広く、板敷きの床には、素足の足跡と、草鞋を履いた足跡が入り乱れてたくさん残されていた。その大半は泥でできたもののようだ。慌ただしい人の出入りがあった証《あかし》である。

障子や襖《ふすま》、板壁や漆喰《しっくい》の壁に、血飛沫《ちしぶき》が跳ね飛んでそのまま乾いてしまった黒いしみが、何ヵ所か目立った。目立つくらいだから、そこらじゅうにあるわけではない。囲炉裏や台所はちゃんと火の始末がされており、水瓶《みずがめ》のなかにはきれいな水が残っている。少なくとも、この建物のなかでは、山番士たちと化け物どもの激しい争いがあったようには思われなかった。

「ああして首を晒《さら》していたくらいだから、〈ひとでなし〉どもの数も、最初のうちは少なかったのだろうな」

山番所にいる手勢だけで、充分に平らげられそうな様相だったのだろう。なのにだんだんと形勢が悪化し、山番士たちも一人また一人と襲われ、逃げ出すか、〈ひとでなし〉と化して、新しい獲物を求めて黄泉ノ池や羽入田村までうろつくようになってしまった。

「野々助、武器や食いものをしまってある場所を知っているか」

「こっちの廊下の先に、大きな納戸があったような覚えがあるんだけども」

確かに、その廊下の突き当たりには、四隅を金具で補強した分厚い観音開きの扉があった。片方が開け放されており、慎重に踏み込んでみると、ここが目当ての納戸のようだった。

しかし、残念ながらめぼしいものは残されていなかった。棚や物入れは空っぽで、木箱がいくつか転がっているが、その中身も籾殻ばかりである。

「この部屋いっぱいに溜めてあった武器を全て使い尽くすほど、激しい戦いがあったとも思いにくいが……」

それなら、もう少し建物の内外にその痕跡《こんせき》が残っていそうなものである。

すると、野々助が申し訳なさそうに首を縮めて言い出した。「ここにいた山番士たちは、ろくでなしばっかりだったもんで」

「ああ、村でもその話は聞いたな」

「もともと、ここには金目のものは取り置いてなかったんだもん」

真吾は腑に落ちた。「ろくでなしどもが勝手に売り払い、銭にして使ってしまったということか？」

「そうでなかったら、あいつらがいつも酒の匂いをさせてた理由《わけ》がわかんねえ」

六平太が不愉快そうに鼻を鳴らし、また、「ああ、イライラする。金気臭《くせ》え」と吐き出した。

「どっから来るんだろう、この臭い」

四人は納戸から廊下へ出た。観音扉を閉めようとして、これまで扉の陰になっていた廊下の突き当たりに落とし戸があることに気がついた。四角い戸は持ち上げられており、暗がりのなかへ梯子が降りている。

「あ、この下が牢屋なんだもん」

野々助が言って、またぞろ腰が抜けたように後ずさりした。この男はちょっと怖がりすぎである。

八郎兵衛は落とし戸の脇に膝をついて、その仕組みを検めた。梯子は、上側の固定されている部分を持ちあげると、自然に折りたたまれながら上がってくる。そして落とし戸の扉の裏側に収納される恰好になり、がちゃんと閉じると平らな床に戻り、取っ手だけが飛び出す形になるようだ。

「おおい」と、八郎兵衛は暗がりのなかに野太い声を放った。「誰かおるか。助けに来たぞ。誰か牢屋のなかに閉じ込められているならば、声をあげて返事をせよ。名を名乗れ」

しぃん。格子窓からさしかかる光のなかで、埃《ほこり》が舞っている。

「今回の〈ひとでなし〉騒動の前に、最後にここを訪れたのはいつごろだ？」

尋ねられて、野々助は顔を強ばらせた。

「いつ……だったかなあ。一月《ひとつき》……いや、二月《ふたつき》ぐらい前かなあ」

「そのころ、この土地の村や町の者がここに囚《とら》われていた覚えはないか」

「そういうことがあれば、さすがに耳に入るから、なかったと思うんだもん」

そうかと、八郎兵衛は短く言って、もう一度梯子の先に呼びかけた。誰かおらんか。返事をして名を名乗れ。助けに来たぞ。

「よし、梯子を上げて落とし戸を閉めよう」

「降りて調べなくてようございますか」

六平太の問いかけに、八郎兵衛は苦笑した。

「出入り口はここ一ヵ所だけだろう。おまえたちにそんな危険な真似をさせられんし、私もしたくない」

真吾はうなずいて、身を乗り出して梯子に手を掛け、引き上げながら折りたたみ始めた。がちゃん、がちゃん、がちゃん。三度目に梯子をたたんだところで、出し抜けに下からもの凄い力で引っ張られた。

油断していたから、真吾は前のめりに落とし戸のなかに転がり落ちそうになった。上半身がぐるんと逆さまに暗がりのなかに倒れ込み、次の瞬間、

「きしゃあああああ！」

目の前に、山犬のような牙を剝き出した丸坊主の怪物の顔が迫ってきた。

とっさに、八郎兵衛が真吾の襟首をつかんで引き起こしてくれた。六平太が素早く前に出て、強く引き絞った弓につがえた矢を、今にも梯子を伝って廊下へ上がってこようとしている化け物の顔のど真ん中に向けて放った。大きな瓜《うり》が割れたような音がして、化け物は悲鳴をあげて下へ転がり落ちた。

六平太はさらに二の矢、三の矢と続けて放った。それを見届けて、八郎兵衛が落とし戸を強く蹴って閉じた。

真吾は目が回り、両手を床についてぜいぜい喘いだ。鼻先には、さっきの刹那《せつな》、まともに嗅い

でしまった化け物の口の異臭が残っていた。血と肉の腐ったような臭い。

あれは呼気だったのだろうか。あいつは息をしていたのか。息をするなら生きものだが、この世のどこにあんな生きものがいる?

――ここは、この世じゃないのか。

江崎藩羽入田村は、地獄のなかのどこかなのだろうか。

「真吾、怪我はないか」

「は、はい」

「落とし戸の上に乗っていてくれ。六平太、納戸から木箱を運び出すぞ」

八郎兵衛と六平太は大きな木箱を二つ持ち出してきて、落とし戸の上に載せた。木箱を動かしながら、真吾は少しずつ体重をずらして落とし戸の上から移動してゆく。情けないようだが、下から化け物がどすんと叩いてくるのではないか、叫び声がするのではないかと、背中がひやひやした。

「六平太の矢なら、最初の一本が当たっただけでも、あれはおだぶつだろう。しかし念のためだ」と、八郎兵衛も険しい顔をしていた。

建物の外に出ると、真吾は何度も深呼吸をして、鼻の奥から化け物の臭いを吐き出した。

山番所の敷地の西側には、雑な造りではあるが、三階建ての家の屋根よりも高いくらいの火の見櫓《やぐら》が立っている。さっき一周したときには、その上にのぼる梯子の傍らを通り過ぎただけだったが、今度は違った。

「私がのぼってみる。六平太、狙いをつけていてくれ」

八郎兵衛は脇差しを抜いて真吾に預け、さっきの小太刀を抜いて口にくわえると、梯子をのぼり始めた。

牢屋の落とし戸では、こちらが油断するのを待って襲いかかってきた。あの化け物は、ただの獣ではなく、そこそこの知恵を持っていると考えた方がよさそうだ。

化け物のことを思うと、緊張で首筋が強ばってくる。

下から見上げるだけでは、火の見櫓の物見台の上に何かが潜み、待ち伏せしていたとしても、わからない。八郎兵衛がいっそう気を張り、六平太に弓による援護を命じたのは、そのせいだ。

わかっているからこそ、真吾は自分が情けなかった。俺がもっとしっかりしていれば、進んで梯子をのぼったのに。八郎兵衛も、「真吾、のぼれ」と命じてくれたろうに。

「おつぎ様、まわりに気ぃつけててくれ」

弓を引き絞り、のぼってゆく八郎兵衛の先に狙いをつけたまま、六平太が言った。

「ここは、藪からも道からも丸見えだ。何か飛び出してきたら、頼みます」

「わ、わかった」

真吾は鉈を構え、野々助はその背中に隠れた。「お、おらも見張ってますから」

ぎしり、ぎしり、ぎしり。八郎兵衛が梯子の横棒を踏むと、軋《きし》む音がする。細かな木っ端が落ちてくることもある。ここが〈ひとでなし〉に襲われ、山番士たちがいなくなってから、もっとも長く見積もっても十日かそこらだろう。それくらいの日にちで梯子が傷んでしまうわけはないから、やっぱりここでは、先から建物の手入れや点検も行き届いていなかったのだろう。

八郎兵衛の頭が、物見台のところまで達した。今度は六平太の弓がかすかに軋む。

「誰もおらん」

こっちを見おろして短く声をあげると、八郎兵衛は物見台の上にのぼった。手すりに手をかけて、ぐるりと見回す。

山番所は四方を山に囲まれているが、北側と西側の山が高く、ところどころに切り立った崖が露出している。南側から東側にかけて山並みは緩やかに下がり一ヵ所すとんと落ち込んでいるところは、きっと谷間だろう。

「野々助ぇ」八郎兵衛が物見台から呼びかける。「あっちが旅籠町か？」

まさに、その山並みがすとんと落ちているところを指さして問いかけた。

「へえ、左様でごぜえます」

「どうやら火事があったようだぞ」

さっき六平太が「金気臭い」と言ったのは、その臭いだろうか。興一もそうだが、猟師は真吾たちよりも遥《はる》かに鼻が利く。

「大火ではなさそうだが、消し止めるために広く打ち壊したのだろう。あれは旅籠と……問屋場《といやば》かな。屋根が落ち、壁が破れておる」

「動きはありますか？」真吾は上に向かって尋ねた。八郎兵衛は、物見台の手すりをつかんだまま、遠くへ目を凝らしている様子だ。

「無事な者は逃げ散ったか、残った建物のなかに隠れておるのだろうが、この距離では確かめようがない。少なくとも、煮炊きの煙らしいものは見当たらないが」

おかしなものがある――と続けた。

「旅籠町を貫く一本道に、何人も棒きれのように突っ立っておるように見えるんだが」

確かに見えると、自分自身に確かめるような口調で、八郎兵衛は続けた。

「並んでおるわけではない。ばらばらに……ざっと十人ほどだろうか。うむ、やっぱり人だ。ほかのものではない」

それを聞くと、野々助は震えだした。「そりゃ、〈ひとでなし〉の群れでごぜえますだよ、畑作様！」

「道ばたに集まって、ただ突っ立っているっていうのか？」

「あいつら、近くに獲物がいねえときは、案山子《かかし》みたいになるんだもん。半日だってまる一日だって平気で突っ立ってて、雨に濡れても、風に吹かれてふらふらしながらでも平気でいるんだもんよ」

しかし、人の臭いを嗅ぎ取ったり、物音や声を聞きつけると、猛然と目を覚まして襲いかかってくるのだという。

「おらはこの目で見たことはねえけども、村長からよくよく言い聞かされてきたんだもん。〈ひとでなし〉どもは、食いものにありつけねえときは、冬の蛇みたいにじいっとしてられるんだ。だからって、死んでるんじゃねえ。眠っているわけでもねえ。そばで物音をたてたら、いきなり目を覚まして襲いかかってくるんだから、よくよく用心しねえと」

「じゃあ、今は旅籠町には近づかない方がいいわけだな」

一体二体なら何とかなるが、この距離から確かめられるだけでも十体ほどいるとなれば、こちらも手数を揃えていかないと、太刀打ちできない。

「道ばたにその数の〈ひとでなし〉が群れてるなら、旅籠町はまるごとやられちまってるってことなんでしょう」

弓を構えて八郎兵衛を見守りながら、六平太が言った。

「今さら俺たちが出向いたところで、手遅れでしょうよ。まあ、食いものぐらいは調達できるかもしれねえけど」

野々助は頑《かたく》なに首を振って、「嫌だよ嫌だ、おらはお供しねえよ」

頭上から、また八郎兵衛が呼びかけてきた。

「野々助、山の上の願勝寺だったか。場所はあっちか？」

西側の山の、岩場が手前にせり出しているあたりを指さしている。

「へえ！」

「ここからだと、ちょうどこの指の先に山門が見えるのだが」

下から仰ぐ真吾の目ではとらえられない。ここらの山の雑木林は、秋冬になっても葉を落とさぬ種類の木々でできているらしく、山肌はくすんだ緑色の葉で覆われているのだ。

「願勝寺には、藁葺き屋根のついた立派な山門があるか」

「へえ！」

「野々助はのぼったことがあるか」

「屋根の葺き替えのときは、うちの村の者《もん》がお手伝いに参りますもんで」

物見台の上で、八郎兵衛がその山門の見える方角に向かって手を振り始めた。

「駄目だ、見えんのかな」

言って、くるりと身を翻して梯子に取りつくと、上がった時の倍の速さで降りてきた。

「念仏寺の山門の上に、男が一人のぼって身を伏せておる。こちらには気づかぬようだが、あれは〈ひとでなし〉ではなさそうだ」

助けに行かねば。

野々助が言うには、願勝寺に住んでいるのは住職とその弟子の僧と寺男の三人だけだという。袈裟を着た和尚の〈ひとでなし〉と、寺男らしい〈ひとでなし〉には既に遭った。山門にのぼっているのが誰であれ、もともと三人しかいない寺ならば、この四人で太刀打ちできぬほどの〈ひとでなし〉が群れている心配は薄い。

そう言って、八郎兵衛は有無を言わさぬ勢いで先を急ぎ、渋る野々助の尻を叩いて案内をさせた。真吾も頭ではそうするべきだと思ったが、心の隅には疲労と怯懦《きようだ》が綿埃のように溜まりつつあって、羽入田村が恋しかった。寺を目指して山道をのぼるに連れて、六平太がますます不愉快そうに顔を歪め、「金気臭え」と訴えることにも不安が募った。

山番所のあるところから願勝寺には、二通りの行き方があった。一つは寺の檀信徒《だんしんと》であるここらの領民たちがよく使う道で、寺への物資を運ぶ荷車を押して通れるほどに整えられている。もう一つはほとんど獣道で、岩や木の根につかまりながら歩くほど険しい斜面もあるが、荷車道を行くよりも遥かに近い。助けるべき人の姿を確かめている八郎兵衛は、当然、後者の道を選んだ。

　息を切らし汗をかきながら登ってゆくと、くすんだ雑木林の向こうに、丸太を組んで板葺き屋根をかぶせただけの鐘楼《しょうろう》が見えてきた。

「お寺の鐘楼だもん」

　この地に暮らす野々助は、さすがに山歩きに慣れていて、へっぴり腰の割には足取りが確かだ。

「小さいし、低いなあ」

「山門の方が高いくらいだもん」

　ほどなくして、茶色く枯れた藪を分け、開けたところにたどりついた。そこは願勝寺の本堂の裏手で、風に土埃が舞うばかりで何もない。明かり取りの押し上げ窓がいくつか並んでいるが、全て閉まっている。

「よし、まずはぐるっと検めよう」

鐘楼の下を通り過ぎ、本堂の右側に出る。まわりに人気はなく、〈ひとでなし〉の気配もない。本堂の正面から左側も調べてみた。入り口の観音扉も、外廊下に面して並ぶ障子戸も閉じられている。

「これは、戸締まりされているようだな」

この山の雑木林は半分ほど枯れている。願勝寺はこぢんまりとした造りで、本堂のほかには薪小屋しかない。山門までは緩やかな下り坂で、かなりの距離があり、砂利も庭石もない地べたに枯れ葉が散っている。

「ああ、臭え」と、六平太が手の甲で鼻を押さえた。「すみません、畑作様」

「山番所で嗅いだのと同じ臭いか？」

「へえ。濃い薄いはありますけど、ここらではずうっと臭ってる。どうやら、風でどっかから臭いが運ばれてくるんじゃなくて」

六平太は足元をぐるっと見回した。

「土が臭ってる。地べたから臭いがあがってきているようだもん」

「ほう。ならば鉱山のような臭いではないか。あるいは温泉の」

宇洞の庄には鉱山はないが、温泉ならある。六平太の目が晴れた。「そうかもしれねえ。けど、もっとずっと嫌な臭いで……」

そのとき、山門の藁葺き屋根の端っこから人の頭が飛び出し、「あ！」と声をあげた。

「おお、いた！」とこちらも応じた。「この寺の者か？　助けに来たぞ」

四人は山門に駆け寄った。藁葺き屋根の上の人物は、八郎兵衛が山門の真下に着くと、縄ばしごを投げおろしてきた。

「南無阿弥陀《あみだ》仏、南無阿弥陀仏、ありがたやありがたや」と、唱える声は弱々しい。

八郎兵衛は縄ばしごを摑んで、頭上の男に問いかけた。「降りる前に、そこから周囲を見てくれ。〈ひとでなし〉はおらんか」

山門の上の男はよろよろと藁葺き屋根を這《は》い回り、東西南北へと首を伸ばして、

「今は見当たりません。この寺も、昨日の午《ひる》過ぎに、〈ひとでなし〉になってしまった和尚様が山を降りていってからは、ずっと手前一人でございました」

降りて逃げようかとも思ったが、気力が尽きてしまったと、弱った声で訴える。

「どこへ逃げても無駄なように思いまして」

「そんなことはない。生き残りもそなただけではないぞ。気を強く持って降りてこい」

八郎兵衛に励まされ、男は縄ばしごに足をかけると、危なっかしく揺れながら降りてきた。歳は四十過ぎくらいだろうか。髷は商人ふう、筒袖に軽衫《かるさん》、編上げ草鞋を履いて、背中に風呂敷包みをくくりつけている。

「ここの和尚なら、我らは既に遭《お》うた。御仏《みほとけ》のおわすところへお送り申し上げたぞ」

「ああ、左様で……」

男の身体がふらつくので、真吾は肩を貸してやった。男は恐縮しながらも、ほとんど全身でもたれかかってきた。

「和尚様はずっと手前と追いかけっこをしていましたが、どこかでもっといい食いものの匂いがしたのか、急に思い立ったように山を降りていらしたんでございますよ」

真吾は六平太と顔を見合わせた。袈裟を身に着けたまま、変わり果てた姿になっていたあの和尚。

「食いものの匂いって……池から上がってきた俺たちのことかねえ」

六平太の呟きに、真吾は「まさか」と笑おうとした。だって山の上と下だし、こんなに遠く離れているのだ。あるわけない。しかし、つと目に入った八郎兵衛の険しい真顔に、その笑いを呑み込んだ。

「和尚と追いかけっことは」

「言葉どおりでございますよ。手前を食おうと追っかけてくる和尚様をかわして、あちこちに隠れたり、高いところにのぼったり、その合間に水や食べものを探したり」

「本堂の戸締まりをしたのはそなたか」

「はい。和尚様を閉じ込められないか、あるいは手前が立てこもれないものかと、工夫してみたんでございますが、空しゅうございました」

そこで、男はふと目が覚めたようになった。

「皆様方は、関所からいらしたんでしょうか。あるいは木野《きの》藩の方でいらっしゃいますか」

真吾たちの顔と出で立《い》ちを眺め回しながら問いかけて、慌てたふうに続けた。

「これは失礼をいたしました。手前は角屋《かどや》門左衛門《もんざえもん》と申す者、城下で質屋を営んでおります」

「質屋?」野々助がきょとんとした。「質屋って、何だね」

羽入田村から外に出たことがなければ、そんな商売など知るまい。

真吾は問うた。「木野藩というのは、ここ江崎藩の隣藩かい？」

角屋門左衛門はもう一度上から下まで真吾を眺め回し、ようやくうなずいた。

「南隣の藩でございます。ここは国境の関所が近いんでございますよ」

「詳しい話は、もっと落ち着いたところで聞こう」と、八郎兵衛が割って入った。「角屋とやら、そなたの他にはもう、この寺にはまともな者はおらんのだな？」

おりませんと、門左衛門は首を振った。

「歩けるか」

「はい。なんのなんの、二日ほど何も食べておらぬくらい、平気の平左でございます」

しかし、一人では立っていられぬ門左衛門を連れて羽入田村へ戻るには、荷車道を下るしかなくなった。五人はひとかたまりになり、逸る気持ちを抑え、ともすれば震えがちな足に力を込めて、ひたすら歩いた。

戻り着いた羽入田村は、中ノ村の男衆の手配りと村人たちの働きで、手際よく守りを固めつつあった。

土嚢をたくさん作るには、いかんせん麻袋が足りない。そこであるところは深い溝を掘り、別のところではその土を盛り上げて土塁を築いた。村のなかは二度三度と念入りに検め、食えそうなもの、使えそうなものは洗いざらい二つの土蔵に運び込んだ。

なぜか見つかったひとつまみの火薬は、宗右衛門が使い道を思いつき、一人で土塁や溝のそばへ行って細工をほどこした。門左衛門を連れた真吾たちが戻ったとき、ちょうどその細工を終えたところで、まるで中ノ村の浅川屋敷で庭仕事でもしていたかのように、手についた土をはらいながら悠々と立ち上がって迎えてくれた。

——うちの親父の胆力ときたら。

もともと肝っ玉のでかい人だと思ってはいたが、真吾はあらためて感じ入った。

濠と土塁で、村の出入り口から二つの土蔵に近づく通路を一つにすることができた。その両端に、つっかえ棒を外すと積み上げてある岩や丸太が転がり落ちてくる仕掛けを作りあげたころ、初冬の短い陽は急速に暮れてきた。暗くなったら動けない。女たちが炊き出しでこしらえてくれた薄い雑炊を腹に入れ、今夜も交代で見張りにつく。

門左衛門は一の土蔵で花江の介抱を受け、だいぶ顔色を取り戻した。村に戻ったら途端に元気づき、探索のあいだの出来事を唾を飛ばしながらしゃべりまくる野々助を横目に、門左衛門は何を問われても言葉少なく、人びとの様子を覗《うかが》っていた。

夜の帳《とばり》が羽入田村を包みこむころ、一の土蔵では門左衛門を囲んで、八郎兵衛と宗右衛門、真吾と花江、最年長の甚平を含む羽入田村の男たちが車座になった。

「おかげさまで命拾いいたしました。ありがとうございます」

門左衛門は八郎兵衛に平伏した。

「手前はただの城下町の質屋でございますが、皆様は……この村の人たちの話によると、池の向こう側にある別の藩からおいでになったそうでございますね」

　こちらが門左衛門に尋ねたいことが山ほどあるのと同じように、門左衛門も疑問でいっぱいなのだ。

「花江、事のきっかけから話してやってくれぬか」

　八郎兵衛に促され、花江はとつとつとここまでの経緯《ゆくたて》を語った。門左衛門はときおり目を瞠り、息を呑み、手を拳に握って、花江を遮ることなく聴き入っていた。

「昼間は山番所まで武器や食いものを探しに行って、あそこの火の見櫓から、畑作様があんたを見つけたんだ」

　真吾が言うと、門左衛門は目を細めた。

「もしや、あの番所には、晒し首がございませんでしたか」

「あったよ！　あんた知ってるのか」

「二日前……でいいのかな、ひぃ、ふう」門左衛門は頼りなさそうに指を折って日数を数えた。「旅籠町で足を休めたときに、山番士の二人連れが、茶屋でしゃべっているのを漏れ聞いたんでございます」

　二人の山番士は、切羽詰まった様子もなく、

　――今回は化け物の数が多い。首台が一台では並べきれなくなるぞ。

　――浮田《うきた》村では、村人が半分以上も〈ひとでなし〉になってしまったようだからなあ。

「浮田村は、旅籠町から三里くらい下ったところにある大きな村でごぜえます」と、花江が説明を入れた。「山番所よりも先に、あっちが襲われてたんだ……」

羽入田村から離れることがない花江たちには、事情がわからなくても無理はない。

「そんな大事《おおごと》が起きていたというのに、呑気に茶屋で油を売っていたなど、本当にここの山番士どもはろくでなしだな」

怒りを抑えきれず、真吾は吐き捨てた。門左衛門は穏やかに、

「事の重大さに気づかず、舐めていたんでございますよ」と言った。

「中ノ村の皆様もお聞きになったとおり、この領内では〈ひとでなし〉の騒動が何度も起こっております。それはこの土地の歴史であり、風土でもございます。しかし、それがどんな理由でどのように始まるものなのか、詳しいことは、領民たちのあいだにはほとんど広められておりません。熊井家中でさえ、山番士のような身分の低い家臣には、知識が与えられておらんのでございます」

国替えでこの地に来てまだ二代目の熊井家中には、最初から知識そのものが不足していたし、〈ひとでなし〉の脅威に対する心構えのしようがなかったという不幸もある。

「それでも、これまでは何とか大事に至らずに済んできたのは、ただただ運がよかっただけでございますのに」

しかし、今回はそうはいかなかった。

「我ら中ノ村から来た者も、この忌まわしい出来事がまだよく解せぬままだ」

「あの山番所で、明らかに土地の者が化けてしまった〈ひとでなし〉にまじって、人の姿をしてはいるけど髪が生えてなくって、山犬のような牙のある化け物の首を見たけど……」

八郎兵衛と真吾の言葉に、門左衛門は素早くうなずいた。「あれをご覧になったなら、話が早《はよ》うございます。その牙のある化け物こそが、〈ひとでなし〉の災厄の源なんでございますから」

勢い込んで話し続けようとする門左衛門の鼻先に、宗右衛門が分厚い手の平を出して、それを制した。

「ただの質屋のあんたが、なぜ儂らに講釈できるほど詳しく知っている？　町の質屋がこんな田舎の山寺にどんな用事があったのか、それも怪しいのう」

言われてみればそのとおりだ。親父、隙がない。

門左衛門は冷や水を浴びせられたような顔をしているが、畑作八郎兵衛は目元で笑って、

「どうだ、角屋。教えてくれ」

門左衛門は車座になった男たちの顔を見回して、開き直ったように鼻息を一つ吐いた。

「ようございます、すっかり申し上げましょう。この村の人たちには憎まれるような話になることでしょうが」

角屋は確かに城下町の質屋だが、その主人である門左衛門は金貸しだ。

「手前の父親の代からの素金貸《すがねか》しでございます。証文はいただきますが、担保に物や人を押さえることはない。そのかわり、信用のあるお客としか取引をいたしません」

上客には、熊井家中の者たちが何人もいる。重臣も少なからずまじっている。

「それですから、手前の耳には家中の内緒話も舞い込んでくるのでございます」

〈ひとでなし〉にまつわる事情も、そうして聞きかじったあれこれを、門左衛門なりに繋ぎ合わ

せて理解したことだという。

「実を申しますと、願勝寺の和尚様も、手前の馴染み客のお一人でございました」

これには羽入田村の男たちがたじろいだ。そんなわけはねえと、尖った声が飛ぶ。

「和尚様がこしらえた借金じゃございません。ご実家が営んでいた青物問屋の借金をね、ほかに払ってくれるお方が見当たりませんので、手前も仕方なく和尚様のところまで取り立てに伺っていたんでございます」

その青物問屋は潰れて、和尚の実家はとっくに離散している。残ったのは借財だけ。

「世俗から離れ、御仏に仕える和尚様は、ご自身の財産をお持ちではございません。もちろん、寺の財物や檀家衆の寄進に手をつけるなんぞ、絶対になさらない」

「だったら、あんたは和尚から何を取り立てていたんだね」

門左衛門は淡々と答えた。「ときには恨みをかうこともあるこの生業の身の後生のために、読経をしていただいておりました」

真吾は驚いた。「そのために、わざわざあんな山寺まで通っていたのか?」

「年に一度のことでございますからね。毎年、立冬の前後にお伺いするお約束になっておりました」

場に沈黙が落ちた。皆、どんな顔をしたらいいかわからないのだ。

すると、これまで置物のように黙っていた炭焼きの甚平じいさんが、嗄《しわが》れた声で言った。「そんなら、わしらはあんたを憎まねえ」

これで沈黙が緩んだ。門左衛門も安堵したのか、口元をほころばせた。「ありがとうございます。それでは、手前の話を続けてもようございましょうか」

角屋は城下の三番町、熊井家の居城・橡山《とちやま》城の搦手《からめて》門の近くにある。立冬の二日前の午ごろ、門左衛門が店の帳場にいると、尻の下からずしんと揺れがきた。すわ地震《じぶる》いかと身構えるところに、二度、三度と揺れて、ぴたりと静まった。そして、吐き気を催すような嫌な臭いが外から漂ってきた。

「慌てて表に出てみますと、うちの小僧が竹箒《たけぼうき》につかまってげえげえ吐いております。手前も異臭に鼻が曲がり、胃の腑がでんぐり返るかと思いました」

門左衛門は空を仰いだ。ついさっきまでは晴れていたのに、今は黒雲がわいている。

「ひとつかみの黒雲が、お城の天守の上にのしかかっておりました」

橡山城は、平地にもっそりと丸まった丘の上に築かれている。名前の通り橡の森の丘で、山城というほどの高さではないが、森は濃い。

「その森の、お城を挟んだ向こう側で、一筋の細い煙が立ちのぼっておりました」

この異臭の源も、その煙であるように思われた。

「狼煙《のろし》のようにも見える、墨を流したように真っ黒な、不気味な煙でございました。風に流されてふくらんでも、まったく薄くならぬのです」

ときたま、その煙のなかで火花が散るのも見て取れた。

「お城の一角で火事が起きているのだろう、これは大変だと、手前ども町の者は色めき立ちました」

城主の熊井安房守は、来春に都へ上るまで国許にいる。

「お殿様の鼻先で火を出すなど、とんでもない不始末でございますが、しかし一向に火消しが出張る様子はなく、四半刻（約三十分）ほど見守るうちに、その怪しい煙も自然に消えてしまいました」

臭いはなかなか消え去らなかったが、夕刻になるころには、「いったい何があったんだろう」という噂話が残るだけで、町筋の暮らしは平穏を取り戻した。

「ただ、手前の胸の奥には、ある不安がございました」

まさかそんなことは……と思いつつ、消しきれぬ小さく黒い不安が。

「翌朝、まだ夜も明け切らぬうちに、お城から総登城の触れ太鼓が鳴り響き始めました」

この触れ太鼓は、緊急の異変がなければ打ち鳴らされるものではない。

「家中の皆様が大急ぎで登城を始められましたが、奇っ怪なことに、途中で城門が閉ざされ始めたのでございます」

角屋から見える搦手門も、そこに向かっている家臣たちを尻目に閉まってゆく。門左衛門は胸騒ぎを覚え、膝が震え出した。

ああ、これは、いよいよ、いけない。そう思って生きた心地がしなかった。

「昨日の騒ぎは、お城のある丘のどこかに、〈腐れ鬼〉を吐き出す地割れが生じたせいではなかったか。三度《みたび》の地震いと黒い煙も、そういうことだったのではあるまいか、と」

腐れ鬼とは何なのか。

「それが、あの牙のある化け物の呼び名でございます。昔からの呼称だそうで」

腐れ鬼は人の姿に似てはいるが、地の底の深いところに棲《す》んでいる醜《みにく》くて臭いけだものだ。身体は痩せて骨張っており、素早く動き回り、家の軒に飛び上がるほどの跳躍力があって、その点では猿に似ている。力は強くなく、武器を用いれば容易に仕留めることができるし、そもそも陽の光の下では数日しか生きられない。

この化け物の恐ろしさは、とにかく、嚙まれた者が〈ひとでなし〉と化してしまうということに尽きる。〈ひとでなし〉は生きながら屍《かばね》のように腐りつつ、次々と他の人びとを襲って生き血と肉を喰らうようになって、さらに〈ひとでなし〉を増やしてゆく。

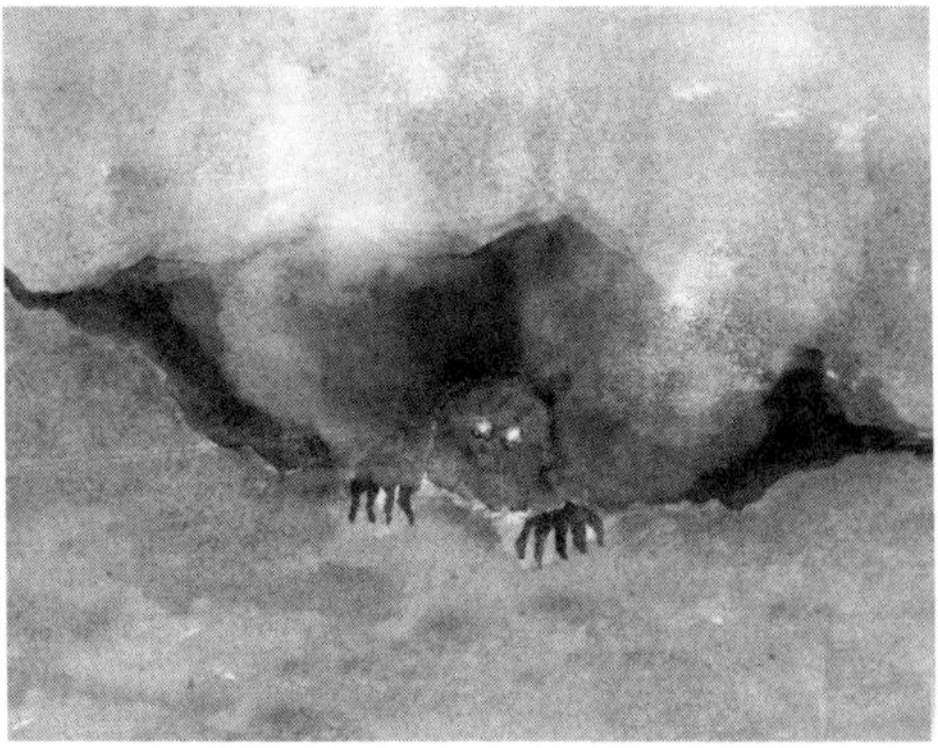

「重ねて忌まわしいのは、その〈ひとでなし〉が退治されずに人を襲い続けると、ついには腐れ鬼そっくりの姿になり果ててしまうということでございます」

人が化した〈ひとでなし〉がさらに堕《お》ちて出来あがった腐れ鬼は、陽の光で弱ることもないのが一段と厄介だ。

ごく素朴な疑問が喉元にこみ上げてきて、真吾は問いかけた。「腐れ鬼は地の底に棲んでいるって、つまり地獄の鬼ということなのかい？」

同じ疑問を抱いていたのか、野々助がぶんぶんとうなずいて、「願勝寺のお堂に地獄絵が飾ってあるから、おらも知ってる。地獄の鬼でも下っ端の奴らは、素っ裸で痩せこけててぇ、惨めな姿なんだもんよ」

門左衛門は野々助に、子供に言い聞かせるような口調で答えた。「いやいや、腐れ鬼は地獄で閻魔《えんま》大王に仕える牛頭馬頭《ごずめず》や鬼とは違います。そんな由緒正しいものではない」

ただのけだもの、腹を減らした醜く哀れな化け物に過ぎない、という。

「江崎藩の領内では、昔から、そんな地の底のけだものが何かの拍子に地上へ出てきてしまう災いがあったというわけか」

八郎兵衛の言葉に、門左衛門はうなずく。

「おっしゃるとおりでございます。先《せん》の藩主であり、戦国の世よりも前からこの地に根づいていた箏野一族が、この不幸……獣害と疫病を一つにしたような災いに関する記録を残し、国替えの際には熊井家に引き継いでいたそうなのでございますが」

熊井の家臣団はこの記録にさして重きをおかず、「獣害」というだけで熊や山犬の害と似たようなものだと流してしまったらしく、今ではそれがどこにあるかも判然としない。とうに処分されてしまったかもしれない。

「ただ、一度はそれに目を通したという家臣は何人かいるわけでし

て、手前の知識もそうした方々の見聞の寄せ集めでございます」

腐れ鬼が現れるのは、暦の立冬から春分までのあいだで、これまでの経験では立冬の前後が多い。それはいつも唐突で、まずは地震いが起きて地割れが走ったり、地面が陥没して深い穴が空いたりする。そこから熱い蒸気が立ちのぼったり、煙があがることもある。

地割れや陥没それ自体は大きなものではなく、人里離れた山や森のなかで起こるので、すぐに被害が出ることはない。むしろ気づかれぬことの方が多い。しかし、恐ろしいのは地割れや陥没ではなく、そこから地上に出てくる腐れ鬼の方なのだ。

「幸い、腐れ鬼は群れで現れることはなく、また地割れや陥没も一度にほうぼうで起きたためしはないということで」

常日頃から、領内のどこかに異様な蒸気や黒い煙が立ちのぼっていないか、地割れや陥没穴ができていないか、用心おさおさ怠らずに見張っており、いざそれが起こったら、出現する腐れ鬼を早々に退治する。それでこの災厄から生じる害は最小限で食い止められるはずだった。

「実際、食い止めてきた……のかな」

真吾は花江の顔を見た。目に涙がにじみ、くちびるが震えている。

「山ンなかで起こることだから、お城や城下町には害がねえから」

くちびるを噛みしめながら、花江は小声で言った。「おらたち、ちゃんとしたことを教えてもらえなくって、聞き伝えと見よう見まねで、どうにかするしかなかった」

羽入田村の男たちが、ばらばらとうなずく。花江の父親のことを思うのか、もらい泣きの涙を腕でぬぐう者もいた。

「本当にお気の毒なことでございます」

門左衛門は声を落とし、目を伏せた。

「山番士の方たちでさえ、臭いから嫌らしいが、腐れ鬼や〈ひとでなし〉よりも飢えた熊の方がよほど恐ろしくて手強いと、たかをくっていたようでございますからね」

山番所にあった無造作な晒し首の台と、門左衛門が茶屋で聞いたという山番士たちの悠長なやりとりを、真吾は思い出した。腹の底がちりちり焦げるような気がした。

「もう一つ、嫌な話がございまして」

申し訳なさそうに肩をすぼめて、門左衛門は続けた。「腐れ鬼を吐き出した地割れや陥没穴は、せいぜい一晩で塞がってしまいます。これも、この災厄がなかなか気づかれにくい理由の一つなのでございますが」

元のように塞がったあと、そこを掘り返すと、しばしば砂金や金塊が採れるという。地の底の方にあったものが、かき回されて地表近くに出てくるのであろうか。

「それですから、腐れ鬼と〈ひとでなし〉の害をあまり深く気に病まぬ方々にとっては、この災厄はむしろ金儲《かねもう》けの好機で……」

なおさら、深刻に恐れることがなかったというわけである。

「飢えて人を襲う大熊から、上質の肝が採れるようなものか」

誰の発言かと思えば、宗右衛門だった。能面のような顔をしていたが、

「済まぬ。つまらんことを言った」

その表情を和らげて、花江に謝った。花江はぽつんと一粒だけ涙をこぼした。

「もしやという不安が的中したと思って、そなたはすぐに城下町から逃げ出したのか」

八郎兵衛が門左衛門に問うて、先を促す。

「はい。ただ……すぐには踏み切れませんで、やはり迷ってしまいまして」

まさか、江崎藩内でいちばん多くの民が住んでいる城下町のど真ん中、お城の丘に災厄の地割れができるとは。信じられず、信じたくなかった。

「腐れ鬼と〈ひとでなし〉は、領内の出来事ではあっても、町場に暮らす手前の目の前で起こることではないと思っておりました」

だが、それはただの思い込みであり、何の根拠もなかったのだ。

「それでも、お城には熊井家中のお侍が揃っております。総登城の触れ太鼓は、総力を集めて、出現した腐れ鬼を狩ろうということだろう、門を全て閉じたのは、腐れ鬼を町へ逃がさぬようにするためだろう。きっとすぐに騒ぎは収まる。そう胸に言い聞かせておりました」

だが、しかし。

「触れ太鼓が止んでいくらも経たぬうちに、閉じられた搦手門を乗り越えて、数人の侍が逃げ出してきたのでございます」

大刀も小刀も弓も矢も捨てて、爪で引っ掻くようにして門をのぼり、慌てるあまりにそこから転げ落ちて、外堀を渡る土橋をこけつまろびつ、こっちへ逃げ出してくる。

「それを目の当たりにして、手前の尻に火が点《つ》きました。幸か不幸か、手前は気楽な独り身でございますし、両親《ふたおや》ももうおりません」

奉公人たちに命じて店を閉め、厳重に戸締まりをさせた。

「住まいが近い者には、走って帰って家族と隠れろと命じ、住み込みの者には、手前が戻ってきて声をかけるまで、決して戸を開けず誰も入れるなと言い置いて、手文庫のなかの金と当座の身の回りのものだけを包み、一目散に城下町から立ち去ったのでございます」

最初は、どこへ逃げようというあてもなかった。願勝寺の和尚の顔を思い出したのは、町を出て街道筋に入ってからだった。

「そういえば、毎年今頃は和尚様に会いに行っていた。ちょうどいいと思いつきました」

騒動が収まるまで、山寺に隠れて和尚の読経を聞いていよう。それ以上のことは何も考えたくないと思った。

「あんた、せめて近所の連中には、逃げろと声をかけてやろうとは思わなかったのかい」

厳しい声音は、六平太のものだった。鏃と同じくらい鋭い眼差しで、門左衛門の顔を射ている。

「いきなり腐れ鬼の話なんかしたって、そりゃあ信じちゃもらえねえだろう。でも、言うだけ言ってみようとも思わなかったのかよ」

門左衛門はうつむいたまま答えない。六平太の隣に座っている野々助が、そっと六平太の袖を引き、無言のまま首を横に振った。すると、六平太は口元を歪めて目をそらした。

「……手前こそ、立派な人でなしでございますな」

門左衛門は低く呟き、手で顔を押さえると、続けた。「町から逃げ出して、ここの旅籠町まで丸一昼夜。普段なら二日と半日はかかる道程《みちのり》でございますが、幸い月が明るいので、休み休みしながら夜も歩き続けまして……」

立ち寄った茶屋で、二人の山番士のあのやりとりを耳にしたのであった。

「背筋が凍るような気がいたしました」

このあたりでも、浮田村が先に襲われ、ほとんど全滅している！

「それが、お城に現れた腐れ鬼の仕業であるわけはありません。いくらなんでも早すぎる。そんな早さであの化け物の災厄が広がっているのならば、街道を歩き、峠《とうげ》越えをしてきたこの手前も、どこかで追いつかれていなければおかしい」

ならば、考えられることは一つだけだ。

「どこかこのあたりの山や森のなかにも、地割れか陥没穴ができて、腐れ鬼が出現しているということでございます」

腐れ鬼を生み出す地割れや陥没穴は、一度に一ヵ所にしかできないわけではない。過去にはそうだったとしても、今回もそうだという保証はないのだった。

「それと同じように、腐れ鬼は一度に何体も現れるわけではないというのも、ただの気楽な思い込みに過ぎませんでした」

何の裏付けもなかった。もしかしたら、今度という今度は、十体も二十体もわらわらと地の底からわき出てきたのかもしれない。そういう事態が起きていてもおかしくない。

「ここの山番士たちも、何を呑気に構えているのかと、歯がゆうて」

とにかくこの旅籠町に留まることはできない。浮田村から近すぎる。すぐ離れて、やはり山へ入ろう。

「言い訳がましくて恥ずかしゅうございますが、人でなしの手前も、願勝寺の和尚様のことが案じられたのでございます」

まだ年若い修行僧や、いつも親切に世話を焼いてくれる寺男の顔も浮かんだ。門左衛門は恐怖に鞭《むち》打たれ、不安に背中を押され、わずかな希望を翼にして、慣れぬ山道を必死に登っていった。

「山も森も下藪も、冬に向かって枯れていこうとする静けさに覆われ、何一つおかしなことはないように思われました」

だが、冷たい汗を拭《ぬぐ》いながら足を運ぶうちに、鳥の声がしないことに気づいた。そして、山の空気のなかに漂う奇妙な金気臭さにも。

「おまえもずっとそう言ってるよな」と、真吾は六平太を振り返った。弓使いは頬を強ばらせて、小さくうなずく。

「その独特の臭いこそが、腐れ鬼を吐き出す地割れや陥没穴から漂ってくるものなのでございます」

つまりこの金気臭さは、腐れ鬼の出現場所が、そう遠くないところにあると示しているのだ。

「穴が塞がれば臭いは散りますし、風向きでどのくらい臭うか差が出て参りますが、さらに難儀なことになったとわかりました」

しかし門左衛門は願勝寺を目指した。怖じけても、逃げ出さなかったのは立派だ。それくらいの意気地はこの金貸しにもあるのだ。こいつを助けたのは間違いじゃなかった。真吾はそう自分の胸に言い聞かせた。

「ようようたどり着いてみますと、寺には和尚様しかおられませんでした」

修行僧は、昨日の朝から托鉢《たくはつ》のために山を降りたきり戻らない。寺男は、昨夜から姿が見えないという。

門左衛門は和尚に事の次第を打ち明けた。高齢の和尚は、この土地に現れる〈ひとでなし〉の歴史をもちろん承知している。羽入田村や浮田村の檀家に頼まれ、〈ひとでなし〉と化して潰された者を弔ったこともあった。ただ、それは毎年のように起きるわけではないし、頼りないとはいえ一応は山番士がおり、村を守る男たちの働きもあって、大きな被害は出さずに食い止めてきた。

「そう案じるな、何を一人で取り乱しておるのだと、手前は叱られました」

鄙《ひな》な山寺の和尚もまた、この災厄を熊や山犬や夏場に流行る疫病と同じくらいに見積もっていたのである。

「しかし、今度という今度は軽く済まないかもしれない。江崎藩の領内の隅々まで、この災厄が広がってしまうかもしれない」

和尚の膝にすがるようにして、門左衛門は訴えた。和尚はそれを押しやって、

――お勤めを始めるから、あなたも手と顔を洗い、足の泥を落としてきなさい。

門左衛門は本堂から外へ出た。人気はなく、生きものの気配もない。

「まわりの様子を確かめたくて、手前は山門にのぼってみました」

あそこからなら、山番所も、このあたりの山間を抜けてゆく街道も、旅籠町までも見渡すことができる。

「すると、旅籠町から煙があがっておりました。狼煙のような黒い煙ではなく、もうもうとした火事の煙が雲のように湧き上がり、風に流されてゆくのです」

昼間っから大火事とは。旅籠町も、もう駄目なのだ。門左衛門は目の前が暗くなった。

この上は、和尚と一緒に山番所に逃げ込もうか。あんな呑気な番士どもを頼りにするよりも、確か近くにもう一つ村があったはずだ、そちらへ逃げてみようか。

「それより、ここに閉じこもっているのが得策か。貧しいお寺さんですが、米や味噌《みそ》ぐらいは蓄えがある。井戸もある。和尚様と二人なら、半月かそこらは保《も》つだろうと」

山門の藁葺き屋根に腰掛け、考えあぐねていると、願勝寺の本堂の裏手から何かすばしっこいものが走り出てきて、鐘楼の後ろの藪のなかへ飛び込むのが目に入った。

門左衛門は屋根の上で石になった。

「そのものは、犬でも猫でも狐でも狸でもございませんでした。

二本脚で、頭と手足がついており、嫌らしい猫背で、薄汚れた屍のような肌の色をしておって」

腐れ鬼だ。腐れ鬼が本堂から出てきた。

ああ、ぬかった。いつの間に。

「和尚様の無事を確かめねば。そう思うのに、身体が動きません。歯が鳴り、涙が溢れ、息が乱れ、手前はただ本堂を見おろすばかり」

そうしているうちに、和尚の方から出てきてくれないか。門左衛門を探しに来てくれないか。無事なお顔を見せてくだされ、和尚様。

だが、和尚は姿を見せない。

「情けないことに、どうにも小用が我慢できなくなりまして、手前が山門から降りたときには、もう陽が暮れかけておりました」

真っ暗になってからでは、いよいよ降りられなくなるという焦りもあって、門左衛門は覚悟を決めた。

「上り下りに使った縄ばしごは、もともと鐘楼に備え付けてあったものでございます」

いざとなったらまた高いところへ逃げるのだから、これは今の門左衛門の命綱だ。ぐるぐると胴に巻き付けて、けっして失くさぬようにした。

「横手の縁側の方から本堂にあがりますと、和尚様はご本尊の阿弥陀様の前にうつ伏せになっておられました」

袈裟が盛り上がり、老いた僧侶の痩せて骨張った身体は、そのなかに埋もれてしまっていた。

裾から細い足先が覗いていなければ、その場に袈裟だけ脱ぎ捨てて、和尚はどこかに逃げたと思ったかもしれない。

——和尚様。

門左衛門は震える声で呼びかけた。心の半分は和尚のもとに駆け寄り、抱き起こしたいと願っている。残りの半分は、すぐにも背中を向けてこの場を逃げ去り、薪割りの斧でも棒きれでもい い、武器になるものを取ってこようと思っている。

倒れ伏している和尚のまわりに、生き血が飛び散っている。つん、と臭いがする。

「そのとき、袈裟がずるりと動いて、和尚様が起き上がりました」

清貧を貫き通して幾星霜、頬は削《そ》げ目は落ちくぼみ、もともと枯れ木のような和尚ではあった。そこに生気と叡智《えいち》を与えていたのは、どんなときにも温かな光を失うことのない、和尚の眼差しだったのに。

今、その目玉が白濁している。

夕闇のなかでも見てとれるその白い絶望と恐怖に、門左衛門は思わず嗚咽《おえつ》した。

和尚は、目に見えぬ何者かに首筋を摑まれ、ぐいと持ち上げられたかのように立ち上がった。身体が前のめりになり、両腕が泳ぐ。首にかけた香木の念珠の玉がぶつかり合い、軽やかな音がたった。

「和尚様は、大口を開けて手前に襲いかかってきました」

これまた信じ難い。素早いのは腐れ鬼だけで、嚙まれて化けた〈ひとでなし〉は動きが鈍いはずなのに。こんなのは話が違う。

「手前は叫び声をあげて逃げ出し、危ういところで和尚様をかわして、本堂から外へ飛び出しました」

そして命がけの追いかけっこが始まった。

「手前にはやっとうの心得などございませんし、この歳になってからは、薪割りや水汲みなどの力仕事も、みんな奉公人に任せて参りました」

逃げ回るうち台所で包丁を、裏庭で熊手を見つけたが、それをふるって自らの手で和尚を「潰す」なんて、絶対に無理だ。気持ちが無理なのではなく、自分にはそんな力がない。

追いかけてくるのをかわしながら戸締まりをすることで、和尚を一ヵ所に閉じ込められた時もあった。だが、長続きしなかった。

「〈ひとでなし〉になった和尚様は、最初のうちは雨戸や障子を開け閉めするということを忘れてしまったようでした。しかし、目の前で逃げながら手前がそれを繰り返しているうちに、思い出してしまったのでしょう」

ただちに自在に開け閉めし、門左衛門の方が立てこもろうと、家具や置物を積んで一ヵ所を塞いでも、うまく取り除《の》けたり横から回り込んで追いかけてくるようになった。

和尚から逃げ回るだけでなく、まだどこかに潜んでいるかもしれぬ、和尚を襲った腐れ鬼にも気をつけねばならない。それを考えると、夜のあいだに寺を離れて山を下るのは危険に過ぎた。

「追いかけっこをしているうちに、生身の手前はくたびれてきてしまいました」

最初の期待は空頼みで、この寺には食いものらしい食いものがなかった。水だけで腹を満たし、ほとんど眠れず、門左衛門は衰弱した。

「それでも、昨日の午過ぎに和尚様が寺から出ていったあと、手前もどこかへ……そう、まさにこの村でございますよ、ここを頼って逃げようかと」

だがしかし、潜んでいた本堂の床下から勇気をふるって這い出てみると、風のなかに、まぎれもなくあの金気臭さを感じた。

新鮮で、濃厚な臭いを。

「どこか近くに、また新しい腐れ鬼の穴が空いたんでございますよ」

どこかは知る術もない。知りたくもない。

——もう嫌だ。ここで死のう。飢え渇いて死んでもいい。その方がずっとましだ。

「畑作様に見つけていただいたとき、手前はそういう捨て鉢な気分で、せめて天に近い場所で死のうと、山門の屋根に伏しておったのでございます」

語り終えた門左衛門は、がっくりと背中を丸めた。その肩を、野々助がおずおずとさすってやる。

「……畑作様」

車座の外から、押し殺したような声がかかった。興一だ。そういえば、ちょっと前にこの場から姿を消していた。

「どうした」

「こちらへ」

興一は皆の耳を気にしている。八郎兵衛は立ち上がり、二人は土蔵の壁の方へ顔を向けてひそひそとやりとりを始めた。

興一の目は警戒に底光りしている。やりとりを続けるうちに、八郎兵衛の背筋が強ばる。真吾は心の臓が躍るのを感じた。

「よし、二の土蔵の方を頼む」

八郎兵衛はそう言って興一を送り出し、自分は真吾たちのそばに戻ってきた。

「皆、落ち着いて聞いてくれ。厄介なことになった」

ついさっき、屋根の上の見張りが、村の裏山の方で、地崩れのような音がたつのを聞きつけた。かなりの規模で、森の一部も押し流されてゆくようだった。

「それからすぐに、音がたった方角から、鼻が曲がりそうな異臭が流れてきたそうだ」

真吾は目を瞠り、宗右衛門の顔を見た。宇洞の庄を束ねる気丈な親父は、もう膝立ちになろうとしている。

「……裏山に、新しい穴ができたのだ。腐れ鬼が現れるぞ」

八郎兵衛の指示は簡潔だった。今夜はこれから、見張りも残さず、ここにいる全員が二つの土蔵に閉じこもる。明かりを消し、息を殺し、物音を立てずに朝まで過ごす。

「暗闇では動きがとれん。腐れ鬼がどこから何体現れるかわからぬ以上は、身を守ることの方が先だ。明るくなれば、こちらも対処のしようが出てくる」

皆、よいな。朝までの辛抱だ。幸い、この土蔵の壁は厚い。

「ここに赤子がいなくてよかった」六平太がぽつりと呟いて、額の汗を拭った。

*

「あの一夜のことを、私は今でもときどき夢に見ることがございます」

黒白の間の上座で、妻の手を優しく握りしめながら、浅川真吾は言った。その口調は穏やかで、尖った恐怖は感じられない。ただ、一点を見据える双眸《そうぼう》は翳《かげ》っている。

その眼差しの先に、過去の夜の闇がある。

「半月の夜でございました。土蔵の東西の壁の高いところには明かり取りの窓があり、月の光が斜めに差し込んできました」

恐怖に身を潜める人びとの顔は、月光に照らされて死人のように青白かった。

「月が動き、さしかける光の長さが変わってゆく。まわりの者たちの息づかいの音が聞こえました。誰かが身動きする衣擦《きぬず》れの音も、それを咎めて制する声も耳に入ってきました。見張りの者が嗅いだという異臭は、ほどなく土蔵のなかでもはっきりと感じられるようになり、苦しかった」

夫の肩にもたれて、花代が見えぬ目を瞠る。

彼女の瞳《ひとみ》も、遠い昔の夜の闇を見ている。

「……かった」

かすれた囁きが、花代のくちびるのあいだからこぼれ出た。富次郎も驚いたが、浅川真吾は強い驚きを露《あら》わに、妻の身体を抱きかかえ直して、その顔を覗き込んだ。

「花代、今、声が出たね」

花代はゆっくりと瞬《まばた》きをして、夫に微笑みかけた。

富次郎は言った。「わたしの聞き間違えでなければ、〈怖かった〉とおっしゃったようで」

「ええ」心の震えを抑えようとするのか、浅川真吾はつと目を閉じた。「家内の心のなかにも、あの夜のことはくっきりと残っているのでしょう。これまでの年月、少しずつ身体が弱り、気も弱ってゆくなかで、つらかったことや恐ろしい思い出も薄れていってくれればいいと願って参ったのですが……」

「つらいだけの思い出ではないから、覚えていらっしゃるのじゃありませんか」

富次郎自身、深く考えた発言ではなかった。だが、言ってみたらそれが正しいとわかった。

「確かに、皆さんにとって恐ろしい一夜だったのでしょう。でも、花代さんは一人ではなかった。黄泉ノ池から夜見ノ池を潜って通り抜け、中ノ村を訪れたときのように、独りぼっちではなかった」

富次郎の言葉に、花代の頰にまた微笑が浮かんだ。それを受け止める夫も微笑んだ。

「ええ、私がそばにおりました」と、浅川真吾は言った。「土蔵の闇のなかでひとかたまりになり、肩を寄せ合っていた私どもでしたが、気がついたら家内がすぐ隣にいたのです」

震えていた。それを堪《こら》えるために、自分の両腕で自分を抱きしめていた。

「腕っ節を鍛えることと、馬を乗り回すこと、実の弟の恭次を悔しがらせ、弟分の小弥太に感じ入ってもらえるようなことなら何でもやろうとする、私は粗野な若造でございました。泣いて震えている小娘を慰める手管など、まったく持ち合わせておらなんだ」

ただ、花江の震える呼気を感じているうちにたまらなくなって、その肩を抱いてやった。

花江も真吾にしがみついてきた。

「家内の身体の温もりに、これまで感じたことのない安らぎを覚えました」

だが、それからいくらも経たないうちに、恐怖の足音が聞こえてきた。

それは確かに、足音だった。それ以外の物音ではなかった。

「何かが土蔵の壁を蹴ったかと思うと、それは屋根に上っていきました」

そして瓦屋根の上で、飛んだり跳ねたりしている。まるで、その物音に脅かされ、誰かが土蔵から出てこないかと試しているかのようだった。

「皆、息を詰め、身を伏せて目を閉じました。動揺してはいけない。我らはここにはいない。土蔵の壁や床になる。そう念じて」

また別の足音がした。一体、二体。続けざまに壁を登って屋根へ上がってゆく。だみ声で「ぎゃ！」「ぎゃ！」と鳴き交わす。

「家内を抱きしめたまま、私はそっと顔を上げ、明かり取りの窓を仰いでみました。その瞬間——」

月は山の向こうへと隠れ、窓の外にも夜だけが満ちていた。そのおかげで、真吾は声をあげずに済んだ。

「その一体が、窓から逆さまになかを覗き込んだのでございます」

こちらは土蔵の底に伏せている。ぶっ違いの太い梁《はり》が目隠しになっている。

「腐れ鬼の目は光っておりました」

濁った黄色い光は、きょときょと動いた。土蔵のなかを探ろうとしている。

「家内の呼気が乱れ、歯が鳴り、身体が抑えようもなく震えるのを感じて、私は逆に気が静まって参りました」

中ノ村の男たちは、花江の言葉に引っ張られ、羽入田村を助けに来たのだ。一緒になって怯《おび》えていては何の足しにもならぬ。

「明かり取りの窓から腐れ鬼の頭が引っ込むのを確かめて、私はまわりで息を殺している村人たちに声をかけました。あの窓からはこちらは見えぬ。動かず、声をたてず、身を低くしていれば大丈夫だ――」

花江は真吾の顔を仰ぎ、ひたと見つめた。他の村人たちは顔の汗や涙を拭い、身を寄せ合い、励まし合っていた。

「しかし、そのあいだにも、新たな腐れ鬼どもの足音が聞こえてくるのです」

まっしぐらに駆け寄ってきて、その勢いのまま土蔵の壁を登り、屋根の上を走り抜ける。出入り口の分厚い扉を蹴りつけたり、爪で引っ掻くような音をたてたりする。忌まわしいのは、甲高い猿のような声で鳴き交わす腐れ鬼どもが、獲物を探して舌なめずりしながらやりとりしているように聞こえることだった。

「白状しますと、最初に畑作様が、皆で土蔵に隠れてやり過ごす、見張りも立てぬとおっしゃったときには、私は内心、生意気なことを考えておりました」

――どうして戦わないんだ。

「腐れ鬼の二体や三体……いや四体や五体でも、中ノ村の男衆が揃っている今なら、恐れることはない。ここで迎え撃って根こそぎ倒してしまえば、後難もなくなる。なのにどうして隠れるのか、弱気じゃないかと」

だが、襲来したのは四体や五体どころではなかった。十体でも足りない。二十体、三十体いるかもしれなかった。

「敵の数がわからぬ以上、皆の命を守る方が先だという畑作様の判断は正しかった。その果断さと冷静さと己の未熟さを照らし合わせ、私は恥の冷や汗を流したものでございます」

明け方近くになって、ようやく腐れ鬼どもの気配が完全に消えた。それでも八郎兵衛は慎重な姿勢を崩さず、皆には土蔵のなかに留まっているように言い聞かせた。

村人たちの方も、一夜の難は逃れたものの、誰もが肝の芯《しん》まで怯えきっており、八郎兵衛の言いつけに逆らおうとする者はいなかった。

角屋門左衛門も話していたが、彼らはこれまで腐れ鬼のことを知らされていなかった。幸か不幸か、少なくともこのあたりに住みついている領民たちは、これまで腐れ鬼と遭遇する機会もなく、昨夜初めてその恐怖を体感したわけである。

村の衆にとって、長いこと、〈ひとでなし〉は不可解な疫病みたいなものだった。厄介だし恐ろしいが、その原因となるさらに恐ろしい化け物が別に存在しているなどとは、夢にも思っていなかったのである。

この土地の山番士たちも、村人たちに伝えるほどの知識は持っていなかったのか。知識はあっても、村人たちに伝えて用心させようと思うほどの知恵は働かなかったのか。

どちらにしろ、出し抜けに腐れ鬼の襲来を受けた村人たちは、事実の前に怯えて混乱していた。こちらから進んで口を挟むことはせず、黙って彼らのやりとりを聞いていた真吾は、皆がこの村で生きてゆくことに自信を失いかけているのを感じ取った。それはつまり、江崎藩の政《まつりごと》に対する不信の表れである。

この藩の治世は、大雑把で民に冷たい。年貢を吸い上げるばかりで、これほどの大事を周知することさえ怠り、横着で傲慢《ごうまん》で頼りにならぬ。今までだってうっすらと感じてはいたが、文句を言っても詮無《せんな》いことで、誰もが口をつぐんで目をつぶってきた。しかし今、それが一気に露わになり、もう目をそらすことはできなくなった。

羽入田村の暮らしと歴史――汗を流して営々と耕してきた田畑にも、村の衆を養ってくれてきた山の恵みにも、感謝と愛着がある。思い出がある。離れがたい。しかし、そこに拘《こだわ》っていては肝心の命が危ない。命を守るには、どうするべきなのか。

同じ立場に置かれたら、自分はどうするだろう。真吾は考えた。中ノ村は豊かな土地だ。懐かしい故郷《ふるさと》だ。よっぽどの難が降りかからぬ限り、見捨てて立ち去ることはできない。

そんなことを思っていると、目の裏におまきや小弥太の笑顔がちらちらした。恭次の生意気な口つきが思い出された。

真吾とて、無事に中ノ村へ帰りたい。もとの穏やかな暮らしのなかへ戻りたい。

──ならば、ここにいる全員で中ノ村へ逃げる。

突飛な思いつきではない。この虎口《ここう》から逃れ得るウサギ穴ほどの小さな希望は、あの池だ。黄泉ノ池に潜って夜見ノ池に浮かび上がり、久崎藩宇洞の庄、中ノ村へ逃れ出る。

いつ、誰がそれを切り出し、羽入田村の者たちの決心を促すか。あとはそれだけの問題のように思われてきた。

角屋門左衛門は、人に交じっていることの安堵に気力も体力も尽きたのか、まだ死んだように眠っている。その傍らで、八郎兵衛と宗右衛門、猟師の興一と六平太が声をひそめて話し合っている。

ややあって、興一と六平太の二人だけを外に出し、土蔵の扉をもとのように閉めきると、畑作八郎兵衛は真吾を呼びつけた。

「興一と六平太がまわりの様子を見にいった。あの二人なら、任せておいて大丈夫だ」

昨夜、見張りが聞きつけた大きな崩壊音と、強烈な異臭の源はどこなのか。村の裏山のどこかであるようだが、どれくらい近くなのか。そこからは今も腐れ鬼がわいているのか。それを確かめに行かせたのだという。

「門左衛門の話によると、そういう穴は一晩ぐらいで塞がってしまうらしい。ならば場所を突きとめ、それが完全に塞がるのを待ってから行動を起こすか、それとも昼間のうちに思い切って動くべきなのか」

ぼそぼそと語る八郎兵衛の言葉を引き取り、宗右衛門がむっつりと続けた。「なにしろ、行きよりも人数が倍以上に増えるからの。まあ、この村に赤子と寝たきりの年寄りがいなかったのは幸いじゃ」

真吾は危うく飛び上がりそうになるのを堪えた。「じゃあ、あの池を通って中ノ村へ逃げるんですね！」

「ほかに手はあるまいよ。ほれ、畑作様よ。うちの半人前のおつぎでも、もうこの策しかないとわかっておりますわい」

宗右衛門は既に腹を決めている。八郎兵衛の横顔にはまだ迷いが浮いている。

「城下から、あるいは最寄《もよ》りの山番所から助けがくるという希望は捨てきれぬが……」

八郎兵衛の声を落とした呟きを、宗右衛門は強く鼻を鳴らして笑った。

「あてにはなりませんわ」

真吾は慌てた。うちの親父も無礼が過ぎる。しかし八郎兵衛に怒るふうはなく、眉も目尻も悲しげに下がっている。

「察するに、江崎藩でもこれまでは、今回ほど大がかりな腐れ鬼の発生はなかったのだろう。いくつか経験した発生はバラバラな場所で起きた小さなもので、場当たりで対処してもしのぐことができたのであろう」

だが今回ばかりは違った。規模は大きく、場所は悪く、一度では終わらず何度も続いた。今も続いている。角屋門左衛門が逃げ出してきた城下町のなかでも、その後も新しい陥没穴ができて、腐れ鬼が現れているとしてもおかしくはない。

「ここから無事に逃げ延びられたなら、儂のこの皺首《しわ》を無礼打ちにしてくださってかまいませんが、今は言わせていただく」

宗右衛門は険しく目を細めて続けた。

「畑作様が同じ武士《もののふ》として、この江崎藩の侍どもに少しでも恃《たの》むところをお持ちになるのは当たり前じゃ。だが、身分は侍でも腰抜けは腰抜け、でくの坊はでくの坊でございます。でくの坊をあてにして、この村の善男善女をみすみす見殺しにすることは、儂にはできん。宇洞の庄で代々肝煎を務めてきた浅川家の名誉にかけて、できん話じゃ。たとえ間違いでもそんなことをしたら、儂がご先祖様に祟《たた》られてしまうわ」

名調子だが、言い過ぎだ。真吾は首筋が寒くなった。

畑作八郎兵衛は下を向き、くっくと笑い出した。「まったく容赦がない」

「ご無礼をお詫びいたします」と、宗右衛門は言う。そして、にっと笑った。

八郎兵衛も清々《すがすが》しい笑顔になった。

「ともかく、今は興一と六平太の戻りを待つ。そのあいだに、二の土蔵の者たちもこちらに呼び寄せておこう」

昨日のうちに守りを固めておいたおかげで、土蔵の外で警戒しなければならないところは決まっている。二の土蔵には女子供が多かったから、真吾たちは手分けして素早く動いた。昨夜の恐怖にげっそりしている女たち、疲れ果ててぼんやりしている子供たち。一晩一緒にこもっていた中ノ村の男たちは、神将のように頼りにされている。

どちらの土蔵の壁にも、腐れ鬼たちの足跡がたくさん残されていた。足の爪が鋭いらしく、土壁が深くえぐれているところがある。大きさは真吾の手の平ぐらいで、指の数は三本だ。化け物らしくて、何だかほっとした。

今は煮炊きを控えねばならないので、残り物を子供らに与え、大人たちは水だけ摂ってしのぐことになった。それでも見慣れた顔が無事に揃ったことで、羽入田村の人びとに生気が戻ってきた。角屋門左衛門もようやく起き上がり、寝ぼけ眼で座っているのを、花江が世話をやいている。

「羽入田村の衆に諮《はか》りたいことがある」

八郎兵衛は率直に切り出し、この先の案を説明した。揃って中ノ村へと逃げる、と。

「しかし、山番所への届け出もなく、生き残り二十二名の村人がここを立ち退《の》くということは、すなわち逃散《ちょうさん》だ。我が久崎藩でも逃散は郷村令を破る大罪であり、磔《はりつけ》と定められておる。つまり羽入田村の衆は、いったんここを立ち退けば、二度と戻ることはできん」

家も田畑も、先祖の墓もうち捨てて出てゆくのだ。

「それでも、この難を逃れて皆の命を守るには、ほかに手段はないと私は考える。但《ただ》し、どうしてもここに残るという者を、無理矢理引っ張って行くつもりはない」

「行く先は宇洞の庄、中ノ村。儂らの村じゃ」宗右衛門が声を張った。「儂は肝煎の浅川宗右衛門、羽入田村の衆の面倒をみる」

羽入田村の衆がどよめくことはなかった。皆、石地蔵のように黙っている。

真吾は目の隅で花江の顔をとらえた。門左衛門の傍らに付き添って、うつむいている。すぐ後ろにいる花江の母親は、片手を目元にあてて涙を押さえているようだ。

「……そんなことできねえ」

羽入田村の誰かが、呻くように言った。男の声だが、半分泣いている。

「おらたち、この村を離れたら食っていかれねえもん」

中ほどに座っている、思いがけず若い男だ。寄り添っているのは家族だろう。父親と母親と、幼い妹。

「食っていけるよう、中ノ村がおまえたちをそっくり抱えてやる」と、宗右衛門が言った。「中ノ村にも田畑がある。コウゾ畑もある。おまえは紙すきを知っているか？　こっちにはない技のようだ。中ノ村にはこの村にないものがほかにもあるぞ。好きな生計《たつき》の道を選んで暮らしていけばいいんじゃ」

その言の尻に食いつくように、尖った声が響いた。「みんな、行方知れずになってる者を見捨てンのか」

髪も髭《ひげ》も藪のようにぼうぼうの、日焼けした小柄な男だ。左腕を袖のなかに引っ込めて、背中を丸めている。寒いのだろうか。

「おまえの家族がいなくなっておるのか」

八郎兵衛が穏やかな声音で問うた。髭ぼうぼうの男は、顔を背けて返事をしない。

「こいつは常吉《つねきち》といいまして、もとは、うちの村で二人きりの鉄砲撃ちで」と、野々助がかわりに答えた。「二人ってのは兄弟で。けども、去年の春に常吉が熊にやられて」

それを聞いて、真吾にもわかった。左腕は袖のなかに隠れているのではない。失われているのだ。

「それからは弟の松吉《まつきち》に食わせてもらってたようなもんで。や、おらたちも助けたけども」

その大事な弟の行方が知れぬままだという。

行方知れずの者をどうするのか。わかっちゃいるが、このやりとりをしたくなかった。そうはいかないこともわかっちゃいるけれど。

「おらは弟を置いて行かねえ。ここで待つ」

常吉の声音はきついが、その猫背の姿は哀れなほど小さく痩せている。

「弟は、いつから戻らんのだ」

八郎兵衛の問いかけに、今度は花江がかわって答えた。「うちのおとうがあんなことになる前の日の朝に松吉さんは山に入って、いっぺんは鳥やウサギを狩って戻ってきたんだけども、また出て行ってそれっきり」

「松吉も鉄砲撃ちか」

「いいえ。常吉さんが鉄砲を持ってたのに大怪我をしたから、もうあてにしないって」

「なるほど、一握りの火薬があったのは、おまえの住まいだったか」と、宗右衛門が言った。

「鉄砲そのものはどうした」

「とっくに旅籠町で売っちまった」

「ならば、おまえの弟の得物は何だ」

「斧と弓矢を持っていったよ」

常吉の目尻が赤くなっている。

「兄ならば、弟の腕前をいちばんよく知っているだろう。その二つの得物を駆使して、今まで、松吉が生き延びていると思うか」

常吉は顔を伏せた。丸まった背中に力が入る。「……わからねえ」

「そうだな」と、八郎兵衛は淡々と応じた。

「私にもわからぬ。酷《ひど》いことだ。気の毒に思う。しかし、ここでその酷さを無理にでも呑み込み、生き延びるための決断をせねばならぬのは、おまえだけではないぞ。村の者たちは多かれ少なかれ、誰かをここに残して立ち去らねばならんのだ」

そうだ。その非情に直面しなくては。いっそ、家族や仲間の誰かが既に〈ひとでなし〉になってしまったとはっきりしている方が救われるくらいだ。

真吾は、村人たちの顔を真っ直ぐに見ることができなくなって、目を伏せた。

「一人一人の胸の内は訊かぬ。聞いても、私には同じことしか言えんからな。気の毒だ、酷い、しかし決断せねばならんと」

八郎兵衛の言は、これ以上ないほどにまっとうで正しい。正しいからといって、何の慰めにもならないのが悔しい。真吾の瞼の裏に、また小生意気な弟の顔がちらついた。あいつの安否がわからないまま、置き去りにしていくなんてことは、俺にもできない。

「昨日、山番所と願勝寺まで行って戻るあいだに出会ったまともな者は、城下から来た角屋門左衛門ただ一人だった」

名を呼ばれて、門左衛門が目が覚めたようにまばたきをした。そして、

「手前も、あの寺に入ってからは、生き延びている人は一人も見かけませんでしたよ」

「行方がわからん村の者たちは、無事なら戻ってきてもいい頃合いだ。戻らぬのは無事ではないからよ」

浅川宗右衛門が野太い声で言う。正しいが、ホントに容赦ない。

「諦めろ。命あっての物種というのは、こういうときのための言い回しじゃ。おまえたちが生き延びなければ、死んだ家族や仲間を供養することもできんのだぞ」

「死んだかどうか、まだわからねえ！」

頭を撥《は》ね上げて常吉が叫び、その勢いで姿勢が崩れて、床に倒れ伏した。まわりの者が慌てて抱き起こそうとする。

「死んだのだ」と、畑作八郎兵衛は言った。「どうしてもつらいなら、ここは戦場《いくさば》だと思え。おまえたちは負け戦で退く。朋輩《ほうばい》への未練でその潮を誤れば、この隊は全滅する」

羽入田村の人びとは、まさに潮が砂浜を洗うように、悲痛な諦めに洗われてゆく。皆の心がこの非情を呑み込んでゆくかすかな音が、真吾には聞こえるような気がした。

いくつものすすり泣きと溜息《ためいき》が交錯する。

「あのぉ……」

野々助の小さな声が、妙に剽軽《ひょうきん》にその場の緊張を破った。いかにも小心者らしく、手を縮こめて顔の脇に上げている。

「どうした、野々助」

「そっちの中ノ村で、羽入田村の者は何かしらお咎めをくらうんじゃねえかって、おら、おっかねえんだもん」

八郎兵衛はつと座り直し、野々助だけでなく、羽入田村の一同の顔を見回した。

「野々助の申し状はもっともだ。皆も不安だろう。だが、ここにおる二十二名の先行きは、この畑作八郎兵衛が必ず安堵する」

羽入田村の衆は、土砂降りの雨粒が跳ねるようにざわめいた。たくさんのやりとりが交差するが、一つの声にはまとまらない。

真吾は花江を見つめていた。彼女は母親の手を取り、一緒に涙している。

直《じか》に説得したくて、真吾はうずうずした。すると、倅のそんな気持ちを見透かしているかのように、宗右衛門がまた声をあげた。「泣くな。儂らの仰ぐ久崎藩七代目藩主・阿野光義様は、慈悲深いお方じゃ。この地の無慈悲な殿様とやらとは違うぞ。きっとおまえたちを受け入れてくださる。畑作様と儂でそのように願い上げる。何も案じるな」

事の発端は花江だった。中ノ村と羽入田村を繋いだのは、花江の勇気だった。

決断してくれ、花江。俺がついている。

「……畑作様」

しわがれた声で言い出したのは、生き残り最年長の炭焼きの老人、甚平だった。

「何だね」と、八郎兵衛は応じた。

甚平老人は、八郎兵衛と宗右衛門の後ろに居並んでいる中ノ村の男たちの顔を見た。順繰りに、一人一人、ゆっくりと見つめた。

「中ノ村の男衆も」

甚平は歯があらかた抜けており、言葉が口にこもる。しかし声音には力があった。

「わしらに何の義理があるわけでもねえのに、花江の話を聞いただけで、まっしぐらに助けに来てくだすった」

おかげで、わしらは生き延びられた――

「今も、わしらを置き去りに、あんた方だけで逃げた方がずっと早かろうに、連れていってくださると言う」

甚平はそこで口を閉じ、への字に曲げた。その顔で、今度は羽入田村の仲間たちの方を見回した。

「わしは、この方たちについて行きてぇ」

甚平は言い切った。

「おまえらにも、そうしてもらいてぇ。けども、おっかねえのはわかる。行方知れずの者を諦め切れねえってぇ、言い分もわかる」

じゃあ、どうするというのか。

「中ノ村へ行きたくねぇという者は、手ぇあげろ。一人でもいるなら、わしはそいつと残る」

甚平の目は澄んでおり、口元には仏像のそれのような優しい笑みが浮かんでいる。

「わしは身よりもねえ、先も短《みじけ》ぇ年寄りだもん、残る者にはわしが付き合う。そのかわり、中ノ村へ行きてぇという他の者たちを、勘弁してやってくれろ」

場が静まりかえった。聞こえるのは、集まっている老若男女の息づかいだけだ。

「ここに残りてぇ者は、手ぇあげろ」と、甚平が繰り返した。「いねぇのか。今しか訊かねぇど」

羽入田村の衆の輪のいちばん後ろで、つぎはぎだらけの野良着を身にまとった、いかつい顔の男が右手を挙げた。左手では、隣に座っている同じ年頃の女の手首をつかんで持ち上げる。

「巳三《みぞう》！」と、野々助が大声をあげた。「おめえ、へそ曲がりもいい加減にしろや。女房が哀れだと思わねえのか！」

巳三と呼ばれた男に手を挙げさせられている女が女房なのだろう。顔をうつむけ、肩を震わせて泣いている。

なのに、巳三は信じ難いことを言い出した。

「残れば、この村の田んぼも畑もみんなおらのものになるんだよな」

羽入田村の仲間たちだけでなく、中ノ村の男たちも、この言い分には呆れた。

宗右衛門が凄んだ。「田畑を独り占めしたところで、腐れ鬼と〈ひとでなし〉だらけの土地で、どうやって生きていくつもりじゃ」

真吾の親父殿は骨太で体格がいいし、この歳でも日々鍛えているから、そうしようと思えば雷のような声を出せる。今も、真吾は耳の奥がびりびりした。

しかし巳三はへこたれない。

「く、腐れ鬼とやらは、お天道様の下じゃすぐ死んじまうんだろう?」

怖かねえやと、鼻息を荒くする。

「〈ひとでなし〉だって、食いものがなくなりゃそれまでだよ」

「食いものならある」

割り込んだのは角屋門左衛門だ。

「この領内の民がまるごと食いものだ。食われた者は〈ひとでなし〉と化す。領内に〈ひとでなし〉が溢れたなら、国境《くにざかい》を越えてまわりの土地へと押し出してゆく。そこで食いものが尽きれば、さらにその先へ行くだろう」

この災いに終わりはない。

「〈ひとでなし〉は死人と同じだ。暑いも寒いも、痛いも痒《かゆ》いもない。常に飢えているのに、死人と同じだから飢え死にすることはない。食いものにありつけるまでは、案山子や棒きれのようになって待つだけだ」

心もない。情もない。〈ひとでなし〉は〈ひとでなし〉を増やし続けるだけだ。たらふく人を喰らった順に腐れ鬼へとさらに変じて、いっそう事態を悪くしてゆくだけだ。

「申し遅れたが、この角屋門左衛門は金貸しだ。あんたは知っているかな? 世に金貸しのおらぬ土地はない。金貸しはどこででも生きられるし、稼げるのだ。私も畑作様たちのお国へ渡ったら、にぎやかな町へ出て、たちまち金をつかんで転がして、家とお店を構えてみせよう。だから巳三さんとやら、あんたら夫婦はうちで働くといい。ここに残って田んぼや畑を耕すよりも、ずっと楽にいい暮らしができるぞ」

立て板に水とは、まさにこのことだ。

「……いい暮らしができるのかい」

「できるとも」

「なんであんた、そんなに請け合えるかね」

「私は利《き》け者の金貸しだからさ」

力強い返答に、ひと息おいて、巳三の手から力が抜けた。女房は手を下げるついでに、巳三の指を振り払って身をすくめた。まわりの者たちも、まるで〈ひとでなし〉を見るような目つきで巳三を見て、女房をかばった。

「話はついたようでございますな、畑作様」

角屋門左衛門は、まだ眠たげな目をちまちまとまたたかせながら、にっこり笑った。

「手前も中ノ村の皆様について参ります。これで全員一致でございますな。ただ一つだけ心配なのは……手前は水練の心得がございませんので、池に潜るというのが、どうも」

さっきまでの自信に満ちたやりとりから、膨らんだ焼き餅が破れるようにへたれてしまった。その剽軽ぶりに、宗右衛門が笑った。八郎兵衛も苦笑する。

「我らが先導し、池のこちらから向こう側へ縄を張って、誰でも無事に潜ってたどり着けるように計らう。なぁに、息を止めて水をかくことさえできればいいのだ」

そして、ちょうどそばにいた、よちよち歩きの女の子、多代の頭をくりりと撫《な》でて、

「子供らは、私が背負って潜ろう」

すかさず、花江の声が飛んできた。

「多代はおらが連れて潜ります」

鼻声だが、もう泣いてはいなかった。

それからほどなくして、興一と六平太が一の土蔵に戻ってきた。

「昨夜できた陥没穴は、この村の西側、裏山のどてっ腹にぽっかり空いてましたよ」

一軒家ほどの大きさの穴だという。

「だもんで、近くの沢の流れが、その穴の方へと変わっちまっていた。昨夜のバカ騒ぎは、沢の水が一気に流れ込んだもんで、穴の底にいた腐れ鬼どもがびっくりしやがって、いっぺんに躍り出てきたせいじゃなかったかと思います」

水流に圧され、陥没穴の縁は半分方崩れて塞がっている。異臭もほとんど消えて、少なくともこの穴から新たな腐れ鬼が出てくる気配はないようだったと、興一は言った。

「この村を通り過ぎたあと、あの化け物どもがどこへ行ったのか、足跡と臭いを頼りに追っかけてみましたら……」

昨夜わき出た腐れ鬼の群れは、山番所を通り過ぎ、雑木林のなかを抜けて、一部は願勝寺の方へ山を登り、残りの大半は旅籠町へ向かったらしいとわかった。

「山番所のなかの様子に変わりはなかったけど、この土蔵の壁に残っているのと同じ三本指の足跡が、そこらじゅうに残ってました」

生きものの気配がしないので、腐れ鬼どもも通過しただけだったのだろう。ただし、台の上に晒されていた首《おんな》は、噛み千切られたり放り出されたりしていたそうだ。

「〈ひとでなし〉の方はどうだ？　何体か見かけたか」

興一と六平太はちょっと顔を見合わせ、六平太が答えた。「行きがけに二体、帰り道で一体めっけて倒してきたんですけども……」

三体とも、興一か六平太が物音を立てると、草むらや岩陰、藪のなかから不意に現れたという。

土まみれ、枯れ草まみれで、野宿でもしていたかのような見てくれだった。

「鼻を鳴らしていましたから、俺と六平太の臭いをたどって出てきたのかもしれねえ」

音と臭い。その源であり、食いものである人が近くにいなければ、〈ひとでなし〉は薪ざっぽうのように転がっているか、案山子のように突っ立っている――

「旅籠町には、道の真ん中に列をなしている〈ひとでなし〉が十体ほどいたはずだが」

八郎兵衛が言う。山番所の火の見櫓の上から見たのだ。真吾も覚えているし、六平太もうなずいた。

「だから用心して向かったんだけど、腐れ鬼の群れに追い散らされちまったのか、きれいさっぱり、一体も見当たらなくなってました」

食いものを求めて場所を移し、行った先でまた突っ立っているのか。思い浮かべるとおぞましく、しかし痛ましい。

「まあ、あいつらはのろまですからねえ」

「いやいや、なかには動きの速いものもいるから、舐めてはいけません」

門左衛門に遮られ、興一はちょっと眉を寄せた。「何が違うんですかねえ」

「〈ひとでなし〉と化したばかりだと、動きが速いのかもしれん」

宗右衛門の言葉に、真吾も思い出した。最初の夜、二の土蔵の裏に現れた村長の〈ひとでなし〉。真吾の目の前で、残っていたまともな左目が白濁した瞬間、こっちにつかみかかってきた。あの動きは、確かにのろまどころではなかった。

「それはともかく、今の旅籠町は腐れ鬼どもの巣になってますよ」と、興一が言った。あんまり何気なく言うので、ちっとも怖くない。

「〈ひとでなし〉どもに代わり、腐れ鬼どもが旅籠町に潜んでいるのか」

「ええ。連中はお天道様の光が苦手のようですね。無事な建物だけじゃなく、焼け跡でも、打ち壊された建物でも、どこかしら日陰になるところに入り込んで、石みたいに丸まって寝とったですわ」

真吾は心の臓がばくばくし、喉が詰まってきた。「近寄って見てきたのかい？」

「子連れで飢えている熊に近寄るよりは、難しいことじゃありません」

数えてみたら、十三体いたそうだ。信じ難い。何という肝っ玉だ。

「石のように寝ている、か」

八郎兵衛の目つきが鋭くなった。ならば、やはり昼間のうちが好機だ。〈ひとでなし〉にさえ警戒すればいい。

「裏山の陥没穴は、既に半分方埋まっている。もう一日待てば完全に塞がり、より安全だろう。だが、その一日のあいだに、近くの別の場所に新しい陥没穴が生じるかもしれん」

「それじゃ、きりがありませんよ。行くなら今でしょう」

逸る気持ちのまま、真吾は言った。

「村の衆の気持ちも、今ならまとまってる。でも一日経ったらまた揺らぐかもしれねえ。こういうことには思い切りと勢いが大事なんじゃありませんか」

後ろから、けっこうな力で頭を張られた。親父殿だ。「生意気だぞ」

「親父こそ、畑作様に失礼なことばっかり言ってるじゃねえか」

畑作八郎兵衛は浅川父子にかまわず、固めた拳で自分の腿を軽く打ち、腰をあげた。

「よし、取りかかろう」

＊

羽入田村の衆は、文字通り身一つ、着の身着のままで逃げる。息を止めて水に潜ったら、あとは縄を伝って進むだけだ。目をつぶっていてもできる。幼子でもできる。

「水練が苦手な者は、達者な者が助けよ。もちろん中ノ村の男たちがそばについておる。誰一人見捨てるものか」

八郎兵衛は皆に入念に言い聞かせた。その表情は決断を迷っていたときよりも明るく、身のこなしもまた軽やかになった。

二十二人を二列に並ばせ、合間合間に武器を備えた中ノ村の男たちがまじる。全体の指揮をとるために、八郎兵衛は先頭に立って黄泉ノ池へ向かう。池に着いたら水練の達者な中ノ村の男を二人、先んじて潜らせて、向こうから援軍を寄越《よこ》してもらう。検見役の屯所にも使いを走らせ、八郎兵衛の部下たちを呼び寄せて、屯所に備えてある矢筒や投げ槍、鉤縄などの武器を持ってこさせる。

花江は親しい者に母親を託し、体力が続く限り黄泉ノ池と夜見ノ池のあいだを往復して、村人たちが中ノ村に渡るのを助ける。幼子の多代とその母親は、縄を渡して安全を確かめたら、いの一番に花江が付き添って池に潜ると決まった。

「中ノ村では全ての家で湯を沸かし、焚き火を熾し、炊き出しを頼む。羽入田村の者がたどりついたら、順に身体を乾かし休めるように計らってやってくれ」

隊列が羽入田村を離れる直前まで、宗右衛門は興一と何か打ち合わせており、六平太からは矢を分けてもらっていた。

「親父、何か考えがあるのか？」

親父殿が常吉と松吉の火薬で何を仕掛けていたのか、真吾はまだ教えてもらっていない。

八郎兵衛は承知しているのだろうか。

「そのうちわかる」

素っ気なく応じて、宗右衛門は入念に弓の弦の張りを確かめている。

「儂ら弓使いは、少し遅れておまえたちを追いかける。真吾、羽入田村の衆をしっかり守ってやれ。今日中には中ノ村の我が家の支配に入る者たちだ。おつぎのおまえに任せる」

淡々とした父の口調と、「任せる」という言葉に、真吾はたじろいだ。

「うちの当主は親父だ。そんなに早々とこっちに任せられちゃ困る」

「代替わりのときが来たら、早いも遅いもない。覚悟を決めろと言うておる」

代替わりだと？

「親父、死ぬ気でいるのか」

そんな危ないことをやろうとしているのか。

宗右衛門は答えない。真吾は黙ったままの興一と六平太の顔を見回した。二人とも、肝煎とおつぎの前で神妙にしていますという顔つきだ。

「なんで三人だけ遅れるんだ？　殿軍《しんがり》って意味か。だったら俺にも手伝わせてくれ」

「弓使いではないおまえには無理だ」と、宗右衛門が厳しく言った。「恨むなら、こういう折のために武双風間流を極めておかなんだ己の不明を恨め」

ぐうの音も出ない。確かに、真吾は弓術の修業を怠った。父親や師範代があまりに腕が立つので、自分なんかとうてい追いつけないと早々に見切りをつけてしまったのだ。

それでも今は言い返したかった。大きな声で言ってやりたかった。皆を無事に逃がすため、親父が危ない橋を渡るというのなら、俺も一緒に渡る。親父一人では行かせない。浅川家のことは恭次に任せればいい！

そのとき、宗右衛門が真吾の肩をつかみ、目を合わせてこう続けた。「これから、おまえが花江のそばにいてやらんでどうする。あの娘は息が切れても仲間の村人たちのために潜ろうとするぞ。放っておけば、それで命を落としてしまう」

「だ、だけど……」

「儂は死なん。こんなところで死んでたまるか。万に一つのことを思って、親父らしいことを言うてみたかっただけよ。まったく、おまえのその洒落《しやれ》のわからんところは誰に似たんじゃ」

興一が目元だけで微笑む。六平太は小さくうなずきながら、拳を固めてみせた。

「肝煎様の背中は俺たちがお守りします」

わかった。真吾は応じるしかない。

「よろしく頼みます」

頭を下げ、わざと宗右衛門の顔を見ずに、走ってその場を離れた。

びょうびょうと風が鳴る。

羽入田村を離れ、土埃が舞いあがる野道に出たら、急に風音が耳をつくようになった。

この土地の木枯らしだ。雑木林のあいだをすり抜けながら、女の悲鳴のような音をたてる。宇洞の庄を吹き抜ける立冬過ぎの北風は、こんな忌まわしい音をさせたろうか。

羽入田村から見ると、目指す黄泉ノ池は北北西にあたる。ほぼ一本道で、左右にうねうねしているが、大きく曲がっている箇所はない。脱出する一行は、この風が吹き続けてくれれば、ずっと目的地の風下にいられる。

しかし、あとにしてきた羽入田村とその裏山、村を囲む林や藪に向かっては、同じ北風が、総勢三十五人分の人気《じんき》と匂いを運んでゆくことになるわけで、それを嗅ぎつけた化け物どもに追いかけられることは、充分に覚悟しておかねばならない。

陥没穴からわいてくる腐れ鬼は、陽の光が苦手だ。しかし、〈ひとでなし〉が人の血肉をたらふく食って「成り上がった」腐れ鬼は、陽の光にも怖じけないという。そんな厄介な腐れ鬼が近くにいませんように。このあたりに散っている〈ひとでなし〉どもが、のろまで知恵のない奴らばっかりでありますように。

神仏でもなんでもいい。この願《がん》を聞き届けてくれと、真吾は胸のなかで繰り返していた。

羽入田村の人びとを労《いたわ》りつつ、まわりを警戒しながら進んでゆく。藪や背の高い枯れ草のなかには〈ひとでなし〉が潜んでいるかもしれないので、道の開けているところを進む。この騒動が始まる前から晴天続きだったというから、道は固く乾ききっていた。土埃を吸い込んで、くしゃみや咳《せき》が飛び出す者がいる。すると八郎兵衛はそのたびに一同の足を止めさせ、時にはその場でしゃがませた。くしゃみや咳の主は、大人なら自分で自分の口と鼻を押さえるし、子供ならそばにいる大人たちが頭ごと抱え込んで静かにさせる。

熊に左腕をとられた猟師の常吉は、歩くとき、足もちょっと引きずっていた。真吾は常吉に近づき、声をかけた。「背中の鉈、俺が預かろう」

常吉はこっちを見もしなかったが、真吾が彼の足取りに合わせて歩いているうちに、

「おらの利き腕は残っとる。自分の身ぃぐらい守れるもん、女子供についててやってくれ」と、無愛想に言ってきた。

「そうか、わかった」

来たときに見た覚えのある木々の列。そういえば、心覚えにと六平太が小刀で木の幹に傷をつけていたっけ――

いきなり、列の前の方で悲鳴があがった。右手の藪のなかから、まるで案山子がいきなり起き上がったみたいに、三体の〈ひとでなし〉がぬうっと現れたのだ。

中ノ村の男たちは冷静だった。羽入田村の人びとをかばいつつ、さっくりと三体の〈ひとでなし〉を潰して、まわりに目を配る。すると、左手のゆるい斜面をふらふらと新たな二体が下りてくるのが見えた。

「やはり、匂いと足音で気づくのだな。皆、急ごう。池まであと一息だぞ」

そのとき、羽入田村の方角から、鳥が鳴くような、口笛のような音が聞こえてきた。強い北風のなかを突っ切って、矢のように飛んでくる。

「何だ、あれ」

「合図の指笛だ」

八郎兵衛は短く答え、皆を促した。

「口元を押さえて息を殺し、前かがみになって小走りで急げ。さあ、後ろを振り返るな」

真吾は列の最後尾につこうと、踵《きびす》を返した。その瞬間、羽入田村の方角で、今度は大きな爆発音が炸裂《さくれつ》した。耳の奥だけでなく、地面を伝わって足首から膝までを震わせるような轟音《ごうおん》だ。

ざわわわわわわ。

黄泉ノ池を目指す一行のかたわらを、北風が巻きながら吹き抜けてゆく。枯れた枝も枯れていない枝も、見上げるような高木も土埃をかぶった灌木《かんぼく》も、ぐるりの全てがその風に吹かれる。

真吾の視界いっぱいの景色のなかに、一体また一体、〈ひとでなし〉どもが現れた。藪のなかから、木の陰から、崖下の岩場から。

囲まれている！ 肝が冷えて喉が干上がる。そこへまた、さっきよりさらに大きな爆発音が轟き、そこから生まれた風が自然の風に逆らって、強烈な悪臭を運んできた。

「皆、動くな。しゃがんで小さくなれ」

八郎兵衛が命じる。言われなくても、真吾は固まってしまって動くことができない。村人たちも中腰のまま、みんなして目ばかり瞠っている。

まわりの景色のなかから続々と〈ひとでなし〉どもが出てくる。その顔は、ほんの二、三間の距離を隔てただけで野道の端にうずくまっている真吾たちではなく、後方の羽入田村の方を向いている。

化け物どもは鼻をひくつかせ、よろけながら腕を泳がせ、目には見えぬ糸に引かれるかのように、羽入田村へと歩き出す。道まで降りずに斜面をおぼつかなげに伝ってゆく〈ひとでなし〉もいれば、鼻をひくつかせるうちにだんだんと足が速くなって、ほとんど走るようにして遠ざかってゆく〈ひとでなし〉もいる。

また爆発音。今度のはそう大きくないが、さっきまでよりもぐっと近い場所で、何本かの丸太が高所から転がり落ちるような騒音があとに続いた。悪臭はぐんぐん強くなる。真吾は気がついた。これは下肥《しもごえ》の臭いだ。

目に見える範囲内の〈ひとでなし〉どもは、今や完全に爆音と悪臭に引きつけられて、村人たちの列に背中を向けた。よちよち、ふらふら、ずるずると羽入田村を目指してゆく。腐肉にたかる蠅《はえ》の群れのようだ。

「よし、池に向かうぞ」

声は殺したまま、八郎兵衛は大きく身振りで皆を叱咤《しった》した。

「音をたてずに走れ」

花江が最初に動いた。多代を背負い、母親の手を引いている。

「みんな、頭をかがめて走るんだよ」

中ノ村の男たちも後ろを固めて走り出す。真吾は彼らに首を振ってみせた。

「俺は、親父たちと一緒に行く。あの爆発は、親父たちの仕業なんだろう？」

八郎兵衛が真吾の腕をむんずと摑むと、うなずいた。「宗右衛門殿が図を描き、村人を使って築いた仕掛けだ」

小高い場所や狭いところに大雑把な足場を築き、その上に小さな岩や丸太を積み上げる。さらに、下肥を満たした桶や瓶を載っけて出来上がりだ。

「ひとにぎりの火薬を五つの小さな包みに分けて、五ヵ所の足場に仕込んである」

遠くからでも火薬の位置がわかるよう、羽入田村の男のくたびれた赤い下帯を裂いて、目印に縛ってあるという。

黄泉ノ池を目指す村人たちの足音と呼気の匂いに惹《ひ》きつけられ、〈ひとでなし〉どもが寄ってきたなら、この五ヵ所の仕掛けを使ってより大げさな音をたて、より強烈な悪臭を流してやる。そして〈ひとでなし〉どもを羽入田村の方へ寄せておいて、その隙に皆を安全に逃がそうという企《くわだ》てだ。

「畑作様、行ってくだせえ。親父たちのことは、俺が引き受けます」

八郎兵衛はもう一度、真吾の腕を強く摑んだ。それから身を翻して駆け去った。

この仕掛けを確実に働かせるには、爆発に巻き込まれぬよう離れたところから、小さな赤い目印を確実に射ることができる弓使いが必須《ひっす》だ。宗右衛門と興一と六平太。

離れて矢を射ているからといって、この三人が危ない橋を渡っていることに違いはない。〈ひ

とでなし〉どもは続々と羽入田村へと向かっている。

今、四ヵ所目の爆発が起きた。これまででいちばん遠くのようだ。できるだけ〈ひとでなし〉どもを遠ざけて、黄泉ノ池へ潜る人びとのために時を稼ぐ。その分、弓使いの三人は逃げるのが遅くなる。武双風間流の使い手で、矢が尽きたら弓そのものを武器にして戦えるであろう三人だが、

――化け物どもの数が多すぎる。

藪のなかに身を隠し、真吾は肝を焼かれるような焦燥に拳を嚙んだ。親父は、興一は、六平太は今どこにいる？　この〈ひとでなし〉どもは、いったいどこからわいてくる？

真吾たちの気配がするまでは、ずっと目立たぬところに潜んでいたのか。それは知恵なのか、けだものと同じただの習性なのか。

ぞろぞろと連なる〈ひとでなし〉どもの大方はのろまで足取りさえおぼつかないが、たまにぎょっとするほど動きの速い奴もいる。何が違うのだろう。こんなふうにまとまった数の〈ひとでなし〉を目にするのは最初で最後の機会だろうから、恐怖と嫌悪に顔をゆがめながらも、真吾は化け物どもを観察した。

宗右衛門は、〈ひとでなし〉と化したばかりだと動きが速いのではないかと言っていた。こうして何体も比べて眺めてみると、確かに、すたすた歩ける〈ひとでなし〉は、まだ身ぎれいな感じがする。

背後の雑木林が騒ぎ、真吾がとっさに頭を下げて地べたに伏せると、藪の上のぎりぎりのところを一体の〈ひとでなし〉が飛び越えていった。その全身が見えたのはほんの刹那のことだった

が、髪は全て抜け、着物が脱げて丸裸、総身の肌が焦げたように薄黒くなっていた。もはや〈ひとでなし〉ではなく、腐れ鬼になりかけた一体だった。つまり、そうなるとまたのろまを抜け出し、猿のように敏捷に動くようになるわけだ。

あいつが向かったぞ。親父たち、五ヵ所目の爆発はまだか。早く逃げてこいよ。

野道からは〈ひとでなし〉どもの姿が消えた。真吾が藪から立ち上がったとき、五番目の爆発音が響いてきた。今度は雑木林の向こうに土煙も見えた。

真吾はそちらに向かって走った。身をかがめ、頭を引っ込め息を殺して。もうもうと立ちのぼる土煙は、木立の隙間からこっちまで押し寄せてきて、真吾を包み込んだ。

と、土煙のなかで大きな鼻息がした。ぶるん、ぶるん。足を止めた真吾の前に、栗色の馬が一頭飛び出してきた。黒いたてがみを振り乱し、爆発音に怯えて蹄でばらばらと地面を蹴っている。鞍も手綱も鐙もない裸馬だが、よく肥え太っていて色艶《いろつや》もいい。山番所から逃げ出した馬が、ここらの森のなかで迷っていたのだろうか。

「どうどう！　いい子だ」

うろうろと同じ場所で蹄を鳴らす馬を落ち着かせようと、真吾は手を伸ばしてその首を抱こうとした。馬はそれを嫌って頭を下げ、真吾の腕は空《くう》をかいた。そのかいたところに、土埃のなかから、浅川宗右衛門の口をへの字にひん曲げた顔がぬうっと現れた。

真吾は思わずぎゃっと叫んだ。途端に親父殿のごつい手で顎をつかまれ、

「騒ぐな。逃げるぞ」

宗右衛門は手にした弓で土埃を払った。背中の矢筒の弓が尽きている。すぐ後ろから追いついてきた興一も、その手の弓につがえてある矢が最後の一本のようだ。

「六平太は？」

尋ねたとき、真吾たち三人の頭上を、ひょうという音をたてて矢が飛び去り、雑木林のどこかでぐさり、どうというくぐもった音がたった。

「肝煎様おつぎ様、こっちへ早く！」

六平太の声がして、当の本人が五間ほど先の木の枝から野道へと飛び降りてきた。

「兄ぃ、俺の矢は今のでしまいじゃ」

「わかった。先ぃ行け」

六平太と興一は短いやりとりを交わし、宗右衛門が真吾の肩を押した。

「走れ。六平太の足元をよく見て、同じところを踏んで走るんじゃ」

「う、馬をどうしよう」

栗色の馬は蹄を鳴らすのをやめ、鼻を鳴らしながら尻尾を大きく動かしている。

「山番所の馬じゃねえかな」

「それにしちゃ艶が良すぎます」興一が言って、帯に挟んだ小刀を抜いた。何をするのかと思えば、その小さな刃《やいば》で素早く馬の右耳を切った。ぱっと血が散った。

「よし、行け。魔物に捕まるなよ！」

興一に尻を叩かれて、栗色の馬は雑木林のなかに駆け込んでいった。

「馬の耳を切るのは、魔物除けじゃ」と、宗右衛門が言った。「ついでにあの血の臭いが、儂らの臭いをごまかしてくれよう」

真吾たちも黄泉ノ池を目指して走った。

池の畔《ほとり》にたどり着くと、村人たちの潜水が始まっていた。もう十人ほどが向こう側に渡っている。真吾は、びっしょり濡れた小袖の裾から水を滴らせたまま、八郎兵衛と何やら話をしている若い男の姿に目を剝いた。

「恭次！」

先に怒鳴ったのは宗右衛門だ。

「おまえがここで何をしている！」

「手伝いに来たんだよ、文句あるかクソ親父。あ、クソ兄やもいやがった」

恭次が袖をくくっている赤い襷《たすき》は、たぶんおまきのものだ。

「おれだけ置いてきぼりにしやがって。水練なら、おれの方が兄やの三倍は達者なのによお」

興一と六平太は、中ノ村から補給された矢の束に飛びついた。恭次の他にも、池の向こう側から応援に潜ってきてくれた新顔がいる。屯所詰めの八郎兵衛の部下もいた。

「ここまで来たら、とにかく全員が逃げるまで時を稼げればいい。いざとなったら草むらに火を点けるのも手だ」

幸い、枯れ草ならまわりにいくらでもある。

「これは役立つか」

八郎兵衛の部下が懐から出したのは油紙の包み、中身は火薬だ。

「懐に突っ込んできた。どうにか濡れずに済んだようだな」

「有り難い、地獄で仏にございます」

中ノ村の男たちは最後の守りを固める。羽入田村の者たちは冷たい池の水に潜る。一人、さらに一人。張った縄が水中で動き、岸辺で小さくうねって、人の動きを伝える。

炭焼きの甚平老人は、羽入田村の衆で最後に潜るのは自分だと言い張った。しかし、猟師の常吉がそんな老人の腕をとって、言った。

「尻《けつ》はおらだ。それくらい、おらの顔を立ててくれや、じいさん」

常吉は、無事な片腕に鉈を握っていた。その腕は肉が落ちて骨張り、鉈の刃が重たそうに下がっている。

あとひと頑張りだ。真吾も油断なく目を凝らし、耳を澄ます。

野道の向こうに、藪や林の陰に、〈ひとでなし〉のゆらゆら揺れる頭が現れる。すると弓の弦が鳴って矢が空を切る。一体、また一体。いったん遠ざけられて時と距離を費やし、化け物どもは黄泉ノ池に近づけない。ざまあみろ、こっちの勝ちまであと少しだ。

「兄やの番だぞ、さあ潜れ」

気がついたら、池の畔に残っているのは、常吉、八郎兵衛、興一に六平太、宗右衛門と真吾と恭次だけになっていた。

「は、花江は？」

「向こうで焚き火にあたってるよ」恭次が鼻で笑って言った。「ちびってると、今度は兄やが置いてきぼりだぜ。そっちの人と一緒に潜ってってやんなよ」

常吉は片腕だから、縄につかまると水をかけない。誰かがぴたりと付き添って、案内をしないとまずい。

「だったらおまえが先に行け」

「古漬けみたいによれよれになってるくせに、何を強がってんだ」

真吾はたじろいだ。俺、そんなにくたびれた顔をしてるんだろうか。

二人のやりとりに笑みを浮かべていた六平太が、つと真顔に戻って呟いた。「臭い」

真吾の鼻にはまだ何も臭わない。だが、興一も身構えている。さすがの宗右衛門も、肩先から背中に積もった疲労の色を隠せずにいたが、興一の動きに合わせてしゃっきりすると、矢筒の矢を一本抜き出した。

「何が臭いのかわかんねえけど」

恭次が人差し指を軽く舐めて、風にあてた。

「畑作様、池の反対側に回った方がよさそうですよ。風向きが変わったのかな」

言いながら、恭次は子鹿のように軽やかに池の畔を回ってゆく。一人で動くな、勝手に場所を移すな。誰もがそう言いかけ、誰の声も言葉になって外に出ないうちに、

ざわ、ざわり。

池の対岸は、水辺まで背の高い葦が生い茂っている。半分方は枯れてすかすかの葦の群れだが、

午を大きくまわり、そちら側は陽が翳って見通しが悪くなっていた。

　その陰のなかから薄汚い腕が現れ、恭次の肩をつかんだと思ったら、〈ひとでなし〉の顔が出てきた。大口を開け、恭次の首に横から嚙みつこうとしている。

　一瞬の硬直のあと、恭次はうおっと声をあげて〈ひとでなし〉を振り払い、池に飛び込んだ。さっきまで恭次のいたところに、恭次を捕まえそこねた〈ひとでなし〉がよろけて出てきた。たちまちその顔に一本、二本と矢が突き刺さる。矢の勢いに押されて、〈ひとでなし〉は仰向けにどうっと倒れた。

　恭次が池の水をかいてこっち側に戻ってくる。真吾はざぶざぶと水に踏み込んで手を伸ばし、そして見た。倒れた〈ひとでなし〉を踏み越えて、二体目が現れるのを。侍の〈ひとでなし〉だった。月代《さかやき》を剃り上げ、胴丸鎧《どうまるよろい》と手甲を身に着けている。縞木綿の野袴《のばかま》は横がざっくりと切れて、隙間から脚がのぞいていた。

　無惨で滑稽《こっけい》なことに、両刀はちゃんとまだ腰に収まっている。しかし、この〈ひとでなし〉は両手をあげ、こちらを威嚇するように奇声を発すると、飛び上がって駆け出した。池の縁を回ってくる。

「活きのいい野郎だ」

興一が言って狙いをつける。侍の〈ひとでなし〉は矢を避《よ》けてさっと身をかがめ、そのまま這いつくばると、がるがると唸りながら涎を垂らした。

「六平太、危ねえ！」

池から上がるなり、恭次が叫んだ。興一のすぐ脇についている六平太の肩の後ろに、出し抜けに三体目の〈ひとでなし〉が現れたのだ。音もなく、信じられない素早さで。

六平太はとっさにしゃがみ、手にしていた弓の本体でその〈ひとでなし〉に足払いをかけながら、横に転がった。足をとられた〈ひとでなし〉はギャッと叫び、頭から宗右衛門の足元に倒れ伏したが、蛇が鎌首をもたげるように口から起き上がって、宗右衛門の足首に嚙みつこうとした。

宗右衛門はこの近さで〈ひとでなし〉に矢を打ち込むか、弓で払うか迷った。

その迷いの隙に、〈ひとでなし〉が歯を剝き出す。親父が嚙まれる！　真吾の目の前で時が止まった。

宗右衛門の足元に別の誰かが身を投げ出し、〈ひとでなし〉との間に割って入った。〈ひとでなし〉の歯の前に己の身体を差し出したようなものだった。

常吉だった。〈ひとでなし〉は彼の左肩に嚙みついている。あぐあぐと歯を立てながらさらに大きく口を開け、まるで常吉を呑み込もうとするかのようだ。

「ま、松吉だもん」常吉は言って、真吾たちの顔を仰いだ。その目が笑っている。「こいつはおらの弟だ。めっかった」

そして、残っている右腕で、自分に噛みついている〈ひとでなし〉の頭を撫でてやる。

そういえば、この〈ひとでなし〉は山歩きをする猟師の出で立ちで、腰に獲物を提げる鉤縄を巻いている。誰も何も言えなかった。

「よかった。一緒に行けるで、松吉」

常吉は優しく呼びかけ、右手で弟の首っ玉を摑むと、無造作にぐいっとひねった。首の骨が折れる音がした。

侍の〈ひとでなし〉は、興一の矢先をかいくぐり、八郎兵衛に飛びかかろうと、舌なめずりをしている。丸に杉の葉の紋所のついた胴丸鎧に、泥と血が撥ね散っている。

「おぬしが迷子になっていたというあの馬の持ち主か」と、八郎兵衛は声をかけた。「馬は腐れ鬼にも〈ひとでなし〉にも狙われぬようだ。この土地で愛馬《あいば》が穏やかに生き延びられるよう、主《あるじ》としてせめて祈ってやれ」

侍の〈ひとでなし〉は跳躍した。およそ二間ほどの間を一気に詰める、それは化け物でもけだものでもなく武芸者のふるまいだった。

八郎兵衛は冷静だった。飛びかかってくる〈ひとでなし〉に向かって脇差しを抜き放ち、一閃《いっせん》してその首を断つと、自らはくるりと身をかわして、水辺に落ちてくる〈ひとでなし〉の胴体を避けた。

「おらは村に戻る。すみませんが、弟を肩に担がせてくだせぇ」

常吉が言って、立ち上がった。

「こうなっちゃ、おらは向こう側に行かれねえ。松吉と一緒にいるよ」

宗右衛門と六平太が二人がかりで、常吉の丸めた背中に弟の身体を乗せてやった。

「畑作様」と、常吉は八郎兵衛を見た。

「何だ」

「池の向こうへ逃げるしかねえっていう、あなた様のお考えはあたってた。その侍の胴丸鎧についてる丸に杉の葉は、木野藩の紋所だもんよ」

木野藩。隣藩だ。ここらは国境が近く、関所もあると聞いた。

「〈ひとでなし〉の地獄は、もうこの領内だけじゃねえんだ。村の衆を頼みます」

そして常吉は去っていった。よろけながら、ときどき立ち止まっては弟の身体を背負い直しながら、土埃の舞う野道の先へ、羽入田村へと。

立冬を過ぎた午後の陽が赤い。その陽が地べたに焼きつける中ノ村の男たちの影は短く、まるで杭が並んでいるように見えた。

この災いを、ここで食い止める杭だ。

*

「黄泉ノ池に潜り、夜見ノ池に浮かび上がると、お恥ずかしいことですが、私は力が抜けて、自力では水から上がることができませんでした」

中ノ村の側では、村じゅうの男たちが待ち受けており、村じゅうの女たちが立ち働いていた。

「小弥太が私を介抱してくれて、こちら側の様子もいろいろ話してくれました。私も小弥太に、池の向こう側で何があったのか語って聞かせました。今のうちにまとめてしゃべっておかないと、どんどん忘れてしまいそうな気がしたので、ひどく急《せ》いてしゃべったことを覚えております」

あまりにも突飛で信じ難い出来事だったので、中ノ村に戻って落ち着くと、何だか悪い夢を見ていたような気がしてきたのだという。

「ああ、なるほど。それで夢と同じように、羽入田村の出来事も頭のなかから消えてしまうかもしれないと思われたんですね」

実際には、そんなことはなかった。むしろ真吾はかなり長い年月、腐れ鬼と〈ひとでなし〉の悪夢に悩まされた。

「私と花代は、まるで最初《はな》から許婚者《いいなずけ》だったように夫婦《めおと》になりましたが、私が悪夢を見てはうなされるので、ずいぶんと心配させてしまいました」

黒白の間で語り続ける浅川真吾の腕にもたれ、妻の花代はいつの間にかとろとろとまどろんでいる。歳相応の皺もあればしみもあり、命が細って痩せている顔だけれど、少女のように無垢《むく》で美しい。

「最初にお話ししましたように、宇洞の庄ではコウゾ畑と紙すきという生計《たつき》の道があり、人手はいくらあっても足りぬほどでしたから、羽入田村の人たちはみんなその道を選んで働きました」

宗右衛門は約束したとおり、皆をそっくり抱えて養った。羽入田村から来た者でも、熱心に紙すきに打ち込んで腕を上げ、豊かな暮らしを得た者もいるそうだ。

「家内は紙すきが重労働なことに驚いていましたが、本当につらく悲しい思いをしたのは、働くことではありません。私には弱音を吐きませんでしたが、のちに仲良くなり、兄嫁と弟嫁の間柄になったおまきには、打ち明けることがあったようです」

——九市さんのお身内に申し訳ない。

「ああ……」

富次郎はその名を思い出す。あっち側からこっち側に流れ着いた花江のおとうに噛まれて、こっち側ではただ一人、命を落としてしまった不運な男だ。

「それにしても、羽入田村の人たちがすんなりと宇洞の庄に落ち着くことができたようで、よござんした。こっち側におわすのが慈悲深いお殿様でよかった」

話はおつもりに向かっている。富次郎も大団円の呼吸になる。

「はい。ただ、最初に申しましたとおり、皆、こちら側ではだんだんと身弱になり」

はっきりした病ではない。ただ、何となく生気が失われてゆく。

「甚平じいさんは、こちら側では一年しか生きませんでしたが、寿命だと本人は笑っていましたが、それまでは達者だった足腰が急激に弱り、目が見えなくなったのは、歳のせいだけではなかったろうと思います」

久崎藩と江崎藩では、何かが違った。その何かが身体に障って、羽入田村から中ノ村に逃げ延びた人びとは、櫛《くし》の歯が欠けるように数を減らしていった。

「いちばん幼かった多代なんぞ、羽入田村のことを覚えてもおらなかったでしょうが、十六で死んでしまいました」

語る浅川真吾の声がつらそうに細る。

「羽入田村の衆の半分ほどは、こっちに来てから呼び名を変えたり、髪を剃っていっぺん丸坊主にしてからあらためて伸ばしたり、当時の宇洞の庄ではなかなか珍しいことだったのでございますが、魔除けの彫りものをしたりして、あちらとこちらのけじめをつけようとしたものでした」

江崎藩の領民としての人生は終わった。皆いっぺん死んだも同然だ。そして久崎藩の宇洞の庄に生まれ変わってきた――

「なるほど、名を変えた方もいる」と、富次郎は言った。「お話の腰を折るようですし、わたしの聞き間違いかと思いまして、言い出しかねておりましたが、花代さんもそうではございませんか」

昔話のなかでは「花江」と呼ばれている。

「おお、これは……先に申し上げておくべきでしたのに」

真吾は驚いて目をしばたたいている。

「たいへん失礼いたしました。おっしゃるとおり、家内も花江から花代へと名前を変えているのでございます」

すんなり変わったわけではなかったという。

「花江という名は父親につけてもらったのだそうで、本人は変えたがりませんでしたが、母親は変えろと勧めておりまして」

困った花江に相談を持ちかけられ、真吾は懸命に知恵をしぼって、漢字でもひらがなでも音でも一つしか違わない、「はなよ」はどうかと勧めたのだという。

「良い案だと思います」

「そうでしょうか」

素早く打ち返すように、真吾は問うた。富次郎はつと言葉を呑んでしまった。

「私は、今になって後悔しております。もっと思い切りよく、花江とは音も字もまるっきり違う名前を考えてやればよかった。家内が羽入田村にも、家族を守るために〈ひとでなし〉と化してしまった父親の思い出にも引き摺《ず》られぬようにするには、そうするべきだったのだと」

思い切って名前を一変していたら、花江の身体が弱ることも、目が光を失うこともなかったのではないか。

「繰り言でございますね」

真吾はうなだれる。当の花代は答えない。夫の腕の中でまどろんでいる。何か夢を見ているのか、閉じた瞼がかすかに震えている。

「羽入田村のどなたかに、このことをお尋ねになってみたことはおありでしょうか」

富次郎は穏やかに問いかけた。

「こっちに来ても長生きできないのなら、羽入田村におればよかったと、そんな繰り言を並べる人がいましたか」

小さく溜息をついて、真吾は目を上げた。「家内も家内の母も含めて、羽入田村の誰からも、そのような苦情を聞かされたことはございません」

誰も中ノ村の十三人の男たちを責めたりしなかった。羽入田村の衆が、自分たちの決断を悔いることもなかった。

「振り返ってみたら、あちらでは、〈ひとでなし〉の災いがなかったとしても、年貢の取り立てで追い詰められていた。それだけだってこっちに逃散してきてよかった、と」

化け物と悪しき政、人の命を根こそぎ刈り取ることでは同じ害悪だ。

「つまり、皆さんは二つに一つの決断で、正しい方を選ばれたのでございますよ」

真吾自身も、最初に言っていた。限られた年月でも、共に心安らかに暮らすことができてよかったと。それでもなお、妻を亡くすと思えば心が千々に引き裂かれるのもまた人の情だ。

想い合う夫婦の姿が眩しい。何という稀《まれ》で強い縁《えにし》に引き結ばれた二人だろう。

羨《うらや》ましい……の念を意地汚く顔に出さぬよう、慌てて鼻の下をくしゅくしゅこすって、

「癖のある人物ですが、わたしは角屋門左衛門さんが嫌いになれません」と、富次郎は言った。

「本当に大きな町に出て、金貸し業で家を建てたんでしょうか」

浅川真吾の目が明るくなった。「ええ、あの御仁は本当にやってのけたんでございますよ。あちらから渡ってきた人たちのなかでは、今でもいちばん元気でおります。耳が遠くなってしまったので、いつも大きな声で昔話ばかりしているじいさんになりました」

しぶとい金貸しに幸いあれ。

「久崎藩のご家中に、この逸話は広く伝えられ、信じられているのでございますか」

「はい。当時、お殿様のご下命で、広く領内の沼や池を全て調べることになったくらいでございますから」

久崎藩七代目藩主・阿野掃部頭光義は、寛容なだけでなく、英明でもあったのだ。

「その際、中ノ村の夜見ノ池も、水練に長《た》けた家中の方が何人か、もう一度潜ってお調べになったのでございますが……」

誰も黄泉ノ池の側にたどり着くことができなかった。何度試みて探索しても、夜見ノ池の深いところには岩壁が立ちはだかっているだけだったという。

「そういえば、私が花江のあとについて、初めて向こう

側まで潜っていったとき、途中で総身を押しつぶされるような圧を感じたところがございました。あのとき、向こうへ通じる道を抜けていたのかもしれません」

その「道」は常に開いているわけではないということか。あるいは、江崎藩の側で〈ひとでなし〉の災いが起きているときだけ、唯一の脱出路として開くのか。

逃げる者たちと、助けようとする者たちとの、ぎりぎりの邂逅《かいこう》のために。

「今も領内では、いくつかの池に張り番がおかれておりますが、あのような出来事は二度と起こっていないと聞いております」

羽入田村は、江崎藩はどうなっているのか。滅びることはなく、地獄のような光景のままこの世に在るのか。わからない。知る術が全くないわけではないだろうが、

「進んでどこかの池に潜り、江崎藩を探し当てようという猛者も、今はもうおりません」

それは禁忌となり、封印されている。池の張り番は、水面を睨《にら》みながら過去が戻ってこぬよう見張っているのだ。

「本日、私がこちら様で語らせていただいたのも、この場の話はけっして外には漏らされないという評判を信じたからでございます」

富次郎はきっぱり言った。「はい、確かにお約束いたします。ご安心くださいませ」

二人で顔を見合わせ、うなずき合った。

「私の過去も遠くなりまして」

浅川真吾のなかの、化け物の災厄の恐ろしい記憶は薄れた。心にかかるのは愛妻の命の灯《ともしび》のこ

とばかりとなったが、ただ一つ、今も懐かしく思い出す逸話があるという。

「ほかでもない、畑作様のことなのでございます」

八郎兵衛も既に泉下の人となっているが、

「終始冷静に事にあたり、何も恐れず臆《おく》さず、けっして平常心を失わぬようにお見受けしたあの方が、あの当時一度だけ、手の震えを抑えきれず、冷や汗でしとどに濡れたことがある……」

おお、それはこっちも座り直してしまうほどに興味深い。

「どんなときだったんでございますか」

「この信じ難く途方もない事の次第を、お城に送る申立書にしたためる際に」

――この文書の一言一句に、中ノ村と羽入田村の者どもの命がかかっている。

私の言葉で殿のお心を動かし、信を得ることができなければ、全てが水泡に帰する。それを思うと、筆先が震えて文字が書けぬ。

「文書の締めくくり、『よって件のごとし』の一文の上に汗が滴ってしまい、二度も書き直したと、後年、面目なさそうにお話しになっておられたのでございます」

それこそが、真の武士《もののふ》の姿である。


浅川夫婦を見送ったあと、富次郎はすぐにこの話の絵の趣向を考え始めた。

今回は、描きたい題材も、絵になりそうな場面もたくさんある。聞き捨てにするためには一枚描けばいいのだが、それでは飽き足らぬほどに様々な絵柄が心に浮かんできた。

黒白の間にこもって、次々と下絵を描いた。一日目は宇洞の庄のなだらかな丘と小川、中ノ村の浅川屋敷、検見役の屯所へ続く小道。真吾と小弥太、小生意気な弟の恭次。まず土左衛門を、次には花江という乙女を吐き出した夜見ノ池と、それを取り囲む雑木林。濡れ髪の花江と出会った瞬間の真吾。女中のおまきと不運な九市。

二日目にはいよいよ〈ひとでなし〉を描いた。いちばん初めに筆をつけたのは、花江の父親だ。山番士の〈ひとでなし〉に追い詰められ、いよいよ進退窮まった刹那に、せめて一太刀反撃しようと、前後を忘れて化け物に嚙みついてしまったという。

家族を想い、村の衆を守ろうとする強い念のなせるわざだ。しかし悲しいかな、それほどの人物であっても、〈ひとでなし〉に嚙まれてしまえば同類になってしまう。

それがこの疫災のもっとも恐ろしいところだと、富次郎は思う。

革の胴鎧をつけた山番士。行商人、旅籠や問屋場で働く人びと。〈ひとでなし〉と化してしまえば、等し並みに化け物に堕ちる。

仏道に帰依する僧侶でさえ例外ではない。願勝寺の和尚が〈ひとでなし〉と化してからの姿を想像すると、富次郎の心は高ぶり乱れた。この世の絵師のなかで、こんなものを画題として与えられる者がどれほどいようか。

しぶとい金貸しの角屋門左衛門と和尚の鬼ごっこは、悲惨であると同時に滑稽だ。そんな機会に恵まれることはけっしてなかろうが、もしも門左衛門に会えるならば、本人の口から詳しく聞いてみたい。和尚に追われて逃げ回りながら、泣けてきたろう。だが笑いもこみ上げてきたのではなかったか。それでいて、この世は神も仏もないと、恨めしく腹立たしくてたまらなかったのではないか、と。

三日目になって、中ノ村の十三人の男衆を描き始めた。もっとも魅力的でもっとも難しいのはやはり畑作八郎兵衛だが、浅川屋敷の当主で肝煎の浅川宗右衛門も捨てがたい味がある。化け物相手に自ら武器を取って戦い、殿軍まで務める肝煎の親父殿など、これまた世間に二人といるとは思えない。山に分け入る猟師でありながら、武双風間流という強力な弓術を操る興一と六平太も描きたいが、彼らの山犬のように敏捷な動きを筆一本で表すにはどうしたらよかろうか。

羽入田村の野々助の憎めぬ臆病者ぶりや、最年長の甚平のここぞというときの言葉の重み、一の土蔵に集まった村の衆の様々な思惑と願い。ああ、腐れ鬼の群れをやり過ごすため、皆で息を殺して過ごした恐怖の夜の闇の色も忘れてはいけない。

そのどれもが、簡素な墨絵で表すというだけでも難しい上に、富次郎の技量が決定的に足りない。自分でもそれはよくよくわかっている。歯がゆくて悔しくて、その夜は寝付かれなかった。

翌朝、顔を洗って腹をくくった。

――やっぱり、恋物語の一場面にしよう。

ならば真吾と花江の出会いだが、弟の恭次と女中のおまきも絵心をくすぐる組み合わせだ。兄嫁と弟嫁の間柄になってからの花代とおまきの姿も絵になりそうである。おまきが花代に紙すきの手ほどきをしているところとか、背負子《しょいこ》を背に、肩を並べてコウゾ畑のあぜ道を歩いているところとか。その道のずっと先には、真吾と恭次の兄弟がいるという趣向はどうだろう。

いいではないか！　あぜ道は、二組の若夫婦がその幸せをつかみ取るまでの苦難を表すために、尋常ではない様子に描こう。髑髏《されこうべ》が顔を覗かせていたり、人の腕のような形をした木の根っこがうねうねしていたり――

我ながら、ぞくりとする良い思いつきだ。気分が乗っている。今回は一枚では足らないかもしれない。だって腐れ鬼もぜひ描きたい。それはこの若夫婦たちと同じ構図のなかには入れられないから、分けなくては。

――いっそ続きものにしてしまおうか。

誰かに見せるために描くわけではない。ただこの心の高まりを鎮めるために、存分に絵心を躍らせるために描くのだ。どれだけ手間をかけたところで、何の支障も起こらない。

　それに、今回を節目にして、変わり百物語はいったん休みになる。おちかが無事にお産を済ませ、いろいろなことが落ち着くまではそうしようと、父の伊兵衛と話し合った。それは母のお民の希望でもあるから、富次郎も逆らう気持ちは毛頭ない。

　だけれど、正直に言うならば少し寂しい。いや、たいへん寂しいし、手持ち無沙汰でつまらない。新しい語りを聞けなくなることも、その絵を描けなくなることも。

　だからなおのこと、この話は大事なのだ。宝物のように心に抱えて、気が済むまで何枚でも描きたい。舐めても舐めても小さくならないあめ玉を味わうように。

　よし、ともかく二組の若夫婦から始めよう。

　――コウゾはどんな植物なのかな。

　高木か灌木か、葉は長いのか丸いのか。手持ちの見本帳をひっくり返して探していると、頭の上の方で咳払いが聞こえた。

　手代の誰かか、番頭の八十助かな。そういえば今朝方、誰か大きなくさめをしてなかったかな。

「今ちょっと手が離せないんだ。急ぎの用件かい？」

　見本帳に鼻先を突っ込んだまんま、そう応じると、

「ただいま」

　え？　富次郎は顔を上げた。

　黒白の間の出入り口に、兄の伊一郎がすらりと立っていた。髪結床に行ってきたばかりなのか、ほっそりと小粋に仕上げた銀杏髷《いちょう》に、富次郎には見覚えのない加賀《かが》竜紋の羽織。新調したものの

ようだ。

「ただいまと言ったんだよ」

伊一郎は座敷のなかに入ってきた。開いたまま伏せてある見本帳や、重ねてある大判の戯画帳を踏まぬように避《よ》けて、空いている床の間の前で小袖の裾を払って座った。

「帰ってきましたよ」

伊一郎は言った。髪油のいい匂いがする。

「お、おかえり」と、富次郎は言った。「早かったね。すす払いのころまでは、菱屋さんにいるのかと思ってた」

「帰ると決めたら早い方がいいさ。遠くに行ってたわけじゃなし、荷物なんか風呂敷包み一つだからね」

優男で利け者で、目から鼻へ抜けるほど賢い上に、気もいいから誰にも憎まれない。子供や犬猫にも好かれ、もちろん女には大いにちやほやされるが、それで天狗《てんぐ》になったことなんか一度もない。何から何まで出来物の兄・伊一郎は、口跡もいいから癪《しやく》に障る。

「ごめんよ、出迎えなくって」

「気にするな。だいぶ夢中になってるようだね。鼻の頭に埃がついてるよ」

富次郎は慌てて顔をこすった。伊一郎は近くにあった戯画帳を手に取り、ぱらぱらとめくって斜めに眺めて、

「おや、瓢箪古堂のものだね」

裏表紙に印判が押してあるのだ。

「勘一に都合してもらうんだ」

「最近おちかを見舞ったかい？　もう臨月になるんだよな。わたしはこれから顔を見に行こうと思うんだけど、一緒にどうだい」

いつもならほいほい飛びつく誘いだが、富次郎はゆっくりとかぶりを振った。

「今日は遠慮しておくよ。今こんな具合で」

散らかった黒白の間のなかを見回して、

「どうしても描きたい絵がいくつも頭に浮かんでいるところなんだ。その絵柄を抱えたまんま、おちかのそばに寄るのはやめといた方がいいと思う」

伊一郎はかすかに顔をしかめた。「それは、変わり百物語の絵だからかい？」

「うん。縁起でもない絵柄もあるからさ」

呼吸二つ分くらいのあいだ、伊一郎の目つきが怖くなった。それから、ふっと緩んだ。

「趣味も結構だが、こうしてわたしが帰ってきた以上、今後はおまえにも手足になって働いてもらう。変わり百物語は当分休むと、おとっつぁんから聞いているし」

「おちかのお産が無事に済むまでの約束だよ。元気な赤子の顔を見たら、また始めるんだ」

呼吸二つ分くらいのあいだ、伊一郎は今度は能面のような顔になった。

しかし、富次郎はそこに兄の意見を読み取った。ぐずぐずと続けず、いっそここでしまいにしてしまえ。百物語遊びなら、外で数寄者《すき》の集まりがいくらでもあるだろう——

富次郎は言った。「兄さん、ちょっと痩せたね」

伊一郎はたじろいだ。「そうかな」

「頬がこけたよ。大変だったようだね」

お勝が教えてくれたのだ。伊一郎のこじれた縁談のこと。そのせいで、結局は好いた娘を諦めなければならなくなったこと。伊一郎の恋は成就しなかったのだ。

ここまでの人生、微細な傷一つなかった伊一郎という珠《たま》に、小さいが深いひび割れができた。こうしていると、そのひび割れがよく見える。胸が痛んだ。

「おいらなんか……兄さんに助言らしいことを言える知恵も経験もないけど」

兄と向き合うと、つい「おいら」になってしまう富次郎だ。

「ただ、この黒白の間で教わったことなら言えるから」

「へえ」と、伊一郎は片眉を吊《つ》り上げる。「どんなご高説だい？」

富次郎は言った。「繋がる縁《えにし》なら、どんな困難だって乗り越えて繋がる」

浅川真吾と花江のように。

「だから、繋がらなかったのは縁がなかったんだ。誰も悪くない。それだけのことだよ」

伊一郎は何も言わない。富次郎も黙って待った。内心、冷や汗を握りしめて。

富次郎の腹がぐうっと鳴った。

伊一郎は吹き出し、愉快そうにひと笑いしてから、軽やかに立ち上がった。

「おちかの顔を見てくる」

富次郎は一人、黒白の間に残った。絵を描いていると腹が減る。おちかもおなかの子も腹が減るだろうなあ。よし、これを描いたら、餅菓子を持って会いに行くとしよう。

本作は学芸通信社の配信により、高知新聞、神戸新聞、
熊本日日新聞、秋田魁新報、北國新聞、中国新聞、
信濃毎日新聞の各紙に２０２０年７月～２０２２年２月の期間、
順次掲載されたものを加筆修正の上、単行本化しました。

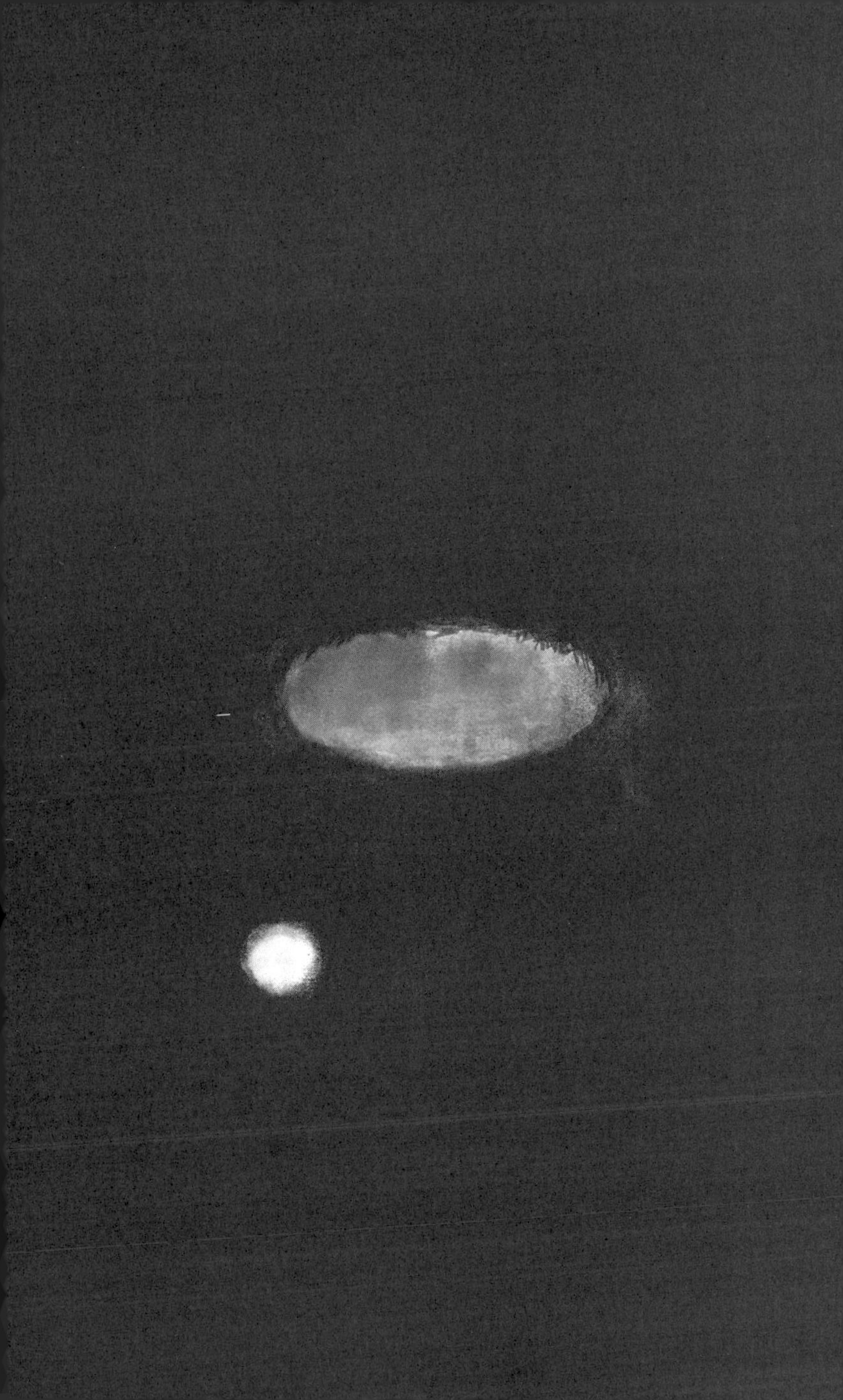

宮部みゆき（みやべ　みゆき）
1960年東京生まれ。87年「我らが隣人の犯罪」でオール讀物推理小説新人賞を受賞し、デビュー。92年『龍は眠る』で日本推理作家協会賞長編部門、同年『本所深川ふしぎ草紙』で吉川英治文学新人賞、93年『火車』で山本周五郎賞、97年『蒲生邸事件』で日本SF大賞、99年『理由』で直木賞、2001年『模倣犯』で毎日出版文化賞特別賞、02年に同書で司馬遼太郎賞、07年『名もなき毒』で吉川英治文学賞、08年英訳版『BRAVE STORY』でThe Batchelder Awardを受賞。他の著書に『おそろし』『あんじゅう』『泣き童子』『三鬼』『あやかし草紙』『黒武御神火御殿』『魂手形』（「三島屋変調百物語」シリーズ）、『今夜は眠れない』『夢にも思わない』『過ぎ去りし王国の城』『さよならの儀式』『この世の春』『きたきた捕物帖』などがある。

よって件《くだん》のごとし　三《み》島《しま》屋《や》変《へん》調《ちよう》百《ひやく》物語《ものがたり》八《はち》之《の》続《つづき》

2022年７月27日　初版発行

著者／宮部《みやべ》みゆき

発行者／堀内大示

発行／株式会社KADOKAWA
〒102-8177　東京都千代田区富士見2-13-3
電話　0570-002-301（ナビダイヤル）

印刷所／大日本印刷株式会社

製本所／本間製本株式会社

●お問い合わせ
https://www.kadokawa.co.jp/（「お問い合わせ」へお進みください）
※内容によっては、お答えできない場合があります。
※サポートは日本国内のみとさせていただきます。
※Japanese text only

定価はカバーに表示してあります。

ISBN 978-4-04-112159-7　C0093